LES SOLDATS DE L'AUBE

Zatopek van Heerden, dit « Zet », a quitté la police et la Brigade des vols et homicides du Cap à laquelle il appartenait. Son coéquipier a été tué sous ses yeux, et il ne s'en est jamais remis. Rongé par la culpabilité, il a sombré dans l'alcool. Entre les soirées d'ivresse et les bagarres en tout genre, il n'est plus que l'ombre de lui-même.

Cependant, quelqu'un lui fait assez confiance pour lui confier un travail et le remettre ainsi sur les rails. Il s'agit d'une avocate, Hope Beneke, qui lui demande de retrouver un testament pour le compte d'une de ses clientes, Wilna van As. L'homme dont elle aimerait toucher l'héritage, Johannes Jacobus Smit, était antiquaire. Il a été assassiné chez lui, après avoir été sauvagement torturé. En outre, une forte somme d'argent en dollars américains a disparu de son coffre-fort.

En creusant dans le passé de sa victime, Zet découvre bientôt que Smit avait changé d'identité en 1976 et qu'il avait trempé dans quelques affaires louches, il aurait notamment travaillé dans des missions secrètes menées dans les années 70 en Angola pour le compte des Américains. L'enquête se corse, Zet est menacé de mort. Il sait qu'il est en train de remuer un passé dont personne, et jusqu'aux plus hautes instances, ne souhaite voir ressurgir la moindre trace, mais il est bien décidé à aller jusqu'au bout…

Né à Paarl, Afrique du Sud, en 1958, Deon Meyer est un écrivain de langue afrikaans. Il a grandi à Klerksdorp, ville minière de la province du Nord-Ouest. Après son service militaire et des études à l'université de Potchef-

stroom, il entre comme journaliste au Die Volkablad *de Bloemfontein. Depuis, il a été tour à tour attaché de presse, publiciste, webmaster, actuellement stratège en positionnement Internet, et vit à Melkbosstrand. Il est l'auteur de plusieurs romans policiers, dont* Jusqu'au dernier *(Seuil, 2001)*

Deon Meyer

LES SOLDATS
DE L'AUBE

ROMAN

*Traduit de l'anglais
(Afrique du Sud)
par Robert Pépin*

Éditions du Seuil

TEXTE INTÉGRAL

TITRE ORIGINAL : *Dead at Daybreak*
ÉDITEUR ORIGINAL : Hodder and Stoughton, Londres
© 2000, by Deon Meyer
ISBN original 0-340-73943-6

ISBN 2-02-063124-5
(ISBN 2-02-048882-5, 1ʳᵉ publication)

© Éditions du Seuil, janvier 2003, pour la traduction française

www.seuil.com

7e jour

Jeudi 6 juillet

1

Il se réveilla brutalement d'un sommeil détrempé d'alcool, ses côtes qui l'élançaient étant la première sensation consciente qui lui vint. Puis ce furent, là et là, son œil et sa lèvre supérieure qui avaient enflé, l'odeur de moisi et de produits antiseptiques de la cellule, celle, aigrelette, de son corps, et le goût salé du sang et de la bière rance dans sa bouche.

Et le soulagement.

Des bouts et des morceaux de la soirée précédente lui revinrent vaguement à l'esprit, comme en flottant. La provocation, les mines agacées, la colère. Quelle bande d'enfoirés ! Absolument normaux et prévisibles ! Tout ce qu'il y avait de plus décent et conventionnel !

Il resta immobile, sur le côté qui ne lui faisait pas mal, la gueule de bois lui vibrant par tout le corps comme une fièvre.

Bruits de pas dans le couloir, clé qui tourne dans la serrure de la porte grise en fer, grincements du métal sur le métal, à lui déchirer le crâne. Puis le flic en tenue debout devant lui.

– Votre avocat est arrivé.

Lentement il se retourna sur le lit de camp. Ouvrit un œil.

– Allons.

Aucune trace de respect dans le ton.

– Je n'ai pas d'avocat, dit-il d'une voix qui lui parut bien lointaine.

Le flic avança d'un pas, l'attrapa par le col de la chemise et le redressa d'un coup.

– Allez, quoi !

Mal aux côtes. Il franchit la porte en vacillant et descendit le passage qui conduisait au Bureau des mises en accusation.

Le flic en tenue le précédait et se servait de sa clé pour lui montrer le chemin de la petite salle. Il y entra avec peine, en souffrant. Et trouva Kemp assis, sa mallette à côté de lui, le front plissé. Il se posa sur une chaise bleu foncé, se prit la tête dans les mains et entendit le flic refermer la porte derrière lui et s'éloigner.

– T'es vraiment nul, van Heerden, lança Kemp.

Il ne réagit pas.

– Mais qu'est-ce que tu fous de ta vie, hein ?

– Qu'est-ce que ça peut faire ? lui renvoya-t-il en zézayant à cause de sa lèvre gonflée.

Kemp plissa encore plus le front. Et hocha la tête.

– Ils ne se sont même pas donné la peine de t'inculper de quoi que ce soit !

Il eut envie de se vautrer dans son soulagement – enfin la pression retombait –, mais la volonté lui manqua. Kemp. D'où sortait-il encore ?

– Même les dentistes savent reconnaître un tas de merde quand ils en voient un, reprit celui-ci. Mais qu'est-ce que t'as, bordel de merde ? Qu'est-ce que ça veut dire de pisser sa vie comme ça ? Des dentistes ! Mais jusqu'où faut-il être saoul pour s'en prendre à cinq dentistes à la fois ?

– Il y avait deux médecins.

Kemp considéra son aspect. Puis il se leva. Il était grand, fort et bien propre sur lui dans sa veste de sport et son pantalon gris, les tons neutres de sa cravate s'harmonisant parfaitement avec le reste de sa tenue.

– Où est ta voiture ?

Van Heerden se remit lentement sur ses pieds. Le monde tanguait légèrement autour de lui.

– Devant le bar.

– Allons-y, dit Kemp en ouvrant la porte.

Van Heerden le suivit jusqu'à l'accueil. Un sergent lui glissa ses objets personnels sur le comptoir – ses clés et son maigre portefeuille dans un sac en plastique. Il les prit sans le regarder dans les yeux.

– Je l'emmène, dit Kemp.

– Oh, il reviendra, dit le flic.

Dehors, il faisait froid. Le vent transperçait sa veste fine et il dut résister pour ne pas la croiser plus étroitement autour de son corps.

Kemp grimpa dans son gros 4 × 4 et se pencha en travers de la cabine pour lui ouvrir la portière passager. Van Heerden fit lentement le tour du véhicule, monta, referma la portière et appuya sa tête contre la vitre. Kemp déboîta.

– Quel bar ?

– Le Sports Pub, en face de Chez Panarotti.

– Qu'est-ce qui s'est passé ?

– Pourquoi es-tu venu me chercher ?

– Parce que tu as déclaré aux flics de Tableview que je les traînerais en justice, eux et tous tes dentistes, pour tout ce qui va de l'agression caractérisée aux brutalités policières.

Il se rappela vaguement la tirade dont il s'était fendu à la réception.

– Mon avocat ! dit-il d'un ton moqueur.

– Je ne suis pas ton avocat, van Heerden.

La douleur qu'il avait à l'œil l'empêcha de rire.

– Alors, pourquoi es-tu venu me chercher ?

Kemp changea brutalement de vitesse.

– Ça, Dieu seul le sait !

Van Heerden tourna la tête et regarda l'homme qui conduisait.

– Toi, tu veux quelque chose.

– Je t'ai rendu un service.

– Mais je ne te dois rien du tout.

Kemp aperçut le pub.

– C'est laquelle, ta voiture ?

Van Heerden lui montra la Corolla.

– Je vais te suivre, dit-il. Il va falloir que je t'aide à retrouver un air propre et respectable.

– Pourquoi donc ?

– Plus tard.

Van Heerden descendit, traversa la chaussée et gagna sa voiture. Il eut du mal à ouvrir la portière tant ses mains tremblaient. Le moteur toussa et siffla, mais finit par démarrer. Van Heerden mit le cap sur Koeberg Road, tourna à gauche après Killarney et prit la N7, le vent balayant soudain l'asphalte. A gauche vers la maison de Morning Star, et encore à gauche vers l'entrée de la petite ferme, la Ford d'importation de Kemp juste derrière lui. Il regarda la grande demeure au milieu des arbres, mais prit l'embranchement qui conduisait au petit bâtiment peint à la chaux et s'arrêta.

Kemp s'immobilisa à côté de lui et entrouvrit à peine sa vitre à cause de la pluie.

– Je t'attends, dit-il.

Il commença par se doucher, sans plaisir, laissant l'eau brûlante ruisseler sur son corps tandis que ses mains savonnaient automatiquement l'espace étroit qui séparait son épaule de sa poitrine et de son ventre – rien que du savon, pas de gant, et on fait attention en passant sur les côtes endolories. Puis, méthodiquement il se lava le reste du corps, en appuyant la tête contre le mur pour ne pas perdre l'équilibre en se nettoyant un pied, puis l'autre. Enfin il ferma les robinets et prit sur la barre la serviette de toilette blanche trop fine d'avoir été lavée et relavée. Tôt ou tard, il allait devoir en racheter une. Il laissa couler l'eau chaude au robinet du lavabo, mit les mains en coupe sous le filet d'eau et en aspergea la glace pour la désembuer. Puis il comprima le tube de crème à raser dans la paume de sa main gauche, y passa son blaireau, la fit mousser et s'en couvrit les joues.

Tout rouge et tout gonflé, son œil n'avait pas bonne mine. Il ne tarderait pas à devenir violacé. La croûte qu'il avait sur la lèvre disparut presque entièrement sous l'action de l'eau. Seule une petite ligne de sang séché y resta.

Il fit glisser le rasoir de son oreille gauche jusqu'au bas de sa joue, bien à plat sur la peau, puis de la mâchoire jusqu'au bas du cou, et recommença depuis le haut, sans se regarder. Il se tira sur la peau pour la tendre autour de sa bouche, passa au côté droit, rinça son rasoir, nettoya la cuvette avec de l'eau chaude et s'essuya de nouveau. Et se peigna. Il allait falloir nettoyer la brosse : elle était pleine de cheveux noirs.

Et s'acheter des sous-vêtements neufs. Et des chemises. Et des chaussettes. Le pantalon et la veste pouvaient encore passer. Au cul la cravate ! La pièce était sombre et froide. La pluie battait aux fenêtres, il était dix heures et quart du matin.

Il sortit. Kemp lui ouvrit la portière du 4 × 4.

Il y eut un long silence, qui dura jusqu'à Milnerton.

– On va où ?

– En ville.

– Toi, tu veux quelque chose, répéta-t-il.

– Une de nos avocates commises d'office vient de se lancer dans le privé. Elle a besoin d'aide.

– Et tu lui dois des trucs.

Kemp se contenta de grogner.

– Que s'est-il passé hier soir ?

– J'étais saoul.

– Non, je voulais dire : que s'est-il passé de différent des autres soirs ?

Il y avait des pélicans dans la lagune, en face du terrain de golf. Ils mangeaient, pas troublés le moins du monde par la pluie qui leur tombait dessus.

– Ils n'avaient que leurs 4 × 4 à la bouche.

– Et c'est pour ça que tu leur as sauté dessus ?

– C'est le gros qui a commencé.

– Pourquoi ?

Van Heerden se détourna.

– Je ne te comprends pas.

Il y alla d'un bruit de gorge.

– Tu as tout ce qu'il faut pour gagner ta vie. Mais tu te prends pour une merde…

Les bâtiments industriels de Paarden Island filaient au bord de la route.

– Que s'est-il passé ? répéta Kemp.

Van Heerden regarda la pluie – de fines gouttelettes couraient à toute allure sur le pare-brise. Il souffla fort, signe que tout était inutile.

– Dès qu'on dit à un type que c'est pas son 4 × 4 qui va lui donner des couilles, il fait semblant d'être sourd. Mais de là à ramener sa femme dans la…

– Putain de Dieu.

Pendant un bref instant van Heerden retrouva la haine qui l'avait saisi la veille au soir, puis le soulagement, le moment où il s'était laissé aller : les cinq types entre deux âges, le visage tordu de colère, les coups de poing et les coups de pied qu'ils lui avaient assénés avant que les trois barmen parviennent à les séparer.

Ils gardèrent le silence jusqu'à ce que Kemp s'arrête devant un bâtiment du front de mer.

– Troisième étage, dit celui-ci. Cabinet Beneke, Olivier et associés. Dis à Beneke que c'est moi qui t'envoie

Van Heerden acquiesça d'un signe de tête, ouvrit la portière et descendit. Kemp le regarda d'un air songeur.

Van Heerden referma sa portière et entra dans le bâtiment.

Il s'affala dans le fauteuil, le manque de respect s'affichant dans sa posture. Elle l'avait prié de s'asseoir. « C'est Kemp qui m'envoie », s'était-il contenté de dire. Elle avait acquiescé, regardé son œil et sa lèvre gonflés et décidé de passer outre.

– Je crois que vous et moi pourrions collaborer de manière profitable, monsieur van Heerden, lança-t-elle.

Elle ramena sa jupe sous elle et s'assit.

« Monsieur. » Et le coup du profit mutuel. Il connaissait la manœuvre. Mais il ne dit rien. Il la regarda. Et se demanda de qui elle avait hérité son nez et sa bouche. Et ses grands yeux et ses petites oreilles. Les dés de la génétique avaient roulé de bien étrange manière pour elle, ne la laissant qu'aux abords de la vraie beauté.

Elle avait croisé les mains sur le bureau, ses doigts joliment entrelacés.

– M. Kemp me dit que vous êtes un enquêteur expérimenté, mais que vous ne bénéficiez pas d'un emploi permanent en ce moment. Et j'ai, moi, besoin d'un bon enquêteur.

Encouragements à la Norman Vincent Peale[1]. Elle parlait avec aisance. Il se dit qu'elle devait être intelligente. Et qu'il faudrait sans doute plus de temps pour la faire sortir de ses gonds qu'une femme ordinaire.

Elle ouvrit un tiroir et y prit un dossier.

– M. Kemp vous a-t-il dit que j'étais un gros nul ? dit-il.

---

1. Norman Vincent Peale est l'auteur de nombreux ouvrages sur le pouvoir de la pensée positive *(NdT)*.

Ses mains hésitèrent un bref instant. Puis elle lui décocha un sourire compassé.

– Monsieur van Heerden, dit-elle, votre personnalité ne m'intéresse pas. Pas plus que votre vie privée. C'est d'une offre d'emploi qu'il s'agit. Je vous propose un travail temporaire moyennant une rétribution digne d'un professionnel.

Ce qu'elle pouvait se contrôler, bordel ! A croire qu'elle savait tout. A croire que pour se défendre, elle n'avait besoin que de son portable et de sa capacité en droit.

– Quel âge avez-vous ? lui demanda-t-il.

– Trente ans, lui répondit-elle sans hésitation.

Il regarda son annulaire – celui de la main gauche. Il était nu.

– Êtes-vous disponible, monsieur van Heerden ?

– Ça dépend pour quoi, lui répliqua-t-il.

2

Ma mère était peintre. Mon père travaillait à la mine.

Elle l'avait vu pour la première fois par un froid matin d'hiver, sur le terrain de rugby d'Olien Park couvert de givre. Son maillot rayé de l'équipe de Vaal Reef presque entièrement déchiré, il se dirigeait lentement vers la touche pour aller en prendre un autre – corps souple, sueur, ventre plat, épaules et côtes bien marquées qui luisaient un rien dans la faible lumière de cette fin d'après-midi.

Elle racontait l'histoire sans inventer, chaque fois : le bleu léger du ciel, le blanc-gris délavé de la pelouse, le petit groupe d'étudiants qui soutenaient bruyamment leur équipe contre celle des mineurs, le violet de leurs écharpes se détachant vivement sur le gris terne des travées en bois. Chaque fois que j'entendais ce récit j'y ajoutais des détails : la silhouette frêle de ma mère telle qu'on la voyait sur une photo en noir et blanc de la même époque, une cigarette à la main, ses yeux et ses cheveux noirs, sa beauté un peu maussade et rêveuse. La manière dont elle l'avait découvert – son corps et tous les traits de son visage irrésistiblement impeccables, comme si à travers eux elle pouvait tout voir.

« Jusque dans son cœur », disait-elle.

Avec une certitude absolue, elle avait alors compris

deux choses, la première étant qu'elle voulait faire son portrait.

Après le match elle avait attendu à l'extérieur du stade, au milieu des officiels et des remplaçants de l'équipe, jusqu'au moment où il était apparu. Veste et cravate, et les cheveux encore mouillés de la douche qu'il venait de prendre. Et lui l'avait vue dans la lumière du crépuscule, avait deviné l'intensité de ses sentiments et rougi, et s'était porté à sa rencontre comme s'il savait qu'elle le désirait.

Elle tenait un morceau de papier dans sa main.

« Passez-moi un coup de fil », lui avait-elle dit lorsqu'il était arrivé devant elle.

Ses coéquipiers l'entourant, elle s'était contentée de lui tendre son billet avec son adresse et son numéro de téléphone avant de faire demi-tour et d'aller retrouver la pension de Thom Street où elle habitait.

Il l'avait appelée le soir même, tard.

– Je m'appelle Emile.

– Je suis peintre. Je voudrais vous peindre.

– Oh. (Déception dans la voix.) Me peindre moi ?

– Oui, vous.

– Mais pourquoi ?

– Parce que vous êtes beau.

Il avait ri, mal à l'aise et n'y croyant visiblement pas. (Plus tard, il lui avait avoué que tout cela l'avait d'autant plus surpris qu'il avait un mal de chien à trouver des filles. Elle lui avait répondu que c'était parce qu'il se conduisait comme un idiot avec elles.)

– Je ne sais pas, avait-il fini par bafouiller.

– En guise de paiement, vous pouvez m'emmener dîner quelque part.

Il s'était contenté de rire à nouveau. Et à peine plus d'une semaine plus tard, par un froid matin d'hiver, c'était un dimanche, il avait pris sa Morris Minor au foyer de célibataires de Stilfontein pour la rejoindre à

Potchefstroom. Elle était montée dans sa voiture et, son chevalet et sa boîte de peinture avec elle, l'avait guidé jusqu'au barrage de Boskop, en passant par la route de Carletonville.

– Où allons-nous ? lui avait-il demandé.

– Dans le veld.

– Dans le veld ?

Elle avait acquiescé d'un signe de tête.

– On ne fait pas ça dans un… dans une pièce à peindre ?

– Un atelier ?

– Voilà.

– Des fois.

– Ah.

Ils avaient pris une route conduisant à une fermette et s'étaient arrêtés à un petit pont. Il l'avait aidée à transporter son matériel et l'avait regardée installer sa toile sur le chevalet, ouvrir sa boîte et préparer ses pinceaux.

– Maintenant, vous pouvez vous déshabiller.

– Il n'est pas question que j'enlève tout.

Elle s'était contentée de le dévisager en silence.

– Je ne sais même pas votre nom.

– Joan Kilian. Déshabillez-vous.

Il avait ôté sa chemise et ses chaussures.

– Je n'irai pas plus loin.

Elle avait acquiescé d'un signe de tête.

– Et maintenant, qu'est-ce que je fais ?

– Allez vous mettre sur ce rocher.

Il y était allé.

– Ne vous tenez pas aussi raide Détendez-vous. Laissez tomber les mains le long du corps. Regardez là-bas, vers le barrage.

Elle s'était mise à peindre. Il avait bien essayé de lui poser des questions, mais elle avait refusé de répondre, lui ordonnant seulement de temps en temps d'arrêter de gigoter, passant de son corps à sa toile, mélangeant et appliquant ses couleurs jusqu'à ce qu'il renonce à parler. Au bout d'une petite heure, elle lui avait donné l'autorisation de se reposer. Il avait réitéré ses questions et appris qu'elle était la fille d'une actrice et d'un professeur de théâtre de Pretoria. Leurs noms lui avaient vaguement rappelé quelques films en afrikaans des années 40.

Puis elle avait fini par allumer une cigarette et commencé à remballer ses affaires.

Il s'était rhabillé.

– Je peux voir ce que vous avez dessiné ? lui avait-il demandé.

– Peint, pas dessiné. Et la réponse est non.

– Mais pourquoi ?

– Vous pourrez voir quand ce sera fini.

Ils avaient repris la route de Potchefstroom et bu un chocolat chaud dans un café. Il lui avait posé des questions sur la peinture et le dessin, elle l'avait interrogé sur son travail. Puis, à un moment donné, vers la fin de cet après-midi d'hiver dans le Transvaal occidental, il l'avait regardée et avait déclaré :

– Je vais vous épouser.

Et elle, elle avait acquiescé d'un signe de tête parce que c'était bien la deuxième chose qu'elle avait sue avec certitude la première fois qu'elle avait posé les yeux sur lui.

3

L'avocate baissa les yeux sur le dossier et reprit lentement sa respiration.

– Johannes Jacobus Smit a été mortellement blessé
par une arme de gros calibre le 30 septembre de l'année
dernière, pendant le cambriolage de sa maison
de Moreletta Street, à Durbanville. Tout le contenu
du coffre-fort a disparu, y compris un testament par
lequel il aurait laissé tous ses biens à son amie Wilhel-
mina Johanna van As. Au cas où ce testament ne serait
pas retrouvé, feu M. Smit serait considéré comme
décédé intestat, tous ses biens étant alors transférés à
l'État.

– A combien se monte la succession ?

– On l'estime à un peu moins de deux millions de
rands pour l'instant.

Il s'en doutait.

– Et cette dame van As est votre cliente.

– Elle a vécu onze ans avec M. Smit. Elle l'a aidé
dans la conduite de ses affaires, elle lui a préparé ses
repas et nettoyé sa maison, elle a pris soin de ses vêtements et s'est fait avorter sur sa demande insistante.

– Et lui n'a jamais voulu l'épouser ?

– Il n'était pas… partisan du mariage.

– Où était-elle le soir du…

– Du 13 ? A Windhoek. C'est lui qui l'y avait envoyée. Pour affaires. Elle est revenue le 1er octobre et l'a trouvé mort, attaché à une chaise de cuisine.

Il s'affala encore plus dans son fauteuil.

– Et vous voulez que je retrouve ce testament ?

Elle acquiesça d'un signe de tête.

– J'ai déjà exploré toutes les failles juridiques de l'affaire, reprit-elle. La dernière délibération de la Cour suprême aura lieu dans une semaine. Si nous n'arrivons pas à fournir la pièce qu'ils demandent, Wilna van As ne touchera pas un sou

– Dans une semaine.

Elle fit oui de la tête.

– Et la police n'a aucune piste, c'est bien ça ?

– Ils ont fait de leur mieux.

– Mais ça remonte à presque... dix mois ! Le meurtre, je veux dire.

Elle acquiesça encore une fois.

Il la regarda, puis s'absorba dans la contemplation des deux diplômes accrochés au mur. Ses côtes lui faisant toujours mal, il y alla d'un petit bruit obscène, de douleur et d'incrédulité mélangées.

– Une semaine, répéta-t-il.

– Je...

– Kemp ne vous a pas dit ? Les miracles, je n'en fais plus.

– Monsieur van...

– Dix mois se sont écoulés depuis la mort de ce type. Vous gaspillez l'argent de votre cliente. Pas que ça devrait gêner un avocat, mais...

Il vit ses yeux se rétrécir tandis qu'une petite marque rose en forme de croissant de lune apparaissait lentement sur une de ses joues.

– Sachez que mon éthique professionnelle est au-dessus de tout soupçon, monsieur van Heerden.

– Pas si vous donnez l'impression à cette Mme van

As qu'il y a encore de l'espoir, répliqua-t-il en se demandant jusqu'où elle pouvait se dominer.

— *Mademoiselle* van As, monsieur van Heerden. Et elle sait parfaitement le risque qu'elle court. Je ne lui ai pas caché que ce petit travail pouvait se révéler parfaitement inutile, mais elle est prête à vous payer. C'est sa dernière chance. Et la seule possibilité qui lui reste. A moins, bien sûr, que vous ne voyiez pas très clair dans votre tête, monsieur van Heerden. Cela dit, vous n'êtes pas le seul à avoir le genre de talent nécessaire et…

Le petit croissant de lune était rouge vif, mais le ton restait mesuré et la voix bien contrôlée.

— … à mourir d'envie d'empocher l'argent de *mademoiselle* As, enchaîna-t-il en se demandant si son croissant de lune pouvait rougir encore plus.

A sa grande surprise, elle sourit.

— La manière dont vous avez récolté ces blessures ne m'intéresse pas vraiment, lui rétorqua-t-elle en désignant son visage d'une main joliment manucurée. Mais je commence à comprendre pourquoi.

Il vit le croissant de lune commencer à disparaître. Déçu, il réfléchit un instant.

— Qu'y avait-il d'autre dans le coffre-fort ? demanda-t-il.

— Elle ne sait pas.

— Elle ne sait pas ? Elle couche avec lui pendant onze ans et elle ne sait pas ce qu'il y a dans son coffre-fort ?

— Savez-vous ce qu'il y a dans la garde-robe de votre femme, monsieur van Heerden ?

— Comment vous appelez-vous, déjà ?

Elle hésita.

— Hope[1].

— Hope ?

— Mes parents étaient du genre… romantique.

1. « Espoir » en anglais *(NdT)*.

Il fit rouler son prénom sur sa langue. Hope. Hope Beneke. Il la regarda et se demanda comment on pouvait avoir trente ans et supporter encore un tel prénom. Hope. Il regarda ses cheveux courts. On aurait dit ceux d'un homme. L'espace d'un instant il se demanda aussi où les dieux chargés de lui donner un visage avaient cafouillé – un petit jeu ancien, qu'il se rappela vaguement.

– Je n'ai pas de femme…, Hope, lui asséna-t-il enfin.

– Ça ne m'étonne pas. Et vous vous prénommez ?

– J'aime beaucoup « monsieur ».

– Vous êtes prêt à relever le défi…, *monsieur* van Heerden ?

Petite femme d'âge moyen impossible à préciser, Wilna van As avait un physique rond et sans grandes aspérités. Assise dans la salle de séjour de la maison de Durbanville, elle leur parlait de Jan Smit d'une voix calme.

– Je vous présente M. van Heerden, notre détective, lui avait dit Hope Beneke.

« Notre » détective, non mais ! Comme s'il était devenu la propriété du cabinet ! Il avait demandé du café lorsque Wilna leur avait proposé de boire quelque chose. Étrangers l'un à l'autre, Hope Beneke et « monsieur » le détective se tenaient bien droits et à bonne distance l'un de l'autre.

– Je sais qu'il sera pratiquement impossible de retrouver ce testament en temps voulu, reprit Wilna van As en s'excusant presque.

Van Heerden regarda l'avocate. Elle soutint son regard, son visage restant sans expression.

Il acquiesça.

– Et vous êtes certaine que ce document existe ? insista-t-il.

Hope Beneke respira un petit coup comme si elle voulait élever une objection.

– Oui. Jan l'a apporté ici un soir, répondit-elle en lui indiquant la direction de la cuisine. Nous nous sommes assis à la table et il m'a tout expliqué, un paragraphe après l'autre. Le document n'est pas bien long.

– Et sa teneur en est que vous deviez tout avoir en héritage ?

– Oui.

– Qui avait rédigé l'acte ?

– Lui. C'était son écriture.

– Des témoins ?

– Il l'avait fait authentifier au commissariat de Durbanville. Deux personnes l'ont contresigné.

– Et il n'y en avait qu'un exemplaire ?

– Oui, répondit-elle d'un ton résigné.

– Vous n'avez pas trouvé bizarre qu'il n'ait pas demandé à un avocat ou à un notaire de le rédiger pour lui ?

– Jan était comme ça.

– Comme ça quoi ?

– Secret.

Le mot resta en suspens dans l'air. Van Heerden garda le silence jusqu'à ce qu'elle reprenne la parole.

– Je trouvais qu'il ne faisait pas beaucoup confiance aux gens.

– Et… ?

– Il… nous… nous menions une vie simple. Nous partions travailler le matin et nous rentrions le soir. Il lui arrivait de parler de sa maison comme de sa « cachette ». Nous n'avions pas d'amis, en fait.

– Que faisait-il ?

– Il était marchand de meubles. Ceux qu'on qualifie d'antiquités. Il disait qu'en Afrique du Sud il n'y en avait pas vraiment parce que ce pays est trop jeune. Nous étions grossistes. Nous cherchions de la marchandise pour des revendeurs. Il nous arrivait aussi de travailler directement avec des collectionneurs.

– Quel était votre rôle ?

– J'ai commencé à travailler pour lui il y a douze ans. En qualité de… secrétaire. Il parcourait la campagne pour trouver des meubles et s'arrêtait dans des fermes. Je tenais le bureau. Au bout de six mois…

– Où est ce bureau ?

– Ici, dit-elle. Dans Wellington Street. Derrière le supermarché Pick'n Pay[1]. C'est la petite maison…

– Et il n'y avait pas de coffre-fort dans le bureau.

– Non.

– Et six mois plus tard… ? la relança-t-il.

– J'ai appris le boulot en un rien de temps. Il se trouvait dans la province de Northern Cape quand j'ai reçu un appel de Swellendam. C'était pour un *jonkmanskas*, une armoire, si je me souviens bien… XIXᵉ siècle, une très jolie pièce avec de la marqueterie… Toujours est-il que je lui ai passé un coup de fil et qu'il m'a dit d'aller y jeter un coup d'œil. J'y suis montée en voiture et je l'ai achetée pour deux fois rien. Ça l'a beaucoup impressionné à son retour. A partir de ce moment-là, je me suis impliquée de plus en plus et…

– Qui s'occupait du bureau ?

– Au début, on a établi un roulement. Mais après, c'est lui qui y est resté.

– Ça ne vous embêtait pas ?

– Non, j'aimais bien.

– Quand avez-vous commencé à vivre ensemble ?

Elle hésita.

– Mademoiselle van As, lança Hope Beneke en se penchant en avant et cherchant rapidement ses mots. M. van Heerden est malheureusement obligé de vous poser certaines questions qui risquent de vous mettre..

---

1. Soit : « Choisissez et payez » *(NdT)*.

mal à l'aise. Mais il est primordial que nous ayons le plus de renseignements possible.

Wilna van As acquiesça d'un signe de tête.

– Bien sûr, dit-elle. C'est juste que... Je n'ai pas l'habitude de discuter de mes relations avec lui. Jan était toujours... Il disait que personne n'avait besoin de savoir. Parce que les gens n'arrêtent pas de cancaner.

Elle se rendit compte que van Heerden attendait toujours sa réponse.

– Un an après avoir commencé à travailler ensemble.

– Onze ans donc, dit-il.

Ce n'était pas une question.

– C'est ça.

– Dans cette maison.

– Oui.

– Et vous n'êtes jamais allée voir ce qu'il y avait dans le coffre.

– Non.

Il se contenta de la regarder dans les yeux.

– Oui, c'est comme ça, dit-elle avec un petit geste.

– Comment auriez-vous fait pour sortir le testament du coffre si les circonstances entourant la mort de Jan Smit avaient été différentes ?

– Je connaissais la combinaison.

Il attendit.

– Jan l'avait changée. Pour qu'elle coïncide avec la date de mon anniversaire. Il l'a fait après m'avoir montré le testament.

– Gardait-il tous ses documents importants dans ce coffre ?

– Je ne sais pas ce qu'il y avait mis d'autre. Parce que maintenant tout a disparu.

– Je pourrais le voir ? Le coffre, s'entend.

Elle acquiesça et se leva. Il la suivit dans le couloir sans mot dire, Hope Beneke fermant la marche. Entre la salle de bains et la chambre principale, du côté droit, se trouvait la grosse porte en acier du coffre, un mécanisme d'ouverture par combinaison enchâssé dedans. La porte était ouverte. Wilna van As ayant effleuré un bouton sur le mur, une lumière fluorescente s'alluma en clignotant, puis brilla fort. Wilna entra dans le coffre.

– A mon avis, ce coffre est un ajout, reprit-elle. Il a dû l'installer après avoir acheté la maison.

– « A votre avis » ?

– Il n'en a jamais parlé.

– Et vous ne lui avez jamais posé la question ?

Elle hocha la tête. Il examina l'intérieur du coffre. Toutes les étagères en bois qui recouvraient les parois étaient vides.

– Vous n'avez aucune idée de ce qu'il y avait là-dedans ?

Elle hocha de nouveau la tête, toute petite à côté de lui dans l'espace restreint du coffre.

– Vous n'êtes jamais passée devant quand il travaillait dedans ?

– Il fermait la porte.

– Et ce côté cachottier ne vous agaçait pas ?

Elle lui jeta un regard quasi enfantin.

– C'est que vous ne le connaissiez pas, monsieur van Rensburg.

– Van Heerden.

– Je vous demande pardon. (Il la vit qui rougissait.) D'habitude, je me souviens mieux des noms.

Il hocha la tête.

– Jan Smit était… c'était quelqu'un de très secret.

– Et vous n'avez pas nettoyé après qu'il…

– Si, si. Dès que la police a eu fini.

Il pivota sur ses talons, sortit du coffre et passa devant Hope Beneke, dans le couloir, pour regagner la salle de séjour. Les deux femmes l'y suivirent et ils se rassirent.

– Vous êtes la première à être arrivée sur les lieux ?

L'avocate leva les mains en l'air.

– Et si on soufflait un peu, hein ? dit-elle.

Van As acquiesça d'un signe de tête, van Heerden gardant le silence.

– J'aimerais beaucoup boire un thé, reprit Hope Beneke. Si ça ne vous dérange pas trop…

Elle décocha un sourire plein de chaleur et de sympathie à sa cliente.

– Avec plaisir, répondit celle-ci en se dirigeant vers la cuisine.

– Un brin de gentillesse ne ferait de mal à personne, monsieur van Heerden, lança Hope Beneke à l'adresse du détective.

– Appelez-moi van Heerden, lui renvoya-t-il.

Elle le regarda.

Il se renversa dans le fauteuil. Son mal aux yeux était plus violent que les douleurs qu'il avait dans la poitrine. Sa cuite lui battait encore sourdement dans la tête.

– Hope, enchaîna-t-il, sept jours ne me laissent guère de temps pour les gentillesses.

Il constata son irritation quand il l'appela par son prénom. Cela lui plut.

– Je n'ai pas l'impression que ça demanderait beaucoup de temps ou d'efforts.

Il haussa les épaules.

– A vous entendre, continua-t-elle, on pourrait croire que vous la soupçonnez.

Il garda le silence un instant. Puis il dit lentement et d'un ton las :

– Depuis combien de temps êtes-vous avocate ?

– Pas loin de quatre ans.

– Et de combien d'affaires d'homicides vous êtes-vous occupée pendant ce temps ?

– Je ne vois pas le lien avec vous et votre manque de décence élémentaire.

– Pourquoi croyez-vous que Kemp m'ait recommandé à vous ? Parce que je serais un type adorable ?

– Quoi ?

Il ignora sa question.

– Je sais ce que je fais, Beneke. Je sais très bien ce que je fais.

4

Des années durant, le portrait en pied de mon père
resta accroché au mur en face du grand lit dans leur
chambre. Mineur plein de souplesse aux cheveux d'un
blond cuivré et au torse bien musclé, il y resplendissait
sur fond de corniche dans un Transvaal occidental
délavé par le soleil d'hiver. Ce tableau disait leur rencontre inhabituelle, leur flirt unique en son genre et un
amour en coup de foudre manifestement plus répandu
en ces temps-là que de nos jours.

Je ne vous offre pas la rencontre d'Emile et de Joan
en guise de prologue amusant, mais comme un des faits
essentiels qui façonnèrent ma vie.

C'est dans l'ombre de leur idylle que je devais passer
les trois quarts de mon existence à courir après cet instant où, moi aussi, je trouvai enfin les mêmes théâtrale
certitude et immédiateté de l'amour.

Et courus à ma perte.

Mon père était un homme intègre. Comme il aurait
été déçu de voir l'adulte que devint son fils ! C'est sur
cette qualité – et aussi sur son physique – que reposa le
couple qu'ils formèrent : ils n'avaient rien d'autre en
commun. Même trois ans après leur mariage, dans la
maison de la compagnie minière de Stilfontein, ils
appartenaient encore à des mondes séparés.

Je suis bien obligé de reconnaître que je ne me rappelle pas grand-chose des quatre ou cinq premières années de ma vie, mais je sais que ma mère était toujours entourée par ses amis artistes : peintres, sculpteurs, acteurs et musiciens, tous venaient la voir de temps en temps de Johannesburg et de Pretoria, la troisième chambre de la maison débordant alors de monde, quand, certains week-ends, on n'allait pas jusqu'à coucher dans la cuisine. C'était elle qui menait la conversation, une cigarette à la bouche, un livre ouvert à portée de main, de la musique montant de disques passablement rayés, essentiellement du Schubert, mais aussi du Beethoven et du Haydn. (Mozart, à l'entendre, manquait de passion.) Elle n'aimait pas faire le ménage et la cuisine, mais il y avait toujours un repas prêt pour mon père quand il rentrait – souvent c'était un plat exotique que lui avait préparé une de ses amies. Mon père était la silhouette qui passait à la périphérie, l'homme qui remontait du fond avec son casque et sa gamelle en fer-blanc et filait droit au terrain de rugby pour s'entraîner. Ou qui allait faire du jogging en été. Un vrai fana du « fitness » bien avant que cela devienne à la mode. Il faisait l'Ultra-marathon des camarades[1] tous les ans, et d'autres encore. C'était un homme tranquille dont toute la vie tournait autour de l'amour qu'il portait à ma mère et au sport – et à moi plus tard.

C'est dans cette maison de Stilfontein que le destin me fit entrer le 27 janvier 1960, garçon qui avait les traits sombres de sa mère et, c'était évident, les silences de son père.

Ce fut lui qui proposa de me prénommer « Zatopek ».

Il admirait beaucoup ce coureur tchèque et le fait qu'il ait le même prénom que lui, même s'il s'épelait

---

1. Nom donné au marathon qui se court chaque année entre Petermaritzburg et Durban (*NdT*).

autrement, n'était sans doute pas étranger à l'affaire. Pour ma mère, ce « Zatopek » avait quelque chose de différent, d'exotique et de bohème. Avec leurs prénoms des plus ordinaires, ils n'auraient ni l'un ni l'autre pu prévoir les conséquences de leur choix sur un gamin qui devait grandir dans une ville minière. Pas que les taquineries grossières de ses camarades auraient laissé des cicatrices. Mais ils n'avaient pas non plus imaginé quelle irritation on peut éprouver, toute sa vie durant, à être obligé d'épeler son prénom chaque fois qu'il s'agit de remplir un formulaire. A affronter, chaque fois qu'on se présente, un haussement de sourcils interrogatif accompagné de l'inévitable : « Vous dites ? »

Seuls deux événements devaient me marquer à jamais pendant les six premières années de mon existence.

Le premier fut la découverte de la beauté féminine.

Les conséquences en sont multiples et je vous demande de bien vouloir me supporter, et pardonner, si j'oublie tout de la chronologie. Mais c'est un sujet qui devait me fasciner et m'enchanter, finissant par compliquer encore le puzzle de ma psychologie.

Les détails précis de cet événement sont depuis long-temps oubliés. Je devais avoir cinq ans et, entouré d'adultes, là, au milieu du grand cercle d'amis artistes de ma mère, jouer dans la salle de séjour de la maison de la compagnie minière lorsque je levai les yeux sur une de ses amies actrices. Et dans l'instant je reconnus sa beauté, sans pouvoir la définir, mais sachant complè-tement qu'elle était belle et qu'on ne pouvait qu'être ravi par l'ensemble de ses traits. Je dois aussi admettre que je ne me rappelle plus son visage, seulement qu'elle était petite et mince et avait, peut-être, les cheveux bruns. Cet instant devait être la première d'une longue série d'expériences similaires, chacune marquant une admiration et des interrogations grandissantes envers ce qui fait la beauté des femmes.

Le danger, bien sûr, était de perdre toute objectivité. Tous les hommes n'admirent-ils pas les femmes ? Cela dit, je pensais que ce que j'éprouvais pour la beauté féminine, la façon dont elle m'impressionnait, était hors du commun. Peut-être, songeais-je alors, quand j'avais encore la force et le désir de réfléchir, était-ce là le seul gène artistique que ma mère m'avait laissé en héritage – la capacité à être emporté par les formes, les rondeurs et tous les détails qui font une femme, et à l'être tout aussi fort qu'elle avait, elle, était enchantée par le corps de mon père. La différence est qu'elle avait voulu le peindre, comme elle peignait d'autres visages et sujets. Alors que regarder et me poser des questions me suffisait toujours amplement. Je m'étonnais de l'injustice divine qui confère la beauté d'une manière aussi aléatoire et m'insurgeais contre un vieillissement qui pouvait à tel point reprendre cette beauté que seule en restait la personnalité qui avait été façonnée par elle. Je me demandais en quoi être d'une beauté stupéfiante pouvait influer sur le caractère d'une femme et voulais comprendre l'étrangeté qu'il y a à être belle en toutes les facettes d'un nez, d'une bouche et d'un menton, d'une pommette et d'un œil. Et toujours je me posais des questions sur l'humour des dieux, sur leur méchanceté, et sur la cruauté qu'il y a à donner un corps parfait à une femme et à lui refuser ce qui est à l'épicentre même du beau, savoir un visage. Ou à joindre un corps ignoble et un visage exquis. A ajouter un rien d'imperfection au mélange afin que le résultat reste pris dans une sorte d'indécidable.

Et, bien sûr, je m'émerveillais du talent qu'ont les femmes pour améliorer une nature parcimonieuse avec vêtements et couleurs, rouge à lèvres, brosses et petits mouvements des mains et des doigts destinés à donner meilleure allure au produit définitif.

Dès cet instant-là, dans cette salle de séjour de Stilfontein, je fus esclave de la beauté.

Le deuxième événement inoubliable des six premières années de ma vie commença par un tremblement de terre.

5

– Je suis rentrée de Windhoek et Jan avait promis de passer me prendre à l'aéroport. Mais il n'y était pas. J'ai appelé à la maison, pas de réponse. J'ai pris un taxi après avoir attendu presque deux heures. Il était tard, aux environs de dix heures du soir, sans doute. La maison était plongée dans le noir. Ça m'a fait peur parce qu'il rentrait toujours tôt. J'ai ouvert la porte de devant, je suis entrée et je l'ai vu tout de suite… dans la cuisine. C'est même la première chose que j'ai vue. Et j'ai tout de suite compris qu'il était mort. Il n'y avait pas énormément de sang. Sa tête était retombée sur sa poitrine. Ils l'avaient attaché sur une chaise de la cuisine. Je les ai toutes revendues. Je ne supportais plus de les voir. D'après la police, ils lui avaient attaché les bras dans le dos avec du fil électrique. Je ne suis jamais arrivée à m'approcher plus près. Je suis restée debout dans l'entrée, puis j'ai couru chez les voisins. Ce sont eux qui ont appelé la police, j'étais en état de choc. Ils ont aussi appelé le médecin.

Au son de sa voix il comprit qu'elle avait déjà raconté plus d'une fois son histoire : les intonations s'effacent peu à peu sous l'effet de la répétition et du traumatisme rentré.

– Plus tard, reprit-il, la police vous a demandé de tout vérifier dans la maison.

— Oui. Ils voulaient savoir des tas de choses. Comment l'assassin avait fait pour entrer, ce qu'on avait volé…

— Et vous avez pu les aider ?

— Personne ne sait comment ils se sont introduits dans la maison. D'après la police, ils auraient attendu son retour. Sauf que les voisins n'ont rien remarqué.

— Des choses qui auraient disparu ?

— Seulement ce qu'il y avait dans le coffre.

— Son portefeuille ? La télévision ? La chaîne stéréo ?

— Non, rien en dehors de ce qu'il y avait dans le coffre, répéta-t-elle.

— Combien de temps étiez-vous restée à Windhoek ?

— J'avais passé toute la semaine en Namibie. A la campagne, essentiellement. Windhoek, je n'avais fait qu'y aller et en revenir en avion.

— Depuis combien de temps était-il mort quand vous êtes arrivée ?

— D'après la police, ça s'était produit la veille au soir. Avant mon retour, donc.

— Vous ne lui aviez pas téléphoné ce jour-là ?

— Non. Je l'avais appelé de Gobabis deux jours avant. Juste pour lui dire ce que j'avais trouvé.

— Quelle impression vous avait-il faite ?

— La même que d'habitude. Il n'aimait pas le téléphone. C'est moi qui ai fait l'essentiel de la conversation. Je me suis assurée que les prix que je proposais étaient convenables et je lui ai donné les adresses où envoyer le camion.

— Il ne vous a rien dit de bizarre ? de différent ?

— Non.

— Vous parlez de camion… de quel camion s'agit-il ?

— Il ne nous appartient pas. C'étaient les transports Manie Meiring de Kuilsriver qui allaient chercher la marchandise une fois par mois. On leur donnait les adresses et les chèques à remettre aux vendeurs. Ils envoyaient quelqu'un avec un camion.

– Combien de gens savaient-ils que vous n'étiez pas chez vous cette semaine-là ?

– Je ne sais pas… Seulement Jan, en fait.

– Avez-vous une femme de ménage ? Un jardinier ?

– Non. Je… nous faisions tout nous-mêmes.

– Un service de nettoyage pour le bureau ?

– Les flics me l'ont aussi demandé. Il se peut que quelqu'un ait su que j'étais partie, mais non, nous n'avions pas d'autres employés. La police a également voulu savoir si je quittais régulièrement la ville, mais cela ne se produisait jamais au même moment chaque mois. Des fois je partais pour un jour ou deux, d'autres pour quinze.

– Et à ce moment-là, c'était Jan Smit qui lavait son linge et faisait le ménage ?

– Il n'y avait pas grand-chose à nettoyer et il y a une laverie qui fait aussi repassage dans Wellington Street.

– Qui connaissait l'existence de ce coffre ?

– Seulement Jan et moi.

– Aucun ami ? Personne de la famille ?

– Non.

– Mademoiselle van As, voyez-vous quelqu'un qui aurait pu l'attendre pour l'assassiner ? Quelqu'un qui aurait pu savoir ce qu'il y avait dans le coffre ?

Elle hocha la tête et, sans prévenir, les larmes se mirent à couler sur ses joues.

– Mais je vous connais, vous ! s'écria Mavis Petersen lorsqu'il entra dans le bâtiment sans beauté de la brigade des Vols et Homicides de Kasselsvlei Road, à Bellville.

Y retourner ne l'enchantait guère. Il n'avait aucune envie de compter le nombre d'années qui s'étaient écoulées depuis qu'il avait franchi ces mêmes portes pour s'en aller. Rien ou presque n'avait changé. Partout c'était la même odeur de moisi, le même carrelage par terre, le même mobilier pour fonctionnaires. La même Mavis aussi. Plus vieille, mais tout aussi accueillante.

– Bonjour, Mavis, dit-il.

– Mais c'est le capitaine ! reprit-elle en claquant dans ses mains.

– Capitaine, non, Mavis. Je ne le suis plus.

– Et regardez-moi cet œil ! Mais qu'est-ce que vous avez fait ? Ça remonte à combien d'années, tout ça, hein ? Et qu'est-ce qu'il fabrique, notre capitaine, maintenant ?

– Il en fait le moins possible, dit-il, mal à l'aise. (Il ne s'attendait pas à un accueil pareil et n'avait pas envie d'infecter cette femme avec les horreurs de sa vie.) Tony est là ?

– J'arrive pas à y croire, capitaine. Vous avez maigri. Oui, oui, l'inspecteur O'Grady est là, au premier. Vous voulez que je l'appelle ?

– Non merci, Mavis, je vais monter.

Il longea le bureau de Mavis et entra dans le corps principal du bâtiment, les souvenirs frappant fort à la porte de sa mémoire. Il n'aurait pas dû venir. Il aurait dû retrouver O'Grady ailleurs. Des inspecteurs étaient assis dans des bureaux, d'autres passaient devant lui, visages qu'il ne connaissait pas. Il monta l'escalier jusqu'en haut, dépassa la salle de repos, y vit quelqu'un et lui demanda son chemin. Enfin il arriva au bureau d'O'Grady.

Le gros type qui y était assis leva la tête en l'entendant frapper sur le montant de la porte.

– Salut, Nougat.

– Ah, mon Dieu ! s'exclama O'Grady en fermant les yeux.

– Pas vraiment, mais merci quand même…

Van Heerden s'approcha du bureau et lui tendit la main. O'Grady se dressa à moitié sur sa chaise, lui serra la main et se laissa retomber sur son siège, la bouche encore entrouverte. Van Heerden sortit une barre de nougat d'importation de la poche de sa veste.

– Tu manges toujours ces trucs-là ? demanda-t-il.

O'Grady ne la regarda même pas.

– Je n'en crois pas mes yeux, dit-il.

Van Heerden posa la barre de nougat sur le bureau.

– Putain, van Heerden, ça fait combien d'années qu'on s'est pas vus ? J'ai l'impression d'avoir un fantôme devant moi.

Van Heerden s'assit sur une des chaises en acier gris.

– Sauf que les fantômes doivent pas avoir les yeux au beurre noir, pas vrai ? reprit O'Grady en prenant le nougat. C'est quoi ça ? Un pot-de-vin ?

– A toi de voir.

O'Grady tripatouilla l'emballage en cellophane.

– D'où sors-tu ? Tu sais qu'on ne parle même plus de toi dans la maison ?

– J'ai passé pas mal de temps dans le Gauteng, dit-il en inventant.

– Chez les flics ?

– Non.

– Putain ! Attends un peu que je le dise aux autres ! Eh mais… qu'est-ce que tu t'es fait à l'œil ?

– Un petit accident, répondit-il. J'ai besoin de ton aide, Tony.

Il n'avait pas envie que la conversation s'éternise.

O'Grady mordit dans la barre de nougat.

– Ça, tu sais comment t'y prendre pour avoir ce que tu veux ! dit-il.

– C'est bien toi qui t'es occupé du dossier Smit, non ? En septembre dernier ? Johannes Jacobus Smit ? Assassiné chez lui ? Le coffre-fort…

– Et donc, t'es devenu détective privé…

– En gros, oui.

– Mais putain, van Heerden, on gagne pas sa vie dans ce métier ! Pourquoi tu ne reviens pas chez nous ?

Van Heerden souffla un grand coup. Il n'était pas question de laisser voir la peur et la colère qui l'habitaient.

– Te rappelles-tu l'affaire ?

O'Grady le dévisagea longuement, ses mâchoires remuant lentement tandis qu'il mastiquait, ses yeux comme des fentes. *Il n'a pas changé du tout,* songea Van Heerden. *Il n'est ni plus gros ni plus mince qu'avant.* C'était bien le même policier grassouillet qui cachait un esprit des plus vifs derrière un gros corps et une personnalité haute en couleur.

– Oui, oui… et en quoi ça t'intéresse ?

– Sa maîtresse aimerait bien mettre la main sur un testament qui se trouvait dans son coffre-fort.

– Et c'est toi qu'on a chargé de le retrouver ?

– Oui.

O'Grady hocha la tête.

– Détective privé. Ben merde alors. T'étais tellement bon.

Van Heerden souffla fort une deuxième fois.

– Le testament, dit-il.

O'Grady le regarda derrière sa barre de nougat.

– Ah oui. Le testament. (Il reposa le reste de la barre sur son bureau.) Tu sais quoi ? C'est le seul truc que personne n'est jamais arrivé à s'expliquer. (Il se renversa en arrière et se croisa les bras sur la poitrine.) Une vraie saloperie, ce testament. Non, parce qu'au début j'étais sûr que c'était elle qui lui avait fait sa fête. Ou qui avait engagé quelqu'un pour le liquider. Ça collait parfaitement avec le reste. Smit n'avait pas d'amis, pas de collègues de boulot, pas d'employés. Sauf que les types sont entrés, qu'ils l'ont torturé jusqu'à ce qu'il leur file la combinaison et qu'ils ont vidé le coffre-fort avant de le zigouiller. Et qu'ils n'ont rien pris d'autre.

C'est le crime de quelqu'un qui savait. Et du côté des gens qui savaient, il n'y avait qu'elle. Enfin… à ce qu'elle dit.

– Ils l'ont torturé ?

– A la lampe à souder. Les bras, les épaules, la poitrine et les couilles. Une vraie boucherie que ç'a dû être.

– Elle le sait ?

– On ne l'a dit ni à elle ni à la presse. Je n'ai pas beaucoup dévoilé mon jeu pour essayer de la piéger.

– Elle dit qu'elle connaissait la combinaison.

– Il n'est pas impossible qu'ils y soient allés à la lampe à souder pour écarter les soupçons. Pour qu'on ne pense plus à elle.

– L'arme du crime ?

– Ben là aussi, c'est bizarre. D'après les types de la balistique, ce serait un M16. Modèle de l'armée américaine. Et ces machins-là, il n'y en a quand même pas beaucoup qui traînent à droite et à gauche, tu sais.

Van Heerden hocha la tête.

– Un seul coup de feu ?

– Ouais. Genre exécution – une balle dans la nuque.

– Parce qu'il les avait vus ? Ou les connaissait ?

– Va savoir… par les temps qui courent ! Peut-être même qu'ils l'ont abattu pour le plaisir.

– Combien étaient-ils, à ton avis ?

– On n'en sait rien. Pas d'empreintes dans la baraque, pas d'empreintes à l'extérieur, pas de voisins qui auraient vu quoi que ce soit. Cela dit, Smit était un costaud et raisonnablement en forme. Ils devaient être à plusieurs.

– Que dit le labo ?

O'Grady se pencha en avant et ramena le nougat vers lui.

– Que dalle. Pas d'empreintes, pas de poils, pas de cheveux, pas de fibres. Rien qu'un bout de papier. Dans le coffre. Tout ce qu'ils ont trouvé, c'est un bout de papier de la taille de deux boîtes d'allumettes. Les petits futés de Pretoria affirment que c'était du papier d'emballage. Pour envelopper des petits tas de fric. Tu sais bien… dix mille rands en billets de cinquante, ce genre de trucs…

Van Heerden haussa les sourcils.

— Sauf que le plus drôle de l'affaire c'est que, d'après le genre d'emballage et autres conneries, ils sont à peu près sûrs qu'il s'agirait plutôt de dollars. De dollars américains, s'entend.

— Merde ! s'écria van Heerden.

— Je ne te le fais pas dire. Et le mystère s'épaissit encore. Vu que c'était la seule chose sur quoi je pouvais m'appuyer, j'ai mis la pression maximum sur Pretoria par l'intermédiaire du colonel. Et là-bas, ils ont un expert en monnaies. Un certain Claassen, enfin… je crois. Il a donc remis le nez dans ses manuels et repris son microscope et nous a affirmé qu'il s'agissait de coupures anciennes. Les Américains n'emballent plus leur fric comme ça. Mais ils le faisaient encore dans les années 70. Jusqu'au début des années 80, même.

Van Heerden mit un certain temps à digérer le renseignement.

— Et tu as cuisiné Wilna van As sur ce point ? reprit O'Grady.

— Oui. Et je n'ai eu droit qu'à la réponse habituelle : elle ne sait rien. Elle n'a jamais reçu de dollars en paiement de ses meubles, et n'en a pas acheté avec non plus. Elle ne sait même pas à quoi ressemble un dollar US. Non, je te dis… cette nana vit avec lui pendant plus de dix ans, mais elle a tout des trois singes – je n'entends, ne vois et ne dis rien de mal. En plus que j'ai sa petite bombe sexuelle d'avocate constamment sur le dos ! Un vrai lutteur de sumo, cette nana ! Il suffit que je pose une question un peu directe à sa cliente et ça y est.

Frustré, O'Grady mordit dans sa barre de nougat et s'effondra de nouveau sur sa chaise.

– Et pas de clients ou d'amis américains en vue, ajouta van Heerden.

Ce n'était pas une question – la réponse, il la connaissait déjà.

Le gros inspecteur parlait la bouche pleine, mais l'énonça très clairement.

– Non, dit-il, pas un seul. Sauf que pour moi, avec le M16 et ces dollars, penser qu'un Yankee est dans le coup me paraît raisonnable.

– D'après son avocate, elle serait innocente.

– C'est ton dernier employeur en date ?

– Oui. Pour un temps.

– Essaie au moins de coucher avec elle. Parce que moi, je te dis que c'est tout ce que tu pourras obtenir d'elle. C'est l'impasse, cette affaire. Où il est le motif de la demoiselle, tu veux me le dire ? Sans ce testament, elle n'aura rien, enfin… à première vue.

– A moins qu'il n'y ait un accord secret stipulant qu'elle récoltera la moitié du gâteau disons… dans un an ou deux. Quand tout se sera calmé.

– Peut-être…

– Et il n'y a pas d'autres suspects en dehors d'elle ?

– Non. Personne.

L'heure était venue de jouer les humbles.

– Tony, reprit-il, j'aimerais beaucoup jeter un coup d'œil au dossier. (O'Grady le regarda fixement.) Je sais que t'es un bon flic, Nougat. Il faut juste que je fasse semblant.

– D'accord, mais tu peux pas l'emporter chez toi. Il faudra le consulter ici.

6

Le tremblement de terre me réveilla tard le soir, tonnerre roulant et profond qui montait des abîmes et faisait vibrer toutes les fenêtres et le toit en tôle ondulée
de la maison. Je hurlai, mon père vint me réconforter. Il
me prit dans ses bras – il faisait noir –, et me dit que ce
n'était rien. C'était juste la terre qui bougeait pour se
mettre plus à l'aise.

J'avais retrouvé le sommeil lorsque le téléphone
sonna, environ une heure plus tard. On lui demandait
d'y aller.

Il dirigea une des équipes de sauvetage qui devait sortir les quatorze mineurs piégés un kilomètre sous terre
après l'effondrement d'une galerie.

Il faisait chaud et partout c'était la confusion dans la
mine. D'autres équipes de secours s'étaient déjà mises
au travail quand ils arrivèrent sur les lieux après la
longue descente dans la cage toute grinçante et brinque-
balante de l'ascenseur. Ils s'étaient munis de pelles, de
pioches, de trousses de secours et de bouteilles d'eau.
Personne n'avait mis son casque, qui ne faisait qu'en-
combrer. Tous, Blancs et Noirs ensemble, déboutonnè-
rent le haut de leur combinaison pour pouvoir travailler
torse nu dans la chaleur, leurs peaux luisant dans la
lumière crue des projecteurs électriques – ici ils étaient
aveuglants, là ce n'était que ténèbres épaisses. Tous

s'affairaient au rythme des chants noirs, ceux qui creu-
saient et ceux qui évacuaient la terre travaillant côte à
côte, les séparations ordinairement rigides entre les
races et les corps de métier soudain oubliées parce que
sur les quatorze mineurs piégés quatre étaient blancs et
dix étaient noirs.

Une heure en suivant une autre, ils travaillèrent dans
le noir éternel et remuèrent de véritables montagnes de
terre.

A la surface, les parents des Blancs avaient commencé à se rassembler, attendant les nouvelles avec
l'aide habituelle de la communauté, amis, collègues et
aussi les familles des équipes de sauvetage, parce
qu'elles non plus n'étaient pas à l'abri du danger.

Pendant ce temps-là ma mère s'était mise à peindre,
un lieder de Schubert montant tout aigrelet du pick-up.
Parfaitement calme, elle croyait mon père invincible
tandis que j'ignorais tout de l'énorme tension qui
régnait dans la ville.

Juste avant de remonter à la fin de leur poste, les
camarades de mon père avaient entendu des appels au
secours étouffés, de faibles cris de peur et de douleur.
Aussitôt mon père avait encouragé ses compagnons (ils
étaient à l'avant-garde de ceux qui retournaient sans
arrêt rochers, pierres et terre par pelletées entières) à
creuser un boyau étroit, la possibilité d'enfin se reposer
soudain noyée dans le flot d'adrénaline qui les envahissait devant ce succès maintenant si proche. Emile van
Heerden était à leur tête et pour atteindre les mineurs
emprisonnés puisait dans toutes les ressources d'un
corps vigoureux et constamment maintenu en forme.

Déjà son équipe avait franchi la petite ouverture que
les survivants étaient arrivés à creuser à la main.

La nouvelle était vite remontée à la surface, tous les
gens massés dans la petite salle des fêtes applaudissant
et pleurant en même temps.

C'est alors que la terre avait tremblé à nouveau.

Mon père avait sorti les trois premiers mineurs à bout de bras et les avait étendus sur les civières en toile et bois. Le quatrième – un Noir qui avait les jambes broyées et réprimait sa douleur au prix d'efforts surhumains que seuls trahissaient la sueur sur sa poitrine et les tremblements qui le secouaient – était enseveli jusqu'à la ceinture. Emile van Heerden creusait comme un fou, la terre que l'homme avait autour des jambes remuant dès qu'il travaillait avec ses doigts – une pelle aurait été bien trop grosse et encombrante dans un espace aussi restreint. Et la terre, une fois encore, avait cherché à se mettre à l'aise.

Mon père faisait partie des vingt-quatre corps qui, trois jours plus tard, furent remontés du puits enveloppés dans des couvertures.

Ma mère ne pleura que lorsque, ayant écarté la couverture au funérarium, elle vit ce qu'une tonne de roche avait fait au corps si beau de son mari.

7

Van Heerden n'était pas le genre d'homme auquel elle s'attendait.

D'après Kemp, il avait travaillé dans la police. « Que vous en dire ? avait-il lancé. Il est un peu… différent. Mais c'est un sacré enquêteur. Il faudra seulement vous montrer ferme avec lui. »

Dieu sait si elle avait besoin d'un « sacré enquêteur » !

Sans compter qu'elle n'avait pas trop su à quoi s'attendre non plus. « Différent » ? Dans le genre catogan et boucle d'oreille ? Pas de problème. Mais la tension, non. La façon dont il avait parlé à Wilna von As… Et « tension » n'était pas le mot juste non plus. De fait, van Heerden était difficile à manipuler. Comme de la dynamite.

Ils étaient tombés d'accord sur un salaire de deux mille rands par semaine. Réglés d'avance. Elle en serait de sa poche si van Heerden ne trouvait rien. Ça faisait trop. Même si Wilna van As la remboursait plus tard à l'aide de versements échelonnés. Le cabinet ne pouvait pas se payer ce genre de services. Il fallait rappeler Kemp. Elle tendit la main vers le téléphone.

Il s'encadra dans la porte.

– Il va falloir reparler avec van As, dit-il.

Son corps mince, son œil au beurre noir, ses airs de

va-te-faire-foutre. Adossé au chambranle de la porte, il tenait une enveloppe marron à la main. Elle se rendit compte qu'il l'avait fait sursauter et qu'il l'avait vu. Elle tendait toujours la main vers le téléphone, son aversion pour lui encore faible mais ne demandant qu'à grandir.

– Il faudra d'abord en discuter, lui répondit-elle. Et vous pourriez peut-être envisager de frapper avant d'entrer.

– Pourquoi faudrait-il en discuter ?

Il s'assit dans le fauteuil en face d'elle et se pencha en avant, tout son corps disant l'antagonisme.

Elle reprit son souffle et s'obligea à la patience et à la fermeté.

– D'un point de vue strictement humain, Wilna van As devrait pouvoir compter sur notre sympathie et notre respect, dit-elle. Elle a subi plus de traumatismes ces neuf derniers mois que la plupart d'entre nous en une vie. Malgré le peu de temps dont nous disposons, c'est vrai, j'ai trouvé votre attitude à son égard aussi dérangeante qu'inacceptable.

Toujours assis dans son fauteuil, il garda les yeux sur son enveloppe et se mit à en frapper ses ongles en cadence.

– Vous n'êtes que deux femmes, à ce que je vois, dit-il.

– Pardon ?

– A votre cabinet… deux avocates, précisa-t-il en lui montrant vaguement les bureaux autour d'eux.

– Oui, répondit-elle sans trop voir en quoi sa remarque avait un rapport quelconque avec ce qui précédait ni comprendre où il voulait en venir.

– Pourquoi ?

– Je ne vois pas le rapport avec votre grossièreté.

– J'y viens, Hope. Nous sommes donc en présence d'un cabinet d'avocats strictement féminin, c'est ça ?

49

– Oui.

– Pourquoi ?

– Parce que le droit est entre les mains des hommes. Et qu'il y a des milliers de femmes qui ont le droit d'être traitées avec sympathie et compréhension quand elles veulent le divorce ou sont poursuivies en justice. Ou qu'elles cherchent un testament.

– Vous êtes une idéaliste.

– Pas vous.

Du ton de la constatation.

– Et c'est ce qui nous sépare, Hope. Vous croyez que vos groupes de femmes, votre cabinet strictement féminin et des contributions régulières au Fonds des enfants et à la Mission vous font un cœur blanc comme neige. Vous et quelques autres vous croyez naturellement bonnes quand vous montez dans vos BMW luxueuses pour aller au Health and Racquet Club. Ce que vous pouvez être contentes de vous et de votre petit monde, bordel ! Parce que, bien sûr, à la base tout le monde est bon. Mais que je vous dise un truc, Hope : nous sommes méchants. Tous. Vous, moi et tous les autres.

Il ouvrit l'enveloppe, en sortit deux photographies au format carte postale et les lui lança à travers le bureau.

– Et celles-ci, vous les avez vues ? lui demanda-t-il. Feu M. Johannes Jacobus Smit. Attaché à sa chaise de cuisine. Cela vous remplit-il de compréhension et de sympathie ? Ou de tout ce que le politiquement correct peut avoir de mots pour vous séduire ? Ce truc-là, c'est quelqu'un qui le lui a fait. Quelqu'un qui l'a ligoté avec du fil de fer et l'a passé à la lampe à souder jusqu'à ce qu'il ne souhaite plus qu'une chose : qu'on l'abatte au plus vite. Quelqu'un, Hope. Des gens. Et votre ange intouchable, votre Wilna van As, c'est au milieu de ce merdier qu'elle se trouve. Et Tony O'Grady, le gros inspecteur des Vols et Homicides, est d'avis qu'elle est partie prenante dans l'affaire parce qu'il y a des tas de petits trucs qui ne collent pas dans son histoire. Et quand c'est de meurtre qu'il s'agit, les statistiques lui donnent raison. Dans ce genre de cas, c'est en règle générale le mari, la femme, la maîtresse ou l'amant qui a fait le coup. Je ne sais pas s'il a tort ou raison. Mais s'il a raison, qu'est-ce qui arrive à votre idéalisme, hein ?

Elle leva le nez de dessus les clichés. Elle était toute pâle.

– Et c'est vous qui allez m'ouvrir les yeux…

– Vous êtes-vous jamais trouvée devant un assassin, Hope ?

– La cause est entendue.

– Ou un violeur d'enfants. Nous… (il hésita un rien avant de reprendre, d'aller jusqu'au bout en s'étonnant lui-même)… moi… oui moi, j'ai coincé un violeur dont les victimes étaient des enfants. C'était un vieux monsieur très gentil et très câlin de cinquante-neuf ans, quelqu'un qu'on aurait pu prendre pour un vrai Père Noël. Sauf qu'il avait attiré dix-sept fillettes de quatre à neuf ans dans sa voiture avec des caramels Wilson et qu'il les avait emmenées à Constantiaberg pour…

– La cause est entendue, répéta-t-elle doucement.

Van Heerden s'affala de nouveau dans son fauteuil.

– Alors laissez-moi faire mon boulot, bordel de merde !

Le noroît poussait déjà l'obscurité contre les fenêtres de la maison lorsque Wilna van As se mit à parler, à chercher Jan Smit avec des mots, ses mains aux doigts entrelacés jamais immobiles sur ses genoux.

– Je ne sais pas, dit-elle. Je ne sais pas si je le connaissais vraiment. Je ne sais pas s'il était même possible de le connaître. Mais ça m'était égal. Je l'aimais, il était… C'était comme s'il était blessé, comme s'il

51

avait une… Des fois, j'étais allongée à côté de lui la nuit et je trouvais qu'il ressemblait à un chien battu, trop souvent battu, et trop fort. Je me disais des tas de choses. Je me disais qu'il y avait peut-être une femme et des enfants ailleurs. Ce qu'il avait l'air d'avoir peur quand je suis tombée enceinte ! Alors oui, je me suis dit qu'il avait une femme et un enfant qui l'avaient abandonné. Ou alors qu'il était orphelin. Ou alors que c'était autre chose, mais que quelque part il y avait quelqu'un qui lui avait fait tant de mal qu'il ne pourrait jamais le dire à personne. Ça, je le savais, et je ne lui ai jamais posé de questions. De fait, je ne sais rien de lui. Je ne sais pas où il a grandi, je ne sais pas ce qu'il est advenu de son père et de sa mère, je ne sais pas comment il a lancé son affaire. Tout ce que je sais, c'est qu'il m'aimait à sa manière, qu'il était gentil et bon avec moi, des fois on riait ensemble, pas souvent mais de temps en temps quand même, on se moquait des gens, je savais qu'il ne supportait pas les prétentieux. Et ceux qui affichaient leur fric. Il avait dû vivre des moments difficiles. Rien qu'à voir la façon dont il surveillait son argent, dont il en prenait soin… Je crois que les gens lui faisaient peur. Ou qu'ils l'intimidaient… Nous n'avions jamais d'amis à la maison. Il n'y avait que nous. Nous n'avions besoin de rien d'autre.

Seul le bruit du vent et de la pluie contre la fenêtre. Elle releva la tête et regarda Hope Beneke.

– Que de fois j'aurais voulu lui poser des questions… Lui dire qu'il pouvait me parler, que je ne cesserais pas de l'aimer, que la douleur, même profonde, n'avait pas d'importance. Il y avait des moments où je mourais d'envie de lui demander parce que j'ai toujours été horriblement curieuse, parce que je voulais le connaître. Je devais vouloir le situer parce que c'est ça qu'on fait avec tout le monde, on met les gens quelque part dans sa tête de façon à savoir ce qu'on pourra leur dire la prochaine fois qu'on les verra, leur dire ou leur donner… ça rend la vie tellement plus facile. Mais je ne lui ai rien demandé. Parce qu'en le faisant, j'aurais pu le perdre.

Elle regarda van Heerden et enchaîna :

– Je n'avais rien. Parfois, je me demandais si son père buvait lui aussi, et si sa mère, elle aussi, avait divorcé, si… s'il était né dans les bas-fonds. Comme moi. Mais il m'avait, lui, et je l'avais, moi, et nous n'avions besoin de rien d'autre. C'est pour ça que je ne lui ai jamais rien demandé. Même quand je suis tombée enceinte. Parce que les enfants ne méritent pas les cruautés de ce monde et qu'on ne peut pas les protéger. Je ne lui ai rien demandé à ce moment-là parce que j'ai compris qu'on l'avait battu. Comme un chien. Trop souvent. Alors, je suis allée me faire avorter, tout simplement. Et je me suis fait faire ce qu'il fallait pour ne plus jamais retomber enceinte. Parce que je savais que nous n'avions besoin que de nous-mêmes.

Elle essuya la larme qui lui avait coulé au bout du nez. Il ne sut plus que dire, mais comprit qu'il ne pourrait pas lui poser d'autres questions.

Brusquement, la maison était devenue un tombeau.

– Je crois que nous devrions partir, dit enfin Hope Beneke en se levant.

Elle se dirigea vers sa cliente et lui posa la main sur l'épaule.

Il pleuvait toujours, ils traversèrent la rue en courant pour rejoindre leurs voitures. Elle avait glissé sa clé dans la serrure de sa portière lorsqu'il s'approcha d'elle.

– Si on ne retrouve pas ce testament, elle ne touche rien, c'est bien ça ? demanda-t-il.

– Rien, c'est ça, répondit-elle.

Il se contenta de hocher la tête. Et regagna sa Toyota, la pluie continuant de le cribler de gouttes.

Les oignons, les poivrons et les clous de girofle commençaient à bouillir lorsqu'il l'appela.

– Je suis en train de faire la cuisine, dit-il lorsqu'elle décrocha.

– A quelle heure ? demanda-t-elle.

Il ne voulut pas entendre la surprise dans sa voix et jeta un coup d'œil à sa montre.

– Dix heures.

Il raccrocha. Elle serait contente, il le savait. Elle ferait des suppositions mais ne poserait pas de questions.

Il regagna la cuisinière à gaz dans la cuisine – seule pièce de sa petite maison où l'on ne voyait aucun signe de délabrement et de misère. Il vit que l'eau s'était évaporée en bouillant. Il versa quelques morceaux d'écorce de cannelle dans sa main et les ajouta aux ingrédients qui cuisaient dans la casserole argentée. Il ajouta aussi de l'huile d'olive, au pif, et baissa la flamme. Les oignons devaient roussir lentement. Il tira la planche à hacher vers lui, coupa les jarrets d'agneau en portions plus petites et finit par les transférer dans la casserole. Il râpa du gingembre frais et l'ajouta au ragoût avec deux gousses de cardamome. Remua le tout et baissa encore la flamme. Regarda sa montre et posa un couvercle sur la casserole.

Puis il mit la table – nappe blanche, couverts, sel, poivrier à poivre noir, chandeliers à chandelles blanches. Il ne se rappelait même plus la dernière fois où il les avait allumées.

Retour au coin cuisine. Il ouvrit deux boîtes de tomates italiennes. Il les avait toujours préférées aux fraîches. Il les hacha menu, sortit un petit piment vert du frigo, le coupa en tranches fines et l'ajouta aux tomates. Puis il éplucha les pommes de terre, les mit dans un bol, ouvrit le robinet d'eau chaude, emplit l'évier, y versa du liquide à vaisselle et rinça le couteau et la planche à hacher. Et déboucha la bouteille de vin rouge.

Il y avait eu quelque chose dans ce coffre. Quelque chose dont quelqu'un connaissait l'existence.

Dans une autre casserole... petites carottes dans une cuillerée à soupe de jus d'orange, plus une cuillerée à sucre de sucre brun. Un rien de peau d'orange râpée. Un peu de beurre, mais plus tard.

Il n'y avait pas d'autre solution. Parce que rien d'autre n'avait disparu dans la maison ; pas de placards vidés, aucun lit défait, aucun téléviseur volé.

Jan Smit. Le loup solitaire et sa maîtresse. L'homme sans histoire ni amis.

Il consulta sa montre. La viande cuisait déjà depuis une demi-heure. Il souleva le couvercle, vida la purée de tomate et de piment dans la casserole et remit le couvercle. Il brancha la bouilloire électrique, mit du riz basmati dans une autre casserole, attendit que l'eau ait bouilli, l'ajouta au riz, alluma le gaz, posa la casserole sur la cuisinière et regarda l'heure.

Puis il s'assura que la porte de devant n'était pas fermée à clé et alluma les chandelles. Elle n'allait pas tarder.

Jan Smit.

Et d'où est-ce que tu sors, bordel ?

Le jus d'orange s'était évaporé. Ajouter une cuillerée à soupe de beurre.

Il se rendit dans sa chambre, sortit son carnet de notes de la poche de sa veste, s'assit dans le fauteuil élimé de sa salle à manger trop petite et consulta les notes qu'il avait prises lorsqu'il avait emprunté le dossier à O'Grady dans le courant de l'après-midi.

Rien.

Que dalle. Il regarda fixement le numéro national

d'identité. 561123 5127 001. C'était donc le 23 novembre 1956 que la vie de Jan Smit avait commencé. Mais où ?

La porte s'ouvrit. Elle entra portée par un coup de vent, son parapluie dégoulinant. Elle le vit et sourit, referma son parapluie et le posa à côté de la porte. Elle s'était noué un foulard autour des cheveux. Elle ôta son imperméable. Il se leva, le lui prit et le jeta sur l'accoudoir d'un fauteuil.

– Ça sent bon, dit-elle. Le fauteuil va être mouillé.

Elle prit l'imper et le posa sur la petite table basse.

Il acquiesça d'un signe de tête.

– Ragoût à la tomate, lança-t-il en allant chercher le vin rouge à la cuisine.

Il en versa deux verres et lui en tendit un. Elle tira une chaise et s'assit.

– Tu as recommencé à travailler, dit-elle.

Il hocha la tête.

Elle sirota son vin, reposa son verre, dénoua son foulard, l'enleva et secoua ses cheveux.

Il repartit à la cuisine, ôta le couvercle de la casserole, ajouta les pommes de terre, du poivre noir fraîchement écrasé, une cuillerée de sucre, une pincée de sel, et encore du sucre. Éteignit le feu sous les carottes. Puis il regagna la table et s'assit en face d'elle.

– C'est un boulot impossible, reprit-il. Je cherche un testament.

– Sam Spade, dit-elle, du rire plein les yeux.

Il grogna, mais sans colère.

– Ce que je suis contente ! s'écria-t-elle. Ça faisait si longtemps que…

– Non, dit-il doucement, pas ça.

Elle lui jeta un regard débordant de compassion.

– Dis-moi, reprit-elle en se renversant sur sa chaise. Parle-moi de ce testament…

La lumière des chandelles brillait d'un rouge profond dans son verre de vin lorsqu'elle le reprit dans sa main.

Hope Beneke alluma sans les compter treize bougies dans sa salle de bains. Elles étaient de couleurs diverses : vertes, bleues, blanches et jaunes. L'une d'elles était parfumée, toutes étaient courtes. Hope Beneke aimait beaucoup la lumière des bougies : elle lui rendait plus supportable la petite salle de bains carrelée de blanc de sa maison de Milnerton Ridge.

Temporaire, cette maison. Deux chambres à coucher, cuisine à aire ouverte et buffets blancs recouverts de mélaminé. Un investissement temporaire, lui aussi. En attendant que le cabinet commence à gagner de l'argent. En attendant qu'elle puisse s'acheter quelque chose qui donnerait sur la mer, une maison toute blanche avec un toit vert et une terrasse en bois avec vue sur l'Atlantique et ses couchers de soleil, une maison avec une grande cuisine, pour pouvoir recevoir des amis, une maison avec des buffets en chêne et une bibliothèque qui occuperait tout un mur de la salle de séjour.

Elle versa de l'huile de bain et agita l'eau avec ses mains en se penchant au-dessus de la baignoire, ses petits seins remuant avec les mouvements de ses épaules.

Dans sa maison près de la mer il y aurait une énorme baignoire où se laisser tremper.

Elle ferma les robinets, entra lentement dans l'eau chaude et tendit l'oreille un instant en se demandant s'il n'y aurait pas moyen d'entendre la pluie, tout cela de façon à encore accentuer l'impression de chaleur et de confort qu'elle tirait de ce bain. Elle s'essuya les mains à la serviette blanche et prit le livre posé sur le couvercle des W.-C. *Londres*. Edward Rutherford. Épais, merveilleux. Elle ouvrit le volume à la page où elle avait glissé sa carte de la Semaine de la bibliothèque.

Des groupes de femmes. Le Health and Racquet Club.

L'avoir cataloguée aussi faussement et avec une telle désinvolture ne faisait pas de lui un très grand détective.

En plus qu'elle n'avait rien de quelqu'un qui fait de la gym en salle.

Elle, c'était au jogging qu'elle s'adonnait.

Si nous ne trouvons pas le testament, elle ne touche rien, c'est ça ? Comme s'il n'avait rien entendu dans son bureau la première fois. Comme si ce n'était que ce soir-là que l'histoire de Wilna van As lui était enfin entrée dans la tête.

Nous sommes tous méchants..

Étrange, ce type.

Elle se concentra sur son livre.

— C'était merveilleux, dit-elle en reposant son couteau et sa fourchette dans son assiette.

Il se contenta de hocher la tête. La viande ne lui avait pas paru assez tendre. Il avait perdu la main.

— Tu t'es encore battu ?

C'était la première fois qu'elle lui parlait de son œil.

— Oui.

— Mon Dieu ! s'exclama-t-elle. Mais pourquoi ?

Il haussa les épaules et partagea le reste du vin avec elle.

— Combien t'a-t-elle donné comme avance ?

— Deux mille.

— Il faut que tu t'achètes des habits.

Il acquiesça d'un signe de tête et but une gorgée de vin.

— Et des chaussures.

Il vit la gentillesse dans ses yeux, l'amour, l'inquiétude.

— Oui, dit-il.

— Et il faut que tu sortes davantage.

— Pour aller où ?

– Non, que tu sortes avec quelqu'un. Ce ne sont pas les jeunes femmes attirantes qui…

– Non, dit-il.

– Comment s'appelle-t-elle déjà ?

– Qui ça ?

– Ton avocate.

– Hope Beneke.

– Elle est jolie ?

– Qu'est-ce que ça peut faire ?

– Je me demandais, c'est tout. (Elle reposa son verre vide et se leva lentement.) Il va falloir que je rentre, dit-elle.

Il repoussa sa chaise, tendit le bras pour lui attraper son imper, le lui tendit et ramassa son parapluie.

– Merci, Zet, dit-elle.

– Ça m'a fait plaisir.

– Bonne nuit.

Il lui ouvrit la porte.

– Bonne nuit, M'man.

6ᵉ jour

Vendredi 7 juillet

8

Un jour, je devais avoir huit ou neuf ans, peut-être dix, c'était quelque part dans ces années ni chair ni poisson qui sont celles de l'enfance, je pris part à un match de rugby sur le terrain dur comme pierre de l'école primaire de Stilfontein. Et lors d'une mêlée comme on en a chez les petits garçons, je reçus un coup qui me fit saigner du nez. L'arbitre, un instituteur, vint me voir.

– Allez, allez, fiston, me lança-t-il pour me consoler, les vrais hommes ne pleurent pas.

– Non, non. (La voix de ma mère, clairement audible à côté de moi. Elle était en colère.) Non, non, pleure, mon fils. Pleure tout ce que tu veux. Les hommes ont le droit de pleurer. Les vrais hommes peuvent tout à fait pleurer.

Voilà qui était, quand j'y repense, caractéristique de ma mère et de la manière dont elle tenta de m'élever.

Autrement. A l'encontre de ce qu'on pensait à Stilfontein, de la façon dont on se conduisait.

Dire l'âme d'une ville minière est difficile dans la mesure où l'on est obligé de généraliser. Jeunes, à peine instruits et détenteurs de solides revenus, les jeunes Afrikaners y formaient un ensemble hautement explosif. Ils vivaient à fond, gagnant vite leur argent et le dépensant tout aussi vite dans des voitures, des motos et des femmes. Ces tempéraments, les quantités d'alcool ingurgitées, tout cela allait avec la soudaineté de la mort qui pouvait frapper à chaque instant dans les profondeurs ténébreuses de la terre.

C'était au milieu de tout cela que, véritable oasis de culture, se trouvait la maison de Joan van Heerden.

La mine lui donna, non : nous donna une maison plus petite à Stilfontein. Je ne sais pas pourquoi ma mère décida de ne pas aller s'installer à Pretoria où vivaient ses parents et ses amis. Je la soupçonne d'avoir voulu rester près de mon père, près de sa tombe dans le cimetière gris au milieu de la lande battue par les vents, au bord de la petite route de Klerksdorp.

L'argent ne manquait pas. Les assurances vie étaient, à cette époque, à la mode chez les Afrikaners. Et mon père avait été prévoyant. Nos revenus provenaient aussi de ma mère, dont les tableaux commençaient à se vendre, lentement mais régulièrement, leurs prix montant un peu chaque année. Car chaque année elle faisait une exposition dans une galerie plus grande et plus importante.

Sa décision de rester à Stilfontein disait peut-être aussi, au moins en partie, son désir de se tenir à l'écart du courant artistique dominant – elle ne supportait pas les prétentions des critiques et autres « passionnés d'art ». Sans même parler des « artistes », de tous ces gens bizarres pour qui s'habiller de manière exotique et se coiffer de façon étrange garantissait l'entrée dans les cercles les plus fermés du bon goût, ceux où la seule obligation était de se conduire en bohème. Elle les vomissait.

Il n'y avait donc plus que nous deux et Stilfontein. Nous avions quelques amis en ville – le Dr de Korte, notre médecin de famille, et son épouse, les Van der Walt du magasin d'encadrement et des gens de Johannesburg et de Potchefstroom qui venaient nous voir le week-end.

Années placides et sans histoires que celles où je grandis. Jusqu'à mes seize ans.

Ma mère n'avait toujours pas d'autre homme dans sa vie, hormis les maris de ses amies – et les homosexuels du monde de l'art, tel Tony Masarakis, le sculpteur grec de Krugersdorp qui passait de temps en temps sans jamais prévenir. Je devais avoir neuf ou dix ans lorsqu'il lui dit en passant qu'elle avait un très joli garçon de fils.

– On oublie ça tout de suite, Tony ! lui lança-t-elle d'un ton catégorique.

Il avait dû y veiller sérieusement, car ils restèrent amis pendant bien des années.

Ma mère était une jeune veuve – elle n'avait pas trente ans. Et belle. Et passionnée. Allait-elle rester célibataire jusqu'à la fin de ses jours ? Je n'y pensai pas avant d'avoir vingt ans moi-même et lorsque enfin je le fis, ce fut en tremblant. Parce que, tout bien considéré, c'était ma mère et j'étais afrikaans.

Je ne sais pas si elle chercha des satisfactions ici et là, encore moins si elle en trouva. Dans ce cas, ce fut fait avec la plus grande discrétion et peut-être en ordonnant à son ou ses partenaires de ne pas compter sur une relation de longue durée, non merci. Peut-être cela se passa-t-il pendant ces week-ends où elle allait sans moi voir des expositions au Cap, à Durban ou à Johannesburg.

Mais pas le moindre soupçon de preuve.

La question, bien sûr, est de savoir si grandir sans père, sans modèle masculin, marqua un garçon que sa mère appela « Zet » dès sa plus tendre enfance. Comme j'aurais aimé pouvoir y trouver une excuse, du moins un bout de la grande excuse à l'énorme vague qui finit par me jeter par-dessus bord, y voir une facile échappatoire psychologique à l'horrible merdier que fut ma vie. Mais je ne crois pas que ce soit possible. Ma mère m'éleva avec patience et sans difficulté. Elle me traita toujours avec respect, compassion et discipline, m'aima, me punit et prit soin de moi – même si notre ordinaire, lorsque aucun ami ne venait nous voir, se réduisait à du pain et des fruits. Elle me faisait écouter du Beethoven, du Schubert, du Haydn et du Bach (J.-S. – un peu moins C. P. E.), mais jamais ne me força à aimer la musique et, plus tard, lorsque je voulus écouter le Bachman Turner Overdrive et Black Sabbath, alla jusqu'à baisser la sienne. Je la soupçonne d'avoir toujours su laquelle finirait par l'emporter dans mon cœur.

Telles furent ces années sans danger. Celles qui prirent fin lorsque j'eus seize ans. Lorsque je découvris Mozart, les livres, la bouffe, le sexe et le long bras de la loi.

9

Il s'était réveillé bien avant à cinq heures. Allongé dans son lit, il regardait fixement le plafond en attendant le bip électronique du réveil. Il l'arrêta, posa les jambes par terre et vérifia ses douleurs. Ses côtes lui faisaient un peu moins mal, au contraire de son œil. Il comprit que celui-ci virerait au violet dans la matinée. Ce n'était pas la première fois que ça lui arrivait.

Il se rendit à la cuisine. La vaisselle était soigneusement rangée dans l'égouttoir. Il alluma la bouilloire électrique. Le froid transperçait son vieux sweat de la police. Il mit du café instantané dans une tasse, attendit que l'eau ait bouilli, la versa sur la poudre, ajouta du lait, gagna la salle de séjour et posa son café sur la petite table. Chercha le CD qu'il voulait. Concerto pour clarinette. Appuya sur les touches de la platine, mit son casque, s'assit et but une gorgée de café. Régla le volume.

Il savait depuis la veille qu'il allait devoir penser à Nagel. Depuis l'instant où, dans le bureau de l'avocate... *Nous... Nagel et moi,* avait-il voulu dire, *avons coincé un violeur dont les victimes étaient des enfants.*

Parce que ce travail lui rappelait beaucoup ce qu'il avait fait avant. C'était la première fois... la première fois depuis son départ... qu'il traquait un assassin. C'était pour ça qu'il allait penser à Nagel. C'était normal. Il devrait seulement faire attention. Penser à Nagel et à tout ce que Nagel lui avait appris, il le pouvait. Il n'aurait qu'à en rester là. Il n'y aurait pas de danger. A condition d'établir les limites dès maintenant. Après, il pourrait y aller.

Jan Smit.

Ne rien oublier : Nagel à la voix de basse, à la pomme d'Adam qui sautillait, Nagel qui était absolument incapable de parler correctement. *Un meurtre, c'est comme ma putain de piscine, van Heerden ! Même si tout a l'air bleu et rafraîchissant, même si le soleil brille sur l'eau, y a une fuite quelque part. Et on la trouvera si on cherche partout.*

Il commença à écrire dans son carnet.

1. Voisins

Il se renversa dans son fauteuil, réfléchit encore, puis ajouta :

2. Transports Manie Meiring
3. Type de société ?
4. Registre des sociétés (soumissions) (? ?)
5. Bureau de l'état civil (? ?)

Il but une gorgée de café. Chercher encore, mais quoi ?

6. Clients réguliers/importants ?
7. Banque ?

Il n'avait rien d'autre. Il mâchonna le bout de son stylo, avala une autre gorgée de café, reposa son stylo, se renversa encore une fois sur son siège et ferma les yeux.

Ça n'avait pas été si terrible. Il était tout à fait capable de tenir Nagel à l'écart.

Il écouta la musique.

Il aperçut les flancs des gros camions juste avant le croisement de Polkadraai. « MMT » en lettres violettes absolument énormes et transpercées par une flèche, pour donner l'idée de vitesse. Il quitta la grand-route et roula dans de la boue et des flaques d'eau jusqu'au petit bâtiment marqué Bureau/Réception. Les nuages étaient bas et sombres. Il n'allait pas tarder à pleuvoir. Il descendit de voiture. Le vent était même encore plus froid aujourd'hui. Il devait tomber de la neige en montagne.

Assise derrière un ordinateur, une femme parlait au téléphone.

– Le camion aurait dû arriver, Dennis. Ils sont partis à l'heure, mais on sait bien comment c'est au tunnel. Ou alors c'est un connard de flic de la circulation qui l'a coincé…

Blonde et grosse, elle lui sourit, une trace de rouge à lèvres écarlate sur la dent de devant. Elle écouta encore un instant son correspondant et reprit la parole.

– Bon, d'accord, Dennis. Tu m'appelles s'il n'est pas arrivé à midi. OK, bye.

Puis elle se tourna vers lui.

– Vous avez mangé une porte ou c'est le mari qui est rentré trop tôt ?

– Manie est là ?

– S'il l'était, je serais très inquiète, lui renvoya-t-elle en levant les yeux au ciel.

Il attendit.

– Manie était mon beau-père, mon mignon. Ça fait trois ans qu'il est dans sa tombe, Dieu ait son âme. C'est mon mari que vous cherchez, Danie, ou alors… y aurait-il quelque chose que je serais seule à pouvoir faire pour vous ?

Ce dernier sous-entendu comme si de rien n'était, habituel ou presque.

– J'enquête sur le meurtre de Jan Smit, dit-il. J'aimerais parler avec quelqu'un qui le connaissait.

Elle le regarda de haut en bas.

– Pour un flic, vous êtes un peu maigrelet, dit-elle. (Puis elle se retourna et cria par la porte ouverte :) Danieeeeee ! (Et se tourna de nouveau vers lui.) Vous avez trouvé quelque chose ?

– Non. Je ne suis pas…

– Qu'est-ce qu'il y a ? demanda Danie Meiring en entrant, l'air agacé.

Puis il découvrit van Heerden.

– La police, dit la femme en lui montrant le visiteur d'un doigt à l'ongle rouge. C'est pour Jan Smit.

Petit et râblé, Meiring avait un gros cou qui donnait l'impression de vouloir s'échapper du col de sa salopette impeccable.

– Meiring, dit-il en tendant la main au détective.

– Van Heerden. J'aimerais vous poser quelques questions.

– Quoi ? Ce gros con d'Irlandais a encore merdé ?

Les yeux étaient petits et rapprochés, le front plissé d'un air agressif.

Van Heerden hocha la tête sans comprendre.

– Oui, le flic irlandais… O'Hagan ou quelque chose… Il a pas tenu la rampe ?

La lumière se fit dans son esprit.

– O'Grady, dit-il.

– C'est ça, O'Grady.

– Je ne suis pas de la police. J'enquête en qualité de privé, pour le compte de l'amie de M. Smit, Mlle van As.

– Ah.

– Vous le connaissiez bien ?

– Non, je le connaissais mal.

– Quel genre de contacts aviez-vous avec lui ?

– Aucun, en fait. Ils faxaient leurs commandes à

Valerie et tous les Noëls je lui livrais une bouteille de whisky au magasin. Mais moi, avoir droit à une tasse de thé, même seulement ça !… C'était pas vraiment une pipelette, ce type.

– Depuis combien de temps travailliez-vous pour lui ?

– Je sais pas. Valerie ?

Elle avait écouté la conversation attentivement.

– Depuis des années et des années, répondit-elle. M. Smit a été longtemps client de Pa Manie.

– Cinq ans ? Dix ?

– Dix, oui, facile. Peut-être plus.

– Vous n'avez pas d'archives ?

– Remontant à si loin, non.

En s'excusant.

– Y a-t-il jamais eu quoi que ce soit de bizarre dans vos transactions avec lui ?

– L'Irlandais nous l'a aussi demandé, répondit Danie Meiring. Il voulait savoir si Smit n'aurait pas fait passer de l'herbe dans ses vieux buffets. Ou des diamants. Sauf que… comment aurions-nous pu le savoir ? Nous, on foutait les trucs dans les camions et en route ! C'est notre boulot.

– Des clients ou des points de chute réguliers ?

– Non, on allait partout. Et pour décharger, c'était pareil, sauf pour les grands magasins d'antiquités de Durban et du Transvaal.

– Comment réglait-il ?

– Que voulez-vous dire ?

– Par chèque ? En liquide ?

– Par chèque, tous les mois, répondit-elle.

– Je vois pas le rapport, dit son mari.

Van Heerden garda un ton égal.

– Il se peut qu'il y ait eu des dollars américains dans son coffre-fort.

– Tiens donc ! s'écria Meiring.

– Il payait à l'heure ?

– Toujours, dit-elle. Si tout le monde en faisait autant !

Van Heerden soupira.

– Bon, merci, dit-il avant de regagner la porte.

Au Bureau de l'état civil de Bellville il resta long-temps à faire la queue. Puis ce fut son tour et l'employée noire leva la tête d'un air fatigué pour écouter sa question. Il lui dit travailler pour le compte du cabinet d'avocats Beneke, Olivier et associés. Il avait besoin, et vite, de l'acte de naissance complet du dénommé Johannes Jacobus Smit, numéro national d'identité…

– Il faut aller verser trente rands au comptoir C et remplir le formulaire. Les services de Pretoria mettent de six à huit semaines pour traiter la demande.

– Six semaines ? J'ai pas. La Cour suprême se réunit dans six jours pour arrêter sa décision sur le testament de Smit.

– Pour les cas particuliers, c'est au premier. Il va falloir une demande écrite du cabinet d'avocats si vous voulez accélérer le processus. Bureau 209.

– Mais ça peut se faire ?

– Si c'est un cas particulier, oui.

– Merci.

Il remplit le formulaire, fit la queue trois quarts d'heure au comptoir C, paya ses trente rands et monta au premier avec son formulaire et son reçu. C'était un Noir qui officiait au 209. Son bureau était couvert de dossiers impeccablement empilés les uns sur les autres.

– Vous désirez ?

En espérant bien que van Heerden ne désirerait absolument rien.

Le détective lui exposa son cas.

– Hmmm, dit-il.

Van Heerden attendit.

– C'est qu'ils sont très occupés, à Pretoria, reprit l'employé.

– Oui, mais là, c'est une urgence, lui renvoya van Heerden.

– Les urgences, c'est pas ça qui manque.

– Quelque chose que je pourrais faire ? Quelqu'un à qui je pourrais téléphoner ?

– Non. Seulement à moi.

– Combien de temps ça va prendre ?

– Une semaine. Dix jours.

– Trop long.

– Monsieur, en général, ça demande entre six et huit semai…

– Je sais, on me l'a déjà dit en bas.

L'employé poussa un grand soupir.

– Ça aiderait d'avoir une injonction du tribunal. Ou alors, un avis d'enquête judiciaire.

– Et ça prendrait combien de temps dans ce cas-là ?

– Une journée. Peut-être moins. Pretoria ne rigole pas avec les injonctions.

– Ah.

L'employé soupira une deuxième fois.

– Et si vous me donniez les détails, hein ? … En attendant. Je vais voir ce que je peux faire.

Hope Beneke n'était pas à son bureau.

– Elle est à un déjeuner d'affaires, lui lança la réceptionniste.

– Où ça ?

– Je ne crois pas qu'elle apprécierait d'être dérangée, monsieur.

Il regarda la beauté entre deux âges mais superbement pomponnée qu'il avait devant lui.

– Je m'appelle van Heerden.

Pas de réaction.

– N'oubliez pas de lui dire que je suis passé dès qu'elle rentrera. Dites-lui aussi que je voulais la voir pour l'affaire Smit pour laquelle nous n'avons plus que huit jours, mais que vous avez refusé de m'indiquer où elle était. Dites-lui surtout que je suis parti déjeuner et que je ne sais pas quand je rentrerai, mais que si ses employées ont envie de tout faire foirer dans cette affaire, j'y ajouterai mon étron avec plaisir.

Elle tira lentement un cahier vers elle.

– Elle est allée déjeuner au Long Street Café.

Il sortit. Il pleuvait. Il jura doucement. Il n'y aurait pas d'endroit où se garer dans Long Street. Il allait devoir s'acheter un parapluie, tôt ou tard.

– Pour une personne ? lui demanda la serveuse lorsqu'il entra.

– Non, dit-il, et il chercha Hope Beneke des yeux.

Elle était assise au fond de la salle, près du mur, il s'avança, ses chaussures mouillées laissant des traces sur le parquet. Elle était en compagnie d'une autre femme, toutes deux se tenaient penchées en avant et parlaient avec passion, tête contre tête.

– Hope, lança-t-il.

L'avocate leva la tête d'un air troublé, ses yeux s'ouvrant tout grands.

– Van Heerden ?

– Il nous faut une injonction du tribunal

– Je…, dit-elle. Vous…

Elle regarda la femme qu'elle avait en face d'elle. Van Heerden l'imita. Celle-ci était d'une beauté stupéfiante.

– Je vous présente Kara-An Rousseau, dit l'avocate. C'est une de nos clientes…

– Bonjour, dit la jeune femme en lui tendant une main élégante.

– Van Heerden, dit-il, et il lui serra la main mais se

tourna vers Hope Beneke. Il faudrait que vous reveniez au bureau. J'ai besoin d'un renseignement à l'état civil et comme ça prendra de six à huit…

Elle le regarda, il vit les demi-lunes qui montaient, et viraient lentement au rouge.

– Vous voulez bien m'excuser un instant, Kara-An, dit-elle en se levant.

Elle gagna la porte et passa sur le trottoir. Il la suivit, la colère montant fort en lui, au point de lui donner le vertige.

– Qui vous a dit que j'étais ici ? s'écria-t-elle.

– Ç'aurait une quelconque importance ?

– Vous savez qui est Kara-An Rousseau ?

– Je me fous de savoir qui c'est. Je n'ai plus que six jours pour sauver l'héritage de votre cliente.

– Elle est à la tête du Corporate Social Involvement Trust de la Nasionale Pers. Et je ne vous permets pas de me parler sur ce ton.

– Alors, c'est ça ? Vous voyez déjà tous les rands de la NasPers filer chez vous ? Vous souvenez-vous d'une certaine Wilna van As ?

– Non, non, lui répliqua-t-elle, ses demi-lunes brillant comme des stops. Vous n'avez pas le droit d'insinuer que je favoriserais une cliente plutôt qu'une autre. Wilna van As n'est pas la seule cliente que nous ayons.

– Pour moi, si.

– Non, van Heerden. Votre seule cliente pour l'instant, c'est moi. Et cette cliente n'est pas très contente.

Il ne put se retenir plus longtemps.

– Je m'en tape !

Il pivota sur les talons et repartit sous la pluie. S'arrêta au milieu de la chaussée et se retourna.

– Trouvez-vous donc quelqu'un d'autre pour déconner ! lui lança-t-il.

Puis, comme s'il lui venait une idée après coup, il ajouta :

– Et d'abord, qu'est-ce que c'est que ce prénom à la con, Kara-An ?

Et sans plus se soucier de la pluie il rejoignit sa voiture garée deux rues plus loin.

Il jeta ses habits mouillés dans un coin de la salle de bains et gagna sa chambre sans rien sur le dos. Ouvrit son armoire et y chercha furieusement une paire de jeans, une chemise et un pull-over. Comme s'il avait besoin de ça ! Plutôt crever de faim. Il n'était plus question qu'on le fasse chier. Ni elle, ni Kemp, ni tous ces gros lards de dentistes. Il n'avait vraiment pas besoin de ça. Et d'ailleurs, il s'en foutait.

Comme si on pouvait se soucier d'avoir du fric pour mener une vie de con !

Et d'abord, qui se souciait de ceci ou de cela ? Personne. Et lui non plus. Il était libre. Li-bre. Libre de tous les liens qui ficelaient ses semblables, libre des efforts incessants qu'il fallait fournir pour rien, pour accumuler sans arrêt d'autres signes extérieurs de réussite et mener une existence de banliesard sans intérêt. Et par- dessus tout il était libre de toutes les trahisons, petites et grandes, de tous les mensonges et coups de Jarnac, libre de toute méfiance et de tous ces petits jeux imbéciles.

Qu'elle aille se faire foutre.

Dans un petit moment il prendrait sa voiture pour aller à son cabinet, balancerait le reste de son avance de merde sur le joli petit bureau de sa réceptionniste de merde, réceptionniste de merde à laquelle il enjoindrait de dire à Hope Beneke qu'il n'en avait pas besoin. Parce qu'il était libre.

Il noua les lacets de ses chaussures de sport et se leva. La maison était plongée dans l'obscurité alors qu'on n'était encore qu'au début de l'après-midi. Et froide, aussi. En hiver, sa maison était froide. Un jour, il s'achèterait un chauffage. Et se ferait construire une cheminée. Il traversa le trop petit coin salon et gagna la porte d'entrée. Et s'il allait boire un coup à Table View, tiens ? *Qu'elle aille se faire foutre.*

Ils étaient tous pareils. Un jour, Wilna van As était la cliente la plus importante du monde parce qu'il ne leur restait plus que sept jours pour boucler son affaire et ah, la pauvre femme, il fallait l'aider parce qu'elle avait bossé comme une folle pour un type (comme si elle aurait pu faire autrement) et le lendemain, c'était Caroline Anne de Monaco ou autre, et la dame était à la tête de la National Press Corporation ou autre truc de merde, et tout ce qu'elle voyait, cette conne de Beneke, c'étaient les rands qui déboulaient. Tous pareils qu'ils étaient. La loyauté ? Du vingt-quatre heures, max.

Il referma la porte.

Mais lui, ah non. Lui, il était libre.

Le téléphone sonna de l'autre côté de la porte fermée. *Qu'ils aillent se faire mettre !*

Les avocats ! Des suceurs de sang, oui. Des parasites.

Le téléphone continuait de sonner.

Il hésita.

Hope Beneke, sans doute.

« Je suis désolée, van Heerden. Revenez, je vous en prie. Je ne suis qu'une grosse conne, van Heerden. »

Qu'elle aille se faire mettre ! Elle et toutes les autres !

Le téléphone n'arrêtait pas de sonner.

Il souffla entre ses dents, remit la clé dans la serrure, rouvrit la porte et alla décrocher.

– Oui ? lança-t-il, prêt à l'envoyer balader.

– Monsieur van Heerden ?

– Oui.

Il ne reconnaissait pas la voix.

– Ngwema. Du bureau de l'état civil.

– Ah oui !

77

– D'après Pretoria, votre numéro d'identité n'est pas bon.

– Pretoria ?

– Oui. Je leur ai parlé gentiment et leur ai dit que c'était une urgence. Mais ce n'est pas le bon numéro que vous avez. Celui que vous avez appartient à quelqu'un d'autre. A une Mme Ziegler.

Van Heerden tira son carnet vers lui, l'ouvrit et relut le numéro à l'employé.

– Oui, c'est bien celui-là que j'ai faxé, dit Ngwema. Mais c'est pas le bon.

– Merde.

– Pardon ?

– Excusez-moi, dit van Heerden avant d'ajouter · C'est pas possible, ça !

– L'ordinateur dit pareil. Et l'ordinateur ne se trompe jamais.

– Ah.

Il réfléchit. C'était dans le dossier d'O'Grady qu'il avait trouvé le numéro. Et maintenant, il allait devoir rechercher la pièce d'identité.

– Pas mal, hein, reprit Ngwema.

– Quoi ?

– J'ai dit « Pas mal, hein ». Deux heures et trente-sept minutes après avoir reçu votre demande. Pas mal pour des Noirs qui bossent à la pendule africaine.

Et il partit à rire, tout doucement.

Hope Beneke entendit bien le soupir de Kemp à l'autre bout du fil.

– Vous voulez que je lui parle encore une fois ?

– Non, non. Merci. J'en ai assez. C'est un… instable.

– Non, attendez une minute… Vous vous êtes montrée ferme avec lui ?

– Oui, je me suis montrée ferme avec lui. On dirait

que les femmes en position d'autorité lui posent un problème.

— C'est avec l'autorité en général qu'il a des problèmes !

— Vous avez quelqu'un d'autre ?

Il rit.

— Des détectives privés, il y en a des escadrons entiers dans l'annuaire. Et ils sont tous géniaux quand il s'agit de montrer à madame des photos de monsieur en train de polissonner avec la secrétaire. Mais ce genre de travail, non, ils n'y connaissent rien.

— Il doit bien y avoir quelqu'un d'autre..

— Il n'y a pas meilleur que lui.

— Qu'est-ce qu'il a fait pour vous, au juste ?

— Des trucs.

— « Des trucs » ?

— C'est un bon, Hope. Il ne loupe pas grand-chose. C'est lui qu'il vous faut.

— Non, dit-elle.

— Bon, je vais chercher.

— J'aimerais assez.

Elle lui dit au revoir et raccrocha. Le téléphone se remit à sonner aussitôt.

— Il y a une Mme Joan van Heerden qui veut vous voir, lui annonça la réceptionniste. Elle n'a pas de rendez-vous.

— Joan van Heerden, l'artiste ?

— Je ne sais pas.

— Faites-la entrer, s'il vous plaît.

Elle songea que sa journée ressemblait à du Dali. Il y avait de la surprise surréaliste dans tous les coins.

La porte s'ouvrit. Grande et mince, la femme qui entra était belle et portait sa cinquantaine, voire soixantaine, avec grâce. Hope la reconnut tout de suite et se leva.

— Vous me faites un grand honneur, madame van Heerden, dit-elle. Je m'appelle Hope Beneke.

– Comment allez-vous ?

– Je vous en prie, asseyez-vous. Puis-je vous offrir quelque chose à boire ?

– Non, merci.

– J'admire beaucoup votre œuvre. Bien sûr, je ne suis pas en mesure d'acheter un de vos tableaux pour l'instant, mais un jour…

– C'est très gentil à vous, mademoiselle Beneke.

– Je vous en prie, appelez-moi Hope.

– Et moi, Joan.

Le rituel prit fin brutalement.

– Que puis-je pour vous ?

– Je suis venue vous parler de Zatopek. Surtout ne lui dites pas que je suis passée.

Hope hocha la tête en attendant la suite.

– Travailler avec lui ne sera pas facile. Mais je vous demande d'être patiente.

– Je le connaîtrais ?

Joan van Heerden fronça les sourcils.

– Hier soir, il m'a dit travailler pour vous. Il doit retrouver un testament.

– Van Heerden ?

– Oui.

– Vous le connaissez ?

– C'est mon fils.

Hope s'affaissa dans son fauteuil.

– Van Heerden est votre fils ?

Joan se contenta de hocher la tête.

– Ça alors ! s'exclama Hope. (Puis elle vit la ressemblance dans ses yeux et reconnut l'intensité du bonhomme.) Zatopek.

Joan sourit.

– Mon mari et moi trouvions ce prénom merveilleux… il y a trente ans.

– Je n'aurais jamais cru…

– Il ne le crie pas sur les toits. Question d'honneur,

j'imagine. Il ne veut pas en user. En abuser, je veux dire.

– Je n'aurais jamais cru…

Elle avait toujours du mal à établir un lien entre les deux, à se dire qu'il s'agissait de la mère et du fils : la première célèbre, belle et digne, le deuxième… incapable de fonctionner correctement.

– Il a connu des moments difficiles, Hope.

– Je… il… je crois qu'il a cessé de travailler pour moi.

– Oh.

Déception.

– Cet après-midi, il… il… (Pleine de sympathie pour la femme qu'elle avait en face d'elle, elle chercha un euphémisme.) J'ai du mal à communiquer avec lui.

– Je sais.

– Il a… je crois qu'il a démissionné.

– J'ignorais. Je voulais vous avertir.

Hope eut un geste d'impuissance.

– Je ne suis pas venue m'excuser, reprit Joan van Heerden. Je me disais seulement que si je pouvais vous expliquer…

– Je vous en prie.

Joan van Heerden se pencha en avant. Puis, d'une voix douce :

– C'est mon seul enfant. Je me dois de faire tout mon possible. Il a grandi sans père. C'était un enfant merveilleux. Je croyais avoir réussi, même s'il n'avait pas de père…

– Joan, vous n'avez pas à…

– Si, Hope. (Catégorique.) C'est moi qui… c'est moi qui ai choisi de le mettre au monde, c'est à moi de prendre mes responsabilités. D'essayer de corriger les erreurs que j'ai commises. Je l'ai élevé en croyant pouvoir être sa mère et son père en même temps si seulement j'essayais de faire ce qu'il fallait. J'avais tort. Je

81

veux que vous sachiez comment il était. Il était beau. Gai. Il riait facilement, il trouvait que le monde était un endroit merveilleux, une invitation à la découverte. Il ignorait tout des noirceurs de la vie. Je ne lui en avais rien dit. J'aurais dû. Parce que le jour où il y a été confronté, je n'étais pas là pour l'aider et ça a tout changé.

Aucun apitoiement dans sa voix, seulement de la raison et du calme.

– Il avait un cœur tendre et il l'a encore, reprit-elle. Quand il était dans la police, ses collègues le taquinaient en lui disant qu'il était trop gentil pour le travail qu'il fallait faire et il aimait bien ça, comme nous aimons tous bien être un peu différents. Et après… Qu'est-ce que j'ai été contente de le voir aller en fac ! Il était si heureux, si enthousiaste ! J'étais très fière de lui et je savais que son père l'aurait été lui aussi. Mais la vie prend de drôles de chemins, et il est retourné dans la police. C'est là que son mentor a été abattu, oui, sous ses yeux. Il croit toujours que c'est de sa faute et à partir de ce moment-là il a beaucoup changé parce que je ne l'avais pas préparé à des choses telles que la mort et la faillibilité des hommes, enfin… c'est ce que je me dis. S'il pouvait recommencer à avoir confiance en lui, si quelqu'un pouvait lui donner une deuxième chance, il…

Elle ne savait plus quoi dire tant elle voulait aider.

– Joan…

– Cet avocat, ce… Kemp, il a toujours l'air en colère, mais je crois qu'il a bon cœur et il sait que mon fils n'est pas méchant. Des gens comme lui il y en a eu d'autres, mais ils ne lui ont pas laissé beaucoup de chances. Et moi, je ne sais pas combien il peut lui en rester. Cette histoire de testament… il peut y arriver. Il en a vraiment besoin.

– Je…

– Je ne lui cherche pas d'excuses.

– Je sais.

– Il ne faut surtout pas qu'il apprenne que je suis venue.

– Il ne le saura pas.

Le téléphone sonna. Hope fronça les sourcils.

– Décrochez, je vous en prie.

– Ça doit être urgent. D'habitude, on me laisse tranquille.

Elle décrocha.

– Je suis en consultation, Marie.

– Hope ? C'est M. van Heerden. Il est revenu. Il cherche un livret d'identité.

Elle ferma les yeux. La journée n'aurait pas pu être pire.

– Dites-lui de m'attendre. Et vous ne lui donnez pas l'autorisation d'entrer ici, sous aucun prétexte.

– Très bien, Hope.

– J'arrive.

Elle raccrocha très doucement.

– Zatopek vient d'arriver à la réception.

– Ah zut ! s'écria Joan.

– Ne vous inquiétez pas, je m'en occupe.

Hope Beneke se leva, gagna la porte et l'ouvrit avec précaution. Le couloir était vide. Elle referma la porte derrière elle et se rendit à la réception. Van Heerden l'y attendait et semblait bouillir d'impatience. Elle remarqua qu'il avait mis des habits secs, un jean et des chaussures de sport.

Il la vit.

– Je cherche le livret d'identité de Smit, dit-il.

– C'est Wilna van As qui l'a. Voulez-vous que je l'appelle ?

– Non, je vais y aller. Je veux voir la boutique, répondit-il sans la regarder.

Il contempla un Piet Grobler accroché au mur. C'était

une des toiles préférées de l'avocate. *Écrivain bloqué mangeant un sandwich à l'abricot.*

– Je peux vous demander pourquoi vous voulez ces papiers ?

– Les Vols et Homicides n'ont pas le bon numéro d'identité. Il me le faut pour obtenir un acte de naissance.

– Et… ça nous aidera ?

Il regarda derrière elle.

– Au moins saurai-je où il est né. Et qui étaient ses parents. Le genre de vie qu'il menait avant de rencontrer van As.

– Ce serait un début, en effet.

– Bon, j'y vais.

– Bien.

Puis, quand il eut fait demi-tour, elle ajouta tout bas et impulsivement :

– Zatopek.

Il s'arrêta devant les portes en verre.

« Enculé de Kemp ! » l'entendit-elle s'exclamer avant qu'il ne disparaisse. Pour la première fois depuis le déjeuner, elle sourit. La journée n'aurait pas pu être…

La réceptionniste lui tendit un téléphone.

– C'est Kara-An Rousseau.

Elle prit l'appel.

– Allô ?

– Bonjour, Hope. J'aimerais avoir le numéro de téléphone de votre privé.

– Van Heerden ?

– Oui. Celui qui est passé au restaurant tout à l'heure.

– Il est… c'est qu'il a pas mal de travail en ce moment.

– Non, non. Ce n'est pas pour du travail.

– Ah bon ?

– Il est très très sexy, Hope. Vous ne l'aviez pas remarqué ?

10

Ma mère a toujours cru que c'était la mort de Nagel qui m'avait foutu en l'air. Comme tout le monde.

Pourquoi faut-il donc que quand il s'agit de porter un jugement sur la vie d'autrui, les gens se contentent d'arrondir au chiffre supérieur? Alors que pour leurs propres vies ils sont prêts à jongler avec des milliers de chiffres, à multiplier, ajouter et soustraire jusqu'à ce que, les comptes étant bien truqués, le résultat final leur convienne?

Me serais-je moi aussi rendu coupable de cette faute? Je ne savais pas. J'avais essayé d'écarter les chiffres sans importance. Et de donner autant d'importance aux nombres négatifs. Comme si on pouvait être digne de confiance en jouant les comptables de sa propre existence!

J'essayais, encore et encore.

J'avais quinze ans lorsque, un soir, elle m'appela dans la salle de séjour et m'annonça qu'elle voulait me parler sérieusement. Elle avait posé deux verres sur la table basse et tenait une bouteille de whisky à la main. Elle en avait versé un peu dans chaque verre.

– Je bois pas ces trucs-là, M'man.

– Ils sont tous les deux pour moi, Zet. Je veux te parler du sexe.

– M'man…

– Tu n'es pas le seul pour qui ce soit difficile. Mais il faut bien en parler.

– Mais M'man…

– Je sais que tu sais. Moi aussi, mes camarades m'en avaient tout dit avant que ma mère m'en parle.

– M'man…

– Je veux être sûre que tu saches ce qu'il faut en savoir, le bon et le mauvais côté.

Et alors elle avait descendu le premier verre de whisky d'un coup.

– L'humanité n'est pas toute jeune, Zet. Elle a des millions d'années. Et ce que nous sommes ne date pas d'hier soir. Nous avons été formés, façonnés et moulés alors même que nous n'étions pas encore civilisés, alors que, vêtus de peaux de bêtes et nous servant de couteaux en pierre, nous courions encore en bandes dans les savanes de l'Afrique et de l'Europe pour chercher de quoi manger. Et quand rien ne disait encore avec certitude que nous serions l'espèce qui finirait par prédominer, il fallait bien survivre. Et pour y arriver, tout le monde devait jouer son rôle. Les hommes comme les femmes. Les hommes chassaient, se battaient et protégeaient. Et mettaient enceintes autant de femmes qu'ils pouvaient de façon à ce que le patrimoine de l'espèce ne stagne pas, et parce que demain ce serait peut-être un lion qui les boufferait. Les femmes, elles, devaient rester unies et faire tout ce qu'il fallait pour séduire les hommes les plus costauds, les plus rapides et les plus futés pour survivre. Ces envies, nous les avons toujours, Zet. Elles sont en nous et nous n'en sommes pas conscients parce que nous ne nous connaissons plus nous-mêmes et ça, c'est de la faute à personne parce que nous n'avons tout bonnement plus besoin de ce système. Nous avons gagné. Nous sommes tout en haut de l'échelle alimentaire et tellement nombreux à y être que même si la moitié d'entre nous cessait de procréer, ça n'aurait aucune importance.

Et hop, elle avait descendu le deuxième verre de whisky.

– Le problème, c'est que pour avoir changé, la situation ne nous a pas vraiment modifiés. Qu'on a oublié de nous dire que nos instincts avaient triomphé. Et un de ces jours, tes hormones vont prendre le dessus et tu voudras partager ta semen…

– M'man !

– Non, Zet, je sais que tu te masturbes, mais que je te dise tout de suite : ce n'est pas mal et je…

– M'man, je ne veux pas…

– Sache que c'est tout aussi désagréable pour moi, Zatopek van Heerden, mais tu vas te taire et tu vas m'écouter. Ton grand-père van Heerden a dit à ton père qu'il deviendrait aveugle à force de se masturber et ton père m'a rapporté que lorsqu'il était en pension il ouvrait très lentement les yeux le matin parce qu'il avait la trouille. Mais moi, je ne veux pas que tu écoutes ce genre d'âneries. Se masturber est normal, sain et ne fait de mal à personne. En plus que ça ne met pas les filles enceintes et n'oblige personne à quoi que ce soit. Si ça peut t'aider, vas-y. Moi, ce soir, c'est du truc vrai que je dois te parler, mon enfant, parce que tes instincts ne savent pas qu'ils ont gagné. Tu as deux, trois, voire dix millions d'années d'instinct de survie en toi et bientôt, tout ça va venir frapper à ta porte et cette porte, quand tu l'ouvriras, je ne veux pas que tu te trouves nez à nez avec l'inconnu.

Elle reversa un peu d'alcool dans son verre.

– M'man, vas-y mollo.

Elle acquiesça d'un signe de tête.

– Tu sais bien que je ne bois jamais de ce truc-là, Zet, mais ce soir, ce n'est pas pareil. Je n'ai qu'une chance de faire ça comme il faut et si jamais je perds mon calme, j'aurai des problèmes. Il faut que je te dise que l'amour, c'est génial. Et que la nature a rendu ça génial pour que nous continuions à procréer et toujours avoir une autre carotte devant nous, pour être sûre, quoi. C'est un vrai plaisir et ce, dès l'instant où on commence à y penser jusqu'à celui de l'orgasme, des préludes à la passion qui monte en passant par tout ce qu'il y a entre les deux. Splendide, merveilleux, intense, c'est comme une fièvre divine, comme un incroyable enchantement qui peut nous prendre entièrement et nous ôter tout ce qu'on a dans la tête. Additionne une nature ancestrale, les délices de la chose et la fièvre, Zet, la fièvre, et tu comprendras que le sexe est la plus grande passion que nous connaissions. Il faut absolument le comprendre.

Petite gorgée de whisky.

– Sans oublier un autre coup de génie de la nature : elle nous rend désirables. Dès l'âge de quinze, seize et dix-sept ans, elle nous donne des corps absolument irrésistibles à l'autre sexe, des corps qui s'attirent comme d'incroyables aimants.

« Tout cela faisant que…

« Que le seul problème avec tout ça, mon fils, c'est le produit final. Car il n'y a pas que le plaisir. Tout ça nous fait des bébés. Et les bébés, ça cause de sacrés ennuis quand on n'y est pas prêt. Bref, ce soir, j'ai trois choses à te demander, Zet. Avant de faire l'amour avec une femme, réfléchis. Demande-toi si tu as envie d'avoir un bébé avec elle. Parce que avoir un bébé avec elle, ça veut dire t'attacher à elle jusqu'à la fin de tes jours. Donc, réfléchis. Imagine-toi en train de te lever en pleine nuit pour le biberon, ou de ne pas pouvoir dormir parce que tu te demandes d'où va venir la prochaine paie pour les habits, la bouffe et une maison convenable. Demande-toi si tu as envie de passer le reste de ta vie avec toutes ces responsabilités sur le dos, de te réveiller avec cette femme quand elle aura les cheveux défaits et pas de maquillage sur la figure, quand elle aura mauvaise haleine et quand son corps ne sera plus aussi mince, jeune et désirable.

« Réfléchis, mon fils, demande-toi si tu l'aimes.

« La nature, elle, ne réfléchit pas. Elle ne se demande pas si tu l'aimes ou non la première fois que tu as envie de la prendre. Elle te donne l'amour immédiat comme un éclair de lumière, mais quand tu as donné ta semence, cet amour immédiat n'est plus. Demande-toi si cette femme, tu l'aimes vraiment. Parce que moi, je peux te dire une chose : faire l'amour avec quelqu'un qu'on aime est mille fois meilleur qu'avec quelqu'un qu'on n'aime pas.

Il y avait alors eu dans sa voix une langueur que je ne voulais pas entendre mais que je ne devais jamais oublier, le premier soupçon qu'adolescent j'avais eu de l'amour qu'elle avait porté à mon père.

« La deuxième chose que je veux te demander, c'est de ne jamais forcer une femme. Des hommes qui te diront qu'au fond toutes les femmes désirent être prises il y en aura partout, mais que je te dise : ce sont des conneries. Les femmes ne sont pas comme ça. Aussi fort que brûle ta fièvre, c'est là une chose qu'il ne faudra jamais faire.

« Et la troisième chose que je te demande, c'est de laisser tranquilles les femmes des autres.

Pendant les trois semaines qui avaient suivi cette conversation, je n'avais plus laissé ma main courir sur mon corps, tout honteux que ma mère ait été au courant. Et après, la nature avait suivi son cours. Et comme tous les jeunes hommes sans doute, je m'étais rappelé une partie de son discours bien plus nettement que les autres : *l'amour, c'est génial*.

Le reste, je payai pour l'apprendre.

Trois femmes contribuèrent à l'éveil de ma sexualité. Marna Espag, qui fut ma première petite amie, tante Baby Marnewick, notre voisine, Betta Wandrag étant la troisième et vous savez qui c'est.

J'étais en troisième – c'était pendant l'hiver 1975 – lorsque je tombai amoureux de Marna Espag, mon premier amour, avec toute la merveilleuse intensité de la puberté. Un matin, ç'avait été comme si je la voyais pour la première fois avec ses cheveux noirs, ses yeux verts et sa bouche rieuse, et tout de suite elle avait occupé mes pensées et mes rêves, embrasé des fantasmes d'héroïsme où encore et encore je la sauvais de la mort.

Je mis trois mois à lui demander de sortir avec moi, après avoir suivi tout le processus habituel de l'ado qui commence par essayer de savoir si la belle est séduite avant de lui envoyer les messages cryptés pour lui dire l'intérêt qu'il lui porte. Un jour enfin nous allâmes voir un film au Leba de Klerksdorp. Ma mère nous y déposa fort obligeamment, et nous y reprit après que nous nous fûmes payé un milk-shake au grill voisin. Marna… Ma mère la trouvait bien. Tout le monde la trouvait bien.

Je l'embrassai pour la première fois dans une fête donnée à Stilfontein. Nous nous serrions l'un contre l'autre au rythme lent du *Heart* de Gene Rockwell[1] – le genre de surplace et de préliminaires chaloupés que mon ami Gunther Krause appelait de façon assez peu romantique « les genoux en compote ». Marna… Je n'ai pas oublié son parfum entêtant, la douceur de ses lèvres et le vertige qui m'avait saisi lorsque pour la première fois j'avais senti la langue d'une femme dans ma bouche, avant-goût de toutes sortes de plaisirs divins et cachés.

Après, nous nous étions pelotés avec tout le sérieux et l'enthousiasme débridé des pionniers – devant sa porte,

1. Célèbre chanteur de country & western sud-africain *(NdT)*.

au portail du jardin, dans des fêtes et parfois, quand l'occasion se présentait, dans le living de ses parents ou de ma mère. Pendant des semaines et des mois, la progression fut prudente et naturelle. En novembre, pour voir, je glissai ma main sur la courbe de son sein, mon cœur battant la chamade à l'idée qu'elle puisse y trouver à redire. A la folle époque qui sépare Noël du Nouvel An, le reste de sa famille se trouvant à un barbecue à Potch Dam, je déboutonnai son corsage, lui caressai pour la première fois les deux seins et en sentis les mamelons durcir dans ma bouche. En février enfin, mon doigt, ignorant et gauche, toucha au Saint-Graal, elle et moi frémissant aussitôt devant l'énormité du fait et devant tant d'audace et de plaisirs renversants.

Quinze jours plus tard, je lui annonçai que ma mère devait se rendre à Pretoria pour y assister à un opéra. Nous serions seuls à la maison.

Elle me regarda longuement.

– Tu crois qu'on devrait ?

– Oui, répondis-je, la fièvre me gagnant déjà.

– Moi aussi.

Pendant les jours qui suivirent je décrochai le record du monde de la masturbation. L'attente fut terrifiante et domina toute mon existence. Dans ma tête je me jouais et rejouais le Grand Moment et dans mes fantasmes tout était parfait. J'étais incapable de penser à autre chose. Je ne pouvais plus que compter les jours, et enfin les heures, qui me séparaient de l'instant où je dirais au revoir à ma mère et là, au portail, avec une impatience à peine contenue, ajouterais en mentant énormément que « oui, je me conduirais de manière responsable ».

Marna arriva en retard et je crus devenir fou. Elle était pâlichonne.

– On n'est pas obligés, lui dis-je en mentant encore.

– Non, ça ira. C'est juste que j'ai un peu peur.

– Moi aussi, lui répondis-je en mentant pour la dernière fois de la soirée.

Nous bûmes du café et discutâmes, sans grand enthousiasme, des copains et du boulot à l'école jusqu'à ce qu'enfin je l'enlace doucement et lentement commence à l'embrasser. Elle mit une heure, sinon plus, à se détendre et à passer d'une Marna complètement terrifiée à la fille chaleureuse et accueillante que je connaissais. Puis, sa respiration prenant le rythme, bientôt elle galopa jusqu'à l'état de complète préparation, son cœur battant visiblement, et presque distinctement, contre sa poitrine menue.

Précautionneusement je lui ôtai ses vêtements les uns après les autres. Enfin elle reposa, belle, pâle et prête, sur l'énorme canapé du living de ma mère.

Et voilà que soudain l'heure était venue et que je devais, moi aussi, me débarrasser de mes habits. Je me levai, me déshabillai fiévreusement, me retournai vers elle et, la voyant allongée devant moi, l'attente et les fantasmes déferlèrent en vague irrésistible sur mon corps brûlant, et je jouis spectaculairement, inondant le tapis du living de ma mère.

11

Il se présenta à la porte. L'inscription « Meubles de style Durbanville » figurait sur un panneau apposé sur le mur et passablement fatigué par les éléments. Juste en dessous se trouvait la sonnette, à côté du portail de sécurité en acier. *Veuillez appuyer sur le bouton.* Il appuya sur le bouton et entendit la sonnette à l'intérieur, *ding dong* agréable, musical, presque gai. Puis ce fut un bruit de pas sur le parquet, puis elle ouvrit.

– Monsieur van Rensburg, dit-elle sans surprise.

– Van Heerden, dit-il.

– Oh, dit-elle, et elle déverrouilla le portail de sécurité. Moi qui me rappelle toujours si bien les noms ! Entrez !

Elle le précéda dans le couloir. A droite et à gauche, des pièces remplies de meubles, tous en bois et tous élégants, tables, buffets, bureaux. Elle travaillait dans la pièce la plus petite de la maison. Bureau de style classique, mais le bois des chaises luisait. Tout était d'une propreté qui faisait mal.

– Asseyez-vous, je vous en prie, dit-elle.

– Je voulais juste savoir si vous n'auriez pas le livret d'identité de Smit… de M. Smit, je vous demande pardon.

– Je l'ai, dit-elle en ouvrant un placard en mélaminé installé derrière la porte.

Il prit son carnet et le feuilleta jusqu'à la page où il avait noté le numéro.

Elle sortit une boîte en carton du placard et la posa sur le bureau. Puis elle souleva le couvercle et le reposa à côté de la boîte avec des gestes économiques et méticuleux. Elle ne le regardait pas, évitant même tout contact oculaire. Parce qu'il savait, se dit-il. Parce qu'elle allait devoir partager ses secrets avec lui. C'était pour ça qu'elle n'était pas arrivée à se rappeler son nom. Mécanisme de défense.

Elle lui tendit le document. Ancien modèle, à couverture bleue. Il l'ouvrit et y découvrit la photo de Jan Smit. Le visage était plus jeune que celui du portrait-robot. Il mit le doigt sous le numéro d'identité, le vérifia chiffre par chiffre, et s'aperçut qu'il ne s'était pas trompé en le recopiant.

Il soupira.

— D'après les services de l'état civil, ce numéro appartient à quelqu'un d'autre, dit-il. A une dame Ziegler.

— Ziegler, répéta-t-elle d'un ton mécanique.

— Oui.

— Qu'est-ce que ça peut bien vouloir dire?

— Seulement deux choses. Ou bien ils se trompent, ce qui est très probable, ou bien ce sont des faux papiers.

— Des faux papiers? (Cette fois, il y avait de la peur dans sa voix.) Dites-moi que ce n'est pas possible.

— Les autres documents dans la boîte, là… qu'est-ce que c'est?

Elle jeta un coup d'œil apathique à la boîte en carton comme si celle-ci avait soudain une tout autre importance.

— L'inscription de la société au registre du commerce et les papiers des maisons.

— Je peux voir?

Elle lui passa la boîte à contrecœur. Il en sortit les

pièces. « Meubles de style Durbanville. » Société à un employé, 1983. SARL, 1984. On avait réenregistré la boîte. Acte translatif de propriété pour la maison dans laquelle ils se trouvaient, 1983. Acte translatif de propriété pour la maison principale, 1983.

– Pas d'hypothèques sur les maisons.

– Oh, dit-elle.

– Tout est payé ?

– Je crois.

– Pour les deux ?

– Je… oui, je crois.

– La comptabilité, les finances, qui s'en occupe ?

– C'était Jan qui s'en chargeait. Et l'expert-comptable.

– Vous y mettiez le nez ?

– Oui. Tous les mois je donnais un coup de main pour le bilan.

– Les archives sont accessibles ?

– Oui. Tout est là, dit-elle en se tournant vers le placard blanc derrière elle.

– On peut les consulter ?

Elle acquiesça d'un signe de tête et se leva. Il lui trouva l'air absent.

Elle rouvrit le placard, plus grand cette fois.

– C'est ici, dit-elle.

Il regarda. Des registres et des chemises bien alignés sur deux étagères, chacun clairement numéroté au marqueur Koki depuis l'année 1983.

– Je peux regarder le premier lot ? Disons… jusqu'en 86 ?

Très précautionneusement elle sortit les chemises et les lui tendit. Il ouvrit la première. Des colonnes entières de chiffres écrits à la main entre les deux lignes rouge et bleue. Il se concentra et tenta de comprendre, d'avoir au moins une idée de ce qu'il regardait. Dates et sommes, les montants n'étaient pas énormes, des dizaines de rands par-ci par-là, quelques centaines de temps en temps, mais tout cela sans périodicité apparente. Il renonça.

– Vous pourriez m'expliquer comment ça fonctionne ?

Elle acquiesça. Elle prit un long crayon jaune et, s'en servant comme d'une baguette, elle lui dit :

– Ici les débits, là les crédits. Il y a…

– Une minute, dit-il. Ce sont ses revenus ? L'argent qu'il recevait ?

– Oui.

– Et ça, c'est l'argent qu'il dépensait ?

– Oui.

– Où est le bilan bancaire ?

Elle tourna la page et lui montra, toujours avec son crayon.

– En août 1983, le solde est de moins 1 122,35 rands.

– C'était ce qu'il avait à la banque ?

– Je ne sais pas.

– Pourquoi ne le savez-vous pas ?

– Cette somme indique que l'affaire a coûté 1 122,35 rands de plus qu'elle n'en a rapporté. Le bilan bancaire pourrait faire apparaître une somme plus ou moins forte, selon ce qu'il y avait sur le compte au début.

Patiemment, comme on s'adresse à un enfant.

– Une minute, répéta-t-il.

Il n'était pas idiot en calcul. Simplement, ça ne l'avait jamais intéressé.

– Là, reprit-il, ce n'est pas le chiffre de la banque. C'est seulement la différence entre les dépenses et les revenus.

– Oui.

– Où apparaît le solde de la banque ?

– Pas ici. Il se trouve sûrement dans les documents bancaires.

Elle se leva et alla chercher d'autres registres dans le placard.

– Vous vous y connaissiez en comptabilité ?

– Non, dit-elle. Il a fallu que j'apprenne. Jan m'a montré. Et l'expert-comptable aussi. Ce n'est pas difficile, une fois qu'on a compris…

Elle feuilleta des dossiers.

– Ici, reprit-elle. Le solde d'août 1983.

Il regarda le chiffre qu'elle lui montrait : 13 877,65 rands.

– Il avait du fric à la banque, mais la société perdait de l'argent ? demanda-t-il.

Elle remonta en arrière.

– Regardez, dit-elle. Le solde de départ est de 15 000 rands. Les chiffres précédés du signe moins indiquent les débours. Si vous comparez avec les sommes portées dans le registre, vous verrez qu'elles sont identiques aux débits. Les autres chiffres sont ceux des rentrées indiquées dans le registre dans la colonne crédits. La différence entre les deux est de 1 122, 35 rands. Soustrayez ça de 15 000 et vous obtenez bien 13 877, 65.

– Aaaah…

Il tira encore une fois le registre à lui et remonta au mois de septembre 83. Le solde était de moins 817,44 rands. En octobre, il était de moins 674 87. En novembre de moins 404,65 rands. Et en décembre de plus 312,05 rands.

– Il a commencé à gagner de l'argent en décembre 83, dit-il.

– Décembre est un bon mois pour les affaires.

Il étudia les décomptes bancaires et le registre de l'année suivante à la lumière de ses nouvelles connaissances. Et prit des notes. Le diable se cache dans les détails, c'était son credo. Ça faisait rire Nagel. Wilna van As s'assit en face de lui, les mains croisées sur la table, sans rien dire. Il se demanda brièvement quelles pensées elle pouvait bien rouler dans sa tête. Plus tard, elle lui proposa du thé. Il accepta avec reconnaissance.

Elle se leva. Il continua de tourner les pages. L'affaire avait prospéré modérément. Buffets, bureaux, tables, chaises, lits à baldaquin et têtes de lit, les nombres augmentaient régulièrement, photo microéconomique d'une époque. En 1991 on avait renoncé aux registres pour passer aux sorties d'imprimantes – il fut obligé de tout reprendre avec l'aide de Wilna van As.

– Les maisons, dit-il. Vous n'avez pas les actes de vente ?

– Je ne sais pas.

– Vous pourriez les retrouver ?

– Je demanderai à la banque.

– Je vous en serais très reconnaissant.

– Ça vous explique des choses ? demanda-t-elle en lui montrant toutes les feuilles étalées devant lui.

– Je ne sais pas encore. Ça m'en apprend certaines. Ou alors rien du tout. Mais il faut quand même que je commence par être sûr.

– De quoi ?

De nouveau la peur dans sa voix, dans ses yeux.

– Commençons par vérifier. Je peux vous prendre le livret d'identité ?

– Oui, dit-elle, mais en hésitant.

Il se rendit à Mitchell's Plain, l'esprit en proie à la curieuse euphorie de la découverte, l'Everest des premières intuitions encore caché dans les brumes. Tout était dans sa tête et dans ses notes. Les colonnes du registre enquête ne présentaient pas encore un solde positif : quelque part entre tous ces chiffres, toutes ces années et tous les renseignements de Wilna van As se trouvait une hypothèse. Son cœur battant gaiement et son esprit envisageant ceci puis cela, il se sentait léger comme l'air, putain, putain, putain, c'était comme au bon vieux temps, mais qu'est-ce qui lui arrivait ? Était-ce donc si facile ? Libération, liberté, on reprend les vieux chemins mais avec le savoir, les procédures, les conseils et l'intelligence, et les jérémiades de Nagel dans le crâne ?

C'était peu vraisemblable…

Ne pas y penser. Comme le type qui fait de l'escalade, ne pas regarder en bas.

Voulait-il donc grimper ? Tenait-il donc vraiment à s'extraire de la merde puante mais sans danger de son existence ?

Cinq ou six ans plus tôt, c'était là que se trouvait la maison d'Orlando Arendse. Les choses avaient bien changé.

Mur sécurisé avec fil de fer rasoir tout en haut. Il s'arrêta au portail et descendit de voiture. Derrière le portail un homme s'approcha, un gros pistolet à la ceinture.

– Quoi ?

– Je cherche Orlando.

– Et vous êtes ?

Plus aucun respect.

– Van Heerden.

– SAP[1] ?

– Dans le temps.

– Attendez.

« SAP ». Ils avaient toujours le pif pour renifler un flic à cent mètres, même un ancien. Même un ancien qui n'avait pas du tout l'air d'en être un. Il regarda le dispositif anticambriolage apposé aux fenêtres. C'est vrai que maintenant il y avait des gangs et les groupes du PCGD – le « Peuple contre les gangsters et la drogue ». Sans parler des mafias russe et chinoise, des cartels colombiens et nigérians, des types qui opéraient seuls et de toutes sortes de groupuscules. S'étonner après ça que la police ne puisse pas suivre ! A son

1. South African Police ou « Police d'Afrique du Sud » *(NdT)*.

époque il n'y avait que des gangs, des ados agités et autres gibiers de potence pétés dans leur tête.

L'homme revint et lui ouvrit le portail.

– Vous feriez mieux de faire entrer la voiture, dit-il.

Il le fit. Et redescendit du véhicule.

– Allez, lui dit Gros-Flingue-à-la-hanche.

– Vous ne me fouillez pas ?

– Orlando m'a dit que c'était pas la peine vu que vous rateriez un chiotte à double porte à deux mètres.

– Ça fait plaisir d'entendre qu'on n'a rien oublié.

Ils entrèrent par la porte de devant.

Le living avait été aménagé en bureau. L'industrie du crime organisé… à la maison. Dans le coin trois soldats de plus, Orlando étant assis à une grande table. Plus vieux que dans son souvenir, tempes grisonnantes, l'air d'un principal de collège, toujours aussi porté sur les costumes trois-pièces sur mesure et de couleur crème.

– Van Heerden, dit-il sans surprise.

– Orlando.

– Toi, tu veux quelque chose.

Les soldats occupés à faire de la paperasse, l'oreille dressée, prêts à l'action.

Van Heerden sortit le livret d'identité de sa poche et le tendit à Orlando.

– Assieds-toi, dit celui-ci en lui montrant un fauteuil.

Il ouvrit le livret, chaussa les lunettes de vue qui pendaient à son cou, approcha la lampe, l'alluma et tint le document à la lumière.

– Je ne fais plus la pièce d'identité, dit-il.

– Et qu'est-ce que tu fais donc maintenant ?

– T'es plus dans la police, van Heerden.

Il grimaça. *Putain, qu'est-ce que c'était vrai !*

Orlando referma le livret.

– C'est vieux. Et c'est pas moi qui l'ai fait

– Mais c'est un faux.

Orlando acquiesça d'un signe de tête.

– Du beau boulot. Ça pourrait être du Nieuwoudt.

– Qui est-ce ?

Orlando reposa le document et le lui glissa adroite
ment en travers de la table.

– Van Heerden ! Tu t'amènes comme ça sans préve
nir, comme si je te devais quelque chose alors que ça
fait quoi ? Cinq-six ans que tu n'es plus chez les flics ?
Et que, d'après la rumeur, tu boufferais dans le cani
veau ? Qu'est-ce que t'as pour négocier, au juste ?

– Rien.

Orlando le dévisagea. Peau brune et traits du Xhosa,
gènes peu sympathiques de son légendaire viticulteur
de père et de sa domestique de mère.

– T'as toujours été honnête, van Heerden, je te l'ac
corde. Tu tires droit, enfin… pas quand c'est avec une
arme à feu !

– Va te faire mettre, Orlando.

Dans le coin, les mains des soldats se figèrent.

Orlando croisa les siennes devant lui, des bagues en
or aux deux auriculaires.

– T'es toujours à vif pour Nagel, c'est ça, hein, van
Heerden ?

– Tu sais que dalle là-dessus, Orlando, lui renvoya
van Heerden d'une voix suraiguë et les mains trem
blantes.

Il s'était assis au bord du fauteuil.

Orlando posa son menton sur ses mains croisées. Ses
yeux noirs brillaient.

– Détends-toi, dit-il calmement.

Les soldats retenaient leur souffle.

Doucement, on résiste, ce n'est pas le moment de
perdre la tête, pas maintenant, pas ici, la fureur qui
recule lentement, on respire à fond, le cœur qui bat
mieux, doucement, doucement.

– Va falloir laisser tomber, van Heerden, reprit
Orlando d'une voix douce. On fait tous des erreurs.

101

Respirer, lentement.

– Qui est Nieuwoudt ? répéta van Heerden.

Les mains et les yeux d'Orlando parfaitement immobiles un instant – on réfléchissait, on évaluait.

– Charles Nieuwoudt, dit-il. Boer. Petit Blanc. Roule à petite vitesse depuis dix ans, jusqu'à rater l'amnistie ordonnée pour l'anniversaire de Mandela.

– Faussaire.

– Un des meilleurs. Une bête, mais un artiste. Mais il a fini par bâcler le travail : trop de boulot, trop de fric, trop de pétards, trop de nanas. Il a voulu faire fortune et a fabriqué pour six millions de rands sans le filigrane. Après quoi il a balancé l'imprimeur dans la Liesbeek River avec une balle dans le crâne pour lui piquer sa part des bénefs. Résultat, il s'est fait prendre pour le fric et pour l'assassinat.

Les soldats recommencèrent à déplacer des papiers.

– Et ce serait du boulot à lui ?

– Ça y ressemble. C'était le roi du livret d'identité. Les bleus étaient plus faciles à falsifier. Et dans les années 70-80 le marché était bon.

– Une dernière question, Orlando.

– J'écoute.

– On est en 83. J'ai des dollars. Américains, ces dollars. J'en ai beaucoup et je veux m'acheter une maison et lancer une affaire tout ce qu'il y a de plus réglo. J'ai besoin de rands, qu'est-ce que je fais ?

– Pour qui tu travailles, van Heerden ?

– Un avocat.

– Kemp ?

Il fit signe que non.

– Alors comme ça, tu fais le privé pour un avocat ?

– En free-lance, Orlando.

– Mais c'est plus bas que la merde de chien, ça, van Heerden. Pourquoi tu réintègres pas la police ? On a besoin de tous les ennemis qu'on peut, nous.

Van Heerden ignora la remarque.

– Dollars en 83, répéta-t-il.

– Ça remonte à loin.

– Je sais.

– 83, c'était pas génial. A la revente, fallait se contenter de trente ou cinquante cents pour un dollar. Et si c'est des noms que tu cherches, je peux pas t'aider.

Van Heerden se leva.

– Merci, Orlando, dit-il.

– Y a encore des dollars dans ton truc ?

– Je ne sais pas.

– Mais peut-être, non ?

– Peut-être, oui.

– Non, parce que le dollar, c'est fort, en ce moment.

Van Heerden se contenta de hocher la tête.

– N'oublie pas que maintenant, tu me dois un service, van Heerden.

12

Tante Baby Marnewick.

Chaque fois que j'entends parler d'un nouveau film dans lequel des Américains sans peur nous sauvent d'un virus, de météorites ou d'extraterrestres menaçant l'humanité tout entière, je me demande pourquoi ils oublient tellement les intrigues, petites certes, mais autrement plus intéressantes et propres à changer nos vies de banlieusards.

Mes amours avec Marna Espag ne survécurent pas longtemps à nos premières tentatives sexuelles aussi maladroites qu'incomplètes. Elles ne connurent pas une fin brutale et dramatique, juste une série de refroidissements systématiques qu'accentuèrent encore la déception que j'éprouvais devant mes résultats et la honte qu'elle ressentait en n'étant pas capable de masquer sa propre frustration.

Mais l'âme et le corps ayant à seize-dix-sept ans la faculté de retrouver la forme à une vitesse ahurissante, nous restâmes bons amis, même lorsqu'elle commença à fréquenter notre grand chef, Lourens Campher, au mois de juillet de notre dernière année d'école. Je me demanderai toujours s'ils arrivèrent à leurs fins et si, en gagnant le trophée de sa virginité, il lui rendit sa confiance en la gent masculine.

Je cessai de sortir régulièrement avec des filles au

lycée, me contentant de fortement peloter celle-ci ou celle-là à l'occasion. Tante Baby Marnewick n'allait pas tarder à croiser le chemin de mon éducation sexuelle et, plus tard, professionnelle.

Elle et son mari vivaient dans la maison derrière la nôtre. Comme quatre-vingt-dix pour cent de la population mâle de Stilfontein, monsieur était un énorme mineur de fond qui faisait les trois-huit, une sorte de diamant brut qui vouait tous ses samedis et tous ses dimanches à l'installation d'un moteur trois litres six cylindres en V dans une Ford Anglia. Pour y arriver, il devait reculer la boîte de vitesses et tout le tableau de bord et rallonger l'arbre et les transmissions, ce qui rendait le but qu'il s'était fixé, à savoir surprendre très désagréablement les autres pilotes d'Anglia aux feux rouges, parfaitement idiot. A regarder tout simplement sa voiture par la vitre, n'importe quel crétin aurait aussitôt découvert que sa bagnole sortait de l'ordinaire.

D'après la légende qui courait à Johannesburg, il avait dû gagner l'amour de Tante Baby à coups de poing, lorsque là-bas, tout là-bas à Bez Valley, une banlieue bouillonnante de Johannesburg, il avait voulu l'enlever à un solide Écossais. Debout dans la véranda de devant, elle avait regardé les deux hommes grogner et saigner pour gagner sa main, tels deux taureaux qui veulent chacun montrer leur supériorité génétique.

Il faut dire que Baby Marnewick était une belle femme. Grande et mince avec d'épais cheveux roux et une grande bouche aux lèvres charnues, elle avait une poitrine formidable. C'étaient ses yeux, petits et rusés, qui lui donnaient le côté putain auquel, je pense, les hommes ne pouvaient résister – peut-être, qui sait, parce qu'ils leur faisaient croire que la dame était facile et que c'était là sa vraie nature.

Pendant des années et des années, c'est à peine si j'avais pris conscience d'avoir des voisins derrière chez

105

nous. Et d'ailleurs, pourquoi aurait-il fallu qu'à être « derrière chez nous » ils soient plus mystérieux et moins voisins ? La haute palissade en bois qui séparait nos deux jardins devait contribuer à cette impression. Toujours est-il que voir Baby Marnewick dans sa tenue de shopping au centre commercial avait quelque chose d'inoubliable pour un adolescent qui s'éveille à la sexualité. Je m'éveillai donc à la présence de la voisine, mon intérêt pour elle ne faisant que s'aiguiser sous l'effet de rumeurs vagues et de la simplicité un peu voyante avec laquelle elle affichait sa sexualité.

C'était au début du printemps de ma dernière année de lycée. L'après-midi était chaud et parfaitement calme et, privé de Marna, je m'ennuyais ferme lorsque, la curiosité me prenant, je jetai un coup d'œil par une petite fente dans la palissade qui tombait de plus en plus en ruine. Ce n'était pas la première fois, mais c'était quand même une coïncidence, un moment opportun pour rêver.

Et là, dans le jardin de derrière, Tante Baby était allongée sur un matelas pneumatique, complètement nue et toute luisante de crème solaire et, des lunettes de soleil masquant ses yeux coquins, d'une main joueuse aux ongles faits elle caressait le paradis qu'elle avait entre les jambes.

Ah, le doux choc que ce fut !

Je restai figé sur place, trop effrayé pour bouger, voire pour respirer, la tête comme prise de vertige, absolument surexcité par la découverte des plaisirs du voyeurisme, élu des dieux qui se trouvait là pile au bon instant.

Je ne sais combien de temps il lui fallut pour arriver à l'orgasme. Vingt minutes ? Plus ? Le temps fila à toute allure – beaucoup trop vite pour moi –, jusqu'au moment où enfin, en poussant un grognement du plus profond de son être, la bouche maintenant grande ouverte et le bas-ventre et les jambes saisis de soubresauts des plus divins, elle connut l'extase.

Son affaire faite, elle se leva lentement et disparut dans la maison.

Je restai à regarder le matelas une bonne éternité ou deux, dans l'espoir qu'elle revienne. Plus tard, bien plus tard, je compris que ce n'était pas dans mon jeu et je gagnai ma chambre pour donner libre cours à mes propres désirs incompressibles. Encore, encore, et encore.

Et le lendemain après-midi je me retrouvai devant la fente, à espionner, prêt à reprendre mes rapports merveilleusement à sens unique avec Baby Marnewick.

Mais elle ne se masturbait pas dans son jardin tous les après-midi. Pas plus qu'elle ne s'allongeait tous les jours au soleil, luisante et nue. A ma grande déception, elle ne suivait aucune routine dans ce domaine. Alors commença une partie de désir et de hasard, petit jeu de chapardage oculaire. Puis j'en vins à me demander si elle s'amusait à ça le matin, quand j'étais au lycée. J'envisageai même de tomber malade pendant quelques jours pour vérifier l'hypothèse. Cela dit, de temps en temps, une fois par semaine, voire deux, la scène enchanteresse récompensait mon avidité.

Je fantasmais. Évidemment. Je faisais le tour de la palissade (passer par-dessus eût par trop manqué de dignité), j'arrivais à côté d'elle et lui disais : « Ça ne sera plus la peine de te servir de ta main, Baby. » Et alors je me déshabillais et alors elle m'accueillait en elle avec des « Oui, oui, oui, oh oui ! » et après que là, sur son matelas pneumatique, je l'avais conduite jusqu'à des sommets sensuels dont elle n'avait même pas idée, nous restions allongés l'un à côté de l'autre et parlions de nous enfuir et d'être heureux à jamais.

Ça, c'était le fantasme principal.

Et il y avait des variations sur le thème.

Comme la réalité, petite certes, mais qui change la vie, devait être différente et plus intéressante encore !

13

Embouteillage des heures de pointe en revenant de Mitchell's Plain. Il prit la N7, pressé de rentrer – il devait toujours appeler Wilna van As.

Il n'en revenait pas du monde dans lequel il vivait. Kemp et lui, et lui et Orlando et qui tenait qui, les mécanismes des interactions professionnelles et le onzième commandement : Tu seras celui à qui l'on doit un service. Kemp : *Tu es vraiment nul, van Heerden.* O'Grady : *Mais putain, van Heerden, on gagne pas sa vie dans ce métier ! Pourquoi tu ne reviens pas chez nous ?* Orlando : *… Et d'après la rumeur, tu boufferais dans le caniveau ?… Mais c'est plus bas que la merde de chien, ça, van Heerden. Pourquoi tu ne réintègres pas la police ?* Sur la vie qu'il menait le consensus était général, sauf qu'ils ne savaient pas, qu'ils ne comprenaient pas et ne se doutaient de rien. Comprendre ce à quoi il était condamné, ils en étaient incapables et il fallait qu'il purge sa peine parce que c'était à vivre qu'on l'avait condamné. Jusqu'au jour où, dans un moment d'euphorie, il s'était demandé si on le libérerait, s'il aurait droit à une amnistie. Absurde, oui, putain, comme un prisonnier dans sa cellule et qui rêve qu'il est dehors. Et se réveille le matin venu.

Il s'arrêta dans une station pour prendre de l'essence, vit la cabine téléphonique et appela Wilna van As.

– D'après la banque, il n'y a jamais eu d'hypo-thèques sur les maisons, lui annonça-t-elle. J'ai retrouvé les titres de propriété et les lettres des avocats, mais je ne comprends pas tout.

– Qui a rédigé les actes ?

– Un instant, s'il vous plaît.

Il attendit et l'imagina allant prendre les documents dans son placard en mélaminé.

– Cabinet Merwe de Villiers et Associés.

Il ne connaissait pas.

– Vous pourriez faxer ces papiers à Hope Beneke ?

– Oui, dit-elle.

– Merci.

– Pour le livret d'identité ? Vous avez découvert quelque chose ?

– Je ne sais pas trop.

C'était à Hope Beneke de lui communiquer la mau-vaise nouvelle. Il n'était jamais que le domestique engagé pour un temps.

– Ah.

Pensive, inquiète.

– Au revoir, dit-il parce qu'il ne voulait pas entendre.

Il feuilleta son carnet, trouva le numéro de Hope Beneke, glissa une autre pièce dans la fente et appela.

– Elle est en consultation, lui dit la réceptionniste.

Comme un putain de docteur, songea-t-il.

– Faites-lui passer ce message, s'il vous plaît : Wilna van As va lui faxer les titres de propriété des deux mai-sons de Jan Smit. Je veux savoir s'il y avait des hypo-thèques. Elle peut m'appeler chez moi.

Il descendit de voiture et regarda en l'air. Le soleil disparaissait derrière le front froid qui montait de la mer en grandes masses de nuages lourds, noirs, et invincibles.

Il fit légèrement et lentement revenir l'ail et le persil dans la grande poêle à frire, l'arôme du plat montant avec la vapeur et se répandant dans la pièce. Il huma tout cela avec plaisir et fut vaguement surpris de constater qu'il y arrivait encore. Verdi dans les petits haut-parleurs. *La Traviata.* De la musique pour faire la cuisine.

Jan Smit n'était pas Jan Smit.

Tiens, tiens.

A un moment donné de l'an de grâce 1983, ou alors avant, un certain M. X avait fait l'acquisition de dollars américains. Illégalement. De manière tellement illégale même qu'il avait eu besoin de changer d'identité. Pour changer de vie. Et devenir Johannes Jacobus Smit. Meubles de style, existence dans le respect des lois, vie très privée, et cachée.

Conjectures.

Il ouvrit la boîte de thon et versa précautionneusement la saumure dans la bonde de l'évier.

Tu as vendu des dollars au marché noir pour acheter la maison, le bureau de l'entreprise et tes premiers meubles. L'affaire marche bien. Tu n'as plus besoin des autres dollars. Tu construis, ou fais construire, un coffre-fort. Ou alors… Tu aurais eu besoin d'y mettre autre chose ? L'Amérique, source inépuisable du trafic de drogue, et de tous les dollars. Aurais-tu fait construire ce coffre-fort pour y ranger tes petits paquets d'héroïne ou de cocaïne ? Pour qu'ils y soient bien empilés à côté de tes dollars ? Détaillant ? Grossiste ? Intermédiaire ?

Trafic d'armes. Autre source, ô combien sûre, de grosses quantités de dollars. 82-83… les belles années de l'Armscor d'Afrique du Sud avec ses milliers d'organismes affiliés, le reste de l'Afrique étant, avec toutes ses organisations terroristes, lui aussi en proie à une véritable fringale d'armes de toutes sortes.

Le coffre-fort n'aurait pas été assez grand. Donc, non : peut-être pas le trafic d'armes.

Et maintenant pourquoi ? Pourquoi, si l'affaire de meubles marchait si bien, ne pas se contenter d'incinérer les indices compromettants ?

Il ajouta le thon au persil et à l'ail. Hacha les noix, les ajouta elles aussi, et alluma la bouilloire.

Et voilà que quinze ans plus tard Jan Smit, anciennement M. X, vient à mourir. Fin du parcours. Fusil d'assaut américain, une balle dans la nuque, genre exécution.

Le premier propriétaire des dollars qui serait revenu ? Ou une nouvelle tentative pour vendre des petits paquets blancs… Qu'est-ce qui a mal tourné ?

On remet tous les petits morceaux ensemble, van Heerden. On se fait une image dans sa tête, on invente une histoire, on concocte une théorie. On adapte chaque fois qu'il y a un nouvel élément. On spécule.

Nagel.

Verser l'eau bouillante dans la casserole. Allumer le gaz. Attendre que l'eau se remette à bouillir. Les spaghettis sont prêts. Le beurre. Couper un citron en deux. Râper le parmesan. Prêt.

Jan Smit seul chez lui. On frappe à la porte ? Il ouvre. « Salut, X, ça fait longtemps qu'on s'est pas vus. Je suis venu te parler de mes dollars. »

Il entendit quelque chose par-dessus la musique.

On frappait à la porte.

Sa mère ne le faisait jamais. Elle entrait, tout simplement.

Il alla ouvrir.

Hope Beneke.

– J'ai pensé faire un saut… J'habite à Milnerton.

Les premières bourrasques du front froid expédiaient ses cheveux dans tous les sens. Elle tenait une mallette à la main.

– Entrez, dit-il.

Il n'avait aucune envie de la voir chez lui.

– Il va pleuvoir, reprit-elle en refermant la porte derrière elle.

– Oui, dit-il, mal à l'aise.

Personne n'entrait dans cette maison, hormis sa mère. Il baissa vite la musique.

– Ah, mon Dieu, s'écria-t-elle, ça sent rudement bon ! Elle posa sa mallette sur un fauteuil et l'ouvrit.

Il garda le silence.

Elle sortit les pièces et regarda les brûleurs à gaz.

– Je ne savais pas que vous faisiez la cuisine, dit-elle.

– C'est rien que des pâtes.

– On ne dirait pas !

Qu'est-ce qu'elle avait dans la voix ?

– Comment se fait-il que vous sachiez où j'habite ?

– J'ai téléphoné à Kemp. J'ai commencé par appeler ici, mais comme personne ne répondait…

C'était de la sympathie qu'il y avait dans sa voix, une patience qu'il n'avait encore jamais remarquée mais qu'il reconnut aussitôt. C'était celle des gens qui savaient, qui connaissaient la vie publique des van Heerden. Kemp. Kemp l'avait mise au courant. Qu'il aille se faire foutre, ce type qui était incapable de rien garder pour lui ! La sympathie de cette femme, il n'en avait pas besoin.

Kemp, et maintenant elle, se trompaient complètement.

Elle lui tendit les feuilles de papier.

– Marie m'a dit que vous vouliez savoir si les maisons étaient hypothéquées.

– Oui.

Il sentit la gêne qu'il y avait à parler en restant debout, mais il n'avait pas envie qu'elle s'assoie. Il voulait qu'elle s'en aille.

– Ça n'en a pas l'air, reprit-elle. Ça, c'est la lettre

type que les avocats envoient après qu'un bien immobilier a été transféré à son nouveau propriétaire. C'est pour confirmer que l'enregistrement a bien été effectué au bureau des Titres. S'il y avait eu des hypothèques, ç'aurait été marqué. Généralement, on en fait mention quand les montants sont importants, ou si les hypothèques couvrent plus que le prix d'achat.

Il regarda les documents. Il ne comprenait pas tout.

– Il n'y a rien de tout ça là-dedans, dit-il.

– C'est bien pour ça qu'il n'y a pas eu d'hypothèques, à mon avis.

– Ah.

Il regarda les chiffres. Ils correspondaient au prix des deux maisons. Quarante-trois mille rands pour le bureau et cinquante-deux mille pour le domicile.

L'eau se mit à bouillir en sifflant : on était près de l'explosion. Il baissa la flamme.

– Je n'ai pas choisi le bon moment, enchaîna-t-elle. Vous attendez sans doute des invités.

– Non, non, dit-il.

Mais si, mais si ! C'est ça qu'il aurait dû répondre.

– Vous avez trouvé quelque chose pour les pièces d'identité ?

Il resta debout dans le no man's land de sa cuisine, Hope de plus en plus mal à l'aise au milieu de ses chaises et fauteuils.

Merde, tiens.

– Vous feriez mieux de vous asseoir, dit-il.

Elle acquiesça d'un signe de tête, lui fit un petit sourire, rentra sa jupe gentiment sous elle, s'assit dans le fauteuil gris aux accoudoirs râpés et le regarda d'un air gentil et attentif.

– Smit n'est pas Smit, dit-il.

Elle attendit.

– Le livret est un faux.

Elle ouvrit les yeux un peu plus grands.

113

– Du travail de professionnel. Peut-être d'un certain Charles Nieuwoudt. Fin des années 70-début des années 80.

Et maintenant il allait être obligé de tout lui raconter. Elle n'avait pas bougé, elle attendait toujours, toute son attention fixée sur lui.

– Il y a plus, reprit-il. J'ai ma petite idée.

Elle acquiesça d'un hochement de tête à peine visible. Elle attendait toujours, elle était impressionnée.

Il reprit son souffle, lentement. Puis il lui raconta sa journée, par ordre chronologique : son passage au bureau de l'état civil, le coup de téléphone de Ngwema, sa visite à van As, les livres de comptes, les dates et les montants, Orlando, tout pour qu'elle se fasse une idée générale de la situation. Il lui expliqua le raisonnement qu'il s'était fait à partir d'un bout de papier qui, plus de quinze ans plus tôt, servait à maintenir des dollars ensemble dans un paquet, et le relia à l'histoire du coffre. Il mentionna l'époque – tout ça s'était passé en 83 –, l'achat des maisons effectué en liquide et les quinze mille rands dont on avait eu besoin pour faire démarrer l'affaire. Sentant qu'elle le dévisageait, il regardait obstinément la porte derrière elle pour lui faire part de ses hypothèses.

– Eh ben dites ! s'écria-t-elle lorsqu'il eut fini.

Elle se passa les doigts dans les cheveux.

– Sauf que quelqu'un savait, continua-t-il. Tout indique que quelqu'un était au courant. Quelqu'un avec un M16 et une lampe à souder, quelqu'un qui savait ce qu'il allait faire. Et ça, ça ne se produit pas quand on a un simple cambriolage en tête. Au minimum, ce quelqu'un devait savoir que, sous une forme ou sous une autre, Jan Smit détenait une véritable fortune et qu'il faudrait se montrer assez persuasif pour la lui piquer. Quelqu'un qui le connaissait d'avant, donc.

Elle acquiesça.

Poussé par le vent, un paquet de pluie s'abattit contre la vitre.

– Tout ça pour dire que Jan Smit savait où se procurer des faux papiers. Et qu'il savait aussi comment écouler des faux dollars. Et qu'il a fait construire son coffre-fort pour y cacher quelque chose. Et que la dame van As ne l'a jamais vraiment connu. Ou alors qu'elle ment, mais je ne crois pas.

Il s'appuya contre un buffet de la cuisine et se croisa les bras sur la poitrine.

– Vous êtes vraiment bon, dit-elle.

Il serra les bras.

– Ce n'est qu'une théorie.

– Elle n'est pas mauvaise du tout.

Il haussa les épaules.

– C'est tout ce que j'ai pour l'instant.

– Et demain ?

Demain ? Il n'y avait pas pensé vraiment.

– Je ne sais pas, dit-il. Les dollars, voilà la clé du mystère. Je veux savoir qui contrôlait le marché noir de la monnaie en 83. Et qui étaient les patrons du trafic de drogue. Cela dit, il s'agit peut-être de tout à fait autre chose. Il est possible qu'il ait piqué ses dollars en Amérique. Ou alors, c'est le produit d'une vente d'armes. Qui sait, hein, dans ce putain de pays qui est le nôtre ?

Il se demanda si elle allait réagir à ses grossièretés. Il songea que c'était le moment qu'elle s'en aille. Il n'avait pas l'intention de lui offrir du café.

– Je vais creuser ça, reprit-il. Il y a deux ou trois endroits… quelques personnes…

– Y a-t-il quelque chose que je pourrais faire pour vous ?

– Vous allez devoir décider ce qu'il faut dire à van As.

Elle se leva lentement, comme si elle était fatiguée.

– Je crois que je ne vais rien lui dire du tout.

– C'est vous qui décidez.

– Il y a encore trop de choses en suspens. On lui dira quand on en saura plus. (Elle reprit sa mallette.) Faut que j'y aille.

Il décroisa les bras.

– Je vous appelle si j'ai du nouveau, dit-il.

Et surtout, je vous en prie, ne revenez plus chez moi – sauf que ça, il ne le lui dit pas.

– Vous avez mon numéro de portable ?

– Non, dit-il.

Elle rouvrit sa mallette, en sortit une carte de visite et la lui tendit. Puis elle se retourna et gagna la porte. Il remarqua qu'elle avait un joli cul tout rond sous sa jupe.

– Je n'ai pas de parapluie.

Constatation, ton presque agressif.

Elle resta debout à la porte et lui sourit.

– C'est Domingo ?

– Quoi ?

– La musique.

– Non.

– J'ai cru que c'était la bande-son du film. Vous savez bien, le film de Zefirelli…

– Non.

– Qui est-ce ?

Il fallait qu'elle s'en aille. Il n'avait aucune envie de parler musique avec elle.

– Pavarotti et Sutherland.

– C'est beau.

– Y a rien de mieux, dit-il en se mordant la langue.

C'est pas tes oignons.

Elle garda le silence un instant, puis elle le regarda et fronça les sourcils.

– Vous êtes un drôle de bonhomme, van Heerden.

– Je suis un vaurien, lui renvoya-t-il aussitôt. Demandez à Kemp. (Il lui ouvrit la porte.) Et maintenant, partez.

– Vous avez fait du bon boulot, dit-elle, et en tournant la tête de côté pour se protéger de la pluie, elle descendit l'escalier en courant.

Il l'entendit rire – un petit rire bref –, puis il vit s'allumer le plafonnier de la BMW lorsqu'elle ouvrit la portière et entra dans sa voiture. Elle lui fit un signe de la tête, claqua la portière et la lumière s'éteignit. Il referma sa porte.

Puis il gagna le meuble stéréo et éteignit la musique. La musique, elle n'y connaissait rien. *Domingo ! Non mais !*

Il allait être obligé de la rappeler le lendemain matin. Pour lui dire de passer à son bureau tous les jours, juste avant de rentrer chez elle, pour qu'il lui fasse son rapport.

Il n'était pas question qu'elle remette jamais les pieds chez lui.

Ou alors… lui faire un rapport par écrit tous les soirs et le lui porter ?

Le téléphone sonna.

– Van Heerden, dit-il.

– Bonsoir, dit une voix de femme. Je m'appelle Kara-An Rousseau. Je ne sais pas si vous vous souvenez de moi, mais…

Hope Beneke rentra lentement chez elle par la N7, ses essuie-glaces travaillant à plein régime. Au début de l'après-midi elle avait eu envie de le tuer, et ce soir de l'enlacer. Elle se mordit la lèvre et se pencha sur le volant pour essayer de voir à travers la pluie. Maintenant elle comprenait. Ce n'était pas qu'il était en colère. Non, il souffrait. Et se sentait coupable.

Prendre ses distances ne serait pas difficile. Il suffisait de comprendre.

C'est tout.

Point final.

5ᵉ jour

Samedi 8 juillet

14

La maison était pleine de livres. Et souvent aussi d'écrivains, de poètes et de types qui lisaient, tout ça se disputant et se lançant dans des conversations animées – un samedi soir tard, deux femmes en étaient presque venues aux mains en parlant de *Sept Jours chez les Silberstein,* d'Étienne Leroux. La lecture d'un recueil de poèmes de van Wyk Louw et la discussion qui avait suivi avaient duré jusqu'au lendemain dimanche après le repas de midi.

Et dans ce cercle de sommités littéraires, un jour, je ramenai Louis L'Amour.

J'avais commencé à lire assez tard. Il y avait, à mon avis, des choses plus intéressantes à faire. Au fur et à mesure que ma mère me laissait plus de liberté, il y avait eu les activités scolaires et les jeux habituels des garçons (combien de bandes nous n'avons pas formées !), comme d'aller pêcher dans la Vaal River (avec Tonton de Jager, et des crickets vivants et pas de plombs), d'explorer les terrils affaissés du puits Est et d'éternellement construire et reconstruire la cabane dans les arbres de Schalk Wagenaar.

Puis il y avait eu la découverte des romans-photos. Gunther Krause lisait Mark Condor. Takuza. Captain Devil. Avec la permission de ses parents. (Sa mère lisait Barbara Cartland et d'autres écrivains de cette trempe et son père n'était pas très souvent à la maison.) Le samedi matin, nous allions à la Bourse aux livres de Don pour réapprovisionner Gunther et sa mère, après quoi nous filions chez lui pour lire avec avidité. Jusqu'au jour où – j'étais en troisième –, presque sans y prêter attention, j'avais pris un livre de Louis L'Amour à la Bourse aux livres, contemplé les yeux verts du héros représenté sur la couverture et paresseusement, sans me douter de rien, avais lu les deux premiers paragraphes du roman et fait la connaissance de Logan Sackett.

Ma mère me donnait quelques rands d'argent de poche tous les mois. Le livre coûtait quarante-cinq cents. Je l'achetai. Et pendant les trois années qui suivirent, je ne me lassai pas de Louis L'Amour.

Ma mère ne s'y opposa pas. Peut-être espérait-elle que cela m'amènerait à lire des trucs plus sérieux. Elle ne se doutait pas que cela me conduirait à ma première confrontation avec les forces de l'ordre. Ce n'était pas la faute de L'Amour.

Un matin de congé, ma mère nous avait, Gunther, un autre copain d'école et moi, déposés assez tôt à Klerksdorp pour aller au cinéma. Le CNA[1] qui se trouvait dans la rue principale se déployait sur deux étages, les jouets et les articles de papeterie au rez-de-chaussée, les livres au premier. J'y étais déjà allé, mais ce jour-là je découvris un univers entier de L'Amour flambant neufs, jamais lus et sur papier blanc au lieu des volumes d'occasion légèrement jaunis de la Bourse aux livres. Et ces ouvrages sentaient encore l'encre d'imprimerie.

Je ne me rappelle plus combien d'argent j'avais en poche, mais ce n'était pas assez. Il y en avait trop peu pour un film, un milk-shake et un L'Amour. J'avais

1. Ou Central News Agency, chaîne de librairies-papeteries sud-africaines (NdT).

assez pour un livre, mais alors je n'aurais pas pu accompagner Gunther au cinéma. Même chose pour un film et un milk-shake, mais dans ce cas je n'aurais pas pu profiter de cette abondance de L'Amour nouvellement découverte. Je me décidai dans un moment de désir enfiévré : prendre un livre, ce n'était pas voler.

Je n'eus aucun mal à franchir la frontière qui sépare l'innocence de la culpabilité – comme ça, sans réfléchir. En un instant je passai de l'état de lecteur rempli de joie en découvrant l'étendue des nouveautés qui s'offrent à lui à celui de voleur en puissance qui cherche la première occasion de passer à l'acte en jetant des coups d'œil furtifs autour de lui.

Je pris deux livres et les glissai sous ma chemise. Puis je redescendis l'escalier, lentement, nonchalamment, le ventre rentré pour qu'on ne voie pas la bosse qu'ils faisaient, et le buste penché légèrement en avant pour qu'on ne se doute de rien. Le cœur qui bat et les mains moites, j'avançai, me rapprochai de plus en plus de la sortie, là, ça y est, et soupirai de soulagement... lorsqu'elle m'attrapa par le bras et eut recours à la formule dont se servent tant et tant de Sud-Africains lorsqu'ils veulent entamer une conversation avec un inconnu – à ce qui, de fait, est l'expression même de notre complexe d'infériorité : « Euh, je m'excuse, mais... »

Elle était grosse et laide et le nom qu'on lisait sur sa poitrine impressionnante était Monica. Elle me tira en arrière et me fit réintégrer le magasin.

– Sors-moi ces livres, me lança-t-elle.

Après coup, je songeai aux milliers de choses que j'aurais pu faire, entre autres me débattre et filer, dire – « C'était juste un pari », « Quels livres ? », « Va te faire foutre », etc. Souvent, plus tard, lorsque je me rappelais son visage et son attitude, j'aurais, oui, beaucoup aimé pouvoir lui lancer : « Va te faire foutre. »

Mais je sortis mes livres de dessous ma chemise. Mes genoux tremblaient.

– Allez me chercher M. Minnaar, dit-elle à la fille qui tenait la caisse.

Puis, se tournant vers moi, elle ajouta :

– Aujourd'hui, on va te faire la leçon.

Ah, la peur et l'humiliation ! Comme elles mirent du temps à mûrir ! Les conséquences de mon acte ne se présentèrent pas en un seul bloc, mais sous la forme d'une file interminable de messagers aussi déterminés que repoussants. Je les avais tous reconnus avant même que M. Minnaar, le chauve à lunettes, n'entre en scène.

Je restai figé sur place et entendis Monica lui raconter comment, m'ayant repéré au premier, elle avait attendu que je sorte du magasin pour m'arrêter. « Ttt, ttt », disait-il en me regardant d'un air très désapprobateur. Et lorsqu'elle eut fini, il lança :

– Appelez la police.

Et pendant qu'elle s'affairait, il me regarda encore une fois d'un air méchant et ajouta :

– Vous nous mettrez sur la paille.

« Vous. » D'un seul mot il m'avait collé une étiquette. Comme si j'avais déjà volé avant. Comme si je passais mon temps avec d'autres délinquants.

Je devais avoir trop peur pour pleurer lorsque, le jeune policier en uniforme bleu étant arrivé, nous gagnâmes tous le petit bureau de M. Minnaar. Lorsque ce même jeune policier y recueillit ma déposition. Lorsque ensuite il me prit par le bras pour m'emmener au panier à salade. Lorsqu'il m'en fit descendre au commissariat du centre-ville, juste à côté du centre commercial indien, lorsque enfin il me conduisit au Bureau des mises en accusation. Bien trop terrifié que j'étais !

Il me fit asseoir, ordonna au sergent installé derrière le bureau de m'avoir à l'œil et revint quelques instants plus tard, accompagné d'un inspecteur.

Grand, cet inspecteur. Avec des mains énormes, des sourcils épais et un nez qui avait connu l'adversité.

– Comment t'appelles-tu ? me demanda-t-il.

– Zatopek, monsieur.

– Suis-moi, Zatopek.

Je le suivis jusqu'à son bureau, une pièce grise remplie de mobilier pour fonctionnaires et de piles de documents et de mémoires entassés n'importe comment.

– Assieds-toi.

Il posa une fesse sur le bord de son bureau, le rapport du policier à la main.

– Quel âge as-tu ?

– Seize ans, monsieur.

– Où habites-tu ?

– A Stilfontein, monsieur.

– Tu es en troisième ?

– Oui, monsieur.

– Au lycée de Stilfontein ?

– Oui, monsieur.

– Et tu as volé des livres.

– Oui, monsieur.

– Des Louis L'Amour.

– Oui, monsieur.

– Combien de fois as-tu déjà volé des livres ?

– C'est la première fois, monsieur.

– Qu'est-ce que tu as volé avant ?

– Rien, monsieur.

– Rien ?

– Je... une fois, si, j'ai volé la règle de Gunther Krause en classe, mais c'était pour rigoler, monsieur. Je la lui rendrai, monsieur.

– Pourquoi as-tu volé ces livres ?

– C'était mal, monsieur.

– Je le sais. Je veux savoir pourquoi.

– Je... qu'est-ce que je les voulais, monsieur !

– Pourquoi ?

– Parce que j'aime ses livres comme c'est pas possible, monsieur.

– As-tu lu *Flint* ?

– Oui, monsieur.

Un rien surpris.

– *Kilkenny* ?

– Oui, monsieur.

– *Lando* ?

– Non, monsieur.

– *Catlow* ?

– Pas encore, monsieur.

– *La Piste des Cherokee* ?

– Oui, monsieur.

– *Les Terres vides* ?

– Non, monsieur.

Il soupira, se leva, fit le tour de son grand bureau et s'assit.

– Dans les livres de Louis L'Amour les bons volent-ils jamais quoi que ce soit, Zatopek ?

– Non, monsieur.

– Que va faire ton père et qu'est-ce qu'il va se dire si je l'appelle pour lui annoncer que son fils est un voleur ?

Un espoir – très léger. Il avait dit « si », pas « quand ».

– Mon père est mort, monsieur.

– Et ta mère ?

– Elle sera très malheureuse, monsieur.

– Tu es son seul enfant ?

– Oui, monsieur.

– Et tu voles.

– C'était mal, monsieur.

– Qu'il dit maintenant. Maintenant que c'est trop tard, Zatopek. Où est ta mère ?

Je lui parlai de la matinée cinéma et lui dis que ma mère viendrait nous chercher à cinq heures, après la séance.

126

Il me regarda. Longtemps et sans rien dire. Puis il se leva.

— Tu attends ici, Zatopek. Compris ?

— Oui, monsieur.

Il sortit de la pièce et referma la porte derrière lui. Je restai seul avec ma peur, mon humiliation et mon petit brin d'espoir.

Il revint au bout d'une éternité et posa de nouveau une fesse au bord de son bureau.

— Il y a une cellule vide en bas, Zatopek. Je vais t'y enfermer. C'est sale. Des gens y ont vomi, chié, pissé, saigné et sué. Mais c'est le paradis comparé à côté de ce qui arrive aux voleurs quand ils vont en prison... Je vais t'enfermer en bas, Zatopek. Pour que tu puisses réfléchir à tout ça. Quand tu seras assis dans cette cellule, je veux que tu imagines ce que ça serait de passer le reste de ta vie comme ça. Non, non, pas comme ça : bien pire. Au milieu d'autres voleurs, d'assassins, de cambrioleurs et de toutes sortes de vauriens. Au milieu d'hommes qui n'hésiteraient pas à te trancher la gorge pour cinquante cents. De types qui pensent qu'un jeune homme comme toi, c'est tout à fait ce qu'il leur faut pour... embrasser, si tu vois ce que je veux dire.

Je ne voyais pas vraiment, mais j'acquiesçai avec enthousiasme.

— Je viens de parler à la direction de CNA. Ils me disent qu'ils ont beaucoup de vols en ce moment. Ils veulent faire un exemple. Ils veulent te faire comparaître devant un tribunal, Zatopek, devant un juge, avec ta pauvre mère qui pleurera dans la salle d'audience pour que tout le monde comprenne bien qu'il vaut mieux ne pas voler dans les magasins CNA. Ils veulent que le journal de Klerksdorp écrive un article sur toi pour que tous les jeunes d'Afrique du Sud n'aient même pas envie de les dévaliser. Comprends-tu bien ce que je te dis ?

J'étais incapable de parler et permis seulement à ma tête de lui signifier que oui.

– J'ai beaucoup discuté avec eux, Zatopek, reprit-il. Je leur ai dit que j'étais sûr que c'était la première fois parce que je suis assez bête pour te croire. Je les ai suppliés parce qu'un type qui aime Louis L'Amour ne peut pas être si méchant que ça. Ils m'ont dit que je perdais mon temps parce que quelqu'un qui vole une fois finit toujours par recommencer. Mais bon, je les ai fait changer d'avis, Zatopek.

– Pardon ?

– Nous sommes arrivés à un accord. Je t'enferme jusqu'à quatre heures et demie parce que tu es un petit couillon de voleur. Et après, je te ramène au cinéma et toi, tu dis à ta mère que le film était vraiment bien parce que ça ne serait pas une bonne idée de lui briser le cœur. Elle n'a pas volé, elle, Zatopek.

– Non, monsieur.

– Et si jamais tu recommences, c'est moi qui viendrai te chercher et je te collerai une raclée telle que tu pourras même plus te foutre un pantalon sur le derrière. Et après, je t'enfermerai avec des types qui t'arracheront les yeux avant de te couper les couilles avec un couteau émoussé juste pour passer le temps parce qu'ils s'emmerdent. As-tu bien compris, Zatopek ?

– Oui, monsieur.

– Dans la vie tout le monde a droit à une deuxième chance. On ne l'a pas tous, mais on la mérite.

– Oui, monsieur.

– Alors, sers-t'en.

– Oui, monsieur.

Il se leva.

– Allez, dit-il.

– Monsieur…

– Quoi ?

– Merci, monsieur.

Et alors je pleurai jusqu'à ce que tout mon corps se mette à trembler et le grand policier me passa un bras autour du cou et me serra fort contre lui jusqu'à ce que je m'arrête.

Puis nous y allâmes, et il m'enferma.

15

Il commença à se raser à cinq heures du matin – il pleuvait, la nuit était noire et froide –, et se vit. Et fut saisi d'un tremblement soudain tant le spectacle était inattendu. C'était tout son corps qu'il découvrait dans la glace : son visage, là, pas seulement le bleu jaunissant qu'il avait à son œil gonflé, non, tout, ses gros sourcils, son nez légèrement arqué, pas tout à fait droit, le gris à ses tempes, ses épaules qui n'étaient plus aussi larges qu'avant, le petit renflement de son ventre et de ses hanches, flasque, ses jambes avec leurs muscles longs qui n'avaient plus de forme, le passage des ans, lui.

Il concentra son attention sur la crème à raser, trempa son rasoir dans l'eau et permit à ses coups de rasoir, à leur rituel cadencé de le distraire. Puis il laissa son corps disparaître dans la buée de la douche, nettoya le lavabo, s'essuya soigneusement le visage avec sa serviette et enfila son sweat. Il n'avait pas envie d'écouter de la musique. Hope Beneke qui n'avait entendu sa musique que pour lui lancer : « Vous êtes un drôle de bonhomme, van Heerden. » L'époque où être un flic qui écoute du Mozart était la contradiction qui le définissait, cette époque était révolue. Il éteignit la lumière du living, ouvrit le rideau, regarda la grande maison à travers la pluie et sentit le froid de la nuit : il y aurait de la neige sur les montagnes. La véranda de sa mère était allumée. Pour lui. Comme d'habitude.

Sa mère. Qui pas une fois ne lui avait dit : « Reprends-toi en main. »

Qui aurait dû le lui dire, et des milliers de fois, qui aurait dû le lui répéter tous les jours, mais qui ne lui avait jamais donné que son amour, que ses regards qui lui disaient qu'elle comprenait, même si elle ne savait pas, même si elle ne savait rien de rien car les gens qui savaient, il n'y en avait que deux.

Lui et...

Il regarda encore. La grande maison de sa mère, là-bas, son petit cottage, ici, son refuge, sa prison.

Il referma le rideau d'un coup sec, ralluma la lumière, s'assit dans le fauteuil, la pluie contre la vitre, se renversa en arrière et ferma les yeux. Il était réveillé depuis deux heures, en proie à l'euphorie fiévreuse, chimérique et artificielle de l'insomnie qui une fois encore l'avait visité parce qu'il s'était couché sans avoir bu et qu'aujourd'hui il allait devoir..

Son cœur battit plus vite.

Seigneur, pas ça aussi.

Il souffla lentement et se détendit les épaules, relâcha la tension.

On inspire lentement, et on expire. Lentement aussi. Son rythme cardiaque s'apaisa.

La première fois, ç'avait été brutal, il y avait cinq ans de ça, c'était l'hiver, les nuages étaient bas dans le ciel, il allait quelque part en voiture lorsque son cœur s'était mis à battre furieusement, plus moyen de rien contrôler, il battait et battait à toute allure dans sa poitrine et les nuages fondaient sur lui, de plus en plus vite et ça y était, il avait compris qu'il allait y passer, crise cardiaque, il n'était pas possible qu'un cœur batte aussi vite, c'était juste après Nagel, environ un mois après, il roulait sur la N7 et savait qu'il était en train de mourir, la trouille qu'il avait, et la surprise aussi parce que oui, il voulait bien mourir mais pas maintenant, là, ses mains qui tremblaient, et tout son corps avec et alors il s'était mis à parler tout seul, à dégoiser et dégoiser, non, non, non, doucement, doucement, non, non, chasser l'air par la bouche, des bruits, là, étranges, pour tout ralentir et là, lentement, systématiquement, et ça s'était arrêté.

Ça s'était reproduit, et chaque fois il pleuvait et les nuages étaient bas dans le ciel, jusqu'à ce qu'il se décide à consulter.

– Attaque de panique aiguë. Quelque chose qui n'irait pas dans votre vie et dont vous voudriez discuter ?

– Non.

– J'aimerais que vous alliez voir un psychologue.

La feuille de papier avec le truc écrit à l'encre noire qu'on lui glisse en travers de la table, aimablement, avec la gentillesse lisse, fausse et entièrement apprise qu'ils servent tous au patient dès que les circonstances l'exigent. Il l'avait pliée, rangée dans sa poche et ressortie lorsqu'il s'était retrouvé dehors – et l'avait froissée en boule et jetée au noroît, sans même regarder ce qu'il en advenait, et les crises de panique avaient continué, le savoir et leur donner un nom les rendant plus maîtrisables. *Quelque chose qui n'irait pas dans votre vie et dont vous voudriez discuter ?*

Puis c'était devenu moins fréquent au fur et à mesure que les mois filaient comme des ombres timides, jusqu'à ce que plus rien ne se produise, jusqu'à maintenant, s'entend, et il savait pourquoi.

Theal.

Tout allait revenir.

Combien de policiers le colonel Willie Theal avait-il réconfortés avec ses réserves de tact absolument inépuisables, putain, mais comment avait-il, lui, entre sa mère, Theal et tous ces gens pleins de sympathie, réussi à ne pas exploser ? Avec beaucoup de mal, voilà, avec le plus grand mal, en faisant tellement d'efforts qu'on s'habituait, pour finir, s'entend. Il se leva et fit du café. Mais qu'est-ce qu'il avait ce matin ? Il était presque six heures et six heures, ce n'était pas dangereux, six heures, c'était toujours tranquille, c'était de ne pas pouvoir dormir entre deux heures et trois heures du matin qui était dangereux, de devoir se battre. Tout ça parce que ça faisait deux soirs qu'il allait se coucher sans avoir bu. L'eau dans la bouilloire, le café dans la tasse, fort, fort, ce café, il en sentait déjà l'arôme robuste, mettre *Don Giovanni* ? Un enfoiré de première, ce Don Juan, même lorsqu'il descend aux enfers. Il alla chercher le CD, le glissa dans le lecteur, appuya sur le bouton « play », sauta l'ouverture, Don Juan qui n'en peut plus de bravache et s'apprête à commettre son premier crime, l'odeur du sperme qui s'attache à lui alors qu'il s'apprête à commettre son premier meurtre, le seul d'ailleurs, les notes à la testostérone de Mozart, sa musique allez-tous-vous-faire-foutre. L'eau bouillit, il la versa dans la tasse et là, debout dans sa cuisine, il but de petites gorgées du liquide noir et aperçut ses spaghettis, pas besoin de faire la cuisine ce soir, il n'aurait qu'à manger les restes.

Ce matin-là il avait vu son corps.

Kara-An Rousseau l'avait invité à dîner. Ce soir.

Il fallait qu'il voie Willie Theal aujourd'hui même et dans sa tête tous les souvenirs seraient libérés.

Pourquoi donc avait-elle voulu l'inviter ?

– Je reçois quelques amis.

– Non merci, avait-il dit.

– Je sais bien que c'est un peu précipité, avait-elle ajouté de sa voix onctueuse, déçue. Mais passez plus tard si vous avez prévu quelque chose.

Elle lui avait donné son adresse, c'était quelque part près de la montagne.

Il se rassit dans son fauteuil, posa ses pieds nus sur la table basse et, sa tasse sur la poitrine, ferma les yeux. Le froid se glissait dans la pièce.

Pour quoi faire ?

Il écouta la musique.

Appeler le numéro ?

Non.

Hope Beneke se réveilla et pensa à van Heerden. Sa première pensée de la journée. Pour lui.

Cela la surprit.

Elle posa les pieds par terre. Sa chemise de nuit toute chaude et douce contre sa peau, son corps. Elle gagna la salle de bains d'un pas décidé. Elle avait beaucoup de choses à faire. Les samedis… il fallait en profiter.

Il appela le numéro.

– Ici, la voix de l'amour. Bonjour.

– Salut, dit-il.

– Bonjour, mon chou. Moi, c'est Monique. Qu'est-ce que tu attends de moi ? C'est quoi, ton plaisir ? Tu veux me parler cochon ?

– Non.

– Tu veux que moi, je te parle cochon ?

– Non.

– Je peux te demander de me faire des trucs ?

– Non.

– Bon, bon, alors… qu'est-ce que tu veux, mon chou ?

Silence.

– Allez, mon chou ! Le compteur tourne.

– Je veux que tu me dises quelque chose de gentil.

– Ah, mon Dieu, c'est encore toi ?

– Oui.

– Ça fait une paie…

– Oui.

– Je fais pas dans le gentil, mon chou. Je te l'ai déjà dit.

– Oui.

– Tu te sens vraiment seul ?

– Oui.

– Mon pauvre trésor.

– Faut que j'y aille.

– Comme d'habitude, mon chou.

Il raccrocha.

Mon pauvre trésor.

16

Je finis par perdre ma virginité au début de l'été de mon année de terminale.

Je ne sais pas trop l'importance de ces détails dans le puzzle de ma vie. Je ne fus pas atteint d'une passion dévorante pour les femmes plus âgées. Au moins fut-ce le début de mon amour pour Mozart, la bonne bouffe et la poésie et, qui sait ? la fin de l'étape Louis L'Amour. Un commencement, quoi.

De la poésie en ce temps-là je ne savais que ce qu'on nous en disait à l'école. Et, vous l'imaginez bien, celle de Betta Wandrag ne faisait pas partie des œuvres dont le ministère de l'Éducation recommandait la lecture. Bon nombre des amis de ma mère étant célèbres, je ne me rendais pas vraiment compte de l'importance qu'elle avait. Toujours est-il que ce ne fut qu'au moment où elle publia son troisième recueil, *Le Langage du corps*, que les journaux du dimanche firent un esclandre. Mais à ce moment-là, j'avais déjà fini mes études à l'Académie de police.

Elle avait, à l'époque du Grand Événement, pas loin de quarante ans. Grande, un corps plus tout jeune, des hanches larges, des jambes fortes et une ample poitrine. Ses cheveux noirs étaient longs et épais, et ses yeux presque orientaux avec la commissure des paupières qui retombait. Sa peau, elle, était un firmament de brun sans faille et immaculé. Mais je n'emmagasinai ces détails dans ma mémoire que plus tard – des années durant elle n'avait jamais été qu'une énième visiteuse qui venait de Johannesburg, quelqu'un qui, parmi d'autres, faisait partie du cercle des amis de ma mère.

Vendredi soir à Stilfontein. Presque palpable, le soupir de soulagement de dix mille mineurs donnait une drôle d'ambiance à la ville, comme si on attendait quelque chose, comme si, la tension complètement relâchée, toute l'énergie se concentrait, et délibérément, sur les efforts à déployer pour prendre du plaisir.

Ma mère était au Cap et, assis dans la véranda plongée dans le noir, je pensais à cette soirée de vendredi qui s'annonçait sans filles. Installé dans ma chaise longue je ne bougeais pas, comme le font parfois les ados, et regardais droit devant moi, conscient, mais vaguement, des bruits qui montaient de la cuisine : Betta Wandrag, notre visiteuse, était une des amies qui, le week-end, aimait bien contrebalancer l'absence totale d'intérêt pour la cuisine qui caractérisait ma mère. Je ne me rappelle plus l'heure qu'il était. Mais il faisait noir. Quelque part au loin on entendait les basses lourdes du *Smoke on the Water* de Deep Purple monter d'un combiné radio-pick-up et tenter de couvrir les décibels du Concertina Club de la Radio d'Afrique du Sud venant d'une autre direction. Il devait aussi y avoir des bruits de voitures et d'insectes, et les cris exubérants de jeunes enfants jouant au cricket à la lumière des réverbères du bout de la rue, une poubelle leur servant de guichet.

Je ne bougeais toujours pas.

Jusqu'au moment où, furtif et presque inaudible, un nouveau bruit m'arriva, tout doucement et lentement d'abord.

Aaa… aaa… aaa… aaa… aaa.

Au début je ne le reconnus pas et dus l'isoler de tous

137

ceux qui contribuaient à la symphonie du soir. Point d'interrogation il était, puzzle sonore qui me titillait les oreilles et stimulait une cellule bien primitive tout au fond de ma cervelle.

Et le bruit grandissait.

Aaa… aaa… aaa… aaa… aaa.

Les cris étaient courts et saccadés, exclamations plus qu'autre chose, tout cela en cadence, bien charnel et disant un plaisir profond. Jusqu'à ce que je comprenne, jusqu'à ce que ces bruits se fassent représentation dans ma tête, jusqu'à ce que, merveille des merveilles, l'intuition me vienne et me submerge. C'était Baby Marnewick. Dans son jardin. En train de baiser. A la fraîche.

Je compris ce qui se passait lentement, de manière théâtrale. Les perspectives étaient complexes. Quelqu'un était en train de réaliser les fantasmes que je nourrissais depuis des éternités. J'éprouvais de la jalousie, de l'envie, jusqu'à de la haine. Elle était en train de me tromper. Mais il y avait aussi le ravissement magique et enchanteur de ce bonheur total qu'elle connaissait, du complet abandon auquel elle se laissait aller. Tempo et hauteur de ses *aaa* qui montaient insensiblement à chaque coup, boléro de l'amour, danse du désir pur, encore et encore sur un rythme sans défaut, Baby Marnewick était tout entière livrée aux intensités de son corps.

Je ne sais pas combien de temps Betta Wandrag resta dans l'encadrement de la porte de la cuisine. Je l'avais complètement oubliée. Ma main s'était glissée dans mon caleçon et, sans que j'y ai même songé, par pur instinct, massait l'immédiate réaction de mon corps à cette symphonie sexuelle. Mes oreilles étaient grandes ouvertes aux bruits qui se répétaient encore et encore de l'autre côté de la palissade en bois, *aaa… aaa… aaa…* et alors, en cadence, un nouveau bruit se glissa au milieu de ces cris, au début contrepoint qui marquait

138

la fin des *aaa,* plus tard partie intégrante du chant d'amour de Baby Marnewick. *Aaa… aaa… euh… aaa… aaa… aaa… euh…*, fort déjà, sans plus aucune honte.

Quelque chose se produisit dans ma tête. Nouveau pic libidineux si fort que, les yeux fermés, je me masturbai ouvertement dans la véranda de derrière, complètement transporté, perdu et concentré.

Plus tard, Betta Wandrag m'avoua que c'était une des scènes les plus érotiques qu'il lui ait été jamais donné de voir. Elle me demanda aussi de lui pardonner, elle n'avait pas le droit de s'immiscer ainsi dans mon intimité, mais ç'avait été plus fort qu'elle : les cris et la scène qu'elle avait sous les yeux étaient tels que, une cuillère en bois dans une main et son tablier autour de la taille, elle s'était agenouillée à côté de ma chaise longue, m'avait doucement écarté la main et pris dans sa bouche.

Il serait arrogant de penser qu'avec de simples mots je pourrais décrire la surprise, le choc, puis le plaisir que j'éprouvai. Il n'est d'ailleurs pas utile de revivre en détail ce qui s'ensuivit. Restons-en aux faits marquants de cet instant mémorable de ma vie.

Cette nuit-là (et toute la journée du samedi et l'essentiel du dimanche), Betta Wandrag m'initia avec patience et compassion au monde de l'hédonisme.

Et d'abord à l'amour. Lentement, elle transforma mes impatiences juvéniles et désirs insatiables en patience et maîtrise de soi. Elle me révéla les secrets du corps féminin comme un évangile, me fit découvrir tous les plaisirs, mineurs et majeurs, de la femme, très gentiment corrigea mes erreurs, et récompensa comme il fallait mes réussites. Et dans la nuit de samedi, après une grande leçon de plaisirs oraux, elle se leva, alla chercher de quoi écrire, s'assit sans honte aucune en tailleur sur le lit pendant que je la regardais et écrivit le poème

« Pour Z » qui plus tard devait faire partie du scandaleux recueil.

Cunnilingua franca

Tes dents et ta langue,
En douces sibilantes,
Fricatives.
Ton souffle et tes lèvres,
Langage du corps qui s'égare,
Tremble.
Et bégaie.
Plosives.

Au milieu il y avait eu Mozart. La première nuit, elle avait mis le *Deuxième Concerto pour violon* et parfois, en tremblant, les hanches frémissantes, en avait repris le thème en parfaite harmonie. Sans parler du *Concerto pour basson*, plus un des concertos pour cor (celui-là agrémenté de remarques à double sens et toutes suivies de son rire profond et satisfait), le *5e* pour violon et le *27e* pour piano.

Pendant les instants où je récupérais, entre la fin du dernier orgasme et la nouvelle montée du désir, elle me parla de Wolfgang Amadeus, me dit sa musique superbe et le petit génie mal embouché qu'il était, ce qui se jouait derrière chaque concerto, la perfection de chacun de ses airs. Ce week-end la vit ainsi associer la musique au plaisir et à l'extase, lier le plus haut niveau d'existence et la capacité humaine à atteindre à la perfection, même si pour la plupart d'entre nous celle-ci est, de fait, hors de portée.

Et elle fit aussi la cuisine. Avec un tablier pour tout vêtement. Naturellement, nous nous livrâmes donc à de petites séances de tiens, le facteur sonne toujours deux fois, sur la table de la cuisine, mais elle apporta aussi d'autres éléments à l'érotisme de la nourriture. Elle me parla de gastronomie, de la façon de manger, de sensualité, d'art. « La cuisine est le berceau même de notre civilisation. Notre culture est née autour des feux qu'allumaient nos ancêtres de la préhistoire pour faire cuire leurs aliments. C'est là que nous avons appris à fréquenter les autres et à communiquer. Et lorsqu'il ne restait plus que des braises et que les ombres vacillaient, le plaisir d'avoir le ventre plein poussait à s'allonger pour l'amour », me rappelait-elle lorsque, la faim aidant, nous consommions ses créations culinaires à la lumière d'une bougie.

Ce qu'elle était astucieuse ! Le premier poème qu'elle me fit découvrir fut *La Ballade des heures nocturnes* de Wyk Louw, œuvre où, toutes sortes de détails tristes et érotiques à l'appui, il évoque quelques heures de passion alcoolisée. Jusqu'à l'aube, jusqu'au moment où le jour éjecte l'homme de son verre, là, « à l'heure où la soif est noire ». J'étais allongé sur elle, tout suant et vidé après un énième orgasme, lorsqu'elle me récita ce poème à l'oreille, si doucement que je dus me concentrer pour l'entendre. Aussitôt, un autre monde s'ouvrit à moi, un monde où, les mots ayant de nouveaux sens, je compris sans doute pour la première fois ce que l'art était vraiment.

Elle me dit qu'il en serait toujours ainsi dans l'amour : la tristesse après le coït était la malédiction des hommes. Elle me parla des Français qui nomment l'orgasme la « petite mort », mais ajouta que faire l'amour avec l'homme ou la femme de sa vie était l'exception à la règle, la seule, et la guérison. Ses paroles me firent une forte impression. Je les gardai en moi comme un guide dans ma quête du Grand Amour que mes parents avaient connu et de ce que sa philosophie me promettait maintenant et que, plus tard, j'en vins à considérer que la vie me devait.

Je n'avais pas compris que la « soif noire » deviendrait l'horizon de mon existence. J'ignorais à quel point, tragique et définitif, le matin de ma vie m'éjecterait par-dessus bord telle une épave après la marée.

Mais on en était encore loin.

Bien plus proche était le dernier grand événement de ma jeunesse que, nonchalant, le destin me façonna comme un détour.

Une semaine plus tard, en effet, Baby Marnewick était assassinée de la plus horrible et sensationnelle des façons.

17

Le commissaire Leonard « Rung » Viljoen était une véritable légende. Il était aussi la négation ambulante de l'affirmation médicale selon laquelle trop de knock-out sur un ring de boxe causent des dommages permanents au cerveau.

Dans son bureau du South African Narcotics Bureau, quatre photos étaient accrochées au mur. Prise bien des années auparavant, la première le montrait dans une pose de boxeur, jeune homme avec à peine quelques bobos autour des yeux et un nez légèrement déformé. C'était surtout sa musculature impressionnante qui attirait l'attention, son corps au plus haut de sa forme physique. Sur les trois autres clichés, malgré tous ses muscles, le jeune Viljoen gisait à plat sur le dos. Et chaque fois son adversaire se tenait au-dessus de lui, les poings haut levés en signe de victoire. Ces trois boxeurs tout joyeux étaient les poids lourds Kallie Knoetze, Gerrie Coetzee et Mike Schutte, nos trois espoirs blancs, voilà, dans cet ordre, de gauche à droite.

Cette galerie de knock-out était connue sous l'appellation de « les Trois Dix », jeu de mots assez futé pour un boxeur et par lequel Viljoen faisait savoir que tous ces combats étaient prévus en dix rounds, mais que chaque fois il avait entendu le « dix » fatal sans avoir pu tenir les dix minutes requises.

Sous ces photos, derrière un bureau, était assis un homme au visage aussi dévasté qu'un champ de bataille, mais dont le corps, à cinquante-quatre ans, était encore dans la meilleure forme physique possible. « Pour arriver au sommet de la catégorie poids lourds, il faut monter jusqu'en haut de l'échelle. J'ai eu la chance d'être un barreau de cette échelle et d'ainsi permettre à tous les grands de s'élever », telles étaient les deux phrases qu'on ne manquait jamais de prononcer partout dans le pays dès que quelqu'un parlait de Viljoen. C'était aussi ce qui lui avait valu son surnom[1].

– Vous, je vous connais, dit-il lorsque van Heerden cogna sur le chambranle de la porte ce samedi matin-là.

Van Heerden entra et lui serra la main.

– Non, ne dites rien, reprit Viljoen en passant sa grande main sur son visage couvert de cicatrices comme s'il voulait en ôter une toile d'araignée.

Van Heerden attendit.

– C'est juste le visage… Laissez-moi me rappeler.

Van Heerden n'avait aucune envie qu'on se souvienne.

– Vous boxez ?

– Non, commissaire, dit van Heerden en portant involontairement la main à son œil.

– Appelez-moi « Rung ». Je renonce. Comment vous appelez-vous ?

– Van Heerden.

– Anciennement des Vols et Homicides, non ?

– Si, commissaire.

– Attendez, attendez… Silva, l'enfoiré qui a tué la femme de Joubert[2]… On n'était pas dans la même équipe ?

1. « Rung » veut en effet dire « barreau » en anglais *(NdT)*.
2. Cf. *Jusqu'au dernier*, publié dans cette même collection *(NdT)*.

– C'est bien ça, oui.

– Je me disais bien que vous me rappeliez quelqu'un. Qu'est-ce que je peux faire pour vous, collègue ?

– Je travaille pour un cabinet d'avocats, dit-il en manipulant un rien la vérité, histoire d'éviter les sempiternelles remarques sur les privés, et nous enquêtons sur une affaire qui remonte à un certain temps. Au début des années 80, en fait. Et la drogue n'en serait pas absente. Or, d'après la rumeur, quand on veut savoir des trucs sur la drogue, c'est à Rung Viljoen qu'il faut s'adresser.

– Ah mais, c'est qu'on sait flatter, s'écria ce dernier. Cela dit, ça marche toujours. Asseyez-vous.

Van Heerden tira un vieux fauteuil et se posa sur le siège en cuir usé.

– On pense qu'il y aurait eu une grosse transaction en 82-83, et avec des dollars à la clé, commissaire.

– Rung.

Van Heerden acquiesça d'un signe de tête.

– J'ai bien peur qu'on n'en sache pas plus.

Viljoen plissa le front, des rides profondes se marquant aussitôt près de ses yeux.

– Qu'attendez-vous de moi ?

– Des idées. Disons qu'il y a effectivement eu un gros coup en 82. Et que ça s'est réglé en dollars. Qui auraient pu être les coupables ? Qu'auraient-ils fait passer ? Où commencer à chercher ?

– Merde ! dit Rung Viljoen en repassant sa main aux phalanges cassées sur son visage. En 82 ?

– Dans ces eaux-là.

– Et en dollars américains ?

– Oui.

– Bon, les dollars, ça ne veut rien dire. C'est la monnaie d'échange pour n'importe quelle transaction en n'importe quel endroit du globe. Mais, dites-moi… y avait-il des Chinois dans le coup ? Des Taïwanais ?

– Je ne sais pas.

– Mais ça se pourrait?

– Dans cette affaire, le défunt est un Afrikaner de quarante-deux ans originaire de Durbanville, un certain Johannes Jacobus Smit. Ce n'est sans doute pas son vrai nom. Mais l'âge doit être bon.

– Le « défunt »? Comment en est-il arrivé à l'état de défunt?

– Une balle dans la nuque. M16 américain.

– Quand ça?

– Le 30 septembre dernier.

– Hmmmm.

Van Heerden attendit.

– Un M16?

– Oui.

– Jamais entendu parler.

– D'après Nougat O'Grady, ce serait un fusil d'assaut américain.

– Les Chinois préfèrent les trucs plus petits. Cela dit, on ne sait jamais.

– D'où sortent ces Chinois?

– En 1980, il n'y avait pas beaucoup de filières. La première était thaïlandaise. Héroïne, essentiellement, enfin... si on parle grosses sommes en dollars. Inde et Pakistan, Afghanistan de temps en temps, puis le Moyen-Orient, quatre ou cinq agents différents, pour arriver en Europe. La deuxième partait d'Amérique centrale. Ils venaient juste de commencer. Passage par le Golfe du Mexique pour rejoindre le Texas et la Floride. Sauf que si c'est de nous qu'on cause, c'est sans doute l'autre. Trafic d'héroïne à partir du Triangle d'or, avec distribution à Taïwan et dans tout l'Extrême-Orient. C'est dans ces années-là que les triades taïwanaises sont devenues lentement mais sûrement les plus grands fournisseurs de l'Afrique du Sud. Cela dit, notre marché n'a jamais été bien important. Pas assez de gens avec ce qu'il faut de fric pour se payer de la drogue. A mon avis, il pourrait s'agir d'une transaction d'exportation. De la marijuana, peut-être. Ou alors d'importation de Mandrax. Mais ça ne change rien au fait que le montant maximum n'aurait été que d'un million de dollars.

– Pourquoi?

– Parce que nous ne sommes qu'un tout petit poisson dans un très très grand océan, van Heerden. Nous sommes au trou du cul du monde. Ici, c'est le désert, pour la dope. Comparé au trafic de drogue en Amérique et en Europe, nous ne sommes même pas une verrue sur la sale gueule du commerce international des stupéfiants. Et dans les années 80, on était encore plus petits.

– Ce type-là avait un coffre-fort dans lequel on pouvait entrer. Trop petit pour y planquer des missiles, mais bien trop grand pour y stocker quelques milliers de dollars en billets. Et pourtant il avait bien quelque chose à y conserver..

– A Durbanville?

– Oui, à Durbanville.

– Ah ben, meeeerde alors, dit-il en se croisant les doigts derrière la tête, ses biceps gonflant aussitôt d'une manière impressionnante. Des diamants?

– J'y ai pensé. Il importait des meubles anciens de Namibie. Ça pourrait coller, mais les pierres sont trop petites.

– Trop petites, mais chères. Ça rapporte des tas de dollars, ces trucs-là.

– Possible.

– Durbanville? Moi, je vois plutôt des pierres précieuses. La drogue, c'est pas un truc de Boer. Mais montrez un diamant à un Afrikaner blanc… C'est dans nos gènes.

L'argument était bon, il ne pouvait le nier, mais il n'avait pas envie d'embrayer : le manque de sommeil s'interposant entre lui et de nouveaux processus de pensée, il voulait en rester à son histoire de drogue, aux paquets de poudre blanche qui, dans son imagination, s'empilaient très joliment sur les étagères du coffre-fort de Jan Smit.

– Imaginez quand même un instant que ce soit de la drogue, dit-il. Qui étaient les gros bonnets à l'époque ?

– Putain, van Heerden… (La main qui, étrange maniérisme, passe encore une fois sur son visage.) Sam Ling. Les frères Fu. Silva. Ça remonte à loin.

– Où je pourrais le trouver, ce Sam Ling ?

Viljoen se mit à rire d'un rire plein de glaires.

– L'espérance de vie de ces types n'est pas vraiment de celles qui attirent les agents d'assurance ! D'après certains, Ling aurait fini comme bouffe à poissons dans la baie. Les frères Fu ont péri dans une guerre de gangs en 87. Quant à Silva, vous savez ce qui lui est arrivé. Ce sont des ombres que vous cherchez, van Heerden. Tout a changé. Ça fait presque vingt ans..

– Et si c'était une histoire de pierres ? A qui faudrait-il parler ?

Viljoen sourit lentement.

– Vous pourriez essayer les inspecteurs de la section Or et Diamants. Mais moi, à votre place, j'irais voir la Vieille Rosse, enfin… si vous arrivez à franchir le portail, bien sûr.

– La Vieille Rosse ?

– Ne me dites pas que vous n'avez jamais entendu parler de Ronald van der Merwe.

– Je… ça fait quelques années que je suis hors circuit.

– Ça doit être vrai parce qu'il n'y a pas un flic au sud de l'Orange River qui n'y soit allé de ses ragots sur Ronnie. Et si vous me mentionnez, je dirai que vous mentez comme un arracheur de dents.

Van Heerden acquiesça d'un petit signe de tête.

Viljoen se passa encore une fois la main sur la figure,

du front jusqu'à la mâchoire. Van Heerden se demanda s'il espérait y réparer les tissus endommagés.

– Ronnie, reprit Viljoen. Haut en couleur, ce type. Et costaud. A passé des années et des années aux Diamants. Traite tout le monde de « vieille rosse ». Toujours à lancer : « Alors, comment ça va, vieille rosse ? » Adore les grosses voitures de sport américaines. Conduisait une Trans Am quand il n'était encore que sergent, même que tout le monde se demandait comment il avait pu se la payer. Qu'est-ce qu'on racontait pas sur lui, mais côté arrestations, c'était un bon. Un très bon, même. Est passé capitaine. Il y a environ deux ans, il a arrêté et aux dernières nouvelles il se serait acheté une maison à Sunset Beach, un château avec trois garages, un grand mur d'enceinte et un portail électronique qui s'ouvre à distance. Et maintenant, il ne connaîtrait plus personne dans la police.

Van Heerden garda le silence.

– On dit qu'il aurait fait fortune. Du côté de Walvis Bay, si vous voyez ce que je veux dire.

Tu te sens seul ?
La belle Natacha
ne demande pas mieux que de t'écouter.
Appelle-la tout de suite au
386 555 555

Il sortit de la ville par la N1 et prit vers le nord par la N7, le soleil sortant enfin des nuages pour faire briller le vert du Cap dans sa lumière.

Dans sa tête c'était la danse sans rythme de ceux qui ne dorment pas, pensées qui sautent, pensées qui se perdent, pensées sans profondeur. La journée promettait d'être longue et tout son corps était envahi d'une fatigue de surface. Pourquoi donc avait-il encore appelé ce numéro, bordel ? Il savait pourtant que l'humiliation le brûlerait aussi fort qu'avant. Pourquoi avait-il fallu qu'on lui glisse ce prospectus sous son essuie-glace ? Encore un énorme mensonge, un de plus dans l'océan des autres, tous destinés à étendre et resserrer la toile mondiale de la tromperie.

La première fois. Seigneur, avec quel espoir il avait composé le numéro ! Comme, dévoré de solitude, il avait voulu parler à Natacha parce que Natacha ne demandait pas mieux que de l'écouter et qu'il fallait qu'il parle à quelqu'un, que quelqu'un l'enlace même si ce n'était qu'avec des mots, que quelqu'un lui dise : « T'es un type bien, Zet, t'es un type bien, van Heerden », alors que ce n'était pas du tout le cas, alors qu'il était faible, alors qu'il n'était qu'un voyou, alors qu'il mentait tout autant que Natacha et le reste de l'humanité, bordel !

Il soupira.

Et Johannes Jacobus Smit, hein ? C'était quoi, son mensonge ? Sa tromperie ?

Il savait que fonder sa théorie sur un bout de papier qui avait servi à entourer des dollars dans un coffre était un peu raide. Trop raide peut-être même. Sauf que… pourquoi se faire installer un coffre pareil ? Jamais un citoyen ordinaire et respectueux des lois ne se serait lancé dans une entreprise de ce genre. Se faire livrer un petit coffre pour y déposer une arme ou des bijoux, oui. Et les citoyens respectueux des lois avaient rarement l'usage de faux papiers. Smit-machin-chouette était quelqu'un qui voulait cacher beaucoup de choses. Entre autres, qui il était vraiment. En plus de ce qu'il avait planqué dans son coffre.

Et ce n'était pas des pierres.

Les pierres sont petites.

Les pierres sont souvent volées. Les pierres, on les achète et on les vend. On ne les entasse pas dans une petite pièce fermée par une porte en acier.

Et ce n'était pas de la drogue non plus. La drogue ne fascinait pas les Boers.

Des armes ? Non. Les armes prenaient trop de place.

Des documents ?

Des dollars ?

Des documents.

Mais de quel genre, bordel ?

Des documents secrets.

Secrets. Dieu sait si ce pays avait des secrets ! A en remplir des hangars entiers. Mort, torture, armes chimiques et nucléaires, missiles balistiques et listes d'assassinats, les documents ne manquaient pas. Documents de mensonges. Des gens qui se trompent les uns les autres et à tous les niveaux. La Grande Tromperie. Des documents importants, donc. Des documents capables de pousser à commettre des crimes avec un fusil d'assaut et une lampe à souder.

Des documents…

A ceci près que la période où Smit avait changé d'identité et caché ces choses ne collait pas. Que s'il avait fait partie des Services secrets, du BSB[1], du MI[2] ou de tout autre organisme à acronyme, ç'aurait été dans les années 90 qu'il aurait mieux valu changer d'identité.

Pas au début des années 80.

Des documents ?

Un M16 et une lampe à souder ?

Ce n'était pas dans le style « On s'fait un Blanc et on embarque la télé ».

Tout cela sur le Modderdam conduisant à Bothasig. Classes moyennes. Banlieue à flics.

Il se rappelait vaguement la route et n'eut aucune dif-

---

1. Ou « Burgerlike Beskermingsburo ». Unité de la protection civile qui se rendit tristement célèbre pendant l'Apartheid *(NdT)*.
2. Ou « Military Intelligence ». Soit le Renseignement militaire *(NdT)*.

ficulté à la retrouver. La maison de Mike de Villiers. Il se gara le long du trottoir et gagna la porte à pied. Le jardin était simple, bien entretenu. Il frappa à la porte et attendit. La femme de Mike lui ouvrit, sans le reconnaître. Corps épais, elle marchait en se dandinant, un torchon à vaisselle à la main.

– Mike est-il là, madame de Villiers ?

Grand sourire, petit hochement de tête.

– Oui, il travaille derrière, entrez.

On tend la main, on est bien chez soi.

– Ça va ?

– Oui, merci.

Il la suivit jusqu'à la porte de derrière – resplendissante, la maison sentait les produits d'entretien et il y avait du linge sur une table.

Un tournevis à la main, Mike de Villiers se tenait près d'une tondeuse à gazon, sa combinaison bleue de policier sur le dos et son crâne tout luisant de soleil. Il leva la tête, aperçut van Heerden, ne montra, comme d'habitude, aucune surprise, fit passer son tournevis dans sa main gauche, s'essuya la main droite sur sa combinaison et s'avança.

– Capitaine, dit-il.

– Non, c'est fini, ça, Mike.

– Commissaire ?

– Je ne suis plus dans la police.

De Villiers se contenta de hocher la tête. Il n'avait jamais été dans ses habitudes de poser des questions. Surtout pas à des officiers.

– Café ? demanda Martha restée à la porte de la cuisine.

– Oui, ça serait bien, dit-il.

– Toujours à l'armurerie, Mike ?

– Oui, capitaine.

Les vieilles habitudes ne mouraient pas. Ses paupières. Ses paupières qui se levaient lentement, comme celles d'un lézard.

– On s'assied ?

Mike de Villiers rangea son tournevis dans sa boîte à outils et gagna les fauteuils de jardin en plastique blanc sous le poivrier. Bien propres sous le grand soleil, chacun à sa place.

– Je suis sur une affaire, Mike.

Les paupières qui clignent, on attend, comme toujours, comme des années et des années avant.

– M16.

Ils s'assirent.

– Fusil d'assaut, dit Mike de Villiers.

Ses yeux se fermèrent. Combien d'années s'était-il écoulé depuis qu'il l'avait vu pour la première fois à l'armurerie ? Depuis que Nagel lui avait dit : « Je vais te montrer l'arme secrète de la police » et qu'alors ils s'étaient rendus à l'armurerie et y avaient fait demander un Mike de Villiers qu'ils avaient bombardé de questions sur les armes comme si l'homme était un véritable ordinateur ? Immobiles, ils avaient regardé la machine se mettre à tourner derrière ses paupières closes et leur cracher leurs renseignements avec une incroyable précision. Et parfois, dans cette maison, Nagel faisait rire Martha avec son corps élégant et mince, sa voix profonde et son charme, avant de passer au rituel – « Tu es notre arme secrète, Mike » – et de puiser sans vergogne dans ses connaissances avant de filer tel le voyageur de commerce qui vient de tirer son coup chez les putes. Alors Van Heerden se sentait toujours légèrement mal à l'aise et se demandait ce qu'en pensait Mike, si ça l'embêtait.

– L'affaire Smit, dit Mike.

– Tu en as entendu causer.

Hochement de tête, presque invisible.

– Ils t'ont parlé ?

– Non.

Pas plus, on attend.

– C'est un fusil américain, Mike.

– Arme de guerre. Le fusil de l'infanterie US depuis la guerre du Vietnam. Très bonne arme. Jusqu'à 950 coups minute en position automatique. Légère. De quatre à un peu moins de trois kilos selon les modèles. M16, M16 1A, M16 A2, carabine M4, mitraillette MK16 La France, calibre 5. 56. Ce qui est bizarre, c'est qu'ici l'engin n'a pas beaucoup de succès. Alors que le R1 et le AK47 utilisent des munitions de 7. 62 et on en trouve où on veut.

– Et donc, qui se servirait d'une arme pareille ?

De Villiers le regarda, les yeux enfin ouverts. Nagel ne lui avait jamais demandé de spéculer.

– Comment voulez-vous que je le sache, capitaine ?

– Ça ne t'a pas étonné ?

Les paupières qui se ferment.

– Si.

– Et tu t'es dit quoi, Mike ?

De Villiers hésita longtemps, les yeux toujours fermés. Puis il les rouvrit.

– Comme arme, c'est pas génial pour les cambriolages, capitaine. C'est peut-être léger, mais c'est gros. C'est une arme pour le champ de bataille, pour les marécages d'Extrême-Orient et les déserts du Moyen-Orient, une arme dont on se sert pour tuer dehors, pas dedans. C'est pas un truc qu'on peut cacher sous sa veste. C'est pas une bonne arme pour le travail de près, capitaine. Un revolver aurait été bien meilleur.

– Bon alors… qu'est-ce que t'en penses, Mike ?

Étranges et hypnotiques, ses yeux se fermèrent à nouveau.

– Il y a deux ou trois possibilités, capitaine. Quand on veut intimider, on se sert d'une arme qui fait peur et des M16, on en voit dans tous les films. Ou alors, c'est la seule arme qu'on n'a pas déclarée et on n'a aucune envie de se faire repérer. Ou alors on est américain. Soldat. Ou alors…

Les yeux se rouvrirent, puis il tourna légèrement la tête de droite à gauche, comme s'il voulait en rester là.

– Ou alors… ?

– Je ne sais pas.

– Dis-moi, Mike.

– Un mercenaire, capitaine. En Europe, le M16 est aussi courant au marché noir que l'AK47 ici. Des mercenaires. Beaucoup adorent cette arme, mais…

– Mais… ?

– Un mercenaire à Durbanville ? Je vois pas trop, capitaine.

Martha de Villiers parut avec le café tandis qu'une mésange de Karoo se faisait entendre sous le soleil.

Il repartit en voiture, Mike et Martha de Villiers lui disant au revoir sur le pas de la porte. La femme à la poitrine impressionnante avait passé son bras autour de la taille de son mari. Un couple ordinaire à Bothasig, dans une rue avec de jolis jardins et de vilains murs en ciment. Des enfants faisaient du vélo, des tondeuses à gazon gémissaient par grand soleil dans cette matinée d'hiver, il se demanda pourquoi sa vie ne ressemblait pas à celles-là, pourquoi il n'avait ni femme ni enfants, ni chien bâtard ni petit château avec petit pub à côté, ni carrière ni hypothèques. Ç'avait pourtant été, jadis, tout à fait envisageable.

Qu'est-ce qui l'avait poussé à prendre les routes qui ne conduisent nulle part, à chercher les impasses ? Les panneaux indicateurs avaient pourtant bien été là, clairs et séduisants, non ?

Ce n'était donc pas ça qu'il avait voulu ? se demanda-t-il soudain. Pas de femme, pas d'enfants et pas de tondeuse à gazon ?

Oh que si !

A en crever.

18

Boet Marnewick trouva le corps de sa femme dans le living. Ligotée les mains dans le dos avec du Scotch crêpé, elle était à genoux, les pieds attachés par un bas de soie. Quarante-six blessures infligées avec un instrument tranchant – au ventre et au dos –, les bouts de seins coupés, son sexe méconnaissable tant on l'avait mutilé. Du sang partout, dans la chambre, dans la cuisine, dans le living. Cet assassinat avait secoué toute la ville, déclenchant la peur et la haine. On devait en parler pendant des années et des années. Stilfontein était une ville dure, une ville qui connaissait et comprenait l'alcoolisme, l'adultère et les coups et blessures. Jusqu'à l'assassinat. Parfois même avec préméditation. Mais pas ce genre de boucherie. Le coup mortel qu'on porte dans un moment de colère alcoolisée, oui, on pouvait comprendre, de temps en temps.

Mais ça, c'était de la tuerie de sang-froid, un acte commis par un inconnu, un intrus, un voleur qui, en prenant tout son temps et de manière préméditée, avait assassiné et mutilé une femme sans défense.

J'étais dans ma chambre, à faire mes devoirs, lorsqu'on avait frappé à la porte. Ma mère était allée ouvrir. Je n'avais pas entendu ce qui se disait, mais au ton de sa voix j'avais décidé de la rejoindre et là, devant nous, se tenait mon Louis L'Amour d'inspecteur. Mon cœur s'était emballé tant ma mère avait l'air choqué.

« Monsieur… », avais-je dit en ravalant ma salive. Ma mère, elle, m'avait lancé : « Baby Marnewick est morte, Zet. »

L'inspecteur avait fait semblant de ne pas me connaître et ce n'était qu'en partant qu'il m'avait serré l'épaule et regardé avec un petit sourire. Mais avant, il nous avait posé des questions. Avions-nous vu quelque chose ? Entendu des bruits ? Que savions-nous des Marnewick ?

J'étais resté là, avec mes fantasmes, mon voyeurisme et le souvenir de son intimité, et n'avais fait que confirmer ce que disait ma mère : nous ne savions rien de rien.

Nous avions eu les détails plus tard. Par les voisins et les journaux : la *Klerksdorp Gazette*, *Die Vaderland*, *Die Volksblad*, jusqu'au *Sunday Times*. C'était un horrible crime à caractère sexuel qui avait valu à Stilfontein d'avoir les honneurs de la presse. Je n'arrêtais pas de lire et relire ces articles et prêtais la plus grande attention à toutes les nouvelles qu'on pouvait avoir par d'autres canaux.

Les détails m'avaient bouleversé. En partie à cause des pensées cochonnes que j'avais eues pour Baby Marnewick. Mais en partie aussi parce que ces pensées me reliaient, même faiblement, au meurtrier qui, par désir, l'avait poignardée et tailladée. Parce que moi aussi j'avais désiré cette femme – même si mes fantasmes avaient été très différents des siens.

En partie enfin parce qu'un être humain, qui en plus était de Stilfontein, avait été capable de commettre un crime aussi révoltant.

On ne devait jamais le retrouver. Il n'avait pas laissé d'empreintes. Il y avait bien du sperme sur le corps de Baby Marnewick, sur ses fesses et sur son dos, mais le crime s'était passé bien des années avant les tests à l'ADN, bien avant qu'il soit possible, au-delà des questions de race, de sexe ou de groupe sanguin, d'aller droit à l'empreinte génétique et, à partir d'un poil microscopique ou d'un bout de tissu, de tout disséquer plus complètement qu'au scalpel.

Il y avait eu des rumeurs. On avait soupçonné Boet Marnewick, mais c'était idiot : il se trouvait un kilomètre sous terre au moment des faits. On avait aussi parlé d'un assassin ambulant. Et d'un type de Johannesburg resurgi du passé de la victime – sans oublier l'Écossais auquel Boet avait dû arracher sa femme.

Mais on n'avait jamais retrouvé le meurtrier.

Jour après jour j'avais regardé la palissade en bois en pensant aux choses les plus bizarres. Si Betta Wandrag ne s'était pas immiscée dans ma vie, aurais-je continué à écouter à la barrière ? Entendu, qui sait ? quelque chose qui aurait pu sauver Baby Marnewick ? Je me demandais pourquoi. Comment. Comment on pouvait faire un truc pareil. Comment on pouvait assassiner quelqu'un avec une telle brutalité. En se montrant aussi cruel et sanguinaire. Et qui, bien sûr.

Qui avait bien pu préméditer un acte pareil ? Parce que la rumeur voulait que l'assassin ait mis des gants et apporté le Scotch crêpé avec lui. Meurtre prémédité et soigneusement préparé, donc.

Vers la fin de l'année, ma mère posa les formulaires d'inscription à l'université de Potchefstroom devant moi, se mit à l'aise et m'annonça que ça faisait longtemps qu'on réfléchissait à mon avenir. L'heure était venue d'aller en fac et de faire des choix parce qu'il valait mieux commencer par aller en fac et me taper le service militaire obligatoire ensuite, les licenciés devenant vite des officiers, même si je ne voulais que faire de l'enseignement.

– Je n'irai pas en fac, M'man.

– Tu ne… quoi ?

– Je veux entrer dans la police.

19

Profiler.

Johannes Jacobus Smit avait été ligoté, torturé puis assassiné parce que, après avoir été contraint de donner la combinaison de son coffre, il était devenu un témoin plus que gênant. Le mobile était connu. Le *modus operandi* clair. Et le profil simple. Il s'agissait d'un voleur qui ne voulait qu'une chose. De quelqu'un qui était capable de torturer et d'assassiner. Bref, d'un psycho ou sociopathe, au moins à s'en tenir à certains de ses symptômes.

On déduit la personnalité de l'individu à sa conduite. Il l'avait appris à Quantico. Ses trois mois d'Amérique.

La magie du profilage était de pouvoir coincer le tueur en série sans mobile, le violeur, l'assassin sexuel poussé par les démons de son passé : l'enfance dans une famille déglinguée, le père violent, la mère qui fait le trottoir. Rien à voir avec la simplicité de la torture et du meurtre commis dans le seul but de mettre la main sur le contenu d'un coffre-fort. D'un vol pur et simple. Agrémenté d'un meurtre. Avec circonstances aggravantes.

D'un vol planifié, donc. Le fil de fer avait été apporté sur les lieux. Et la lampe à souder faisait partie des outils de l'assassin. « Tiens, mon chéri, ton sandwich. Et n'oublie pas ton fil de fer, tes tenailles et ta lampe à souder. T'as bien armé le M16 ? Amuse-toi bien ! »

Le voleur/assassin était connu de Smit. Enfin…
peut-être. Non, très vraisemblablement. Aucune trace
d'effraction. Et, indice supplémentaire possible, le
meurtre ressemblait à une exécution. Pas de témoin.

Peut-être. Possible. Concevable.

Il gara la Corolla sous un arbre, en bas de Moreletta
Street, et coupa le contact.

Une lampe à souder.

Ça disait quelque chose, cet engin. Que l'assassin
savait qu'il allait devoir torturer – ce qui voulait dire
qu'il savait que Smit ne parlerait pas facilement. Et donc
qu'il le connaissait. Qu'il savait que Smit possédait
quelque chose qui valait la peine d'être volé. Quelque
chose de caché ou d'enfermé en lieu sûr. Sauf qu'il y
avait plus d'une façon de torturer et d'infliger des douleurs inhumaines. Pourquoi utiliser une lampe à souder ?
Pourquoi ne pas se servir de tenailles et lui arracher un
ongle après l'autre ? Pourquoi ne pas le rosser à coups de
crosse jusqu'à ce qu'il soit méconnaissable et que la douleur d'un nez cassé, d'une bouche écrasée et d'un crâne
défoncé l'oblige à avouer, à dire où se trouvent les documents, les diamants, les dollars ou la drogue ?

Ou le reste, bordel !

Cette lampe à souder disait quelque chose sur l'assassin.

L'incendie criminel était le premier signe indiquant la
naissance d'un tueur en série. Avec le pipi au lit et le
fait de torturer des animaux.

Les tueurs en série aimaient le feu. Les flammes.

Il sortit son carnet de notes.

Bureau des recherches criminelles. Cambriolages-
lampe à souder-crimes.

Il referma son carnet et le glissa dans la poche de sa
veste, avec son stylo.

« Il faut être capable de se mettre dans la peau de l'assassin et dans celle de la victime », disait-on à Quantico.

La peau de Smit. La perspective de la victime telle qu'on peut la retrouver par l'analyse de la scène de crime et les résultats du labo. Smit, qui est seul chez lui, suit sa petite routine. Puis on frappe à la porte. Fermée à clé, cette porte ? Habitude vieille de quinze ans ? Ou alors… la porte étant ouverte, le meurtrier s'était-il contenté d'entrer avec son fusil, sa lampe à souder, son fil de fer et ses tenailles ? Ça ne collait pas. Ça faisait trop de choses à porter. « Tu veux bien me tenir la porte, Johannes Jacobus ? Faut juste que je sorte mes outils de torture. »

Deux agresseurs ?

Ou un. Avec un sac à dos et un M16.

Smit est surpris. Peur. Voilà qu'après toutes ces années la vie qu'il s'est faite avec tant de soin est soudain menacée. Peur énorme, montée d'adrénaline. Mais il n'est pas armé. Il s'écarte de la porte.

– Qu'est-ce que tu veux ?

– Oh mais tu le sais bien, Johannes Jacobus. Toutes ces bonnes choses que tu m'as piquées. Dis-moi, mon ami, où sont-elles ?

D'après le légiste, il n'y avait pas de blessures indiquant qu'il y aurait eu lutte. Smit n'avait opposé aucune résistance. L'agneau qu'on mène au sacrifice.

– Assieds-toi, Smit. Nous allons bien voir combien de temps tu tiendras avant de me dire où tu as planqué tout ça.

Pourquoi Smit n'avait-il opposé aucune résistance à son agresseur ? Savait-il que cela ne servirait à rien parce qu'ils étaient deux ? Ou alors… était-il tout simplement trop terrorisé ?

On le force à s'asseoir et on l'attache.

Avec un M16 à la main ? Comment peut-on braquer

un M16 sur la tête d'un type avec une main et de l'autre le ligoter avec du fil de fer et une paire de tenailles ?

Smit avait donc eu plus d'un visiteur.

– Dis donc, mon petit, tu nous dis où t'as planqué ces trucs ?

– Allez vous faire mettre.

– Ah, comme c'est sympa de coopérer ! Allez ! Tu allumes la lampe et tu le fous à poil.

Séance de torture. La flamme bleue sur le scrotum, la poitrine, le ventre et les bras. La douleur devait être inhumaine.

Pourquoi n'avoir rien dit ? Son affaire marchait bien, il n'avait pas besoin d'argent, de diamants, de drogues ou d'armes pour se faire encore plus de fric. Pourquoi ne pas dire : « C'est dans le coffre. Tenez, voici la combinaison, prenez tout et laissez-moi tranquille » ?

Raison : il y avait autre chose dans le coffre. Quelque chose qui n'avait pas de valeur financière. Quelque chose d'autre.

Raison : parce qu'il savait qu'il mourrait s'ils trouvaient ce qu'ils étaient venus chercher.

Van Heerden soupira.

« Les chaussures de la victime… mais qu'est-ce qu'on en a à foutre ? A moins qu'on y découvre le sang du meurtrier, avait dit Nagel. Celles du suspect, oui ! Ses chaussures. C'est ça qui compte ! »

Van Heerden regarda droit devant lui, sans voir la rue, ses grands arbres, ses jardins. Ni les nuages qui descendaient de la montagne.

Nagel. Nagel qui sortait son bras maigre et noueux de la tombe. Nagel, pensa-t-il, s'était reposé assez longtemps. Nagel était de retour.

Il n'avait aucune idée de la façon de gérer tout ça.

Il descendit de voiture.

Commencer par faire marcher les jambes.

Comme du cristal, songea-t-elle. Les jours de grand soleil entre les fronts froids. Clairs comme le verre, pas un souffle de vent, d'une beauté fragile. Joyaux qui brillent sur la robe sombre de l'hiver.

Hope Beneke courait le long de la mer, sur la plage de Blouberg ; elle n'ignorait pas les regards que lui lançaient les automobilistes, mais c'était peu cher payer pour avoir le plaisir de découvrir le paysage stupéfiant de la mer et de la montagne, l'énorme masse de roche qui, célèbre dans le monde entier, gardait la baie, sentinelle toute de calme, de constance, de paix de l'esprit, de résignation. Il y avait des choses qui ne changeaient pas.

Alors qu'elle…

En cadence, là, une chaussure de course derrière l'autre, sa bonne forme la ravissait, respiration égale et profonde, jambes délicieusement chaudes. Elle n'était pas toujours en forme, et n'avait pas toujours été mince. A une époque, pendant sa dernière année de fac et ses premières de stage, elle avait eu honte de ses jambes, et de son derrière, elle n'avait pas fière allure dans ses jeans… la bouffe servie à la cantine de la fac, les longues heures d'étude, plus une certaine aversion pour soi-même…

Pas que Richard y aurait trouvé à redire. Il disait aimer ses formes à la Rubens. Au début. Lorsque tout était nouveau et beau dans leurs relations, lorsque, laissant courir pour la première fois ses mains sur son corps, il lui avait dit en soupirant : « Ah, mon Dieu, Hope, ce que tu peux être sexy ! » Richard, avec sa petite calvitie, sa passion des nouvelles et ses vues de comptable laconique sur la vie. Richard qui, plus tard, lorsque tout avait cessé d'être nouveau, se levait pour regarder les infos après l'amour. Ou pour prendre le *Time,* allumer la lumière et le lire. Le *Time* !

Richard qui voulait se marier. Non, qui voulait déjà

vivre comme un homme marié bien avant qu'elle en ait, elle, fini avec l'idylle et l'érotisme des jeux de l'amour.

– Tu as une marque rouge sur la joue, lui avait-il dit sans surprise une nuit de plein été qu'ils faisaient l'amour.

Comme si, sans préjugé aucun, il annonçait la nouvelle à un public. Alors qu'ils baisaient depuis des mois.

– Tout mon corps est en feu, lui avait-elle dit avec passion.

– C'est bizarre, comme marque, avait-il fait observer d'un ton réfléchi.

Et lorsque, se desséchant peu à peu, leurs relations avaient fini par ne plus être que poussière et mourir sans bruit, il avait bien fallu faire le point.

Et comprendre qu'elle aussi avait eu sa part de responsabilité dans l'affaire. Non que Richard aurait eu la même capacité d'introspection sans tricherie, mais bon… Des gens qui n'osaient pas prendre le risque de se remettre en cause, il y en avait. Lui, c'était différent. Il était tellement content de lui qu'il n'en voyait même pas la nécessité.

C'était sa vie à elle qu'elle avait dû examiner. Et l'une des conclusions auxquelles elle était arrivée était qu'elle n'était pas à l'aise avec elle-même. Ni avec son corps ni avec sa façon d'être.

Elle avait donc pris deux mesures. Un, elle avait quitté le cabinet Kemp, Smuts et Breedt. Et deux, elle avait commencé à faire du jogging. Et elle se retrouvait là, sur la plage de Blouberg, mince, en bonne forme et sans Richard, s'intéressant vaguement à un ancien flic de quarante ans incapable de fonctionner correctement. Un cas impossible donc.

Parce qu'il était trop différent de Richard ? Parce qu'il était meurtri et passablement imprévisible ? Parce que sa mère…

Il allait falloir remettre de l'ordre dans tout ça.

Soudain, le soleil disparut. Elle leva la tête. Des nuages noirs recouvraient la montagne et la baie. Encore un front froid. Cet hiver était glacial. Pas comme l'année d'avant. Comme la vie. Toujours à changer, des fois il n'y avait pas beaucoup de soleil et brusquement, les jours étaient clairs comme du cristal.

Il fit toute la rue Moreletta, allant de maison en maison comme un représentant de commerce pour poser ses questions.

Personne ne connaissait Johannes Jacobus Smit. « Vous savez ce que c'est. Chacun vit sa vie. »

Dans les deux maisons d'à côté : « Parfois, on bavardait par-dessus la barrière. Ils étaient très tranquilles. »

Personne n'avait rien vu ou entendu. « J'ai bien cru entendre comme un coup de feu, mais ç'aurait pu être autre chose. »

Tout le monde était chez soi, un peu mal à l'aise, c'était la routine du samedi qu'il dérangeait, on se montrait peu aimable mais poli, curieux. « Vous avez trouvé quelque chose ? » « Vous avez attrapé quelqu'un ? » « Vous savez pourquoi on l'a tué ? » Parce qu'on se sentait menacé. Quelqu'un s'était fait cruellement assassiner dans le quartier, un peu trop près de la maison – quelqu'un avait trouvé une faille dans le dispositif de sécurité dont, Blancs des classes moyennes, tous s'entouraient. Et lorsqu'il leur répondait que non, on fronçait vite le front d'inquiétude, puis on se taisait comme si on voulait que quelque part Smit l'ait cherché, peu importait comment, parce que ces trucs-là, non, ça n'arrivait pas dans le quartier.

Puis, avant d'y être vraiment prêt, il en eut fini et prit la route de Philippi pour aller voir Willie Theal.

Theal qui lui avait téléphoné pour lui dire : « Venez donc travailler avec moi. » Theal qui l'avait réconforté quand sa vie avait éclaté comme une grenade trop mûre et gorgée de sang. Et lui, il avait accepté ce réconfort parce qu'il en avait besoin, mais son acceptation n'avait été que fraude, très grande fraude parce que depuis toujours il n'était qu'un voyou, depuis qu'il avait volé pour la première fois, depuis qu'avec ses yeux et ses pensées il avait chapardé de l'autre côté de la palissade en bois, depuis qu'il avait volé Nagel le voyou était toujours en lui, là, juste sous la surface, comme de la lave, toujours à bouillonner, à attendre la fissure dans la roche, prêt à faire éruption tel un volcan à travers la croûte molle de son monde.

Il freina, brusquement.

Trop peu de temps.

Soudain il comprit : cinq jours. *Pas suffisant.*

Disons qu'il parle à Theal, merde, il n'avait pas peur, ça ne le rendrait pas pire ou meilleur, ce n'était pas parce qu'il avait peur des fantômes que Theal avait appelé.

Ça ne changerait rien. Parce qu'il n'y avait tout simplement pas assez de tout. Pas assez de renseignements. Pas assez de temps.

Et ça ne changerait pas. Theal lui dirait où et comment on pouvait changer des dollars dans les années 80. Mais peut-être pas. Et alors ? Qui pourrait se souvenir de Johannes Jacobus X au bout de quinze ans ? Aller voir Charles Nieuwoudt à la prison de Pollsmoor ou Dieu sait où et lui demander si c'était lui qui avait fabriqué le faux livret d'identité ? Ça lui donnerait quoi ?

Rien. Pas en cinq jours.

Parce que Nieuwoudt s'était cuit la cervelle à la drogue et que l'affaire remontait à quinze ans et que… il ne se souviendrait de rien.

C'était ça, le problème. L'affaire n'était pas vieille de dix mois. Elle remontait à quinze ans. Quinze ans plus tôt quelqu'un avait su que dans ce coffre il y avait quelque chose qui méritait qu'on tue pour l'avoir. Mais lui ne savait pas de quoi il s'agissait. Autant le reconnaître tout de suite. Il n'en avait même pas la moindre idée. Avancer des hypothèses jusqu'à en avoir une attaque, il pouvait toujours. Et se faire de belles théories jusqu'à en mourir d'ennui. Car ç'aurait pu être n'importe quoi. Des rands. De l'or. Des diamants. Des rands, des dollars, ou des billets de Monopoly, putain de merde ! Des photos des Spice Girls ou de Bill Clinton à poil. Une carte montrant l'emplacement d'un trésor de pirate, une… et jamais il ne saurait parce que toute cette affaire était morte et archimorte, tellement morte même qu'il n'aurait jamais pu la ressusciter avec du bouche à bouche ou un respirateur artificiel.

Il savait bien qu'il avait raison. Il n'avait même pas eu besoin d'aller jusqu'au bout de son raisonnement. L'instinct avait suffi. Tout ce qu'il avait appris lui disait que ça prendrait du temps. Des semaines et des semaines. Des mois à tout passer au peigne fin, à parler avec X et Y, à poser des questions jusqu'à ce que quelque chose tout d'un coup se débloque et qu'il puisse commencer à tirer sur un fil.

Il sortit à l'échangeur de Kraaifontein, tourna à droite sur le pont et encore à droite pour revenir en ville par la N1. Où avait-elle dit qu'elle habitait, déjà ? A Milnerton.

Curieux. Il l'aurait plutôt vue près de la montagne – avec sa coiffure à la hippie et sa BMW, elle, c'était plutôt la « montagne qui ruminait », putain, ce qu'il la haïssait, cette montagne, ce qu'il haïssait ces lieux qui lui faisaient croire qu'il pourrait faire son come-back du jour au lendemain : « Bonjour, mon cœur, je suis revenu à la maison et je suis de nouveau inspecteur, c'est pas génial, ça ? »

Elle était occupée à répandre du compost au pied des lauriers-roses lorsqu'elle entendit sonner son portable. Elle ôta ses gants en marchant, ouvrit la porte coulissante et répondit.

– Hope Beneke.

– Je veux vous voir.

Sombre et abrupt.

– Bien sûr.

– Tout de suite.

Encore cette sympathie agaçante, ce ton de maintenant-je-comprends-tout-et-saurai-me-montrer-patiente-avec-vous.

– Pas de problème.

– Où habitez-vous ?

– A Milnerton. Près de l'hyper Pick'n Pay.

Elle lui indiqua la route.

– Bien, dit-il, et il raccrocha.

– Au revoir… Zatopek, dit-elle en se souriant à elle-même.

Le bonhomme n'avait rien d'un rayon de soleil. De quoi avait-il l'air quand il riait ?

Elle gagna la salle de bains, passa un peigne dans ses cheveux courts et se mit du rouge à lèvres rose pâle. Elle n'allait pas se changer. Le sweat ferait l'affaire. Elle passa à la cuisine, mit de l'eau à chauffer, sortit le petit plateau blanc, les tasses, le pot de lait et le sucrier. Elle aurait dû acheter quelque chose à Home Industry. Une tarte. C'était presque l'heure du café.

Puis elle alluma la minichaîne. Elle ne connaissait vraiment pas grand-chose à la musique classique. Et lui, s'y connaissait-il ? Sa collection de CD se réduisait aux « Plus beaux arias du monde », au « Meilleur Album de musique classique » et à « Pavarotti et amis ». Le reste allait de Sinatra à Laurika Rauch, en passant par Céline Dion et Bryan Adams.

Elle mit le CD de Céline Dion. Universellement appréciée. Et baissa le volume. Entendit la bouilloire s'éteindre toute seule. Se tint à la porte coulissante et regarda son tout petit carré de jardin, l'oasis timbre-poste qu'elle avait créée de ses mains, jusqu'à y semer de l'herbe et y planter fleurs et buissons. Maintenant, elle se préparait pour le printemps.

Elle sentit des gouttes et leva le nez. Les nuages étaient lourds, les gouttes fines et légères. Elle avait terminé juste à temps. Elle ferma la porte, s'assit dans un fauteuil du living et consulta sa montre. Il allait arriver d'un instant à l'autre. Son regard se porta sur la bibliothèque en pin qu'elle avait achetée d'occasion et repeinte elle-même, du temps où elle était encore en stage.

Van Heerden lisait-il ? Richard, lui, ne lisait pas. Richard était un fana des informations. Télé, journaux, le *Time, The Economist,* les infos à la radio, dès six heures du matin. Elle avait laissé faire. Dans une relation, il fallait savoir prendre et donner. Lui savait très bien comment prendre et se faire donner.

Il finit par frapper à la porte. Elle se leva, jeta un coup d'œil par le judas, c'était lui, elle ouvrit. Encore une fois il se tenait mouillé devant elle, son visage reflet de l'orage. Comme d'habitude.

– Entrez, dit-elle.

Il entra. Regarda la cuisine à aire ouverte, puis le coin repas et le living, gagna le comptoir, prit son portefeuille et en sortit des billets de banque. Et les posa sur le comptoir.

– J'ai fini, dit-il sans lever la tête.

Elle le regarda. Il avait l'air tellement sans défense ! Comment avait-elle fait son compte pour être si intimidée au début ? Le bleu violacé qu'il avait autour de l'œil accentuait encore sa vulnérabilité, même si sa lèvre était maintenant presque guérie.

Il posa le dernier billet sur son petit tas.

– On n'avance pas, dit-il. Les pistes sont complètement mortes. L'affaire n'est pas vieille de dix mois, mais a commencé quand Smit a changé de nom et ça, ça remonte à bien trop loin. On ne peut plus rien y faire.

Il croisa les bras et s'appuya au comptoir.

– Vous voulez du café ? lui demanda-t-elle calmement.

– Pour l'avance… oui, s'il vous plaît.

Un rien interloqué.

Elle passa devant lui pour aller rallumer la bouilloire et mit une petite cuillerée de café instantané dans les deux tasses.

– Je n'ai rien à vous offrir avec, reprit-elle. Je ne suis pas bonne pâtissière. Et vous ?

– Je… non. (Agacé.) L'enquête…

– Vous ne voulez pas vous asseoir ? Qu'on parle de tout ça tranquillement ?

Voix douce. Soudain elle eut envie de rire : il était si concentré ! Complètement prévisible, tout le langage corporel en sirène d'alarme. Confrontation, confrontation, confrontation. Il était perdu quand il n'y en avait pas.

– Si, dit-il, et il s'assit au bord d'un fauteuil.

Ce qu'il paraissait mal à l'aise ! Incroyable.

– Comment voulez-vous votre café ?

– Noir et sans sucre.

Puis, comme une pensée après coup ·

– Merci.

– Sachez que j'apprécie beaucoup votre honnêteté, enchaîna-t-elle.

– Il faut tout simplement admettre que c'est foutu

– Ça valait le coup d'essayer.

– Mais on ne peut plus rien y faire.

– Je sais.

– J'étais juste venu vous le dire.

– C'est très bien.

– Que vous a dit Kemp ?

– Kemp ne sait rien de cette enquête.

Elle versa de l'eau bouillante dans les tasses.

– Non, sur moi. Qu'est-ce qu'il vous a dit sur moi ?

– Il m'a dit que s'il y avait quelqu'un qui pouvait retrouver le testament, c'était vous. (Elle posa le petit plateau blanc sur la table en verre.) Servez-vous.

Il prit une tasse et la reposa sur le plateau.

– Comment a-t-il pu dire ça s'il ne savait rien de cette enquête ?

Elle se pencha en avant, ajouta du lait à son café et remua.

– Bien sûr, il sait qu'une de mes clientes cherche un testament disparu au cours d'un cambriolage. Il sait aussi qu'il s'agit d'une espèce d'enquête criminelle. C'est pour ça qu'il vous a recommandé. Il m'avait dit que vous étiez le meilleur.

L'espace d'un instant, elle eut envie d'ajouter « Pénible, mais le meilleur », mais en resta là et porta la tasse à ses lèvres.

– Qu'a-t-il dit d'autre ? Sur moi, je veux dire ?

– Rien. Pourquoi cette question ?

– Je veux qu'on soit clairs : je n'ai pas besoin de votre sympathie.

– Pourquoi en auriez-vous besoin ? Si vous me dites que l'enquête est foutue, c'est qu'elle…

Elle avait envie de le provoquer et savait qu'elle le faisait de propos délibéré.

– Pas l'enquête, la reprit-il, agacé.

– Buvez donc votre café.

Il fit signe que oui de la tête et prit sa tasse.

– Qu'est-ce qui vous a fait comprendre que c'était fichu ?

Le ton était à l'acceptation, à l'acquiescement.

Il souffla sur son café et réfléchit un instant.

– Ce matin, je suis passé aux Stups. Et chez les voisins de van As. Je ne sais pas. J'ai brusquement compris… Nous n'avons rien, Hope. Et ça, il va falloir le reconnaître. On ne peut rien y faire.

Elle hocha la tête.

– Je… je sais que van As sera déçue. Mais s'ils n'avaient pas eu des relations aussi bizarres…

– Je lui parlerai. Ne vous inquiétez pas.

– Je ne m'inquiète pas. Mais il n'y a rien…

– Rien qu'elle puisse faire.

– Voilà.

– Où avez-vous appris à faire la cuisine ?

Brusquement il la regarda d'un air pénétrant.

– Qu'est-ce qui se passe, Hope ?

– Comment ça ?

– Je viens vous dire que van As et vous feriez mieux de laisser tomber et vous me parlez de bouffe ? C'est quoi, ça ?

Elle se tassa dans son fauteuil, mit ses pieds sur la table, posa sa tasse sur ses genoux et lui parla gentiment.

– Vous voulez qu'on se dispute ? Vous m'avez donné votre avis de professionnel et je l'accepte. Je pense que vous avez fait du bon boulot. J'ai aussi énormément de respect pour la façon dont vous voulez me rendre cet argent. Quelqu'un de moins intègre aurait laissé traîner les choses indéfiniment.

Il grogna.

– Je suis un vaurien, dit-il.

Elle n'avait rien à lui répondre.

– Je crois que Kemp vous a dit plus que ça.

– Et qu'aurait-il dû me dire, hein ?

– Rien.

On dirait un enfant, songea-t-elle en le voyant regarder dans le vide en buvant son café. Elle vit la ressem-

172

blance avec sa mère dans et autour de ses yeux. Elle se demanda à quoi ressemblait son père.

– Il y avait quelque chose dans ce coffre-fort, reprit-il. C'est la clé de l'affaire.

– Ça pouvait être n'importe quoi, acquiesça-t-elle.

– Exactement, dit-il. Il faudrait un an pour analyser toutes les possibilités.

– Ce qui fait que si vous aviez plus de temps?...

Il essaya de lire le sarcasme sur son visage. Il ne le trouva pas.

– Je ne sais pas. Des semaines. Des mois, peut-être. Et de la chance. Il faudrait avoir de la chance. Si au moins van As se rappelait quelque chose. Ou avait vu quelque chose. S'il y avait eu autre chose dans le coffre.

La chance, on se la fabrique, disait Nagel.

– Vous travaillez sur autre chose? lui demanda-t-elle.

– Non.

Elle avait une envie folle de lui poser des questions sur lui-même, sur sa mère, sur ce qu'il était et pourquoi il était comme il était. De lui dire que la façade qu'il affichait ne servait à rien, qu'elle savait ce qui se cachait derrière, qu'elle savait qu'il pouvait redevenir ce que sa mère avait dit qu'il était autrefois.

– Bon, je m'en vais, dit-il.

– On travaillera peut-être une autre fois ensemble, dit-elle.

– C'est ça, peut-être, dit-il.

Et il se leva.

20

Je dois reconnaître que je suis toujours aussi fasciné par les petits croisements de la vie, les bifurcations à peine indiquées, les embranchements sans panneaux – tout ce qu'on ne voit qu'après coup.

J'entrai dans la police parce que j'avais regardé à travers une palissade en bois un samedi après-midi. Parce qu'un inspecteur m'avait redonné ma chance avec chaleur et fermeté – figure paternelle ? Entrai-je dans la police parce que mon père était mort jeune ? Y serais-je entré si je n'avais pas désiré Baby Marnewick ? Si elle ne s'était pas fait assassiner ?

A cette époque-là, on passait une réclame pour les Gauloises au cinéma. On y voyait un Français faire de drôles de dessins au charbon ou au crayon sur papier. Au début, on croyait qu'il dessinait une femme nue – la poitrine bien sexy, les hanches, la taille. Mais au fur et à mesure qu'il continuait, la femme se transformait en un Français parfaitement inoffensif avec béret, barbe et cigarette.

Les croisements, les panneaux indicateurs, les bornes n'étaient visibles que lorsque le dessin était entièrement fini.

J'entrai dans la police.

Avec la bénédiction de ma mère. A mon avis, elle se doutait que ç'avait à voir avec l'assassinat de Baby

Marnewick, mais ce n'était qu'une hypothèse et elle se trompait. Je crois qu'elle avait rêvé d'autre chose pour moi, mais... c'était ma mère, elle approuva.

Que dire de l'Académie de police de Pretoria ? Des jeunes issus de toutes les couches de la société s'y retrouvaient mêlés. Défilés, entraînement et, le soir, on se conduisait comme de jeunes taureaux, tous à discuter, dire des bêtises, rire et rêver de plus de femmes et de moins d'efforts à fournir. Exercices et sueur dans des classes sans climatisation. Plus les séances de tir et les lits parfaitement au carré.

Soyons honnête. Le reste de ma promo apprit à tirer. Moi, je fermai les yeux et pour finir, avec les notes les plus basses, réussis à ne pas me faire virer. Dès les débuts, le maniement des armes avait été mon point faible, mon talon d'Achille de policier. Inexplicable. J'aimais l'odeur de la graisse à fusil, le luisant du métal noir, les lignes pures et froides des armes. Je m'emparais d'elles, les manipulais et tirais avec les mêmes enthousiasme et sentiment de puissance que les autres. Mais les projectiles que j'expédiais en pressant la détente et la physique que je mettais alors en mouvement, Dieu sait pourquoi, n'étaient jamais aussi efficaces que ce que faisaient les autres. On me taquinait sans arrêt là-dessus, mais cela ne me chagrinait guère parce que les résultats de tous mes tests et examens dans les autres matières faisaient pencher la balance du côté du respect. En théorie et sur le papier, dès qu'on me posait un problème, j'étais sans égal.

Jusqu'au jour où, les études ayant pris fin, je me retrouvai policier en tenue, demandai à être affecté à Stilfontein, Klerksdorp ou Orkney, Dieu seul sait pourquoi, et eus droit au commissariat de Sunnyside à Pretoria, où je passai deux ans à boucler des étudiants saouls et à traiter des plaintes pour trouble à l'ordre public. Sans parler des disputes conjugales à calmer dans des milliers d'appartements, des enquêtes sur des vols de voitures, de mon passage au bureau des Mises en accusation, des formulaires SAPS que j'appris à remplir, encore et encore, ajoutant ainsi aux tonnes de paperasse qui accompagnent la bonne marche de la justice.

Je devins vite, et ce n'était pas un compliment, le flic qui aimait la musique classique et lisait – mais tirait comme un pied. Pour mes collègues de Sunnyside, je fus bientôt ce qu'est le nounours pour les avants de l'équipe de rugby du lycée : une sorte de totem, la première défense contre les ténèbres du déclin total de la culture dans une zone de petits crimes sans intérêt.

Car c'était bien dans cela que nous travaillions tous les jours que Dieu fait : pas dans les criantes injustices de la haine, non, dans les petits délits de cols blancs, expressions d'une faiblesse humaine insipide et sans grandeur.

J'habitais une piaule de célibataire, avec pour tout mobilier un lit, une table et un fauteuil que ma mère m'avait donnés. Je me fabriquai des rayonnages avec des planches et des briques et dus économiser pendant trois mois pour verser le dépôt de garantie d'un poêle Defy. Après quoi j'appris à faire la cuisine en lisant des revues, dévorai pratiquement tous les livres de la bibliothèque, me tapai des rotations qui n'aidaient pas vraiment côté idylles et socialisation, mais, les jeunes filles seules étant innombrables à Sunnyside, je réussis quand même de temps en temps, disons deux ou trois fois par mois, à décrocher le gros lot et me lancer avec elles dans des ébats aussi frénétiques que désespérants. Et toutes ou presque m'égratignaient le dos, comme si elles voulaient y laisser une marque qui survivrait aux brefs embrasements de nos passions.

Il y avait des moments où je ne me rappelais même plus pourquoi j'avais décidé de servir la justice. Alors, je devais repenser à Stilfontein, me revoir à la palissade de la honte et retrouver ce qui m'avait inspiré.

Rien ne durait, l'existence était tout entière sans but, rite de passage, temps qui file, années gâchées, années qui s'accumulent, années d'apprentissage.

21

La chance, on se la fabrique.

Il rejoignit Table View, la pluie comme tamis de gouttes sur la lagune sans profondeur, mal à l'aise, furieux contre lui-même et Hope Beneke. Il était sûr qu'elle savait quelque chose et qu'elle ne voulait rien dire, Kemp avait dû encore une fois redonner vie aux rumeurs, c'était ce que tout le monde croyait – qu'il avait vu mourir Nagel et que c'était ça qui l'avait foutu en l'air.

Ha !

De fait, c'était toute l'enquête qui le mettait mal à l'aise : il avait loupé quelque chose, il le savait, quelque chose, quelque part. Quelque chose qu'avait dit van As, quelque chose dans le dossier d'O'Grady.

La chance, on se la fabrique.

Mal à l'aise, oui, mais il n'avait rien d'un loser. Sauf avec sa vie, mais là, ce n'était pas pareil : comment se battre contre la malchance ? Non, ce truc-là était foutu. encore une fois un assassin avait rejoint les hordes de tueurs jamais arrêtés. Ça arrivait, il le savait – des fois il n'y avait pas assez d'indices, ou de chance.

Et de la chance, il lui en faudrait beaucoup dans ce dossier. C'était une explosion qu'il lui fallait, un bâton de dynamite qui saute et nettoie toutes les toiles d'araignée amassées en quinze ans, quelque chose qui mette au jour les secrets de Johannes Jacobus Smit, qui élimine la poussière jusqu'à ce que faits, os et fossiles puissent être séparés de la roche.

Mais comment se fabriquer sa chance dans une affaire pareille?

Comment se donner plus de temps?

Plus de temps.

Être capable de remonter dans le passé.

S'il pouvait seulement…

Minute.

Non, ça ne…

Quantico. Qu'est-ce qu'ils disaient, déjà?

Non.

Si.

Putain!

Il freina, brusquement et fort, et jura lorsque quelqu'un derrière lui balança un coup de Klaxon et le rata d'un rien. Puis il braqua, passa au milieu de la route, entendit le dessous de la Corolla racler les buissons, laissa les roues expédier du sable mouillé dans tous les sens et repartit vers la maison de Hope Beneke parce que là, ça y était, il avait eu une idée, bordel, une bombe que c'était, les toiles d'araignée n'avaient qu'à bien se tenir.

Elle ne bougeait pas. Les tasses à café toujours sur la table, elle ne voulait pas penser à tout ce que pouvait signifier sa visite: elle était déçue et réfléchissait n'importe comment.

Elle n'avait pas eu le choix et avait bien dû reconnaître qu'il avait raison: ils n'avaient aucune chance d'avancer. Les flics n'avaient pas fait mieux, mais lui si, un peu, en découvrant la fausse identité de Jan Smit. Ce qu'il avait pu être plein d'allant la veille au soir avec ses théories! Comme elle avait espéré! Comme elle s'était excitée à l'idée qu'ils allaient résoudre le problème ! Mais non seulement il…

Elle était satisfaite de ce qu'elle avait fait un peu plus tôt, de la manière dont elle s'y était prise avec lui, de son calme, de la façon dont elle avait évité tous les conflits possibles. Elle croyait avoir la clé du personnage : il suffisait de désamorcer les situations explosives et de ne pas réagir. Elle avait bien masqué sa déception. Et elle avait été courageuse en lui disant qu'elle se chargeait d'annoncer la nouvelle à Wilna van As alors que ce serait difficile, que Wilna en aurait le cœur brisé et qu'elle le savait.

Déception. Parce que van Heerden n'était plus dans sa vie. Mais ça valait mieux. Qu'il soit blessé et sans défense ne l'empêchait pas d'être un enquiquineur. Et de première.

Il n'y avait donc vraiment rien d'autre à faire ?

Non. Il fallait l'admettre. Il était même allé jusqu'à lui rendre son avance. Elle regarda le petit tas de billets sur le comptoir du coin déjeuner. Voilà ce qu'il lui avait laissé, comme résultat d'enquête !

Elle se leva et remit les tasses sur le plateau. Il fallait continuer. Aller retrouver Valerie et Chris à un barbecue ce soir. Une soirée de rire et de détente ne lui ferait pas de mal. La semaine avait été dure. Elle gagna la cuisine et posa les tasses dans l'évier. Et eut soudain une idée.

Joan van Heerden ne serait jamais sa belle-mère. Elle rit, bruyamment, couvrant la voix douce de Céline Dion. Puis elle hocha la tête et, toujours en riant, ouvrit les robinets, sortit le liquide à vaisselle du placard en dessous – de quelles absurdités le cerveau n'était-il pas capable ? ! –, et entendit la sonnette.

Elle n'attendait personne, non, personne, elle referma le robinet et alla jeter un coup d'œil par le judas de la porte. Zatopek van Heerden.

Avait-il oublié quelque chose ? Elle ouvrit.

– Il y a quelque chose qu'on peut faire ! lui lança-t-il.

Ses yeux brillaient et sa voix était pleine d'urgence. Elle se demanda s'il l'avait entendue rire.

– Entrez, dit-elle d'une voix calme, je vous en prie.

Il passa devant elle et se planta devant le comptoir tandis qu'elle refermait la porte.

– Je… Il…

– Vous ne voulez pas vous asseoir ?

– Nous avons… Ce qu'il faut faire, c'est remonter quinze ans en arrière. C'est notre seule chance.

Elle ne savait plus où elle en était, elle décida de s'asseoir. Jamais encore elle ne l'avait vu dans un état pareil, si excité et brûlant d'impatience.

– Je viens juste de comprendre que j'ai parlé à tout un tas de gens parfaitement inutiles. Il y a quinze ans de ça, aucun d'entre eux ne connaissait Jan Smit. C'est le moment de tout changer. Et il y a un moyen.

– Ah oui, et comment ?

– La publicité.

Elle le regarda sans comprendre.

– Quand Jan Smit a été assassiné, O'Grady ne savait pas qu'il avait changé de nom. A-t-on fait passer une photo de Smit dans les journaux ?

– Non. Wilna vans As n'a pas voulu… donner la photo d'identité à la presse. Il n'y avait pas de raison qu'elle…

– Mais depuis, quelque chose a changé, dit-il. Nous savons maintenant que Jan Smit n'était pas Jan Smit. Et à ce moment-là, personne ne le savait. Si on arrivait à publier sa photo dans la presse en demandant si quelqu'un le reconnaît, si on disait qu'il s'agissait de quelqu'un d'autre, on arriverait peut-être à savoir qui c'était. Et si on le découvrait, on pourrait peut-être savoir ce qu'il y avait dans le coffre…

– Et qui le voulait à ce point.

– Si on faisait passer une petite annonce, hein ? Ça ne coûte pas très cher.

– Non, non, dit-elle. On peut faire beaucoup mieux.

– Comment ça ?

– Kara-An Rousseau, dit-elle.

Il la regarda.

– Elle peut nous faire ça pour rien. Et dans toutes les publications de NasPers dans le pays.

– Elle m'a invité à dîner ce soir, dit-il, brusquement désolé d'avoir refusé.

La jalousie montra le bout de son nez.

– Kara-An ? demanda-t-elle.

– Oui. Mais j'ai refusé. Je ne savais pas que…

– Il faut y aller.

Je ne savais pas que vous vous connaissiez aussi bien, songea-t-elle.

– Je ne la connais pas.

– Nous n'avons pas beaucoup de temps. Il faut lui parler tout de suite.

– Vous m'accompagnez ?

Elle avait envie d'y aller, de… mais…

– Je n'ai pas été invitée.

– Je n'ai qu'à lui demander si je peux amener quelqu'un.

– Non, dit-elle. Il ne sera pas nécessaire d'assister au dîner. Il est encore assez tôt pour essayer de la voir avant.

Elle se leva, trouva son portable, chercha le numéro dans la mémoire de l'appareil et le composa.

– Kara-An.

– C'est Hope à l'appareil. Je ne vous appelle pas au mauvais moment, j'espère.

– Mais non ! Bien sûr que non ! Comment ça va ?

– Je mène un peu une vie de folle en ce moment, mais bon… merci. Vous vous rappelez l'histoire de testament dont je vous ai parlé ?

– Évidemment. Celle sur laquelle bosse M. Sexy en personne ?

– On a besoin de votre aide, Kara-An. C'est urgent.

– De mon aide ?

– Oui. Je sais que ce n'est pas le moment, mais si on pouvait parler une minute… Ce serait plus facile…

– Mais c'est passionnant, tout ça ! Et vous restez à dîner. J'ai invité deux ou trois personnes… Venez un peu avant.

– Je ne voudrais pas vous gâcher votre soirée, Kara-An.

– Ne dites pas de bêtises. Il y a tout ce qu'il faut comme place et plus qu'il n'en faut à manger.

– Vous êtes sûre ?

– Absolument. Je meurs d'envie de me lancer dans la Grande Enquête !

Elles se dirent au revoir et Hope Beneke se tourna vers lui.

– Vaudrait mieux que vous repreniez votre argent, dit-elle. Je risquerais de le dépenser pour me payer une nouvelle robe !

Huit heures plus tard elle devait se retrouver allongée dans son lit et se demander comment une soirée qui avait débuté de manière si conventionnelle avait pu se terminer dans de pareilles violences. Étendue là, elle devait pleurer ses désillusions et son humiliation et repenser à ce qu'il lui avait dit un peu plus tôt : « Nous sommes tous méchants. » Et songer qu'il avait peut-être raison et se demander en quoi elle l'était.

Mais quand il était passé la prendre et qu'elle l'avait vu debout devant sa porte, vêtu d'un pantalon et d'une veste noirs et d'une chemise blanche, elle n'avait eu que tendresse pour lui, pour l'effort qu'il avait fait en s'habillant comme il faut, même si la coupe de ses vêtements était un peu vieillotte et ses chaussures pas vraiment dans le ton. Il avait, lui, ouvert un peu plus grand les yeux en découvrant sa petite robe noire et, surpris et honnête, lui avait lancé : « Vous êtes drôlement bien, Hope. » Et l'espace d'un instant, elle avait eu envie de tendre la main et de le toucher ; heureusement il s'était détourné et était reparti vers sa voiture avant qu'elle puisse passer à l'acte.

Ils avaient roulé sous la pluie et s'étaient dirigés vers la montagne dans un agréable silence jusqu'à ce que, tout en haut, elle le guide dans les petites rues et qu'ils s'arrêtent devant une énorme maison de style victorien d'Oranjezicht. Il avait sifflé entre ses dents.

– Vieille fortune, lui avait-elle dit. Son père était député.

Voir Kara-An pieds nus et en robe rouge lui rappelant son passé – les cheveux noirs, les yeux bleus, la ligne forte et impressionnante des pommettes et du cou –, il avait eu envie de tout garder dans sa mémoire pour plus tard. Il avait dû se secouer presque physiquement pour se débarrasser de l'impression qu'elle lui faisait.

La maison débordait d'activité avec toutes sortes de jeunes gens en tablier blanc qui arrangeaient les fleurs et apportaient verres et assiettes à la salle à manger.

– Les traiteurs sont très occupés, avait-elle dit. Passons à la bibliothèque.

Les traiteurs ? C'était donc ainsi que faisaient les riches ? Il se l'était demandé en suivant les deux femmes et, bois sombre et poli des vieux meubles, tableaux de prix et tapis orientaux, s'était laissé envahir par la richesse qui se donnait à voir dans la lumière de centaines de bougies. « J'ai invité quelques personnes », avait-elle dit la veille.

Des traiteurs.

Putain. Comment pouvait-on demander à des inconnus de faire la cuisine pour ses amis ?

Puis Kara-An avait refermé la porte derrière eux et les avait priés de s'asseoir. Il avait regardé les livres rangés sur les rayonnages et s'était demandé combien elle en avait lu, de tous ces volumes reliés de cuir, de tous ces titres gravés à l'or fin. Finalement il avait senti que Hope attendait qu'il parle.

– A vous d'expliquer, avait-il lancé.

Hope s'étant mise à parler, il les avait observées toutes les deux très attentivement, parce qu'il se savait en terrain connu et dangereux avec cette Kara-An qui le regardait chaque fois que Hope mentionnait son nom, qui certes écoutait l'avocate avec beaucoup d'attention, mais… il y avait quelque chose d'autre dans ses regards, comme un intérêt. Alors il avait senti combien il tenait toute chose à distance et non, ce n'était pas la première fois qu'il le sentait. Cela lui arrivait quand il écoutait de la musique, quand il cherchait la recette d'un plat nouveau dans un livre de cuisine ; parfois il lui semblait que la vie voulait le rappeler à elle, à l'époque où les plaisirs, majeurs et mineurs, d'une existence heureuse cherchaient à le séduire au point de lui faire oublier qu'il ne les méritait pas, qu'il n'avait pas les moyens de se les payer. Cette fois cependant, le chant de la sirène était plus fort – merveilleuse beauté de la femme, de ces deux femmes devant lui, les yeux de Hope qui ce soir était décidément bien jolie, ses jambes dans sa robe noire, son cul désirable, il avait eu envie de comparer, d'envisager, de philosopher, de désirer, manifestement et ouvertement, de désirer et de jouer aux petits jeux de l'amour, de commencer à flirter et de parler à quelqu'un, de rire, Seigneur, ce qu'il avait besoin de rire, de rire avec quelqu'un devant un verre de vin blanc frappé, elle lui manquait, Dieu, comme elle lui manquait… jusqu'au moment où la peur s'abattit sur lui, toute-puissante, et il s'éloigna de ses pensées, tandis que Hope le regardait avec espoir, attendant qu'il dise quelque chose.

185

– Quoi ? demanda-t-il d'un ton qui lui parut effrayé.

– C'est bien à peu près là que nous en sommes, non ?

– Oui, dit-il se retirant dans sa coquille.

– Ça fera de bons papiers, dit Kara-An.

– De « bons papiers » ? répéta Hope qui ne connaissait pas cette expression.

– Oui, de bons articles. Je n'aurai pas beaucoup de mal à convaincre les rédacteurs…

– Il y a deux points importants, l'interrompit van Heerden. (Elles le regardèrent.) Il faut que ce soit la bonne approche et que l'article paraisse dans tous vos quotidiens. Y compris dans le Gauteng.

– Que voulez-vous dire par « la bonne approche » ?

Il sortit de sa poche de veste des pages arrachées à son carnet. La maîtrise de soi lui était revenue.

– J'ai essayé d'écrire quelque chose, dit-il, mais ce n'est pas tout à fait ça. Il faudra le retravailler.

Il tendit une feuille à Kara-An Rousseau. Elle se pencha en avant, l'échancrure de sa robe rouge bâillant un bref instant. Il se détourna.

– Il faut que le lecteur ait l'impression qu'on est à la veille d'une découverte majeure, que ce renseignement qu'on demande sur Jan Smit n'est pas vraiment essentiel, qu'un simple…

– Qu'un bonus, dit Hope.

– Voilà. Il faut qu'on croie que nous n'ignorons rien de ce qui s'est passé il y a quinze ans et que nous ne cherchons qu'à renouer les derniers fils…

– Aha ! lança Kara-An. On veut du journalisme créatif.

– Exactement, dit-il.

– Je connais quelqu'un qui s'est spécialisé là-dedans.

– Des chances de faire passer ça en première page ?

– Ça dépendra des autres nouvelles.

Quelqu'un frappa à la porte

– Entrez, dit Kara-An

Une jeune femme en tablier blanc passa la tête à la porte.

– D'autres invités sont arrivés, madame.

– Merci.

Puis, spectacle de roi qui ne s'adressait qu'à lui seul, elle lui avait souri et avait ajouté :

– Nous en reparlerons quand tout le monde sera reparti.

Il s'était assis entre l'épouse de l'attaché culturel d'Afrique du Sud – grande métisse aux dents de devant très proéminentes et aux verres de lunettes épais, elle parlait tout doucement –, et la « Femme d'affaires de l'année » qui, elle, était maigre, avec un visage taillé au couteau et, bavarde comme une pie, n'arrêtait pas de bouger les mains.

– Et qu'est-ce que vous faites dans la vie ? lui demanda la Femme d'affaires de l'année avant qu'il ait pu s'installer confortablement à la longue table.

Soudain, comme si elle n'attendait que ça, sa mémoire lui avait recraché l'époque insensée où, étudiant à l'Université d'Afrique du Sud, il passait son temps à se faire des relations et où la réponse à cette question disait aussitôt le rang qu'on occupait dans cette société très hiérarchisée. Parfois il mentait par pur plaisir dans ces cocktails, lunchs ou dîners, se disait chauffeur routier ou convoyeur de fonds et se renversait en arrière sur son siège pour regarder celui ou celle qui avait posé la question chercher désespérément une réaction appropriée. De temps à autre il lui venait en aide en déclarant : « Je plaisantais. Je travaille au département des Sciences de la police. En qualité d'assistant », son passeport étant alors dûment estampillé pour lui assurer son entrée dans les milieux comme il faut. Wendy détestait ce petit jeu, surtout quand il ne revenait pas sur son mensonge : pour elle, le statut social avait de l'importance. Ça et les apparences du bonheur et de la réussite. Cela semblait aussi être le cas pour Kara-An. « Hope Beneke, l'avocate, et son collègue van Heerden », avait-elle lancé un peu plus tôt pour le présenter à quelques invités. « L'avocate ». Pas seulement « Hope Beneke, avocate », non. Tout le statut social était dans l'article. Et dans la tromperie du choix des mots : « son collègue ».

– Je suis policier, répondit-il à la Femme d'affaires de l'année, et il la regarda dans les yeux, mais les yeux de la Femme d'affaires de l'année ne laissèrent rien transparaître.

Dans l'instant elle se pencha vers Mme l'Attachée culturelle, se présenta, puis se mit à parler avec l'homme qu'elle avait à sa droite, le docteur. Van Heerden regarda les autres invités, Hope en face de lui, Kara-An à la tête de la table, et la vingtaine d'autres individus qu'il avait à sa droite et qui en étaient encore à gérer, sans le lubrifiant de l'alcool, la raideur qu'il suscitait en eux. Certains avaient fait sa connaissance pendant la période xérès qui avait précédé le repas, l'Écrivain, l'Œnologue, le Couturier, l'ex-Actrice pleine de dignité, M. Millionnaire, la Rédactrice en chef d'un magazine féminin, le Docteur-ex-rugbyman. Et consorts. C'étaient eux qui l'avaient toisé. Eux qui avaient regardé fixement ses habits.

Qu'ils aillent se faire foutre !

Et maintenant il était là, à écouter les conversations d'une oreille distraite cependant que son esprit vagabondait dans les souvenirs de l'époque d'avant Nagel, de son arrivée à Pretoria, de ses relations avec Wendy. Mme l'Attachée culturelle ne disait pas grand-chose. Tous deux formaient comme un îlot de silence et, de temps en temps, elle lui souriait avec gentillesse. Il goûta au consommé de potiron – parfait avec son petit tortillon de crème décoratif. Les garnitures avaient été le dernier grand défi posé à ses talents culinaires avant que, sa vie tombant en morceaux, il n'ait plus que sa mère pour invitée.

– ... du taux de change est une vraie bénédiction malgré les apparences. Je n'ai aucune envie que le rand reprenne du poil de la bête. Cela dit, il va falloir que le gouvernement fasse quelque chose pour l'accord commercial avec l'Europe. Les droits de régie nous tuent.

L'épouse de M. Millionnaire était assise en face de lui. Très jolie, elle avait les joues roses et pas une ride. Pâle, vieux et l'air fatigué, son mari était assis deux chaises plus loin.

– ... revenir à la propriété. Je ne peux tout simplement plus supporter la criminalité. On vit constamment dans la peur, mais Herman dit qu'il ne pourrait pas diriger le groupe depuis Beaufort West, expliquait-elle à quelqu'un.

– Quant à la police, renchérit le Docteur (voix basse et ton satisfait), elle vole aussi joyeusement que les autres.

Van Heerden sentit son estomac se serrer.

– Ça doit être dur d'être policier de nos jours, dit tout doucement et sincèrement la femme assise à côté de lui.

Il la regarda. Grands yeux effrayés derrière ses verres de lunettes. Il se demanda si elle avait entendu la remarque du Docteur.

– C'est vrai, dit-il en sirotant lentement son vin rouge.

– Vous croyez que ça va changer ?

Bonne question, se dit-il.

– Non, je ne crois pas.

– Oh.

Il avait pris son souffle pour lui expliquer, mais renonça. Ça ne l'aiderait pas, il s'en souvint.

Ça n'aidait jamais. Même lorsqu'il était encore dans

la police et qu'il essayait de remettre les choses dans leur contexte – pas assez de crédits, trop peu de personnel, fossé bien trop important entre les riches et les pauvres, beaucoup trop de politique, et des lois bien trop laxistes, trop de mauvaise publicité, putain, ce que la mauvaise publicité pouvait le frustrer, les réussites et le bon boulot en page sept des journaux, les erreurs et la corruption à la une. Et les salaires qui tenaient de la plaisanterie, qui ne pouvaient jamais compenser les conditions de travail, les horaires interminables et le mépris. De temps en temps il essayait bien d'expliquer, mais on ne voulait pas l'entendre.

– Bah, dit-il, c'est comme ça.

Le plat de résistance était un curry de mouton malais, tout fumant, plein de saveur et tellement fondant dans la bouche qu'il devina le plaisir que le cuisinier avait eu à le préparer et eut envie de le rencontrer pour lui demander comment il fallait s'y prendre pour que la viande soit aussi tendre. Il avait lu quelque part qu'il fallait la laisser mariner une nuit dans du babeurre, que c'était tout à fait recommandé pour les currys auxquels ça donnait un goût encore plus subtil.

– C'est bien van Heerden que vous vous appelez, n'est-ce pas ? lui demanda le Docteur en se penchant vers lui par-dessus l'assiette de la Femme d'affaires de l'année.

Il acquiesça d'un signe de tête.

– Et votre rang ?

– Mon quoi ?

– J'ai entendu dire que vous étiez policier. Quel est votre rang ?

– Je ne suis plus dans la police.

Le Docteur le regarda, hocha lentement la tête et se tourna vers l'Attaché culturel.

– Alors, Achmat, enchaîna-t-il, toujours aussi grand supporter de l'équipe de la province de l'Ouest ?

– Oui, Chris, mais ça n'a pas changé depuis ton époque.

Le Docteur y alla d'un rire forcé.

– A t'entendre, on croirait que je suis un vieux jeton, mon cher ! Alors qu'il y a des moments où je remettrais bien le maillot !

Mon cher ! Même s'il n'avait pas été médecin, il aurait été agaçant.

Laisse tomber, songea-t-il. *T'occupe !* Il se concentra sur la nourriture, plaça soigneusement riz et viande sur sa fourchette, goûta, but une gorgée de vin rouge, les domestiques veillant à ce que les verres soient toujours pleins, les décibels commençaient à monter, de plus en plus, on riait plus sincèrement, et fort, le vin aidant, les joues étaient déjà bien roses. Il regarda Hope Beneke. La tête penchée de côté, elle écoutait l'Auteur – âge moyen, barbe et anneau à l'oreille. Il se demanda si la soirée lui plaisait, ç'en avait l'air. Hope Beneke une autre Wendy ? En piste pour la course aux honneurs ? Elle était plus sérieuse que Wendy, mais si consciencieuse, si concentrée et prête à faire tout ce qu'il fallait ! Ce genre Norman Vincent Peale… une vraie idéaliste ! *Un cabinet d'avocates pour les femmes.* Comme si elles faisaient des victimes particulières.

Victime, tout le monde l'était, bordel. Particulier ou pas.

C'est entre le dessert et le café, juste avant que la bombe explose, que la Femme d'affaires lui demanda s'il avait des enfants. Il lui répondit qu'il n'était pas marié.

– Moi, j'en ai deux, dit-elle. Un fils et une fille. Ils vivent au Canada.

Il lui fit remarquer qu'il devait faire drôlement froid dans ce pays et la conversation mourut d'une mort bien inconfortable.

Jusqu'au moment où le Docteur déconna avec Mozart.

Les domestiques étaient en train d'enlever les assiettes à dessert, certains invités avaient déjà leur café devant eux. Le moment était assez curieux dans la mesure où, le reste des convives ne disant rien, seule la voix profonde du Docteur se faisait entendre. Indigènes déplaisants, commercialisation à outrance, exploitation du touriste et amusements sans intérêt, monsieur se plaignait d'avoir passé des vacances assommantes en Autriche.

– Et c'est quoi, leur truc avec Mozart ? poursuivit-il d'un ton théâtral.

Cette fois, van Heerden ne put se retenir.

– C'était un Autrichien, lui fit-il remarquer – il en avait soudain par-dessus la tête de ce type, de ses opinions sur tout et sur rien et de ses airs de supériorité.

– Waldheim l'était aussi et c'était un nazi, lui répliqua le Docteur que son interruption avait irrité. Cela dit, où qu'on aille, on a droit à du Mozart. Quand ce n'est pas le nom d'un restaurant, on joue sa musique au coin de la rue.

– C'est que sa musique est belle, Papa, lui lança son épouse d'un ton apaisant.

– Même chose pour Abba jusqu'à ce qu'on l'entende pour la troisième fois !

Ça y était – le taureau rouge fonçait de nouveau dans ses oreilles.

– D'ailleurs, la musique de Mozart, c'est toujours la même chose. Quant à espérer une quelconque profondeur musicale dans ses compositions ! Y a qu'à comparer *Le Barbier de Séville* avec n'importe quel autre morceau de Wag…

– *Le Barbier de Séville* est de Rossini, lâcha van Heerden d'un ton très joliment coupant. Mozart a écrit *Les Noces de Figaro*. Une suite du *Barbier*.

– Vous dites des bêtises, lança le Docteur.

– C'est pourtant vrai, dit l'Actrice assise de l'autre côté de la table.

– Peu importe. Ça n'a pas plus de profondeur intellectuelle pour autant. Du point de vue musical, ça reste de la barbe à papa.

– En voilà une connerie ! lâcha van Heerden si haut, si fort et d'un ton tellement irrité que même les domestiques s'arrêtèrent.

– En voilà un langage ! lui renvoya le Docteur.

– Va te faire mettre !

– Comme si un flic pouvait s'y connaître en musique ! éructa le Docteur rouge de colère.

– Au moins autant qu'un médecin en profondeur de pensée, espèce de crétin !

– Zatopek !

Hope. Urgence dans la voix. Elle le suppliait, mais rien n'y fit.

– Espèce de nazi ! s'exclama le Docteur en se levant à moitié et faisant tomber sa serviette.

Alors van Heerden lui en colla un tandis qu'il finissait de se lever, un droit à la tête, un petit en passant, pas un direct. Le Docteur perdit l'équilibre un instant, mais le retrouva aussitôt et tenta de le frapper, mais van Heerden était prêt et lui en colla un autre tandis que la Femme d'affaires de l'année poussait des cris en baissant la tête entre les deux hommes. Van Heerden frappa encore le Docteur en plein sur le nez, un droit, et encore à la bouche, sentit les dents craquer, tandis que d'autres femmes se mettaient à crier, les « Non, non ! » de Hope particulièrement suraigus et désespérés. Le Docteur vacilla en arrière contre le mur, il avait le pied accroché à la chaise, van Heerden se rua sur lui et leva le bras pour lui asséner le dernier, il était blanc de rage, lorsque quelqu'un lui attrapa le bras et lui parla doucement, pour le calmer. « Mollo, mollo – c'était l'Attaché culturel –, il était jamais qu'avant-centre. » L'Attaché culturel avait de la poigne, van Heerden se débattit, regarda le visage plein de sang qu'il avait sous son nez, là, ses yeux qui partaient, « Doucement, doucement », répéta l'Attaché culturel, enfin il se détendit.

Silence de mort. Van Heerden laissa retomber son bras, bougea le pied pour retrouver son équilibre et leva la tête.

A l'autre bout de la table, Kara-An Rousseau se tenait presque debout, l'excitation sexuelle pleinement visible sur son visage.

22

Le sergent Thomas « Fires » van Vuuren tenait de la caricature. Figure périphérique de ma période Sunnyside, accro au cognac qui arborait tout un réseau de veinules bleutées attestant de sa passion et la bosse d'un nez disgracieux. Le ventre ample et la cinquantaine bien tassée, il était aussi laid qu'obtus.

Parmi tous les flics du poste, c'était bien le dernier dont j'aurais pu croire qu'il changerait ma vie à jamais. A peine si je le connaissais.

Dans la police comme dans tout corps d'État, des gens de cet acabit, il y en a toujours – passablement lamentables, ils restent coincés à un certain échelon à cause d'un défaut (parfois c'est tout bêtement une histoire de paresse ou un écart de conduite impardonnable) et, chair à canon de la bureaucratie, se traînent pesamment vers la retraite, sans hâte ni espoir aucun. Le sergent « Fires » était toujours là. Je ne pense pas qu'on ait même échangé cinq mots pendant les deux premières années de mon passage à Sunnyside.

Mais un jour, j'étais assis à la salle de repos du poste et potassais ma première série de questions pour l'examen de promotion qui devait se dérouler un mois plus tard lorsqu'il entra se faire du café. Il tira une chaise à côté de la table et fit tinter fort sa petite cuillère contre sa tasse en remuant le sucre.

– Vous perdez votre temps à préparer cet examen, dit-il.

Surpris, je levai la tête et vis qu'il me regardait attentivement avec ses petits yeux bleus.

– Vous dites, sergent ?

– Vous perdez votre temps, répéta-t-il.

J'écartai mes manuels et croisai les bras.

– Pourquoi ça, sergent ?

– Vous êtes astucieux, van Heerden. C'est que je vous observe, moi ! Vous n'êtes pas comme les autres.

Il alluma une cigarette – sans filtre et le tabac sentait fort –, et vérifia la température de son café en en buvant une petite gorgée.

– Et j'ai vu votre dossier, reprit-il. Vous étiez le meilleur en fac. Vous lisez. Vous regardez la merde dans les cellules, vous voyez des gens et ça vous fait réfléchir.

J'en restai sur le cul.

Il laissa filer de la fumée par son nez, plongea la main dans la poche de sa chemise et en sortit une feuille de papier froissée, la déplia et me la passa par-dessus la table. C'était une page de *Servamus,* une revue de la police.

« Donnez tout de suite un coup de pouce à votre carrière !

Inscrivez-vous dès maintenant à l'Université d'Afrique du Sud, section Sciences de la police.

Depuis 1972 la SAP et l'Unisa offrent des études très précisément conçues pour vous aider à vous professionnaliser grâce à des connaissances plus étendues. D'une durée de trois ans, elles sont centrées sur les Sciences de la police (cours obligatoire) et permettent une spécialisation en criminologie, administration publique, psychologie, sociologie, sciences politiques et sciences de la communication. »

Suivaient une adresse et des numéros de téléphone.

Je terminai ma lecture et regardai le sergent van Vuuren, avec ses cheveux roux qu'il avait laissé pousser plus longs d'un côté pour pouvoir en couvrir une calvitie toujours plus envahissante de l'autre.

– C'est ça qu'il faut faire, reprit-il en crachant un énième nuage de fumée. Les autres examens (en me montrant ce que j'avais sous les yeux), c'est pour les flics comme Broodryk et autres.

Puis il se leva, écrasa sa cigarette dans le cendrier, prit son gobelet de café et s'en alla. Je lui lançai un grand merci, mais ne sais pas s'il m'entendit.

Les années passant, je devais souvent repenser à cet instant. Thomas van Vuuren, ses encouragements et le mystérieux intérêt qu'il m'avait porté. Le Broodryk auquel il avait fait référence était un adjudant (dans l'ancienne terminologie). Grand, brutal et ambitieux, il devait s'illustrer comme l'un des tortionnaires les plus impitoyables de Vlakplaas[1] après avoir déjà montré sa propension à rosser les personnes qu'on amenait au commissariat de Sunnyside.

« Fires » van Vuuren ne devait plus jamais essayer de me parler. Une ou deux fois je tentai de le voir après m'être inscrit à l'Unisa et y avoir commencé mes études, mais il s'était retiré derrière son rempart de stupidité et avait fait comme si notre conversation n'avait jamais eu lieu. Ce qui l'avait poussé à sortir mon dossier (sans permission, c'est plus que vraisemblable) et à arracher soigneusement une page du magazine pour me l'apporter, je ne le saurai jamais.

1. Lieu où opéraient les Unités de la protection civile citées plus haut (NdT).

La vérité devait se trouver quelque part dans le contraste qu'il voyait entre Broodryk et moi. La faiblesse de van Vuuren était-elle donc qu'il avait tendance à voir un être humain dans tout criminel ? Sa laideur physique cachait-elle une sensibilité qu'il avait décidé de noyer dans le cognac afin de venir à bout de ses tâches quotidiennes ?

Il mourut un ou deux ans plus tard d'une crise cardiaque, seul dans sa maison. Son enterrement fut triste et sans grandeur. Un de ses fils y assista ; seul et unique membre de la famille à se trouver devant sa tombe, il avait le visage impassible, mais l'air légèrement soulagé, pensai-je. Le verdict bien pesé de ses collègues se réduisit à un « Ah, la bibine ! » accompagné de nombreux hochements de tête.

Le soir de ma première remise de diplômes, je lui portai un toast. Parce qu'il m'avait donné deux choses : une direction à prendre et le respect de moi-même. Je sais que ça peut paraître mélo, mais la comparaison doit être faite avec précision – un peu comme les pubs un rien kitsch (et souvent retouchées) de l'« avant » et « après » dans les cures d'amaigrissement. Au bout de deux ans de Sunnyside, je fonçais droit sur nulle part et, frustré et sans stimulation aucune, me laissais ballotter à droite et à gauche plutôt que de reconnaître que je m'étais trompé dans le choix de ma carrière. Routine sans fin, le travail de policier a le don d'émousser les sensations plus que tout autre, à cause de sa nature même et de la fréquentation constante de toutes sortes de déchets, de voyous, de cinglés, de personnes économiquement et socialement diminuées, et parfois de véritables incarnations du mal.

Thomas van Vuuren m'avait ouvert une porte dans ce dédale.

Au fur et à mesure que j'avançais dans mes études, stimulation et concentration, tout se transformait en *deus ex machina* propre à m'extraire des sables mouvants de la profession. Je commençai à m'aimer.

Oh, la psychologie des renvois positifs !

« Votre travail montre de beaux talents d'écriture et de dialectique. C'est un plaisir de vous lire. »

« Votre compréhension du sujet a de quoi impressionner et dépasse de loin ce qu'on est en droit d'attendre d'un étudiant en licence. Félicitations. »

Ce que je comprenais, en tous les cas de manière subconsciente, à la différence de mes professeurs, c'était que leurs cours étaient de véritables bouées de sauvetage. J'étudiais dès que je pouvais, je lisais plus qu'il n'était nécessaire et j'analysais sans arrêt. J'avais choisi Sciences de la police, Criminologie et Psychologie comme sujets principaux, incapable que j'étais de renoncer à l'un plutôt qu'à l'autre. J'obtins (non sans quelque satisfaction) des mentions dans ces trois matières, et chaque année. Je fus promu, même si ce ne fut que parce que j'avais passé l'examen de sergent, et transféré à Pretoria. Les trois galons que j'avais reçus n'avaient guère d'importance à mes yeux. J'avais des idéaux bien plus élevés.

Ma mère fut ravie de découvrir que son fils avait trouvé un nouveau centre d'intérêt, et qu'en plus il s'instruisait.

4e jour

Dimanche 9 juillet

23

Elle frappa à sa porte à sept heures du matin et lorsque, les yeux pleins de sommeil et les cheveux emmêlés, il lui ouvrit, elle surgit des ténèbres et entra tout de suite, la marque qu'elle avait à la joue encore plus rouge parce qu'elle n'avait pas assez dormi, parce qu'elle était en colère et se sentait impuissante, parce que non, elle ne le comprenait vraiment pas.

Elle se tint le dos au mur tandis qu'il restait sur le seuil.

— Fermez la porte, dit-elle. Il fait froid.

Il soupira, ferma la porte, gagna le fauteuil et s'assit.

— Vous êtes mon employeur, Hope. Vous pouvez me virer. C'est votre droit.

— Pourquoi l'avez-vous frappé, van Heerden ?

— Parce que j'en avais envie.

Elle laissa retomber son menton sur sa poitrine. Puis, lentement, elle hocha la tête de droite et de gauche, en silence.

Plus un bruit dans la maison.

— Vous voulez du café ? lui demanda-t-il sans aucune amabilité.

Elle hochait toujours la tête de droite et de gauche, elle regarda ses chaussures de course en cherchant ses mots.

— Non, je ne veux pas de café, van Heerden. Ce que je veux, ce sont des réponses.

Il garda le silence.

– J'essaie de comprendre, van Heerden. Depuis que vous m'avez laissée avec un type qui saignait allongé par terre à côté de la table et que vous êtes parti, comme ça, en voiture, j'essaie de comprendre comment vous fonctionnez. Vous étiez…

– C'est pour ça que vous êtes en colère ? Parce que je vous ai laissée là-bas ?

Elle leva les yeux vers lui et le fit taire d'un regard. Elle s'était radoucie lorsqu'elle finit par reprendre la parole.

– Vous avez servi la justice, van Heerden. Et plutôt bien, d'après tous les rapports. Et les quelques moments que j'ai passés avec vous ces derniers jours m'ont amenée à conclure que vous étiez intelligent. Quelqu'un qui comprend la relation de cause à effet. Quelqu'un qui est capable de comprendre qu'on ne saurait séparer un acte de ses conséquences et que ce principe ne s'applique pas uniquement à ceux que concerne cet acte. C'est le cœur de tout le système juridique, van Heerden. Protéger la société contre les conséquences les plus larges. Parce qu'il y en a toujours.

– Vous êtes venue me virer, Hope ?

Elle n'hésita pas un seul instant et refusa de se laisser écarter de sa route.

– Ce que je ne comprends pas, van Heerden, c'est que vous puissiez vous arroger le droit de frapper quelqu'un, de lâcher votre rage infantile sur un type sans défense et de le faire sans vous soucier un seul instant des dix-neuf autres personnes présentes.

– Sans défense, ce type ? Il n'était pas sans défense. C'est un type qui a joué au rugby dans une équipe de province. En plus d'être un con.

– Vous croyez vraiment que jurer vous rend plus viril, van Heerden ? Vous croyez que ça vous rend plus fort ?

– Allez vous faire foutre, Hope. Je ne vous ai jamais demandé de me trouver bien. Je suis ce que je suis. Je ne dois rien à personne. Vous n'avez pas le droit de venir chez moi pour me dire à quel point je suis vilain. J'ai cogné ce connard parce qu'il le méritait. Il avait passé toute la soirée à le chercher. Avec ses airs supérieurs, bordel !

– Je n'en ai pas le droit ? Et vous, vous les auriez tous ? Vous auriez celui d'aller chez quelqu'un en qualité d'invité, comme quelqu'un qui a besoin de son aide pour son travail et qui tout d'un coup décide d'agresser un de ses amis comme un sauvage juste parce qu'il n'aime pas trop son attitude ? Quand vos poings disent à quelqu'un qu'il se conduit mal, c'est votre droit, mais quand moi, je vous rends la pareille d'une manière raisonnablement civilisée, monsieur monte sur ses grands chevaux ? Et le fair-play, hein, van Heerden ?

Il se tassa dans son fauteuil.

– Je vous l'ai dit, je suis méchant.

Alors la marque s'enflamma, rougeur qui gagna tout le visage de la jeune femme. Elle s'écarta du mur, se pencha en avant et se mit à parler avec de grands gestes des mains.

– Ah, oui, j'oubliais ! La grande excuse ! La réponse à tout. « Je suis méchant. » Et si on extrapolait un peu, hein, espèce de péteux ! Pensez, juste une minute, au genre de société qu'on aurait si tout le monde faisait ce qu'il voulait du moment qu'il reconnaissait être « méchant ». On tue, on viole, on trompe et on agresse, mais bon, hein : on est méchant. Ça explique, ça justifie et ça explique tout.

Il posa le menton sur sa main, ses doigts lui couvrant presque la bouche.

– Comme si vous pouviez comprendre, dit-il.

– Eh bien, non, je ne comprends pas. C'est justement ça. Mais si je suis ici, c'est parce que je veux comprendre. Je n'ai sans doute aucune idée de ce que vous êtes, mais je peux au moins essayer de comprendre. Sauf que vous, vous refusez de me dire quoi que ce soit. Vous vivez derrière le rempart de vos excuses insensées, de rationalisations fondées sur de bien pauvres arguments. Parlez-moi, van Heerden. Dites-moi pourquoi vous êtes comme ça. Peut-être que j'arriverai à comprendre. Au moins à avoir de la sympathie.

— Pourquoi voulez-vous savoir ? Qu'est-ce que vous avez ? Qu'est-ce que ça peut vous faire ? La semaine prochaine, quand cette histoire sera réglée, vous vous débarrasserez de moi. Et vous continuerez de faire travailler votre cabinet d'avocates pour femmes, les pauvres pauvres victimes de la société, et vous n'aurez plus jamais besoin de repenser à moi. Et donc, qu'est-ce que ça peut vous faire ?

— Ce que vous avez fait hier soir m'a compromise, moi et dix-neuf autres personnes. Vous m'avez mis en mémoire une expérience que je n'avais aucune envie de connaître. Vous m'avez rendue malade. Vous m'avez humiliée parce que certains ont pensé que vous étiez avec moi. J'ai été compromise par mon association avec vous. Je fais maintenant partie de vos écarts de conduite, van Heerden. C'est pour ça que si vous, vous n'avez pas le courage de vous poser des questions, c'est moi qui vais le faire. Parce que le droit de savoir, je l'ai gagné, de savoir et d'essayer de comprendre.

Il grogna et plissa le nez.

— Votre réputation de grande avocate en a pris un coup parce que vous étiez avec moi. Et ça ne vous plaît pas.

— C'est ce que vous avez envie de croire, van Heerden. Que tout le monde est aussi égoïste que vous.

Elle traversa la pièce pour le rejoindre, sans faire aucun bruit dans ses chaussures de course, puis elle s'assit sur la table basse devant lui, son visage presque à la hauteur du sien. Ton urgent, les mots lui sortirent de la bouche comme en bouillonnant.

– J'ai voté pour le Parti national, van Heerden, reprit-elle. Avant 1992. Dans deux élections. Parce que je croyais que le développement séparé, c'était bien. Et juste. Je pensais comme mon père et ma mère. Comme mes amis. Mes amis et leurs parents. Comme mes profs au lycée et en fac. Comme toute la population blanche de Bloemfontein. Je croyais ce qu'on disait dans le journal afrikaans du coin. Même chose pour ce qu'on racontait à la radio et à la télé. Je ne mettais rien en doute parce que je voyais les Noirs comme nous tous les voyions. Comme des gens qui croient à la sorcellerie, au *tokoloshe*[1] et aux esprits de leurs ancêtres, des gens qui travaillent comme domestiques à la maison et au jardin, des gens qui ramassent les poubelles et sentent le savon Lifebuoy. J'accompagnais mon père quand il ramenait Emily et je regardais les rues sales et les petites maisons sans jardin de son quartier et je savais que le développement séparé était juste parce que ces gens-là n'avaient rien à voir avec nous. Pourquoi ne faisaient-ils pas de jardinage ? Comment pouvait-on avoir si peu de fierté ? Les Homelands[2] ! Et s'ils assassinaient si facilement, qu'ils aillent donc faire ça à Thaba' Nchu, à Mafikeng ou Umtata ! Je tremblais chaque fois qu'ils faisaient exploser une bombe ou tuaient quelqu'un dans un restaurant. J'étais en colère… Oh, vous pouvez hocher la tête autant que vous voulez, van Heerden, ce coup-ci, vous allez m'écouter. J'étais en colère contre le monde entier chaque fois qu'on nous collait des sanctions ou qu'on nous critiquait parce que je croyais que personne ne

1. Esprit dont les paysans noirs ont peur *(NdT)*.
2. Terres sur lesquelles les Blancs voulaient parquer les Noirs dans le cadre de la politique de développement séparé *(NdT)*.

savait et qu'on ne comprenait rien à notre situation. C'étaient nos Noirs à nous que les gens des autres pays ne comprenaient pas. Ils croyaient qu'ils étaient comme les leurs, comme les Sidney Poitier, Eddie Murphy et autres Whoopi Goldberg. Non, les nôtres étaient très différents. C'étaient des types qui cassaient, qui détruisaient, qui étaient toujours en colère et désagréables. Nos Noirs à nous parlaient des langues que personne ne comprenait. Les leurs parlaient le même américain que tout le monde. Ils portaient de beaux habits et jouaient Othello au cinéma. Et 92 est arrivé et j'ai eu peur, van Heerden, j'ai eu peur qu'ils nous prennent tout et qu'ils fassent un tel gâchis que tout le pays finirait par ressembler à leurs *townships*. Ma peur m'a fait chercher des raisons d'empêcher ça. Aucun processus rationnel là-dedans, aucune ouverture d'esprit, aucun sens de la justice. Seulement la peur. Jusqu'au jour où j'ai trouvé un bouquin sur Mandela, une vieille biographie écrite par une Hollandaise ou autre. Je l'ai lu et ç'a été comme si je renaissais. Vous savez ce que ça fait de changer d'opinion sur soi-même ? De voir ses idées, ses amis, ses parents, ses chefs, son passé, son histoire sous un jour complètement différent ? Et en moins de deux jours ? De s'apercevoir que tout ce qu'on croyait et en quoi on avait foi était faux, tordu, sans profondeur, voire méchant ? Au moins suis-je fière d'une chose, van Heerden : j'y suis arrivée. Je suis arrivée à ouvrir mon esprit à la vérité. A voir clair après avoir été si longtemps aveugle. Et alors, après avoir assimilé et digéré ma culpabilité et mon humiliation, après avoir réussi à éliminer ma colère et celle que j'éprouvais contre tous les Blancs qui avaient contribué à me tromper, j'ai pris une décision. Jamais plus je ne me prononcerais avant d'être bien informée, avant de tout savoir et d'avoir essayé de comprendre. Je me suis juré de chercher la vérité, van Heerden. Plus question de juger les gens sur leur couleur, leurs croyances ou leurs actes avant d'avoir compris pourquoi ils sont comme ça. Et si vous vous imaginez que je vais laisser tomber, que je crois un seul instant à vos excuses infantiles, que vous allez pouvoir me faire dérailler en vous battant et vous défilant, vous vous trompez lourdement.

Assise devant lui, elle avait souligné du doigt tout ce qui était important, là, à deux centimètres de son nez, et tout d'un coup elle éclata d'un petit rire d'autodérision.

Puis lentement elle souffla.

– Parlez-moi.

Presque une supplique.

Il regarda le mur d'un œil vide.

– Nos opinions sur le monde sont trop divergentes, dit-il.

– Qu'en savez-vous ? Vous ne me connaissez pas.

– J'en sais assez sur vous. Les gens de votre espèce, je les connais trop. Vous croyez que la vie est juste. Vous croyez qu'en faisant tous les efforts nécessaires et en essayant de mener une vie convenable tout ira bien. Et vous croyez que cette attitude est contagieuse. Vous croyez que si vous essayez comme il faut, les autres finiront par faire comme vous, l'un après l'autre, comme une déferlante de bien qui submergera tout le mal qu'il y a en ce monde. Je le sais parce que moi aussi, j'ai été comme ça. Non, j'étais même pire. Moi, mon *lucidum intervallum*, j'y suis arrivé bien avant 92. Un jour, à trois heures du matin, au commissariat de Pretoria, j'ai regardé à travers les barreaux du violon et là, au milieu d'une quinzaine de Noirs qui y étaient enfermés, des poivrots, des tueurs au couteau, des violeurs et des cambrioleurs, j'ai vu un type assis au bord du châlit avec un recueil de poèmes de Breyten Breytenbach à la main. Un Noir. J'étais lieutenant, Hope. C'était moi le patron en second. Je l'ai fait sortir de la cellule et venir dans mon bureau. J'ai refermé la porte derrière lui et je lui ai parlé. De poésie au début. Il était prof au *township* de Mamelodi. Il parlait afrikaans mieux que moi. Il s'était fait arrêter parce qu'il marchait à pied dans un quartier blanc après minuit. Il se rendait à la gare distante de douze kilomètres. Il venait de voir un professeur de l'Université d'Afrique du Sud, sur l'invitation expresse de ce dernier. Il devait lui dire où il en était de son mémoire de maîtrise sur Breyten. On l'avait bouclé parce que qu'est-ce qu'un Noir pouvait bien faire dans un quartier blanc à une heure pareille, hein ? Le moment de vérité, j'y étais. Il a tout changé en moi. Brusquement, j'étais le Ghandi afrikaner du pauvre, quelqu'un qui voulait faire passer son message de résistance passive absolument partout. Et de manière civilisée. Je mettais un point d'honneur à entamer la conversation avec le pompiste à la station-service, avec le type qui nettoie les bureaux, avec le garçon qui sert dans les cafés au bord des routes. Je plaisantais, j'étais sympa, j'essayais toujours de voir des êtres humains en eux. Je savais que culturellement nous étions différents, mais différent ne voulait pas dire mauvais, différent voulait dire différent et rien d'autre. Tout au fond, nous sommes tous des humains, Hope. Et ça, je le savais.

Il la regarda. Complètement abasourdie, elle avait les yeux rivés sur lui : il lui parlait et comme un adulte, comme un être humain intelligent et tout ce qu'il y a de plus vivant.

– Et c'est ça le problème, Hope. Je croyais qu'on est tous bons. Enfin… presque tous. Et que je vous dise : pour un flic, c'était un sacré pas en avant, une énorme réussite, oui. Et cette grosse erreur de croire qu'on est tous bons, je l'avais faite parce que moi, je l'étais. Fondamentalement, naturellement.

Il se tut. Assis dans le vieux fauteuil en face d'elle, il l'observa, laissa errer son regard sur les contours de son visage maintenant familier et vit l'intensité avec laquelle elle l'écoutait. La sentant trop près de lui, il se leva lentement en veillant à garder le corps détourné du sien, en évitant tout contact physique. Il avait la bouche sèche. Il fit les quelques pas qui conduisaient à la cuisine, alluma sous la bouilloire et se retourna. Elle avait toujours les yeux rivés sur lui.

– Ma mère est une artiste. Ces tableaux sont d'elle, reprit-il en lui montrant le mur. Ce sont de magnifiques créations. Elle regarde le monde et le rend plus beau sur ses toiles. Pour moi, c'est la façon qu'elle a trouvée de se distancier du mal que nous avons tous en nous. D'après elle, c'est à toute notre histoire qu'il faut penser si on veut comprendre les gens. A l'entendre, si nous sommes myopes sur notre passé, c'est parce que nous nous arrêtons aux Grecs et aux Romains, certains, c'est vrai, vont jusqu'à Moïse, mais, toujours d'après elle, il faut remonter bien plus en arrière. Elle dit qu'il y a des moments où lorsqu'elle travaille dans son studio et que tout est calme, elle entend un bruit et sent alors tous les petits muscles de ses oreilles se tendre pour écouter, comme un chat. D'après elle, cela prouverait, ou lui rappellerait, que nous devons toujours remonter jusqu'au règne animal. Mais même elle ne saurait admettre que nous sommes mauvais. Elle en est incapable. Exactement comme vous. Parce que vous, vous vous croyez bonne. Et vous l'êtes. Vous l'êtes parce que vous n'avez jamais eu l'occasion de laisser échapper le mal qui est en vous, parce que la vie ne vous a jamais donné ce choix.

L'eau se mit à bouillir.

Il se détourna et sortit deux tasses. *Café*, songea-t-il. La planète autour de laquelle, tout comme elle, tournaient tous ses contacts sociaux.

Il songea aussi qu'elle avait du courage. Venir le voir comme ça… Personne ne l'avait encore fait.

211

– Lait ? Sucre ?

– Seulement du lait, s'il vous plaît, dit-elle.

Il sortit la brique du frigo, versa le lait et apporta les deux tasses. Elle quitta la table pour s'asseoir sur la chaise en face de lui. Elle avait envie de lui dire des milliers de choses, mais ne voulait pas mettre en danger le miracle de cet autre van Heerden qu'elle découvrait intelligent, nouveau, étrange et éloquent en lâchant ce qu'il ne fallait pas.

Il se rassit.

– Vous voyez, Hope…

Le téléphone sonna. Il regarda sa montre, se leva et alla décrocher.

– Van Heerden.

– Est-ce que je pourrais parler à Mike Tyson, s'il vous plaît ?

Kara-An.

– Vous cherchez Hope ?

– Non, Mike. C'est vous que je cherche. Je suis sur la route de Morning Star et je ne suis pas fichue de trouver votre maison. Comment y arrive-t-on ?

Qu'est-ce qu'elle voulait ?

– Je ne sais pas où vous êtes, dit-il.

– Je suis devant un portail. A côté du portail il y a un panneau avec l'inscription *Table Stables*[1]. J'imagine que c'est de la montagne de la Table qu'on parle, pas du meuble. Sinon, le propriétaire devrait se faire examiner la tête.

– Vous êtes à une centaine de mètres de l'embranchement.

– Comment est-ce que je vais le reconnaître ?

– Vous verrez deux piliers blancs. Un de chaque côté de l'entrée.

– Pas de petit nom adorable ?

1. Les écuries de la Table *(NdT)*.

212

– Non.

– Je ne le pensais pas non plus, Mike. J'arrive dans une minute.

– C'est la petite maison, pas la grande.

– Pas celle dans la prairie[1], j'imagine.

– Pardon ?

– Non, rien, Mike. Vous, vous êtes boxeur, pas intellectuel.

Elle coupa la communication. Il raccrocha.

– C'était Kara-An, dit-il.

– Elle arrive ?

– Non, elle est déjà là. En bas de la route.

Hope garda le silence et se contenta de hocher la tête

– Qu'est-ce qu'elle veut ? demanda-t-il.

– Je n'en ai aucune idée.

Ils virent les faisceaux des phares près du portail.

Si elle avait aimé jurer, elle y serait bien allée d'une des expressions préférées de van Heerden.

---

1. Allusion au célèbre roman de Laura Ingalls Wilder, *The Little House on the Prairie* (NdT).

24

Les deux lettres étaient arrivées à une semaine d'intervalle. La première était ma nomination à la brigade des Vols et Homicides de Brixton, la deuxième m'ouvrait des perspectives nouvelles autant qu'inattendues.

« Cher Zatopek,
Je ne suis pas certain que vous ayez lu la rubrique "Carrière" dans la presse de dimanche dernier, d'où cette lettre pour vous informer que le département des Sciences de la police a grandi au point de nécessiter la création d'un poste d'assistant. Je serais heureux que vous envisagiez de nous soumettre votre candidature.
Bien à vous,

Cobus Taljaard (Professeur)
P.-S. Quand avez-vous l'intention de venir parler de votre mémoire avec moi ? »

Comment faire un pareil choix ? Et sans se référer au salaire étant donné qu'il n'y avait pas grande différence entre les deux. Ni non plus aux ouvertures professionnelles possibles dans la mesure où les défis étaient uniques dans les deux cas. En examinant les conditions de travail ? Cela dépend de ce qu'on aime.
Je crois que je finis par prendre la décision que je pris parce que je me voyais bien en assistant et parce que

cela m'aiderait à m'aimer encore plus et, avec moi, le rôle de prof (par opposition à celui de chef) et le monde intellectuel. Sans parler du titre que je décrocherais peut-être un jour et qui aurait un autre poids qu'un quelconque rang dans la police. Docteur. Et plus tard professeur ?

Pendant mes études de psychologie, j'en étais arrivé à la conclusion que la plupart, sinon toutes nos décisions ne servent qu'à satisfaire notre ego. Voitures, vêtements, quartier, amis, boissons préférées, tous nos choix ne visent qu'à créer une certaine image de nous-même, qu'à dire au monde entier « Voici ce que je suis » de façon à ce que la perception de chacun soit le reflet de nous-même et, comme Narcisse, nous pousse à aimer ce reflet. Je commençai à travailler au département des Sciences de la police de l'Université d'Afrique du Sud en février 1989. Dans le même temps j'emménageai dans un appartement plus grand et plus confortable de Sunnyside. Et j'échangeai ma vieille Nissan délabrée contre une Golf pratiquement neuve. Sans honte ni résistance aucune j'avais entamé mon ascension sociale.

Il ne me manquait plus que l'Amour avec un grand A.

Des femmes, il y en avait eu dans ma vie. Les brèves relations de mes premières années à Pretoria avaient cédé la place à des aventures de plus longue durée. Quand je repense à mon passé, je dois reconnaître, avec un peu de honte, c'est vrai, que tout bien considéré il ne s'agissait là que de relations de commodité. Je n'allais pas jusqu'à l'exploitation consciente, me contentant plus naturellement de passer le temps en attendant l'instant intense et merveilleux où, le Grand Amour surgissant, je contemplerais le visage d'une femme et me dirais : « C'est Elle. »

Toutes m'accusaient d'avoir peur de me faire piéger. « S'engager » était leur grand mot à l'époque, probablement tout droit sorti de revues telles que *Cosmo* et *Femina* et d'articles qui s'intitulaient « Dix façons de faire durer votre relation ». Et, bien sûr, elles avaient raison. J'essayais toujours d'arrêter toute relation un tant soit peu durable à l'aide d'arguments aussi faibles que : « Nous ne sommes pas obligés de nous précipiter. Il ne vaudrait pas mieux se connaître davantage ? », et la durée de nos amours avait souvent un lien direct avec le degré de patience de ces dames.

Avais-je tort ? Les règles du jeu de l'amour étant ce qu'elles sont, était-il mal de profiter de la camaraderie amoureuse et de la baise régulière sans jamais s'engager ?

Je n'en suis toujours pas certain. Je ne mentis jamais. Je ne promettais jamais l'amour éternel et ne manifestais pas plus de dévotion que je n'étais prêt à en donner. C'est vrai qu'aucune de ces femmes n'était « la seule et unique ».

A ceci près que les mots qu'une femme veut entendre plus encore que « Je t'aime » sont ceux qui conduisent au mariage.

Je ne suis pas sexiste. J'accorde aux femmes tous les droits qu'elles ont envie de s'approprier. Pour être parfaitement honnête, je suis même prêt à reconnaître qu'elles font beaucoup de choses bien mieux que les hommes. Surtout professionnellement. Elles ont plus de sympathie, plus de tact et ne sont pas commandées par une agressivité qui doit beaucoup à la testostérone. Elles ont aussi un talent naturel pour faire la différence entre les problèmes qui surgissent sur les lieux de travail et les politiques motivées par une ambition et un ego masculin dévorants. Mais qu'elles ne pensent souvent qu'à trouver celui qui les accompagnera toute leur vie durant et qu'il faudra donc pousser dans tous les chemins conventionnels qui conduisent à l'église, je puis en attester par mon expérience.

Ainsi cette femme que j'emmenai dans un drive-in dès notre premier rendez-vous – je n'étais pas encore sergent, elle était, elle, tout à fait convenable et originaire d'une petite ville du genre Colesberg, Brandfort ou Colenso. Et là, au beau milieu d'un film sans intérêt, nous commençâmes à nous caresser et nous lançâmes dans le parcours à étapes obligées – les mains qu'on se tient, le bras autour de l'épaule, le baiser prudent puis le baiser qui cherche la langue, la main sur la poitrine et le chemisier qui s'ouvre, le soutien-gorge dégrafé, le mamelon qui durcit, la main qui glisse vers le bas… Et là, juste là, elle m'arrêta d'une main ferme et d'un « non » effréné. Je l'entendais respirer fort, je sentais son cœur qui s'emballait – pour reprendre l'expression très populaire chez les mâles, « elle en voulait ».

Mais la terre promise sous l'élastique de la petite culotte restait hors de portée.

– Pourquoi ? demandai-je tout excité.

– Parce que nous ne sommes pas ensemble.

S'engager. Il n'y avait pas d'autre visa pour le paradis.

Je me posais souvent des questions sur la moralité sexuelle des femmes parce que je ne pensais jamais pouvoir la comprendre un jour. Mais rien ne me fascinait plus que les conditions qu'elles mettaient pour consentir à l'acte physique. Le contrat social de l'amour. Je comprenais bien qu'il s'agissait d'un mécanisme de défense contre le besoin irrésistible de l'homme à « éparpiller sa semence » comme disait ma mère, mais je n'oublierai jamais les mots que choisit Mlle Colesberg ou autre : « Parce que nous ne sommes pas ensemble. » Rien à voir avec : « Parce que je ne t'aime pas. »

L'engagement, telle était la monnaie d'échange, le péage dont il fallait s'acquitter sur la route de l'intimité. Mais l'aspect le plus intéressant de cette moralité conditionnelle était bien les limites qu'on traçait. Il y avait les femmes qui, comme celle de Colesberg, mettaient la frontière quelques centimètres, ô combien frustrants, au-dessous du nombril, d'autres qui, elles, faisaient de leur poitrine un no man's land absolu à moins qu'on envisage une relation à long terme. D'autres enfin abaissaient la limite et l'on avait le droit de frôler le jardin des délices, mais pas d'y mettre la queue. On avait le droit d'embrasser, de caresser, de lécher et de faire jouer ses doigts, mais pour qu'on veuille bien ouvrir le portail à M. Livraison, il fallait montrer son passeport.

L'engagement.

Wendy.

C'était à ça que je devais tendre.

Mais avec elle, il y avait du « grand amour » dans l'air. Du moins le crus-je. Brièvement.

Mignonne Wendy.

Je n'avais pas encore fini de déballer mes cartons lorsqu'elle débarqua dans mon bureau de l'Université d'Afrique du Sud avec son joli petit corps et ses jolis cheveux blonds coupés court autour de son joli visage. Véritable petit paquet d'énergie, elle ouvrit sa jolie petite bouche toute rouge et ne cessa plus de me parler pendant quatre ans.

Je crois qu'elle me regarda un bon coup et décida sur-le-champ que j'étais ce qu'elle voulait.

– Nous allons être voisins, dit-elle, je travaille au département d'Anglais de l'autre côté du couloir, vous devez être le nouveau des Sciences de la police, mon afrikaans n'est pas génial, je viens de Maritzburg et je peux vous dire une chose, Pretoria, c'est le choc ! Ah, mon Dieu ! mais je ne me suis pas présentée : Wendy Brice.

Elle m'avait tendu sa petite main, avait serré fermement la mienne et m'avait regardé par-dessous sa frange comme une petite fille, geste que j'en vins à connaître parfaitement pendant les mois et les années qui suivirent.

Wendy avait la passion de l'organisation. Elle n'arrêtait pas d'organiser et de réorganiser sa vie. Et celle des autres, souvent même sans qu'ils le sachent. Elle savait où elle allait et ne manquait pas de concentration. Une réaliste, voilà ce qu'elle était. Elle connaissait les limites de son savoir, elle savait très bien qu'elle n'était qu'une femme dans l'univers d'hommes de l'Université et que pour elle il ne serait jamais question d'aller plus haut que maître-assistante. Mais ses aspirations ne s'arrêtaient pas là. De fait, elles étaient différentes. Je ne dirai pas que c'était conscient ou calculé de sa part, du genre « Si je ne peux pas être professeur, au moins épouserai-je un homme qui le sera », mais elle avait une idée très claire des grandes étapes de sa vie. « Je veux me marier et avoir des enfants, Zet. Tes enfants », tels étaient les derniers mots qu'elle m'envoyait en me regardant en dessous pour me reprocher mon manque d'« engagement ».

Ce « Zet », c'était dans la bouche de ma mère qu'elle l'avait entendu et elle avait tout de suite sauté dessus, comme un aigle sur un lapin.

Wendy était folle de ma mère, de son excentricité, de son statut d'artiste et de la façon dont elle me poussait dans ma carrière. « Je partage vos sentiments, madame V », disait-elle.

Ma mère n'aimait pas beaucoup ce « madame V ». Elle n'aimait pas beaucoup plus Wendy, mais avait, comme d'habitude, bien trop de tact pour le dire.

Comme beaucoup de jolies femmes, Wendy était manipulatrice et avait du mal à résister au pouvoir de ses rondeurs. Elle s'en servait, comme elle se servait de sa petite bouche boudeuse, de ses petits coups d'œil en dessous et de ses airs de petite fille. Mais jamais assez ouvertement pour qu'on s'en aperçoive. Subtilement, à la manière d'un pickpocket.

Malgré tout mon cynisme à son endroit, je fus effectivement amoureux d'elle pendant les premiers mois de notre relation. Parce qu'elle était trop mignonne – et que c'était la première femme avec laquelle je pouvais parler de livres et de poésie, la première qui pouvait m'apprendre des choses. Et Wendy, c'est vrai, partageait son amour de la littérature anglaise avec bien plus d'enthousiasme qu'elle n'offrait son corps.

Notre vie sexuelle était particulière.

Au début, nos relations avaient été du type cérébral et découverte intellectuelle, mais je dois reconnaître que son petit corps m'attira tout de suite – poitrine, taille et hanches en forme de sablier, joli petit cul rond, jambes impeccables : Wendy était petite, mais aussi parfaite qu'une Vénus de poche.

Malheureusement pour moi, les promesses de ce corps devaient rester… des promesses.

Maintenant encore, je ne sais pas s'il s'agissait de manipulation ou d'un véritable manque d'intérêt pour la chose. Que de peine il fallait se donner pour entrer en elle ! Et chaque orgasme se payait cher. Il arrivait qu'une heure entière de préludes ne mène à rien. Sans parler du fait qu'après chaque sacrifice consenti j'avais droit, et presque immédiatement après mon orgasme, à une grande discussion sur ma carrière – en général sur son état de non-avancement, Wendy n'arrêtant pas de jacasser, jamais d'attaques directes mais l'embouteillage de mots était tel qu'aller du point A au point B prenait un temps infini.

La plus grande frustration n'en restait pas moins sa maîtrise pendant l'acte, sa détermination à rester du côté civilisé de l'abandon, comme les bruits qu'elle faisait alors, petits, mignons et prémédités. Jamais elle ne tombait dans les abîmes de la passion au point de se perdre dans les plaisirs primitifs et bestiaux qu'ils ouvrent.

Je ne devais comprendre la raison de son intérêt pour moi que plusieurs années après notre rencontre. Elle avait entendu parler, avant que j'entre au département des Sciences de la police, d'un certain *wunderkind* qui allait y arriver. Le professeur Cobus Taljaard n'avait jamais caché l'admiration qu'il avait pour moi et avait, de toute évidence, fait part de son enthousiasme à sa voisine du département de Littérature anglaise. Jusqu'où avait-elle prémédité son arrivée plus que bavarde dans ma vie, je ne le saurai jamais.

De fait, ma carrière ne faisait pas du surplace. Les choses avançaient – et assez vite à mon goût. Je trouvai mes marques dans la préparation des cours à expédier aux étudiants extérieurs, dans la correction de leurs devoirs et la rédaction des conférences que je donnais de temps en temps. Soigneusement et sous la conduite attentive du professeur, je commençai à publier des articles et m'attaquai à mon mémoire. Mais Wendy avait soif de titres – (femme de) docteur, professeur. Et avec mon mémoire de maîtrise, j'en étais loin.

Elle se concentra donc sur deux choses : l'engagement et le travail. Toutes nos conversations, toutes ses déclarations, opinions et petites paraboles finissaient toujours par tourner autour de ces deux sujets. C'était un jeu, la dynamo qui quatre ans durant fit que nous restâmes ensemble – de mon côté je faisais tout pour éviter, repousser et éluder, du sien elle accusait, titillait et lentement, systématiquement, refermait les tenailles en démolissant toutes mes excuses les unes après les autres.

Et pourtant… ce ne fut pas un de ses ultimatums ou mises en demeure qui provoqua la rupture. La goutte qui fit déborder le vase n'avait rien à voir avec elle. De fait, c'était le fantôme de Baby Marnewick qui était venu me séduire.

25

Vêtue d'un jean, d'un chemisier blanc et d'un sweater bleu, Kara-An Rousseau donnait l'impression d'avoir dormi ses huit heures.

— Mike, dit-elle, le docteur s'est lancé sur le sentier de la guerre. Il parle de vous traîner devant les tribunaux. Il veut du sang. Son ego, mon ami, en a pris un plus grand coup que sa figure.

— « Mike » ? répéta Hope.

— Il ne vous a pas dit ? « Mike » comme Mike Tyson ?

— Laissez tomber, vous voulez ? La tactique du je-te-chie-dessus-de-très-haut, Hope a déjà essayé.

— Il parle même comme lui, vous ne trouvez pas, Hope ?

Puis elle se tourna vers van Heerden.

— Il faut donc croire que toute excuse est hors de question, n'est-ce pas ?

— Enfin une femme qui a de l'intuition, dit-il. Pour une première...

Hope Beneke vit qu'il était revenu au mode agressif. On avait levé le pont-levis. Elle eut envie de pleurer.

— Je ne pensais pas non plus que vous étiez du genre à dire facilement : « Je vous prie de m'excuser. » C'est même pour ça que vous me plaisez tant. Mais vous avez quand même deux problèmes sur les bras, Mike. Et je suis la seule à pouvoir vous aider dans l'un et l'autre cas.

Il grogna fort.

– Premier problème… je crois être en mesure de calmer le bon docteur et de l'amener à laisser tomber toute idée de procès. Non seulement je vais lui rappeler que cela nous ferait de la très mauvaise publicité à tous les deux et que nous n'avons pas besoin de ça. Mais, en dernier ressort, je lui remettrai en mémoire la nuit où il est venu me voir, fin saoul et sans que sa femme en sache rien, pour me dire combien il me désirait. Ça devrait apaiser le docteur, vous ne trouvez pas ?

« Deuxième problème – la publicité que vous aimeriez faire à certaine enquête criminelle. Si vous êtes encore en état de vous projeter aussi loin en arrière, mon cher Mike, vous vous rappelez sans doute que je suis toujours celle à qui vous avez demandé de l'aide. Cela nous fait donc deux bonnes raisons d'adorer Kara-An.

Il la regarda, tout à la fois admiratif et surpris par le changement qui de la bonne hôtesse de la veille au soir l'avait transformée en un… véritable phénomène de maîtrise de soi. Pourquoi cette soudaine démonstration de pouvoir ? se demanda-t-il. Il fit ses calculs, ajoutant la Kara-An de ce matin à celle qu'il avait découverte au repas de la veille, la femme en robe rouge, celle que le combat de boxe avait tellement surexcitée qu'une ombre de quelque chose lui était passée dans les yeux.

Ça ne lui disait rien de bon.

– Allez vous faire foutre ! lança-t-il.

– Ah ! Prévisible en tout avec ça ! Mais je ne m'attendais pas non plus à ce que vous tombiez à genoux, Mike. Votre ego est bien trop fragile. C'est même pour ça que je suis venue vous planter une petite idée dans la cervelle. Parce que le bon docteur et votre histoire de publicité, tout ça a un prix. Bref, l'histoire de votre vie, par écrit, quand toute cette affaire de testament sera finie, en échange de la paix sur le front médical. Et de votre appel à témoins en première page dès demain matin. (Elle regagna la porte et l'ouvrit.) J'imagine qu'il n'est nul besoin de vous rappeler que le temps n'est pas forcément de votre côté.

Et elle sortit, « Au revoir, Hope » étant les derniers mots qu'ils entendirent avant qu'elle referme la porte.

Silence dans la pièce, seuls se faisant entendre le bruit du vent dans les arbres et celui de la voiture de Kara-An qui s'éloignait. Encore une BMW, se dit-il. La cure universelle pour la jeune femme en proie à l'envie du pénis. La Mercedes viendrait plus tard, aux environs de cinquante-cinq ans, quand elle ne voudrait plus avoir l'air jeune, seulement digne. Il regarda Hope Beneke. Elle avait remonté ses jambes sous elle et les serrait contre sa poitrine, son visage presque masqué derrière elles. Comme si elle savait que tout était fini.

Et ça l'était.

Parce que si Kara-An Rousseau s'imaginait pouvoir le faire chanter, elle se mettait le doigt dans l'œil.

Entre eux le silence augmenta. Pour finir, Hope se leva.

– Rendez-moi juste un petit service, dit-elle doucement.

Il la regarda.

– Ne me rapportez pas l'avance une deuxième fois. Gardez-la.

Elle gagna la porte, l'ouvrit et sortit sans refermer derrière elle.

Il sentit monter la colère. Toute l'attitude de l'avocate laissait entendre que ce merdier était entièrement de sa faute. Comme si les exigences parfaitement absurdes de Kara-An n'étaient que raisonnables. « Soigner » le bon docteur n'avait rien à voir avec le problème Wilna van As. C'était elle qui voulait établir un lien entre les deux, elle qui voulait que les conséquences du premier affectent le second. Tout cela était tellement peu raisonnable qu'il n'était nul besoin d'une capacité en droit pour comprendre. C'était comme de…

Il sentit le vent froid dans son dos, se leva pour aller fermer la porte et vit la BMW de Hope qui descendait le chemin gravillonné et sa mère qui arrêtait son cheval près de la voiture. Faire du cheval par ce temps ! Alors qu'il allait pleuvoir dans une minute, que les nuages étaient déjà d'un beau gris-noir et que le vent mordait fort ! Les deux femmes étaient trop éloignées pour qu'il puisse entendre, mais qu'avaient-elles donc à se dire de toute façon ? Les feux arrière de la BMW se remirent en mouvement, Hope braqua et suivit sa mère jusqu'à la grosse maison.

Van Heerden claqua sa porte.

Il fallait absolument qu'elle foute la paix à sa mère. Il n'était pas question qu'elle aille se mettre au milieu.

Et d'abord, qu'est-ce qu'elles avaient donc à se dire ?

Au cul, tiens. Il avait de la lessive à faire.

Il accrochait du linge dans la salle de bains lorsqu'il entendit la porte qui s'ouvrait. Il savait que c'était sa mère.

– Où es-tu, Zet ?

– Ici.

Elle entra, toujours en tenue de cavalière, son nez et ses oreilles tout rouges de froid.

– Tu ne devrais pas faire du cheval par ce temps, M'man.

– Ce n'est pas comme ça qu'on accroche une chemise, Zet. Laisse-moi faire. (Elle ôta la chemise de la barre de douche.) Apporte-moi un cintre.

Obéissant, il partit en chercher un dans la chambre.

– Pas étonnant que tes habits soient dans cet état, reprit-elle. Il va falloir apprendre à s'en occuper, Zet.

– J'ai trente-huit ans, M'man…

– On ne dirait pas. Amène-moi ce panier. Je vais la passer à la sécheuse.

– M'man…

– Tu es un homme, Zet. C'est pour ça que je laisse filer des tas de choses, mais tôt ou tard il faudra bien que tu t'achètes des trucs décents. Tu ne vas pas passer ta vie à faire ta lessive à la main.

Il approcha le panier de sa mère. Elle sortit le linge mouillé de la baignoire et l'y déposa.

– Mais il n'est pas question que je la repasse.

– Non, M'man.

– Qu'est-ce que tu as fait hier soir ?

– A t'entendre, on dirait que tu le sais déjà.

Elle ne répondit pas, se contentant de continuer à remplir le panier de linge.

– Apporte le panier à la maison. Il faut que je te parle.

Elle se détourna et sortit. Son dos raide – il connaissait. Ça faisait longtemps qu'il n'y avait pas eu droit.

Il ne voulait pas parler de ça.

– Eh merde, dit-il calmement, et il s'empara du panier.

Pluie fine, et le vent tomba brusquement tandis qu'il se rendait à la grande maison. Celle que sa mère avait construite. Après avoir fait démolir la première parce qu'elle ne voulait pas vivre dans une horreur pareille, pensez ! une villa espagnole de style sud-africain ! Elle avait regardé les bulls faire leur travail et, à l'entendre, ç'avait été un de ses plus grands plaisirs de la dernière décennie.

Elle aurait pu acheter une petite ferme près de la Berg River, quelque part entre Paarl et Stellenbosch, elle avait assez d'argent pour, mais c'était cette maison-là qu'elle avait choisie, dans la plaine derrière Blouberg, entre la mer et la N7, « de façon à pouvoir aller à la montagne quand j'en aurai besoin ». Et elle l'avait fait construire, lignes simples, grandes fenêtres, pièces spacieuses.

Et les écuries.

Le coup des chevaux l'avait surpris.

« J'en avais envie depuis toujours », avait-elle dit.

C'était dans un des bâtiments d'origine qu'il vivait, sans doute la ferme d'un ancien locataire – il l'avait restauré à contrecœur et sur son insistance expresse lorsqu'il n'était pas retourné travailler.

Il porta le panier à la cuisine, où elle l'attendait avec impatience. Il vit le plateau près de l'évier, les tasses à café vides, deux, et les biscottes dans un bol. Sa mère et Hope Beneke.

Intime.

Elle ouvrit le hublot de la sécheuse et la remplit.

– Tu sais que je n'ai jamais rien dit, Zatopek.

– Oui ?

Qu'elle l'ait appelé par son prénom n'était pas bon signe.

– Pendant cinq ans je me suis tue, reprit-elle.

Elle se redressa, s'étira, posa ses mains sur ses hanches, appuya sur les boutons de la machine, tira une chaise à l'écart de la grande table en acajou et s'assit.

– Assieds-toi, Zatopek, dit-elle.

Il poussa un grand soupir et s'assit à la table. La sécheuse accéléra et se mit à chanter sa chanson monotone dans la pièce.

– Je n'ai rien dit par respect pour toi. Pour toi en tant qu'adulte. Et parce que je ne sais pas tout. Je ne sais pas ce qui s'est passé avec Nagel ce soir-là et…

– M'man.

Elle leva la main, les yeux fermés.

Des souvenirs l'envahirent, sa mère dans son rôle de parent qui fait la discipline, il connaissait tous ses maniérismes, mais Dieu, que tout cela était loin ! Il la retrouva comme elle était à Stilfontein, vit l'érosion de l'âge et la compassion le submergea : comme elle avait vieilli tout d'un coup !

– Je dois faire quelque chose, Zatopek. Dire… Tu restes mon enfant. L'âge n'y change rien. Mais je ne sais pas quoi dire. Ça fait cinq ans et… tu n'arrives pas à t'en remettre.

– Je m'en suis remis, M'man.

– Pas du tout.

Il garda le silence.

– Ma mère croyait aux vertus du chantage affectif, Zatopek. Si elle vivait encore, elle se serait assise ici et t'aurait dit : « Tu sais que tu es en train de briser le cœur d'une mère ? Mes sentiments ne t'intéressent donc pas ? » Je ne te ferai jamais ce coup-là, Zatopek. Tout ce que ça peut me faire n'a rien à voir avec le problème. Et t'infliger un sermon ne t'aidera pas non plus parce que tu es un homme intelligent. Tu sais que le sens qu'on donne à sa vie et la façon dont on s'améliore, tu as tout ça entre tes mains. Tu sais que plusieurs possibilités s'offrent à toi.

– Oui, M'man.

– Et qu'une de ces possibilités est d'aller voir un psychologue.

Il regarda ses mains.

– Et d'après ce que me dit Hope, tu as un autre choix à faire aujourd'hui.

– Il n'est pas question que je me laisse engluer dans ce chantage.

– Fais ce qu'il faut, Zet. C'est tout ce que je te demande.

– Ce qu'il faut ?

– Oui, mon fils, ce qu'il faut.

Elle posa les yeux sur lui et le regarda intensément. Il se détourna.

– Bon, moi, je vais prendre un bain, ajouta-t-elle en se levant. Il va falloir beaucoup réfléchir, Zatopek.

Tu n'arrives pas à t'en remettre.

Allongé sur son lit, les mains derrière la nuque, il prit brièvement conscience que depuis quelques années il passait de quarante à cinquante pour cent de son temps dans cette position. Les paroles de sa mère lui couraient dans la tête – encore une fois elle avait lâché les chiens, sans même savoir de quoi il retournait exactement. Elle croyait (comme ses collègues et amis de l'époque, et alors tous s'inquiétaient pour lui) que tout tournait autour des reproches exagérés qu'il s'était adressés après la mort de Nagel. Parce qu'il avait manqué sa cible dans cet instant capital et que le suspect, un type qui avait déjà assassiné dix-sept prostituées, le Bour-reau au ruban rouge, avait blessé Nagel en deux endroits. Nagel qui tombe sans bruit, son sang qui gicle sur le mur, instant à jamais gravé dans sa mémoire. Et après, oui, il avait atteint sa cible, par peur et pas du tout par désir de vengeance, c'était par peur de mourir qu'il l'avait atteinte, encore, encore et encore, devenant alors, pour la première fois, un vrai tireur d'élite. Il avait vu le Bourreau vaciller en arrière, puis tomber, avait tiré jusqu'à ce que son Z88 soit vide, s'était approché de Nagel en rampant, Nagel qui n'avait plus de visage, Nagel dont il avait tenu la tête écrabouillée dans ses mains. Parce que Nagel respirait encore, cha-cun de ses souffles faisant gicler du sang sur sa chemise blanche. Il avait vu la vie quitter peu à peu son ami et avait rameuté les cieux, avait hurlé comme une bête parce que alors il avait su avec une certitude absolue que plus rien ne serait jamais pareil, et son cri montait du centre de son corps, du plus profond de son être.

On l'avait retrouvé ainsi – à genoux, couvert de sang, la tête de Nagel dans les mains. Des larmes roulant sur ses joues, on avait cru qu'il pleurait son ami. On l'avait réconforté, on lui avait desserré les doigts, on l'avait emmené, et encore réconforté en lui disant combien sa loyauté et l'amour tout professionnel qu'il portait à son camarade étaient admirables, et on l'avait soutenu pendant les jours et les semaines qui avaient suivi et quand finalement il avait fait savoir qu'il ne reprendrait pas le boulot il avait été entouré de compréhension : la blessure, le traumatisme était trop profond, cela arrivait, on comprenait, cela arrivait et c'était une bonne chose parce que ça montrait que les flics étaient aussi capables de sentiments, il en était la preuve incarnée.

Sauf qu'il les avait trompés. Eux, mais aussi sa mère.

La vérité, la vérité tout entière était à chercher bien plus bas, cet instant fatal dans la contre-allée n'était que la partie émergée de l'iceberg. Tout gonflé d'eau, le corps de la tromperie se cachait sous un océan de mensonges.

Il s'en était remis. Il avait fait ce qu'il fallait pour en sortir. Et s'était retrouvé du bon côté de la vie lorsque deux, presque trois ans plus tard, la douleur étant contenue, seule lui était restée la connaissance de soi. La connaissance de soi et ce qui en découlait : rien ni personne ne comptait, l'humanité n'était faite que de brutes et d'êtres primitifs qui passaient leur temps à manipuler les autres et, sous les apparences d'un comportement civilisé, ne faisaient jamais que lutter pour survivre.

C'était ça qui l'avait changé, ça que sa mère ne comprenait pas. Même chose pour Hope Beneke. Depuis cet instant il savait des choses dont elles n'avaient même pas idée.

Tout le monde était mauvais. Mais les trois quarts des gens n'avaient pas l'occasion de s'en apercevoir.

Et voilà que sa mère voulait qu'il fasse ce qu'il fallait !

Survivre, c'était ça qu'il fallait faire. S'assurer que personne n'allait faire chier.

Les médecins.

Nagel était encore vivant dans l'ambulance et quand il était arrivé à l'hôpital.

Ils l'avaient soigné derrière des portes fermées, ils étaient ressortis en haussant les épaules et disant que non, il n'avait aucune chance d'en réchapper. Ils lui avaient expliqué ses blessures, son trou à la poitrine et sa tête explosée avec des mots qui en jetaient, ceux avec lesquels ils réduisaient n'importe quel être humain à l'état de simple patient. Mais le Bourreau au ruban rouge, lui, ils l'avaient sauvé – ils avaient extrait de son corps les balles de van Heerden, ils l'avaient attaché à leurs machines, ils lui avaient pompé des liquides dans le ventre, l'avaient refermé, recousu et laissé vivre tandis que Nagel mourait dans cet endroit glacial et carrelé de blanc, la vie, là, qui s'enfuit de ses yeux et lui toujours dehors avec son sang sur la chemise, il avait besoin de crier, il fallait qu'il aille…

La partie émergée de l'iceberg.

Et sa mère qui voulait qu'il fasse ce qu'il fallait !

Ce qu'il fallait, c'était dire à Kara-An Rousseau d'aller se faire voir ailleurs, elle et sa petite démonstration de puissance, non, il n'était pas question de se laisser manipuler. Et dire à Hope Beneke que son combat était juste mais inutile parce que l'affaire était cuite et que Wilna van As survivrait sans son million, que la vie continuerait pour elle et que dans cent ans plus personne n'aurait même idée que toutes ces âmes insignifiantes avaient existé un jour.

Rien de ce qu'il faisait ne changerait quoi que ce soit.

Sauf, peut-être, de remettre Kara-An Rousseau à sa place.

Parce qu'elle n'était pas la seule à pouvoir s'amuser à ces petits jeux.

Et dans quel but, d'abord ?

Sa mère et Hope Beneke. Elles avaient dû parler de lui devant leurs biscottes et leur café.

Bizarre, quand même, la rapidité avec laquelle elles s'étaient trouvées.

Une petite conversation à la portière de la BMW et hop, une visite.

Curieux.

Et maintenant sa mère attendait des choses.

Sa mère, la seule personne envers qui il avait vraiment une dette.

Une seule solution, donc.

La tromper.

– Kara-An ? Hope à l'appareil.

– Bonjour.

– J'aimerais bien savoir pourquoi vous avez fait ça.

Grand rire à l'autre bout du fil.

– Je ne crois pas que vous comprendriez.

– Je suis prête à essayer.

– Avec tout le respect que je vous dois, vous n'êtes pas à la hauteur.

– Ma hauteur à moi, c'est Wilna van As. Elle n'a rien à voir avec ce qui vient de se passer.

– Vous n'avez pas l'air de croire qu'il va accepter mon offre.

– Je vous en prie, Kara-An.

– Ce n'est pas moi qu'il faut supplier, mon ange.

Brusquement Hope ne sut plus que dire.

– Il faut que j'y aille, reprit Kara-An. Il y a quelqu'un à la porte. Bonne chance, Hope.

Et la communication fut coupée.

– Qu'est-ce que vous voulez au juste ? demanda-t-il lorsqu'elle lui ouvrit la porte.

L'espace d'un instant elle resta stupéfaite, puis elle sourit.

– Mais entrez donc, Zatopek van Heerden. Quelle merveilleuse surprise !

Elle referma la porte derrière lui, l'attira brutalement à elle, posa ses mains derrière sa nuque et l'embrassa fort sur la bouche, ses doigts lui tirant les cheveux, son corps plein de mouvements pressés, son corps l'écrasant contre la porte. Il la repoussa et lui répéta d'aller se faire foutre. Elle resta plantée devant lui et, le bas du visage plein de rouge à lèvres, souffla et rit.

– Vous êtes malade, dit-il.

– J'étais sûre que tu comprendrais.

– Et mauvaise.

– Exactement comme toi, Zatopek. Mais plus forte. Bien plus forte.

– J'ai une contre-proposition.

– J'écoute.

– Rien à foutre du docteur. Qu'il dépose plainte s'il veut. Ce que je veux vous dire reste entre vous et moi.

– Qu'est-ce que tu as contre les médecins, Zatopek ?

– Je vous donne ce que vous voulez. En échange de la publicité. Et juste pour ça.

– Et seulement quand ce sera fini ?

– Oui.

– Je peux te faire confiance ?

– Non.

– Et si ce que je veux ne se réduit pas à l'histoire de ta vie ?

– Vous voulez que je vous fasse mal, Kara-An.

– Oui.

– Je vous ai vue hier soir.

– Je sais.

– Vous avez besoin d'aide.

Elle rit, une fois, manière d'aboiement qui remplit le vestibule.

– Et c'est toi qui vas m'aider, Zatopek van Heerden ?

– Acceptez-vous ma contre-proposition ?

233

– A une condition.

– Laquelle ?

– Que si jamais tu me repousses encore…

– Oui ?

– … tu ne te retiennes pas, van Heerden. Laisse éclater ta fureur ! Jusqu'au bout !

26

A un moment donné de ces années de routine en faculté, je pris part, c'était un soir tard, à une conversation insensée comme on en a parfois après avoir bu juste ce qu'il faut pour ne plus craindre de dire des bêtises. Mes interlocuteurs d'alors ont depuis longtemps disparu, celui qui avait lancé la théorie à discuter n'est plus maintenant qu'une ombre. Le sujet ? Le destin – et le fait qu'il existait peut-être des univers parallèles.

Imaginez seulement, ainsi avait commencé le débat, que la réalité bifurque, comme une route, chaque fois qu'on prend une décision. Parce qu'on a en général deux options devant soi, l'univers en serait fendu en deux, d'un côté les grandes et de l'autre les petites routes.

Parce que les décisions difficiles reposent souvent sur un fragile équilibre de possibilités, que la plus infime des raisons suffit à perturber.

Et si vous et votre monde continuiez d'exister dans ces deux réalités, avec toutes les autres que vous auriez déjà créées par vos choix ? Et si dans chacune de ces existences parallèles, on vivait avec les conséquences de ses décisions ?

Le jeu était amusant, presque un exercice intellectuel, surtout intéressant pour un écrivain de science-fiction, mais qui me hanta pendant des années.

Surtout après que Baby Marnewick se fut si soudainement manifestée à nouveau dans ma conscience.

Tout avait commencé par deux articles parus dans le même numéro de *Law Enforcement*[1] et traitant des toutes nouvelles disciplines américaines du « profilage » et de la capture des tueurs en série grâce à leur « signature ». Le premier avait été rédigé par le directeur des Sciences du comportement et de l'Unité de soutien aux enquêtes du FBI, le second par un inspecteur haut placé au bureau du procureur de Seattle, État de Washington. (Ces deux collaborateurs devaient devenir légendaires par la suite.)

Du point de vue professionnel, le contenu de ces deux articles de criminologie était proprement révolutionnaire, véritable bond en avant qui devait finir par réduire le fossé entre psychologie appliquée et pratique du travail policier. Mais pour moi, cette lecture fut une expérience bien plus personnelle dans la mesure où les faits, le *modus operandi* et les exemples sur lesquels les deux chercheurs fondaient leurs théories correspondaient exactement aux événements qui avaient conduit au meurtre de Baby Marnewick. Ils faisaient ressortir notre voisine de sa tombe, dépoussiéraient mes souvenirs et les faisaient défiler en fanfare devant ma conscience.

Le chemin ô combien prévisible sur lequel s'était engagé ma vie avait soudain pris une direction inconnue.

Et maintenant il va falloir que je vous fasse un petit cours : par la suite je devais en effet apprendre que les émotions déclenchées par les tueurs en série conduisent souvent à des perceptions erronées et à des opinions qui, pour être populaires, s'enracinent rarement dans la réalité.

La première chose qu'il faut comprendre est la différence entre tueurs en série et tueurs fous. Les premiers

1. Soit : « Faire respecter la loi » *(NdT)*.

sont les Ted Bundy de ce monde, c'est-à-dire des individus tragiquement démolis qui tuent une victime après l'autre et toujours à peu près de la même façon. Ce sont, sans exception, des hommes, et leurs cibles en général des femmes (à moins qu'ils ne soient homosexuels, comme Jeffrey Dahmer), leur motivation psychologique la plus importante étant une totale incapacité à marquer la société en quelque façon que ce soit – même si j'hésite beaucoup à l'affirmer dans la mesure où, pour résumer, je suis tout autant que les médias coupable de généraliser et d'apporter des explications unidimensionnelles à un phénomène autrement plus complexe.

Les tueurs fous sont au contraire ceux qui grimpent dans le campanile d'un bâtiment universitaire et se mettent à tirer dans tous les sens. Ou qui font la même chose au coin d'une rue – ce qui n'a rien à voir avec le fait de suivre des victimes isolées et sans défense afin de les assassiner.

Étoiles filantes qui brillent en plein jour et mal qui flamboie un bref instant, les tueurs fous sont en général vite attrapés, laissant de nombreuses questions sans réponse.

Comètes cachées dans un firmament obscur, les tueurs en série, eux, prennent et reprennent sans arrêt le sentier de la mort – rôdeurs ils sont, voleurs de la nuit. Leur crime est démonstration de puissance, complète domination et humiliation de la victime, tentative dérisoire par laquelle ils tentent de se venger de leur absence totale de relations sexuelles normales et de sains rapports avec la société.

Et l'affaire de Baby Marnewick en était un exemple classique et correspondait parfaitement au psychisme du tueur en série.

Si les opinions et les théories exposées dans ces deux articles étaient vraies, cela voulait dire qu'on pouvait identifier le meurtrier de Baby Marnewick – les deux auteurs proposaient en effet des modèles d'assassins possibles, avec de nombreuses précisions sur la conduite générale et le style de vie de ces individus. Souvent laids, ils étaient en général célibataires et, victimes d'un fort complexe d'infériorité, habitaient avec un parent féminin dominateur et immoral. Bien qu'ils aient soif du genre de pouvoir qu'on exerce dans la police ou dans l'armée, ils se maintenaient aux marges de la loi – comme agents de sécurité, par exemple. Grands amateurs de pornographie, ils aimaient plus particulièrement le bondage – avec variations sur le thème.

Prévisibles donc, et identifiables. Attrapables.

Cela signifiait aussi que Baby Marnewick n'avait pas été la première ou la seule victime de son assassin. Toujours selon les auteurs de ces deux articles, les tueurs en série sont en effet des *entrepreneurs*[1] qui se montrent de plus en plus efficaces à chaque crime. Leur confiance en soi ne faisant que croître avec le succès, ils voient s'ouvrir à eux de nouveaux horizons de déviance, de domination et d'humiliation de leurs victimes. L'affaire Marnewick, telle que les détails m'en revenaient, et ils ne m'en revenaient que trop bien, suggérait un assassin très efficace et expérimenté.

Je lus et relus ces articles en revivant la honte qui s'était emparée de moi lorsque je me tenais devant la palissade en bois et, l'un comme l'autre, ils firent ressusciter avec une clarté surprenante les questions que je m'étais posées alors. Ces connaissances nouvelles eurent vite fait d'ôter la poussière déposée sur mes souvenirs par toutes les années écoulées depuis ma jeunesse.

Je m'en étonnai. Si j'étais capable de me rappeler tout cela aussi nettement et facilement, cela voulait dire que Baby Marnewick avait été une sorte de pierre à

1. En français dans le texte *(NdT)*.

mon cou, une espèce de foyer cancéreux qui avait disséminé ses toxines dans tout mon corps. Était-ce pour cela que je ne pouvais pas m'engager, ou cela ne faisait-il qu'y contribuer ? Quelles étaient les autres parties de mon existence que cet assassinat avait contaminées ? Je n'arrêtais plus de ressasser ces questions.

Sans parler de la stimulation professionnelle. J'analysai les conséquences que ces théories pouvaient avoir sur le travail de policier, l'influence qu'elles ne manqueraient pas d'exercer sur les méthodes d'enquête et le devoir qu'avait notre département d'informer les forces de police des derniers développements de la recherche dans ce domaine.

Mais, plus encore que tout cela, c'était le désir d'agir, de mettre au jour le passé, d'identifier le coupable et d'enterrer définitivement ce fantôme qui me guidait.

Et s'il y avait une chose que j'avais apprise à l'université, c'était bien la manière de préparer un plan d'attaque, de mesurer chaque acte à l'aune des connaissances existantes et de n'avancer que sur la terre ferme des preuves, évitant ainsi les sables mouvants de la pure théorie.

D'où ma première décision : m'immerger dans le sujet.

Quinze jours durant je travaillai sur un projet de thèse de doctorat et ce ne fut qu'après l'avoir écrit et réécrit des dizaines de fois que je le soumis au Pr Cobus Taljaard. Du point de vue universitaire, c'était un homme très équilibré et d'une belle intégrité et je savais que le travail que j'avais envie de faire sur ce terrain neuf devait s'appuyer sur une motivation forte. Mais, potentiellement au moins, nous pouvions aussi devenir des copionniers, des découvreurs qui, sortis d'un tiers monde arriéré, pouvaient (comme Chris Barnard) donner à ce coin méprisé de l'Afrique une place au soleil. A condition de nous montrer humbles et de nous en tenir à notre sujet, nous avions des chances d'être acceptés, voire reconnus, et d'accéder à une part de célébrité dans le domaine criminologique.

C'est sans doute pour cette raison qu'il ne mit guère de temps à approuver mon sujet de thèse de doctorat – et, plus important encore, à faire financer mes recherches aux États-Unis.

Deux mois plus tard je faisais mes valises et entamais le voyage qui, je le pensais, me conduirait à l'assassin de Baby Marnewick.

27

LE CAP. – Une enquête privée sur l'assassinat de sang-froid d'un homme d'affaires de Tygerberg tué il y a neuf mois de cela vient de connaître un succès qui pourrait bien mettre au jour tout un réseau d'activités criminelles, mais qui soulève aussi de nouvelles interrogations sur l'efficacité de notre police.

Une grande quantité de dollars américains, de fausses pièces d'identité et une piste qui nous ramène aux années 80, telles sont quelques-unes des révélations les plus importantes que nous a faites un ancien inspecteur de la brigade des Vols et Homicides du Cap qui enquête sur la mort de feu « Johannes Jacobus Smit », de Moreletta Street à Durbanville.

Les noms de toutes les personnes concernées – y compris celui du meurtrier – devraient être communiqués très prochainement aux autorités.

C'est l'année dernière que M. Smit (à droite) a été torturé à son domicile, puis « exécuté » d'une seule balle de fusil d'assaut M16 après le pillage du coffre-fort qu'il s'était fait construire tout spécialement. A l'époque, le contenu de ce coffre-fort n'était pas connu, mais on a aujourd'hui de sérieuses raisons de penser qu'il s'agissait de monnaie étrangère.

Cette enquête privée a été lancée par l'associée du défunt, Mlle Wilna van As, et son avocate, Me Hope Beneke.

241

« Il est apparu que la victime vivait sous un faux nom depuis quinze ans et se trouvait en possession de pièces d'identité falsifiées par un faussaire professionnel, nous a déclaré Me Beneke.

Nous avons de très importantes indications sur l'origine de ces dollars et suivons de nouvelles pistes. Nous avons en effet de sérieuses raisons de croire que l'assassinat de M. Smit est lié à un autre crime qui s'est déroulé il y a quelque quinze ans de cela. On s'attend à ce que l'énigme soit enfin résolue d'ici quelques jours. »

Toute personne ayant des informations complémentaires sur le meurtre de M. Smit ou sur les événements qui l'ont précédé peut nous appeler au numéro vert suivant :

0800 3535 3555.

Me Beneke nous a assuré que tous ces renseignements seraient traités de manière hautement confidentielle et que l'anonymat le plus strict serait respecté.

M. Z. van Heerden, un ancien de la police, a préféré ne pas faire de commentaires sur la façon dont ses collègues ont traité le dossier, mais a souligné que leurs efforts n'avaient rien donné.

« Nous disposions de plus de temps et de plus de sources d'information pour essayer de démêler toute cette affaire. Les pressions qui s'exercent sur la police étant toujours fortes, il est impossible de comparer ces deux enquêtes », nous a-t-il confié.

Il s'est également refusé à faire le moindre commentaire sur les raisons pour lesquelles :

1) aucune photographie de la victime n'a été communiquée aux médias après l'assassinat

2) son livret d'identité n'a pas été analysé en laboratoire

et 3) les pistes soulevées par la présence d'une grande quantité de dollars américains dans le coffre n'ont pas été suivies.

La brigade des Vols et Homicides n'était toujours pas en mesure de répondre à nos questions lorsque nous avons mis sous presse.

– Le côté politique ne me plaît toujours pas, dit van Heerden.

– C'est ça qui donne de la crédibilité à l'article, lui répliqua Groenewald, le chroniqueur judiciaire. (Assis derrière son bureau, le rédacteur en chef chargé de l'équipe de nuit acquiesça d'un hochement de tête.) De plus, ça nous couvre.

– Vous ne leur avez même pas téléphoné.

– De toute façon, ils feront une déclaration dès demain. Ce qui ajoutera de la chair à notre petit squelette d'histoire… et vous assurera encore plus de publicité.

– Et ça va aussi paraître dans *Beeld*? demanda Hope d'une voix douce.

– Ils n'ont pas la place en première page. Le Premier ministre du Gauteng est encore dans la merde. Mais ça passera en cinquième ou en septième. Le *Volksblad* ne nous a toujours pas confirmé sa réponse, mais tout laisse à penser que ce sera à la une. C'est que… il ne se passe jamais grand-chose dans le Free State.

– Je tiens à vous remercier pour tout, lança Hope au rédacteur en chef. Ça pourrait nous aider à réparer une injustice grave.

– Ce n'est pas moi qu'il faut remercier, c'est Kara-An. Elle s'est montrée très convaincante, lui répondit-il en adressant un grand sourire à Kara-An qui, les jambes ramenées sous elle, se tenait assise sur un petit canapé poussé contre le mur.

Elle lui renvoya son sourire.

– Je fais ce que je peux, dit-elle. Surtout quand ça peut améliorer le sort d'une femme.

Ils reprirent l'ascenseur en silence. Il sentait qu'elle avait changé. Après qu'il s'était rendu chez Kara-An, il

243

l'avait appelée des bureaux du journal au NasPers Centre, lui avait dit que Kara-An et Groenewald l'attendaient et que l'article serait publié dès le lendemain. Elle lui avait répondu qu'elle arrivait, mais sans grand enthousiasme. Il avait corrigé six fois l'article avec le chroniqueur judiciaire avant de l'apporter au rédacteur en chef. Hope, elle, avait négocié l'ouverture d'un numéro vert avec Telkom, mais lui avait paru différente. Tout son langage corporel disait non, elle semblait bloquée et refusait de regarder Kara-An.

Il y avait de la tension dans l'air.

Arrivés dans l'entrée, ils hésitèrent. Il pleuvait, de véritables trombes d'eau noire déferlaient sur la rue.

– Qu'est-ce qu'il y a, Hope ? demanda-t-il.

Elle le regarda sans comprendre.

– Qu'est-ce que vous avez ?

– Je pense toujours qu'on devrait offrir une récompense.

Ils en avaient déjà parlé et il s'y était opposé. Les récompenses attiraient trop de cinglés qui voulaient accuser qui sa femme, qui son mari, qui encore sa belle-mère, son beau-père, etc.

– Oh, dit-il.

Elle mentait, il le savait.

Elle n'avait pas envie de faire du jogging. Elle s'affala sur son canapé, écouta la pluie tambouriner à la fenêtre et sentit l'air frisquet qui régnait dans la pièce.

Qu'est-ce que vous avez ?

Il avait vendu son âme à Kara-An.

Parce que c'était son âme qu'elle aurait voulue ?

Non. Mais elle commençait à le comprendre, à découvrir le vrai bonhomme derrière toutes ses poses agressives, ses jurons et ses oppositions qui ne servaient à rien. Sauf que maintenant il s'était de nouveau barricadé en lui-même et qu'elle ne se voyait pas en train de recommencer à essayer de le comprendre.

Elle se leva. Aller courir. Les choses commenceraient vraiment le lendemain et elle ne savait pas quand elle aurait le temps d'aller courir.

Mais ça ne lui disait rien.

Dans le pot gradué il mélangea le vinaigre balsamique, l'huile d'olive, le jus de citron, l'ail finement haché (comme toujours, il en aima l'odeur) et les poivrons, le cumin, la coriandre et une feuille de laurier. Puis il saupoudra de poivre noir.

Pavarotti, dans le rôle de Rigoletto, chantait :

> Doucement, tes larmes sont inutiles,
> Maintenant tu es sûr qu'il mentait.
> Doucement, et permets donc
> Que la vengeance soit mon devoir.
> Bientôt. Et mortelle.
> Je le tuerai.

Il avait faim. Et se trouvait bête. Il avait bien le goût du plat dans la bouche et en visualisait déjà l'épaisse sauce brune – il avait acheté du pain frais pour l'y tremper après que les foies de poulet seraient mangés.

Il rinça les foies et en ôta soigneusement les membranes.

Hope.

Et Kara-An.

Il déposa les foies dans la marinade, sortit un oignon du frigo, l'éplucha et le coupa en tranches. Les larmes coulèrent.

Dans *La Bonne Ménagère* il avait lu que pour ne pas pleurer il faut garder les oignons au frigo. Ça ne marchait pas toujours.

Hope et Kara-An. Les Laurel et Hardy du monde féminin.

Kara-An, la perverse.

Ça ne l'excitait pas.

C'était une première pour lui – une femme qui voulait souffrir…

Son intensité. Sa beauté. Les dieux et leur sens de l'humour. Tout lui donner. Un corps, et Seigneur, quel corps ! ni trop tendre ni trop ferme, ses seins contre lui, son sexe se frottant au sien.

La poêle sur la cuisinière, beurre fondu.

Son visage dont tous les traits étaient en parfaite harmonie – une façade en trompe-l'œil, comme celles des maisons dans les westerns, superbe illusion d'optique parce que derrière la peau, les tissus, les muscles et la crinière, parce que sous le crâne il y avait la matière grise et les synapses mal câblées.

Que s'était-il passé ? Comment l'enfant Kara-An s'était-elle transformée en une femme pour qui la douleur physique, le spectacle de deux hommes se flanquant une tournée, pouvait conduire à l'extase ?

L'argent. Plus la beauté, plus les parents célèbres. Et l'intelligence. Ça devait suffire. Suffire à faciliter l'existence, à rendre vite les plaisirs simples ennuyeux, à constamment aiguiser l'appétit de stimulations. Jusqu'à vouloir l'interdit, l'étrange, le déviant.

Mais lui, ça ne l'excitait pas.

Les oignons dans le beurre, baisser la flamme pour qu'ils roussissent doucement.

Et Hope ? Bonne et loyale, celle qui porte haut le flambeau de la justice.

Rigoletto :

> O Père céleste ! Dans l'exécution
> De ma vengeance elle fut prise.
> O cher ange ! Regarde-moi.
> Écoute-moi !

La flamme ne brûlait plus aussi fort. Ça l'agaça.

Pourquoi? Il n'en savait foutre rien.

Il éteignit le gaz.

Laisser mariner les foies. Les roussir avec l'oignon, ajouter le concentré de tomates, la sauce Worcester, le tabasco, la marinade et la goutte de cognac pour finir.

Et manger.

Quand avait-il eu aussi faim pour la dernière fois? Qu'est-ce que c'était que cet appétit?

Apporter une assiettée à sa mère.

Offrande propitiatoire.

Il gagna le fauteuil, s'y assit, ferma les yeux.

Que les petits foies absorbent donc toutes ces saveurs!

Il écouta la musique.

Il mangerait tout à l'heure.

Demain, enfin, les choses sérieuses allaient commencer.

Il soupira, profondément.

3e jour

Lundi 10 juillet

28

Je passai trois mois à Quantico, dans le somptueux complexe du FBI en Virginie. Et quinze jours de plus à Seattle et à New York.

Je ne vais pas vous raser avec une description de l'Amérique de l'abondance. Je ne ferai aucun commentaire sur l'hospitalité, l'intelligence et la générosité des Américains. (Je commence à soigner mon image d'auteur. Je suis séduit par la sensualité de mots qui me supplient de les utiliser. A ce banquet de l'autoportrait je mange dix fois trop – le processus est naturel, je crois. Dès qu'on a dépassé la répugnance (typiquement sud-africaine) à se mettre en scène, il devient même machine folle, monstre qui se nourrit de lui-même, séduction irrésistible qui ajoute détail sur détail baroque à l'histoire dite jusqu'au moment où tous ces méandres finissent par acquérir une existence propre.)

Bref, autodiscipline.

A Quantico on m'apprit à me servir des médias en me montrant que la télé, la radio et les journaux n'étaient pas les ennemis de la police, mais faisaient partie de ses instruments. En me faisant comprendre qu'on pouvait très bien satisfaire la soif incessante de sensations et de sang des médias, mais qu'il fallait bien s'accrocher quand ils s'emballaient comme un cheval fou.

On m'enseigna le profilage, comment dresser le portrait psychologique d'un tueur en série et comment en déduire, en plus de son âge et avec un degré de précision étonnant, comment il s'habille et se déplace.

Je pris des notes dans un cahier d'exercices vert – c'était ce que j'avais trouvé de plus similaire à un dossier officiel – et je rouvris l'affaire Baby Marnewick en privé. Mes premiers témoins ? Les agents spéciaux du FBI, tous membres de l'unité des Sciences du comportement, et tous les tueurs en série répertoriés et analysés aux USA.

Puis je rentrai.

Wendy était venue me chercher à l'aéroport – « Pourquoi tu ne m'as pas écrit ? », mais pour elle, c'était l'extase : son fiancé si réticent était bien parti pour décrocher son doctorat. « Dis-moi tout », alors que j'avais encore la tête dans mon petit cahier d'exercices.

Une semaine après mon retour, armé d'une lettre de mon professeur et d'un mot du préfet de police, je me rendis à Klerksdorp et avec tout ce que j'avais de charme manipulateur je suppliai qu'on me confie le dossier d'enquête officiel.

Il me fallut quinze jours de plus pour envoyer tous mes autres courriers – quinze jours entiers parce que c'est le temps que je mis pour avoir les noms et les adresses de tous les officiers des brigades des Vols et Homicides du pays.

Et cette lettre que je leur adressai, je m'y repris à cinq ou six fois avant de la leur envoyer. L'équilibre devait être parfait : un rien de demande universitaire, un zeste de curiosité professionnelle (je n'étais qu'un énième serviteur de la justice), tout cela sans laisser entendre que j'étais de la maison parce que la grande fraternité des flics, je la connaissais, et aussi les liens uniques qu'on forge en étant tous les jours confronté à la mort, à la violence et au mépris.

Dans cette missive, outre son introduction bien pesée,

j'avais consigné tous les points importants du dossier Marnewick et demandais qu'on me renseigne sur tous les incidents similaires survenus entre 1975 et 1985, avec toutes les variations possibles sur le thème, à la mode Quantico.

Puis je retournai à mes livres, à mes notes et à l'idée de ma thèse, mais uniquement pour passer plus facilement le temps qu'il me faudrait attendre avant de recevoir mes renseignements.

« Qu'est-ce que tu as, Zet ? »

Je suis sûr que Wendy avait, au minimum, une petite idée de ce qui la menaçait.

Je ne lui avais rien dit de mon histoire avec Baby Marnewick. Pour elle, tout cela était un processus universitaire et scientifique qui finirait par me conduire au doctorat et plus près encore de son rêve : celui d'être la femme du professeur van Heerden.

Comment allions-nous appeler nos enfants ? Son père et sa mère avaient pour prénoms Gordon et Shirley. Pas que je m'en serais beaucoup soucié.

Mais je perds le fil.

« Il y a quelqu'un d'autre ? »

Oui, il y avait quelqu'un d'autre. Derrière une palissade en bois, six pieds sous terre.

Mais comment le lui expliquer ?

« Non. Ne sois pas idiote. »

29

– Allô ? C'est le numéro pour le crime ?

– Oui.

– Y a une récompense ?

– Ça dépend du renseignement que vous pourrez nous donner, madame.

– Elle est grosse, c'te récompense ?

– Officiellement, il n'y en a pas, madame.

– C'est mon ex qu'a fait le coup. C'est un fauve, je vous dis.

– Pourquoi croyez-vous..

– Parce qu'il est capable de tout.

– Y a-t-il quelque chose qui le relie à cette affaire ?

– Je sais que c'est lui. Il paie jamais la pension alimen…

– Possède-t-il un fusil d'assaut M16, madame ?

– Il a un flingue, oui. Je sais pas quel modèle.

– Est-ce un fusil d'assaut, madame ? Une mitraillette ?

– Il va à la chasse avec.

Fin du premier appel.

– C'est mon père.

– Qui ça ?

– L'assassin.

– Y a-t-il quelque chose qui le relie à cette affaire ?

– C'est un monstre.

Fin du deuxième appel.

Hope l'attendait devant l'immeuble à six heures moins le quart du matin. Elle lui avait ouvert et montré la pièce vide à l'exception d'un téléphone posé sur le bureau. Il avait demandé du papier pour écrire, elle lui en avait apporté. Ils n'avaient pas beaucoup parlé.

Le téléphone avait sonné à 6 h 7.

Hope avait écouté les douze premiers appels, puis elle s'était levée pour sortir. Il s'était mis à dessiner des cubes sur la feuille de papier devant lui.

– Allô.

– Mais putain, van Heerden, c'est quoi cette merde ? O'Grady.

– C'est pas moi qu'ai écrit ce truc, Nougat.

– Tu m'as poignardé dans le dos, espèce d'enfoiré. Tu sais de quoi j'ai l'air maintenant ?

– Je suis déso…

– Ça suffit pas, minable ! Le patron veut me virer. Et il rigole pas. Je t'ai fait confiance et toi…

– As-tu lu le truc en entier, Nougat ? As-tu vu ce que je dis ?

– Ça change pas grand-chose. T'aurais dû venir me voir avec les pièces à conviction, van Heerden. T'es pas loyal.

– Oh, allons, Nougat ! On a trois jours pour retrouver ce testament. Si je t'avais rapporté tous ces…

– Des conneries, tout ça, van Heerden. J'ai eu l'air d'un con, grâce à toi.

– Je suis désolé, Nougat. C'était pas dans mes intentions. Mais j'ai un boulot à faire, moi.

– Va te faire !

Hope lui avait apporté du café, puis elle avait écouté d'autres conversations. Trois plaisantins. Plus deux appels inutiles pour accuser un parent. Elle était repartie.

Il avait attendu patiemment. Gribouillé. Il savait qu'il aurait surtout droit à des appels sans intérêt. Le mal était général.

Mais peut-être que…

A 9 h 27 elle ouvrit la porte. Il y avait quelque chose dans son regard. De l'inquiétude ?

Deux hommes la suivirent dans la pièce – costume sombre, cheveux courts, épaules larges. Un noir, l'autre blanc. Le Blanc était plus âgé, la petite cinquantaine. Le Noir était plus jeune, et plus costaud.

– Voici M. van Heerden, dit-elle.

– Que puis-je faire pour vous ?

– Nous venons mettre fin à votre enquête, dit Blanc.

– Et vous seriez ?

– Un messager.

– De qui ?

– Voulez-vous vous asseoir ? demanda Hope en fronçant encore plus les sourcils.

– Non.

Van Heerden se leva. Noir était plus grand que lui.

– Cette enquête n'a pas à finir, dit van Heerden en sentant monter sa colère.

– Si, dit Noir. Sûreté de l'État.

– A d'autres ! lui renvoya van Heerden.

– Doucement, dit Blanc. Nous ne voulons pas la guerre.

Voix calme, pleine d'autorité.

Le téléphone sonna. Tous regardèrent fixement l'appareil.

– Vous avez une pièce d'identité ? leur demanda Hope.

– Vous voulez dire une de ces petites cartes en plastique ? demanda Noir avec un léger sourire.

Le téléphone continuait de sonner.

– Oui, dit-elle.

– Ça, c'est seulement dans les films, mademoiselle, dit Blanc.

– Vous avez cinq minutes pour dégager ! s'écria van Heerden.

– Avant quoi, mon garçon ?

– Avant que je demande à la police de vous arrêter pour violation de domicile.

Nouvelle sonnerie du téléphone.

– Nous ne voulons pas d'ennuis.

– Apportez-moi un ordre écrit du tribunal.

– On est venus vous demander ça gentiment.

– Eh bien, c'est fait, maintenant vous sortez.

– Il a raison, dit Hope en hésitant.

– En coopérant maintenant, vous pourrez vous épargner beaucoup d'ennuis, dit Noir.

Le téléphone sonnait toujours. Van Heerden regarda sa montre.

– Quatre minutes trente, dit-il. Et ne vous imaginez pas de me menacer.

Blanc soupira.

– Vous ne savez pas dans quoi vous mettez les pieds.

Noir soupira à son tour.

– C'est un cran au-dessus de vos forces, ce truc-là.

– Et maintenant vous partez, répéta Hope d'un ton plus ferme.

Van Heerden décrocha le téléphone.

– Allô ?

Quelque chose à l'autre bout. Un bruit.

Il leva la tête. Blanc et Noir étaient toujours debout devant lui. Du doigt il leur montra sa montre, puis la porte.

– Allô ? répéta-t-il.

– C'est…, dit une voix de femme.

Puis il identifia le bruit. Des sanglots. Elle pleurait.

– C'est…

Il se rassit lentement.

– Je vous écoute, dit-il doucement.

Son cœur battait fort.

– C'était… (Sanglots.) C'est… mon fils.

La porte s'ouvrit. Marie, la réceptionniste.

– Hope, dit-elle, y a des policiers à la réception.

– Déjà ! dit Blanc à Noir. Alors que nos cinq minutes ne sont même pas écoulées ?

– J'écoute, répéta encore plus doucement van Heerden.

– L'homme sur la photo, dit la femme.

Voix faible et lointaine.

– Quelle efficacité, cette police d'Afrique du Sud, quand même ! Je me sens drôlement en sécurité, moi ! dit Noir.

– Il faut partir, répéta Hope avec la plus grande fermeté.

– Hope, dit Marie, y a la police…

La marée rose le reprit, et le submergea. Il se leva et posa violemment la main sur l'écouteur.

– Et maintenant, vous dégagez, bordel ! Tous ! Et tout de suite !

Les yeux de Marie ouverts tout grands, sa bouche qui fait « Oh ! », Blanc et Noir avec de petits sourires, pas le moins du monde intimidés.

– S'il vous plaît, dit Hope en tirant sur la veste de Noir.

Ils sortirent à contrecœur, Hope devant, manière de locomotive tirant des wagons qui freinaient – enfin la porte se referma.

– Je vous demande pardon, dit-il en essayant de se calmer. Je voulais obtenir le silence dans la pièce.

Sanglots à l'autre bout du fil.

– Je veux… je veux juste savoir ce qui se passe.

– Je comprends, madame.

– C'est vous l'inspecteur ?

– Oui, madame.

– Van Heerden ?

– Oui, madame.

– On m'a dit qu'il était mort.

– Il est… (il chercha ses mots, il fallait y aller en douceur) … il est décédé, madame.

– Non, dit-elle. En 76. On m'a dit qu'il était mort en 76.

– Qui ça « on », madame ?

– Le gouvernement, le ministère de la Défense. Ils m'ont dit qu'il était mort en Angola. Ils m'ont apporté une médaille.

– Je m'excuse de vous poser cette question, madame, mais… vous êtes sûre que cette photo est bien celle de votre fils ?

Il écouta les bruits électroniques sur la ligne, les craquements et la friture, se demanda où elle était, d'où elle téléphonait.

La femme, en pleurant :

– C'est lui. Le visage de Rupert ne me quitte jamais. Il est dans mon cœur. J'ai son portrait accroché au mur. Je le vois tous les jours. Tous les jours.

Il gagna la réception. Hope s'y trouvait, avec Blanc et Noir, le divisionnaire Bart de Wit, le commissaire Mat Joubert et l'inspecteur Tony O'Grady, tous les trois de la brigade des Vols et Homicides.

– Je suis désolé, colonel, dit Bart de Wit à Blanc, mais vous allez devoir passer par les canaux officiels. Cette affaire est à nous.

– Des canaux ? On n'a pas de canaux, gamin, lui renvoya Blanc, Noir hochant la tête pour signifier son accord.

– Hope, vous voulez bien répondre au téléphone en attendant ? demanda van Heerden.

Elle le regarda, regarda ces hommes qui se bousculaient dans son entrée, hocha la tête et, soulagée, retourna dans le couloir.

– Bonjour, van Heerden, lança Bart de Wit.

– Salut, van Heerden, dit Mat Joubert.

Nougat O'Grady garda le silence.

– Des retrouvailles, s'exclama Noir. Comme c'est charmant !

– Mignon tout plein, renchérit Blanc.

– Vous êtes en possession de renseignements susceptibles de nous aider dans une enquête en cours, van Heerden, reprit Bart de Wit en frottant la grosse verrue qu'il avait sur un côté du nez.

– Et nous sommes venus les chercher, précisa O'Grady.

Mat Joubert sourit.

– Comment ça va, van Heerden ? demanda-t-il.

– On remet de l'ordre dans les chaises longues du *Titanic* ? lança Blanc.

– Et pas un seul DiCaprio en vue ! ironisa Noir.

– Nos amis du Renseignement militaire étaient sur le point de nous quitter, dit van Heerden.

– Ça valait le coup d'essayer, dit Noir.

– Savoir de petites choses peut être dangereux, dit Blanc.

– 76, lança van Heerden.

Les pupilles de Blanc se rétrécirent de manière quasiment imperceptible.

– Soixante-seize raisons de vider les lieux, tout de suite.

Ils étaient là, grands, le cheveu court et l'épaule large, tous les deux du Renseignement militaire, à se regarder, brusquement silencieux et à court de bons mots.

Van Heerden gagna la porte en verre et la leur ouvrit :

– Allez donc distribuer des médailles, vous voulez bien ?

Blanc ouvrit la bouche, puis la ferma.

– Allez, salut, reprit van Heerden.

– On reviendra, dit Noir.

– Plus vite que vous ne croyez, précisa Blanc.

Et ils sortirent.

– Vous avez abusé de la confiance de l'inspecteur,

van Heerden, dit le divisionnaire Bart de Wit, patron de la brigade des Vols et Homicides du Cap.

— Tu me dois une sacrée chandelle, renchérit O'Grady.

— Sans oublier l'atteinte irréparable portée à la bonne réputation de la police d'Afrique du Sud, ajouta de Wit.

Mat Joubert sourit.

— Allons, dit van Heerden. Je vous trouve un endroit où on peut causer.

La sonnerie stridente du téléphone se faisant soudain entendre dans la pièce silencieuse, Hope sursauta.

— Allô ?

Un instant de silence.

— Qui est à l'appareil ?

Voix d'homme.

— Hope Beneke.

— L'avocate ?

— Oui. Vous désirez ?

— Le défunt s'appelait Rupert de Jager.

Autre instant de silence, comme si l'inconnu attendait une réaction.

— Oui ? reprit-elle d'un ton incertain.

— Avant de changer de nom. Vous le saviez déjà ?

— Oui, monsieur, dit-elle en suppliant le ciel d'avoir proféré le bon mensonge, et elle écrivit « Rupert de Jager (? ? ?) » sur la feuille de papier devant elle.

— Savez-vous qui est l'assassin ?

Comment fallait-il répondre à cette question ?

— Je suis désolée, monsieur, mais je ne suis pas autorisée à vous donner ce renseignement par téléphone.

Hésitation à l'autre bout du fil comme si on envisageait diverses possibilités.

— Bushy, dit l'homme. C'était Bushy.

— Bushy, répéta-t-elle mécaniquement.

— Schlebusch. Tout le monde l'appelait Bushy.

261

Sa main droite s'était mise à trembler. *Bushy Schle-busch.*

– Oui ?

Sa voix, elle aussi, s'était mise à trembler.

– J'y étais. Avec eux.

Elle regarda la porte. Où était passé van Heerden ? Si ça continuait, elle allait finir par se prendre les pieds dans le tapis.

– Pour l'assassinat ?

– Non, non ! Là, c'était Schlebusch. Et rien que lui, je crois. J'étais avec eux en 76.

– Ah.

Soixante-seize. Fallait-il demander…

– Comment pouvez-vous affirmer que c'est lui qui a fait le coup ?

– Le M16. C'est le sien.

– Ah.

– Vous ne connaissez pas Bushy. Il va… il est complètement cinglé. Il va falloir faire attention.

– Pourquoi ça, monsieur ?

– C'est pas quelqu'un qu'on arrête.

– Pourquoi dites-vous ça ?

Mais où était van Heerden, bon sang !

– Parce qu'ils aiment bien tuer. C'est ça qu'il faut comprendre.

Elle en resta sans voix un instant.

– Nous sommes… euh…. seriez-vous prêt à venir nous parler ? Ici…

– Non.

– Nous saurons nous montrer discrets, monsieur.

– Non, répéta l'homme. Bushy… Bushy, j'ai pas envie qu'il me retrouve.

– Et nous, où on le trouve, monsieur ?

– Vous n'avez pas l'air de bien saisir. C'est lui qui va vous trouver, madame. Et là, moi, je préfère pas être au milieu.

30

La vie, les gens, les événements sont complexes, assemblages de facettes et de couches multiples aux nuances innombrables.

Et mes mots sont bien pauvres. Pire : le côté propagande de chacune de mes phrases, la fausseté de tout ce que j'omets de dire.

Ma seule expérience de l'écriture remonte à mes années de fac et ça, j'essaie désespérément que rien ne vienne en souiller ces chroniques. Mes mots me paraissent lourds, mon style forcé, sans générosité. Mais il va falloir me supporter. Je ne peux pas faire mieux.

Essayons d'expliquer qui j'étais en 1991, pendant ces semaines qui me virent attendre des réponses aux lettres que j'avais envoyées à tous les commandants de brigades des Vols et Homicides du pays.

Parce que, pour finir, le but de cette histoire est bien de mesurer, peser et comparer : qui j'étais, quel était le potentiel de l'homme qui, à trente et un ans, se lançait de manière aussi obsessionnelle dans une enquête purement universitaire. De deviner et de discuter ce qui aurait pu se produire.

Parce que l'époque était pleine de possibilités. Quand je repense à tous les aspects de l'existence que je menais alors, je ne puis qu'être étonné par le nombre de détails minuscules qui auraient pu influer sur le cours des événements, qui auraient pu faire que la route bifurque.

J'étais au bord de m'engager dans un avenir convenu, à un cheveu de m'y mettre. Si je n'avais pas lu ces deux articles, le dossier Marnewick serait resté sans intérêt pour moi et j'aurais pu suivre un chemin tout autre, complètement prévisible. Wendy et moi pourrions être mariés, être devenus le professeur et Mme Z. van Heerden de Waterkloof Ridge, parents malheureux et entre deux âges de deux ou trois enfants méthodiquement empoisonnés par les frustrations d'un mariage affligeant.

Parce que, malgré tout ce que j'ai pu dire de Wendy jusqu'à présent, je n'étais pas tout à fait contre l'idée de suivre un itinéraire parfaitement banalisé.

C'est que, voyez-vous, à Pretoria, nous formions pratiquement un couple. Le cercle de nos amis était bien délimité – et nous définissait. Nous étions « Zet-et-Wendy », nous recevions et étions reçus, nous avions nos petites routines, nos moments de bonheur passager, notre vie à deux. Nous étions la référence l'un de l'autre et cadrions impeccablement avec notre milieu.

Je ne vais pas me mettre à philosopher sur ce qui lie les gens, mais la pression est forte lorsqu'un cercle d'amis décide de vous attacher l'un à l'autre. Buts personnels et individualité ont tôt fait de disparaître dans l'appellation collective « Zet-et-Wendy ». Tout conspire à la mise en conformité, les circonstances vous incluant vite dans le grand dessein de l'humanité : procréer, assurer la survie des gènes, être agent de la conservation générale. Même si je savais bien que Wendy n'était pas le Grand Amour.

Nous étions populaires. Nous étions dans le vent, et pouvions briller. J'aimerais croire que nous pouvions faire tourner les têtes, moi le brun athlétique, elle la jolie petite blonde. Tout cela nous aidait à ouvrir notre chemin, à définir notre route.

Je ne protestais guère. Je n'avais pas de perspective claire pour un futur sans elle. J'étais prêt à finir par céder et, tel l'agneau du sacrifice, à me marier, avoir des enfants, mener ma carrière universitaire jusqu'à son terme logique, jouer au golf, tondre la pelouse, emmener mon fils à des matches de rugby, peut-être même finir par avoir une Mercedes et une piscine.

Je n'en mourais pas d'envie, mais je ne m'y opposais pas non plus.

J'étais au bord de sombrer dans le conventionnel. Tout au bord.

Qui étais-je donc ?

Par-dessus tout je croyais en moi-même – et, pour cette raison, j'avais foi en autrui. Je ne pense pas m'être jamais mis à philosopher sur la lutte entre le Bien et le Mal en moi et chez les autres. Je ne me croyais pas investi par le mal, et cela colorait ma façon de voir tout le reste. Le mal n'était que la déviance d'une minorité que je pouvais étudier sans danger à travers le prisme universitaire. Il s'agissait au pire d'un phénomène du genre aberration génétique à faible taux de dispersion dans la population, selon les statistiques de l'évolution naturelle au moins. Et ma tâche en tant que psychologue, criminologue et chercheur en sciences de la police se réduisait à étudier les chiffres, à en tirer des conclusions, à développer des procédures, à les instituer et à aider ceux qui devraient les appliquer.

J'étais du côté du bien. Donc, j'étais bon.

Voilà celui que j'étais.

Malgré mon obsession pour l'affaire Marnewick. Voire à cause d'elle.

31

Ils s'assirent dans le bureau de Hope Beneke et l'espace d'un instant il sentit à nouveau la montée d'adrénaline, l'échauffement du sang dans la poursuite, se rappela...

— Putain, van Heerden! Je n'arrive pas à croire que tu sois devenu un pareil trou du cul! Comment tu t'es démerdé pour poignarder un ancien collègue dans le dos et jeter en même temps le discrédit sur l'armée? Alors que tu n'avais qu'à me passer un coup de fil. Juste un.

Van Heerden leva les mains. Il était calme, tout son corps prêt à l'action et son esprit passant et repassant sans arrêt de l'appel téléphonique aux types du Renseignement militaire, puis à O'Grady, de Wit et Joubert. Mais d'abord se concentrer sur le présent.

— Bon, d'accord, Nougat, dit-il, je sais d'où tu parles et tu as toute ma sympathie...

O'Grady grimaça de dégoût et commença à dire quelque chose, mais van Heerden continua sur sa lancée :

— ... mais réfléchis un moment à la situation. J'avais un indice de plus que vous : la fausse identité. C'est tout. Le reste est pure hypothèse et plutôt ténu. Ce truc sur les dollars était aventureux et ce n'est que parce que j'ai pensé à la façon dont le bonhomme avait lancé son affaire avec du liquide au début des années 80. Je n'ai rien pour corroborer mes hypothèses. Et maintenant tu me dis : tu crois vraiment que tes supérieurs (il lui montra de Wit et Joubert du doigt) t'auraient laissé causer aux journaux avec si peu de chose ?

– C'est le principe, bordel !

– Et le mal que vous avez fait à la police, van Heerden.

– Là, je suis désolé, colo… euh… commissaire, mais c'était le prix à payer pour avoir…

– Nous vendre pour un article de presse de quatre sous !

– Tu dis des conneries, Nougat. Vous vous faites une publicité bien pire, et tous les jours de la semaine, parce que les médias vous voient en outil politique servant à atteindre l'ANC. Ça aussi, vous allez me le reprocher ?

– Vous nous avez, et délibérément, caché des faits dont nous pouvions nous servir dans une enquête, van Heerden.

– Je suis plus que prêt à partager, commissaire. Mais l'heure n'est pas venue de le faire, et pour des raisons évidentes.

– Les conneries que tu nous sors, van Heerden !

– 76, dit Mat Joubert.

Tout le monde le regarda.

– Tu as fait taire les deux mecs du Renseignement avec ces deux mots. Qu'est-ce que ça signifie, van Heerden ?

Il aurait dû se rappeler que Joubert ne ratait jamais rien.

– D'abord, dit-il lentement et d'un ton mesuré, il va falloir que nous arrivions à un accord d'échange de renseignements.

O'Grady y alla d'un petit rire méprisant.

– Non mais, vous l'entendez ? s'écria-t-il.

– Je ne crois pas que vous soyez en position de négocier, dit Bart de Wit un ton plus haut et légèrement plus nasal.

– Commençons par écouter ce qu'il nous propose, dit Mat Joubert.

– Sauf qu'on peut pas lui faire confiance, à c't'enculé.

– Inspecteur, nous avons déjà abordé le problème de votre langage, dit de Wit.

O'Grady souffla fort. Le sujet n'avait manifestement rien de nouveau.

– Voici comment je vois la situation, commissaire, reprit van Heerden. Vous avez la loi pour vous et vous pouvez me forcer à tout vous dire.

– Absolument, dit de Wit.

– Et comment, bordel de merde ! renchérit Nougat O'Grady.

– Cela étant, si jamais vous rouvrez le dossier, vous serez obligés d'enquêter selon les procédures légales en vigueur. Et si le Renseignement militaire vous met la pression, vous serez tenus de coopérer. Pas moi. Et du moment que je partage avec vous, vous ne pourrez pas m'empêcher de continuer mes recherches.

De Wit garda le silence. Index et verrue se rencontrèrent à nouveau.

– Je vous propose donc un partenariat. Un partenariat de travail.

– Avec toi qui tires les ficelles, c'est ça ? ricana O'Grady.

– Personne ne tire de ficelles. Nous nous contentons de faire ce qu'il faut… et d'échanger nos informations.

– Je ne te fais pas confiance.

D'un geste van Heerden laissa entendre que ça ne le gênait pas.

Le silence retomba.

– Mais où étiez-vous ? s'écria Hope lorsqu'il ouvrit enfin la porte. Je ne sais pas me débrouiller de ces appels téléphoniques. Un type a téléphoné pour me dire que quelqu'un allait venir nous attaquer, nous et les médias, l'*Argus* et e-TV veulent des infos et…

– Doucement, dit-il. Il a fallu que je négocie avec les Vols et Homicides.

– Un type a appelé. Il a dit que Smit s'appelait de Jager.

– Oui, Rupert de Jager.

– Vous saviez ?

– Il a téléphoné pendant que les types du Renseignement…

– Le Renseignement ?

– Oui, les deux clowns, le noir et le blanc.

– Ils sont du Renseignement militaire ?

– Oui. L'appel venait d'une certaine Carolina de Jager, originaire de Springfontein, dans le Free State. Rupert était son fils.

– Ah, mon Dieu !

– On dirait bien que tout remonte à 1976. Et au ministère de la Défense.

– Le type qui a téléphoné a lui aussi parlé de 1976. D'après lui, l'assassin s'appelait Schlebusch et il était avec eux.

– Schlebusch, répéta van Heerden en faisant rouler le nom sur sa langue.

– « Bushy », précisa-t-elle. C'est comme ça qu'il l'a appelé. Vous le connaissez ?

– Non. Ça, c'est du nouveau. Qu'a-t-il dit d'autre ?

Elle regarda le papier devant elle.

– Je me suis mal débrouillée, van Heerden. J'ai été obligée de mentir parce qu'il savait déjà beaucoup de choses. Il a dit que Schlebusch était dangereux. Qu'il allait nous descendre. Il a un M16.

Van Heerden digéra la nouvelle.

– Sait-il où se trouve Schlesbusch ?

– Non. Mais d'après lui, c'est Schlebusch qui nous trouvera. Il a peur.

– Vous a-t-il dit ce qui s'était passé en 76 ?

– Non.

– Qu'a-t-il dit d'autre ?

– Schlebusch… il a dit que Schlebusch aimait tuer.

Il la regarda. Et comprit qu'elle ne tiendrait pas le coup. Elle avait peur.

– Autre chose ?

– Non, c'est tout. Après, il y a eu un coup de fil de l'*Argus* et d'e-TV.

– Il va falloir donner une conférence de presse, dit-il.

Le téléphone sonna de nouveau.

– Maintenant, c'est à vous de répondre, dit-elle

– Il faut que vous alliez à Bloemfontein.

– A Bloemfontein ?

– Hope, vous répétez tout ce que je dis.

Elle le regarda en plissant le front, puis elle partit d'un petit rire forcé. Façon comme une autre de casser la tension.

– C'est vrai, dit-elle.

– Il faut retrouver cette Carolina de Jager.

Il décrocha.

– Van Heerden.

– Je sais qui est l'assassin, lança une voix de femme

– Nous serions heureux de l'apprendre, nous aussi

– C'est des satanistes. Y en a partout.

– Merci, madame, dit-il, et il raccrocha.

Encore une cinglée.

– On vient de tomber sur quelque chose de très très vilain, dit-elle, inquiète.

– On trouvera la solution.

– Et la police va nous aider ?

– Nous allons échanger nos informations

– Vous leur avez tout dit ?

– Presque. Je leur ai seulement dit que d'après nous, l'affaire aurait à voir avec le ministère de la Défense et que ça remonterait à un événement assez ancien.

– Il ne vaudrait pas mieux leur refiler le bébé ?

– Vous avez peur, Hope ?

– Bien sûr que j'ai peur. Cette affaire devient de plus en plus importante. Et maintenant, nous recevons des menaces, et d'un type qui va nous tuer. Parce qu'il aime ça.

– Bah, vous apprendrez. Des histoires, il y en a toujours des milliers dans un truc comme ça. Et dans les neuf-dixièmes des cas ce sont des conn... des bêtises.

– Je crois quand même qu'on devrait laisser faire la police.

– Non, dit-il.

Elle lui jeta un regard suppliant.

– Il n'arrivera rien, Hope. Vous verrez

Furieux de ne pas y avoir songé plus tôt, il demanda qu'on fasse installer un répondeur. Puis il arracha une feuille du bloc-notes, y nota les nouvelles informations, tenta de les classer par ordre chronologique, écouta des gens donner libre cours à leurs fantasmes et attendit que le répondeur arrive.

« Il y a un vol pour Bloemfontein assez tôt demain matin pour pouvoir rentrer en fin d'après-midi », vint lui dire Hope à un moment donné. Il lui passa le numéro de téléphone de Carolina de Jager et lui demanda de tout arranger.

Le répondeur fut enfin livré et le technicien l'aida à l'installer. Le nombre des appels avait diminué, mais van Heerden savait qu'il remonterait en flèche dès que les enfants qui s'ennuyaient à l'école rentreraient chez eux.

Petit coup frappé à la porte, la tête de Marie qui s'y encadre.

– Y a un Américain qui veut vous parler, dit-elle.

– Faites-le entrer.

Un Américain ? Van Heerden hocha la tête et dessina un autre cube sur sa feuille. A croire que le monde entier était sur l'affaire. Ça, pour marcher, l'article avait marché !

Marie ouvrit la porte.

– M. Powell, dit-elle, s'apprêtant à refermer la porte derrière elle.

– Appelez Hope, lui dit rapidement van Heerden, et il tendit la main au visiteur. Van Heerden.

– Luke Powell, dit l'Américain avec un fort accent.

Noir, âge moyen, léger embonpoint, visage doux et rond, yeux rieurs.

– Que puis-je faire pour vous, monsieur Powell ?

– Non, monsieur, c'est tout le contraire. Que puis-je, moi, faire pour vous ?

– Asseyez-vous, je vous en prie, dit van Heerden en lui montrant une des chaises de l'autre côté du bureau. Et je vous prie de m'excuser par avance, mais je devrai répondre à des coups de fil.

– Pas de problème. C'est le boulot.

Grande bouche qui sourit en révélant des dents impeccablement blanches.

Hope ouvrit la porte et van Heerden fit les présentations. Elle s'assit, bras croisés, tout son corps disant qu'elle n'avait aucune envie d'être là.

– Je travaille au consulat, reprit Powell. Conseiller économique. Après avoir entendu votre histoire à la radio, je me suis dit que… enfin, vous voyez… que si je passais vous offrir notre aide… Avec tous ces dollars dont vous parlez…

– C'est très aimable à vous, dit van Heerden.

De nouveau le grand sourire.

– Tout le plaisir est pour nous.

Van Heerden lui renvoya son sourire.

– Et donc, vous avez des tas de choses intéressantes à nous dire sur ces dollars, c'est ça ?

– Oh non. J'espérais plutôt que ce serait vous qui nous en donneriez. Ils n'ont pas dit grand-chose à la radio, vous savez, juste qu'il y avait pas mal de dollars dans l'histoire. Cela dit, si vous nous mettez dans la bonne direction, je pourrai passer le renseignement au… enfin, je ne sais pas, à des gens susceptibles de vous aider. Parce que les ressources, c'est pas ça qui manque, chez nous.

– Dites-moi, monsieur Powell, qu'est-ce que ça peut bien faire en Afrique du Sud, un conseiller économique américain ?

Sourire – d'autodérision –, mains qui s'agitent pour montrer que le travail qu'on fait n'a guère d'importance.

– Oh, vous savez… parler avec des hommes d'affaires, surtout ça, il y a des tas de gens qui veulent faire du commerce avec les États-Unis… et donc, les aider pour la paperasse, leur signaler les bonnes occasions… notre gouvernement est fermement décidé à favoriser le développement de la nouvelle Afrique du Sud. Et, bien sûr, nos sociétés ont elles aussi envie d'entrer dans votre marché…

– Non, je parlais de votre vrai boulot, dit van Heerden avec un vrai sourire, en s'amusant beaucoup.

– Je ne suis pas très sûr de bien vous comprendre, monsieur.

– Mon problème, moi, monsieur Powell, c'est que je ne sais pas assez de choses sur le Renseignement américain pour deviner à quelle branche de l'espionnage vous appartenez. Mais je dirais bien… la CIA ? Ou alors un de ces innombrables groupes militaires que vous…

Hope ouvrit légèrement la bouche de stupéfaction.

– Ah, mon Dieu ! s'écria Powell. C'est donc ça que vous croyez ?

Amusé, sincère lui aussi.

C'est un bon, celui-là, songea van Heerden en se demandant s'ils lui avaient envoyé un Noir pour que ça passe plus inaperçu. Mais… avec cet accent ?

— Oui, monsieur, c'est ce que je dirais.

— Attendez que je raconte ça à ma femme, monsieur van Hieden ! Non, non, je ne suis qu'un petit employé du gouvernement qui effectue un boulot bien ordinaire. Il ne faut pas trop croire ce qu'on voit à la télé, vous savez ! Ah, mon Dieu ! mon Dieu ! C'est donc ça que vous croyez…

Van Heerden vit que Hope était suspendue à ses lèvres, toute prête à le croire.

— Bien, reprit-il. Comme je vois que vous êtes parfaitement honnête avec nous, monsieur Powell, moi aussi, je vais vous dire toute la vérité. Ce qu'il y a de plus drôle dans cette histoire, c'est qu'on n'a presque rien à se mettre sous la dent. Et quand je dis presque rien… Juste un petit bout de papier qui, d'après les types de l'Identité judiciaire, aurait servi à entourer des liasses de dollars il y a des années et des années de ça. Plus un énorme coffre-fort, de faux papiers d'identité et un type qui a lancé une affaire avec bien plus de liquide qu'on ne saurait l'expliquer. C'est tout.

Plus qu'attentif, Powell hocha la tête.

— Et donc, c'était l'impasse. Nulle part où chercher. Nous avons demandé à la presse de nous aider et avons inventé une petite histoire, pure fiction si vous voulez, et se fondant vaguement sur des hypothèses possibles.

— Tiens donc !

— Et vous savez ce qui s'est passé ? Ça s'est mis à péter absolument partout. Nous avons reçu des appels des quatre coins du pays et la visite de gens absolument fascinants et peu à peu des tas de pièces du puzzle ont commencé à tomber dans notre escarcelle. Un vrai guêpier, si vous voyez ce que je veux dire.

– Eh bien ça alors, dit Powell, continuant de jouer les petits employés du gouvernement.

– Bref, il faut bien que je vous le dise, il y a quarante-huit heures de ça nous pensions ne jamais pouvoir résoudre l'affaire. Qu'est-ce que je dis ? Il y a encore six heures, je croyais que c'était foutu. Et maintenant tout est ouvert, monsieur Powell. Non seulement je pense qu'on va en voir le bout, mais je sais aussi que des tas de gens vont être drôlement embarrassés.

– Tiens donc !

– Si, si, lui renvoya van Heerden en mettant un rien d'accent américain dans sa voix. (Pas moyen de s'en empêcher : il n'avait pas oublié son passage à Quantico et le côté contagieux de cet accent.) Ce qui fait que maintenant, il va falloir que vous vous posiez des questions. Dont celle-ci : voulez-vous, vous et tous ceux que vous employez, vous retrouver dans l'embarras ?

Powell respira un grand coup, sourire intact, calme, nullement inquiet.

– Eh bien, dit-il, je vous suis très reconnaissant de m'avoir confié tout cela, mais je ne suis qu'un.

– Qu'un modeste employé du consulat ?

– Exactement.

Le sourire était toujours aussi large.

– Si vous étiez prêt à nous faire part de ce que vous savez, il y aurait évidemment possibilité de minimiser les dégâts. De « contenir la situation », c'est bien comme ça qu'on dit ?

– Monsieur van Hieden, lui renvoya Powell, sachez que si jamais je me trouve en position de vous fournir tel ou tel renseignement, je serai plus qu'heureux de le faire. (Il mit la main dans sa poche et en sortit une carte.) Malheureusement, je n'ai pas la moindre idée de ce que vous êtes en train de me raconter. Mais c'est comme je vous dis : si jamais vous changez d'idée sur l'emploi que j'occupe et avez besoin d'un renseignement, n'hésitez pas à m'appeler. (Il posa la carte devant lui et se leva.) Je suis très honoré, madame…

Et quand ils se furent serré la main et que Powell eut refermé la porte derrière lui, Hope Beneke souffla très lentement et s'écria « Putain de Dieu ! », la stupeur se répandant aussitôt sur son visage lorsqu'elle se rendit compte de l'énormité de ce qu'elle venait de dire.

– Tiens donc ! lança van Heerden avec un fort accent américain, et tous les deux ils rirent fort, instant de soulagement dans la tempête qui montait.

Le téléphone sonna.

32

C'est dans les comptes rendus – tous à fendre le cœur – de tueries qui s'étaient produites aux quatre coins du pays que je trouvai la piste de l'Assassin au Scotch crêpé.

Pas immédiatement, non – lentement, par un travail dur et systématique, à coups de listes, d'organigrammes, de notes et de croquis, avec une obsession sans partage.

Les documents arrivaient les uns après les autres, d'inspecteurs citadins ou travaillant dans des bourgades perdues dans la campagne, mais tous marqués au même sceau : on voulait coincer le malade, piéger le type qui avait commis ces crimes abominables et l'on offrait son aide sans condition dans l'espoir de clore tous ces dossiers restés sans solution qui se couvraient de poussière.

Durant ces semaines je découvris vraiment ce qu'était l'âme policière, l'instinct de la chasse, l'engagement de chacun dans la poursuite de la proie. Chaque dossier disait le dévouement et la passion, le moindre envoi étant accompagné d'une lettre dans laquelle on me suppliait d'appliquer les dernières techniques de criminologie et de dire ce que je savais de façon à apaiser le tourment du meurtre toujours pas résolu, la conscience destructrice de ce qu'« il » était toujours en liberté, de ce qu'encore et encore le tueur pouvait sacrifier à ses fantasmes.

Ce fut pendant ces semaines que je découvris ma vraie vocation, que je fis l'expérience de la fraternité policière, là, seul dans un bureau paumé dans un labyrinthe de couloirs d'université. C'est aussi pendant ces semaines que je perdis Wendy et me trouvai, que pour la première fois je sentis le sang et ne pus résister à son odeur.

Sur les quatre-vingt-sept incroyables réponses que je reçus de tout le pays, seules neuf correspondaient sans conteste à mon affaire, quatre ou cinq autres pouvant être prises en compte à la rigueur. Le reste concernait des crimes commis par d'autres tueurs en série sévissant dans notre pays depuis une vingtaine d'années.

Naturellement, la tentation était grande de dresser une espèce de registre national du crime à répétition (comme j'aurais alors été en avance sur mon temps !), mais mon obsession était bien trop forte et ma dette d'honneur envers Baby Marnewick bien trop lourde pour que j'y cède.

Tous les renseignements une fois traités et reportés sur une énorme carte qui couvrait un mur entier de mon bureau, l'itinéraire de l'Assassin au Scotch crêpé fut établi. Nous eûmes alors comme la chronique, l'étude exemplaire de la naissance, de l'apprentissage et, pour finir, de l'arrivée à l'âge adulte d'un tueur en série qui avait laissé sa trace sanglante à travers toute l'Afrique du Sud.

C'était un mineur.

Son périple avait commencé en 1974, dans la cité minière de Virginia, État du Free State, avec l'agression et le viol, en plein veld, d'une écolière noire de quatorze ans qui n'avait dû qu'à la seule force de sa volonté de survivre aux blessures au couteau qu'il lui avait portées à la poitrine après lui avoir attaché les mains dans le dos à l'aide de Scotch crêpé. Son premier forfait, initiatique, ou y avait-il eu d'autres agressions avant ? Des tentatives grossières que personne n'aurait signalées ? Était-ce la première fois qu'il se servait de Scotch crêpé ? Il était dit dans le dossier que la victime avait été incapable de donner le signalement du violeur. Qu'elle en avait été incapable ou qu'elle n'avait pas voulu ?

La même année, une écolière blanche de quinze ans, elle aussi de Virginia, est retrouvée morte au bord d'une route – les mains attachées avec du Scotch crêpé, dix-sept coups de couteau à la poitrine, un mamelon tranché. La police passe le *township* et l'enclos des mineurs noirs au peigne fin, interroge quantité de suspects noirs, le rapport entre les deux crimes étant évident. Aucune arrestation.

Blyvooruitzicht, sur les bords du West Rand, 1975 : une secrétaire de vingt-deux ans travaillant dans un cabinet d'avocats, frêle et jolie, a fini sa journée et rentre chez elle. Personne ne la reverra jamais. Le lendemain après-midi, à 12 h 22, on enfonce sa porte parce qu'on se doute de quelque chose. Et on la retrouve dans la seule chambre de l'habitation, les mains et les pieds attachés avec du Scotch crêpé : coups de couteau multiples à la poitrine, les deux mamelons maladroitement tranchés, un ours en peluche sur la figure. (D'après le modèle de Quantico, ce dernier détail signifie que l'assassin avait honte de ce qu'il faisait et ne supportait pas le regard de sa victime.)

16 décembre 1975, Carletonville. A 6 h 30 du matin, un manœuvre agricole noir découvre le corps nu d'une serveuse de vingt et un ans au bord de la route goudronnée qui conduit à Rysmierbult. Scotch crêpé, coups de couteau à la poitrine, mamelons tranchés. Où la jeune femme a-t-elle été assassinée ? Il n'y a ni traces de sang ni signes de lutte à l'endroit où elle est retrouvée. Aucune arrestation.

9 mars 1976 : une prostituée de trente-quatre ans est

découverte dans son appartement de Welkom. Effrayante quantité de sang dans la pièce – un des coups de couteau a sectionné l'aorte et, sa vie la quittant, la victime a vu son sang jaillir comme une fontaine sur les murs, les meubles et le plancher. Elle s'est débattue : elle a de la peau sous les ongles et des contusions sur la figure. Elle a dû mourir avant qu'il se serve de son Scotch crêpé, mais on en retrouve un rouleau sous une petite table. Mamelons tranchés, coups de couteau à la poitrine et, pour la première fois, horrible mutilation du vagin *post mortem*.

Fureur.

Aucune empreinte sur le rouleau de Scotch crêpé.

Puis, en 1979, après trois ans de silence, la mort de Baby Marnewick. Pour la première fois, la victime est à genoux et du sperme est retrouvé.

Où est passé le tueur pendant ces trois ans ? Qu'est-il advenu de lui après l'accélération des années 75-76, après ces agressions qui ne cessaient de s'amplifier, les intervalles entre les meurtres de plus en plus courts ? Les tueurs en série ne disparaissent pas comme ils veulent. Incapables de s'arrêter, ils sont des papillons de nuit autour du feu de l'autodestruction, encore et encore ils s'en rapprochent et deviennent de plus en plus fous jusqu'au moment où ils finissent par brûler – en général dans les flammes blanches de la justice.

D'après le FBI, la réponse à cette question réside le plus souvent dans une peine de prison. Parce que là où il y a fumée de meurtres en série, il y a un feu qui génère d'autres crimes – même de petits délits de col blanc, de l'incendie volontaire de temps en temps, de l'exhibitionnisme, du viol ou de la tentative de viol. Toutes les études montrent qu'un silence de plusieurs mois ou années qui vient casser le rythme démoniaque du tueur est pratiquement toujours dû à une peine de prison infligée pour d'autres crimes.

Trois assassinats en 1980 : en mars à Sishen, une ménagère de vingt-trois ans. A genoux, multiples blessures au couteau, mamelons tranchés, Scotch crêpé autour des chevilles et des poignets.

Juin, Durban : une représentante de commerce en produits cosmétiques tuée dans sa chambre d'hôtel. Vingt-trois ans. Le *modus operandi* est exactement le même.

Août, Thabazimbi : célibataire de vingt-trois ans sans emploi, prostituée ou call-girl peut-être, retrouvée dans une petite maison cinq jours après que son assassin lui a infligé son terrible rituel d'humiliation et de meurtre.

Et après, plus rien.

La piste sanglante se terminait soudain comme si l'Assassin au Scotch crêpé avait disparu de la surface du globe. Mort ? Nouvelle peine de prison ? Ça n'avait aucun sens.

Une semaine durant je contemplai le parcours du monstre sur mon mur. L'organigramme était là, sous mon nez, carte, notes dans les marges de mes dossiers, suspects principaux… et pas de doublons. La liste des similitudes, des différences et des trous, tout y était.

La piste était nette et claire, mais aucun indice sur l'identité. L'assassin de Baby Marnewick avait maintenant un passé. Mais toujours pas de nom.

Une semaine durant je ressassai, regardai, lus et relus mes neuf documents. Et la seule chose que je n'arrivais pas à trouver, c'était l'homme qui l'avait assassinée. Il allait falloir jeter ses filets plus loin.

33

Le nombre d'appels baissant de manière significative en fin d'après-midi, il enclencha le répondeur à dix-sept heures. « Ce service est fermé pour la nuit, disait le message. Laissez vos nom et numéro de téléphone et nous vous rappellerons dès demain matin. » Il savait qu'en pleine nuit, ce seraient les plus cinglés qui sortiraient de leurs trous, ceux qui entendaient des voix, ceux qui étaient en contact avec d'autres planètes. Qu'ils parlent donc au répondeur.

Il gagna le bureau de Hope. La porte était fermée. Il frappa.

– Entrez.

Il ouvrit la porte

Hope lui sourit

– Vous avez frappé ! s'exclama-t-elle.

Il lui renvoya un petit sourire désabusé et s'assit sur le même fauteuil que la première fois qu'il l'avait vue.

– Nous avons fait du bon boulot, dit-il.

– Pas nous, vous

– Vous m'avez beaucoup aidé.

– Non, non. J'ai été lamentable.

– Manque d'expérience, c'est tout.

– C'était votre idée, van Heerden. Votre plan. Et ça a marché.

Il garda le silence un moment, appréciant les compliments.

– Vous croyez vraiment que Powell fait partie du Renseignement américain ?

– Il est dans un truc de ce genre, oui.

– Pourquoi ?

– Les petits employés des consulats ne s'amusent pas à ces jeux-là. Ils ne se pointent pas à droite et à gauche pour aider quelqu'un dans une enquête criminelle. Ils réagissent à ce qu'on leur dit, ils sont polis, ils font très attention à ne pas se mêler des affaires locales. Et s'il y a vraiment besoin d'aide, ils passent par les canaux officiels.

– On dirait un gentil tonton.

– Ils ont tous cette tête-là.

– Sauf les deux types du Renseignement militaire, dit-elle.

Il lui sourit.

– Ça, c'est vrai.

– Tout est prêt pour demain, reprit-elle. Je dois rencontrer Mme de Jager à Bloemfontein et elle reviendra en avion avec moi.

– Vous lui avez dit ce qu'elle doit rapporter ?

– Oui. Et elle les rapportera.

– Merci. Ça aussi, ça va faire du bruit. J'ai parlé à des journalistes du *Cape Times* et d'*Argus*. Le *Die Burger* a lui aussi décidé de publier une suite au premier article. Juste pour dire que nous avons eu des renseignements que nous sommes en train de traiter. Quant à e-TV…

– Je vais mettre Wilna van As au courant. Dès que je serai chez moi.

– Bien.

Elle hocha la tête.

– Zatopek ? reprit-elle doucement, presque à titre d'essai.

Il sourit.

– Oui ?

– J'ai quelque chose de sérieux à discuter avec vous.

Il mit la *Symphonie concertante*, K 364 pour violon, viole et orchestre, monta le son, les notes triomphantes et douces remplissant la maison plongée dans le noir et couvrant les hurlements du noroît. Il mangea des restes (spaghettis et foies de poulet sauce piquante), assis dans son fauteuil déglingué, ses notes étalées sur la table devant lui.

Hope voulait qu'il remette l'affaire entre les mains de la police.

Il avait refusé. Et trouvé des excuses. Les flics travaillaient sur des centaines de dossiers à la fois, lui se concentrait sur un seul. Ils devaient suivre des procédures précises et contraignantes, il était libre. S'ils étaient si bons que ça, c'est eux qui auraient fait la découverte capitale.

« S'il vous plaît », avait-elle dit. Elle avait peur, il le voyait, peur des virages brutaux, des groupes bizarres impliqués dans l'affaire, peur qu'un psychopathe appelé « Bushy » vienne leur faire la peau.

Il avait refusé.

Parce qu'il le fallait.

Elle n'arrivait pas à s'intéresser à son livre.

Elle le reposa sur sa table de chevet et se renversa sur les coussins.

Wilna van As avait pleuré, encore une fois. De reconnaissance. En espérant qu'il sortirait quelque chose de bon de la rencontre avec Carolina de Jager le lendemain. Par peur des squelettes du passé. De désir pour son Johannes Jacobus Smit soudain devenu ce Rupert de Jager qu'elle ne connaissait pas.

– Vous voulez passer la nuit ici ? lui avait-elle demandé en regardant la grosse maison froide.

– Non, avait répondu Wilna van As.

Elle était restée aussi longtemps que possible, jusqu'à ce que l'autre femme comprenne enfin et lui dise de s'en aller parce que la journée du lendemain promettait d'être longue.

Et derrière tout ça il était certaines choses qu'elle ne pouvait ignorer.

Parce que ce jour-là quelque chose avait changé. Entre elle et Zatopek van Heerden. Entre eux deux.

Ils avaient ri ensemble, fort et de bon cœur, de manière exubérante même quand elle avait juré, nom d'une pipe mais d'où lui était venu ce « Putain de Dieu ! » ? Elle ne savait même pas l'avoir en elle, mais il avait ri et l'avait regardée, et à cet instant avait été quelqu'un d'autre, toute sa colère et son côté inabordable soudain disparus.

Et il avait frappé avant d'entrer. Et lui avait parlé calmement. Quand elle lui avait dit sa peur, et qu'il vaudrait peut-être mieux que ce soit la police qui reprenne l'affaire.

Aujourd'hui, oui, quelque chose avait changé…

On frappa à la porte, elle crut que c'était lui, sourit, ça devenait une habitude, ces visites tard le soir, mit sa robe de chambre, enfila ses chaussons en forme de nou-nours, gagna l'entrée en traînant les pieds, jeta un coup d'œil responsable par le judas et découvrit Noir et Blanc, tels deux pois dans une cosse, et lança :

– Qu'est-ce que vous voulez ?

– Il faut qu'on parle, mademoiselle Beneke.

– Allez voir M. van Heerden. C'est lui qui s'occupe de l'affaire.

– Il travaille pour vous, mademoiselle Beneke.

« Mademoiselle Beneke » alors que le matin même on était tout arrogance. Elle soupira et déverrouilla la porte.

Ils lui sourirent poliment, entrèrent et gagnèrent la salle de séjour. Elle les suivit.

– Asseyez-vous, dit-elle

Ils prirent place l'un à côté de l'autre sur le canapé, elle s'installa dans le fauteuil.

– Bel endroit, dit Noir avec une admiration forcée.

Blanc acquiesça d'un signe de tête. Hope garda le silence.

– Mademoiselle Beneke, lança Blanc avec émotion, nous nous sommes montrés un rien impétueux ce matin.

– Insensibles, dirais-je, précisa Noir.

– Ce n'est pas souvent que nous travaillons avec des civils, dit Blanc.

– Manque de pratique, dit Noir.

– Nous apprécions beaucoup le travail que vous avez fait, dit Blanc.

– Incroyable, vraiment, dit Noir.

– Mais nous ne ferions pas notre devoir si nous ne vous mettions pas en garde : il y a un certain nombre de gens très dangereux dans cette histoire.

– Des assassins psychopathes, renchérit Noir. Des gens qui tuent sans le moindre scrupule. Des gens qui pourraient faire beaucoup de mal au gouvernement d'Afrique du Sud. Et qui aimeraient bien. Et notre démocratie est toute jeune

– Bref, nous ne pouvons pas prendre ce risque.

– Et nous ne voulons pas vous exposer au danger, dit Noir. Il est de notre devoir d'assurer votre sécurité.

– De maintenir la guerre au front.

– Or, d'après ce que nous avons compris, c'est un testament que vous cherchez.

– Noble croisade.

– Si nous vous promettons, au nom de l'État, de retrouver ce document dès que toutes les personnes concernées seront maîtrisées…

– Nous aimerions vous demander de remettre l'enquête à plus tard… au minimum…

– Jusqu'à ce que tout danger soit écarté.

– C'est uniquement pour votre sécurité..

– Et celle de notre jeune démocratie.

– S'il vous plaît.

Elle les observa. Ils lui jetaient des regards suppliants. Assis au bord du canapé, grands et forts, la mâchoire et l'épaule impressionnantes, ils résistaient de leur mieux à une nature qui chez eux avait plutôt l'habitude de hurler des ordres. Soudain elle eut envie de rire, avec la même exubérance que lorsqu'elle était avec van Heerden. Elle venait de comprendre le changement qui s'était opéré en lui et pourquoi il avait refusé de donner l'affaire à la police ou au Renseignement militaire.

– Non, dit-elle. Mais merci quand même. Nous et notre jeune démocratie, j'en suis certaine, apprécions votre aide, mais il y a un problème et ce problème nous empêche de vous donner l'affaire.

– Lequel ? lui demandèrent-ils en chœur.

– Si notre sécurité vous tient tellement à cœur, pourquoi Bushy Schlebusch n'est-il pas depuis longtemps derrière les barreaux ?

Rupert de Jager, Bushy Schlebusch et un Autre. Des membres du Renseignement militaire ? Les Trois Bourreaux ? Le Trio du Sale Boulot ? Ceux qui avaient appuyé sur la détente au nom d'un obscur service du ministère de la Défense ? Tous richement payés pour cette Mission impossible ? Réglés en dollars américains ? « Allez donc nous assassiner Untel et Untel de l'ANC ou du PAC[1] à Lusaka, Londres ou Paris, et nous vous couvrirons de dollars » ?

Allez donc nous mettre une bombe à tel ou tel endroit ?

1. Ou Pan African Congress, parti de gauche dont le slogan était : « Tuez le Boer » *(NdT)*.

Bah, comme si chaque dossier de la commission Vérité et Réconciliation n'était pas un indice possible dans cette histoire.

Un « Autre » qui avait dit à Hope qu'ils étaient ensemble en 76. Mais ensemble où ? Et pour faire quoi ?

Et maintenant que les tombes étaient ouvertes et que les fantômes commençaient à se balader partout, voilà que les Américains et le Renseignement militaire se mettaient à cavaler comme des rats pris au piège.

Mais que venaient faire les Américains dans le puzzle ? Le M16 ? Les dollars ? La cible du Trio fatal était-elle américaine ? Prêtez-nous une de vos innombrables petites équipes de l'armée secrète pour éliminer le dictateur A du pays B d'Amérique latine et nous vous aiderons à tourner quelques-unes de vos sanctions ? Les Américains comme garants du scénario ? Le grand combat commun contre le communisme mettait parfois de bien étranges compagnons dans le même lit.

Ou alors… les Américains comme victimes de toute l'affaire ?

Il continua de regarder fixement les mots, les petits carrés et les chronologies qu'il avait devant lui.

De Jager, Schlebusch, l'« Autre. » Ensemble en 76. Et dans les années 80 de Jager avait refait surface sous un autre nom. Était-ce le Renseignement militaire qui lui avait fourni cette deuxième identité ? « Vous vous faites une nouvelle vie, vous prenez ces dollars et vous la fermez » ?

Et quand il n'a plus de dollars, Bushy s'achète un M16 et une lampe à souder pour s'en procurer d'autres ?

Il y avait encore beaucoup trop de questions en l'air.

Et en plus, rien de tout cela n'avait vraiment d'importance.

Ce qui en avait, c'était de savoir comment s'y prendre pour retrouver Schlebusch.

Et là, il avait un plan.

Le téléphone sonna.

– Van Heerden.

– Les types du Renseignement militaire viennent de passer.

– Chez vous ?

– Ils veulent qu'on remette l'enquête à plus tard pour pouvoir protéger notre jeune démocratie, dit-elle. Et nous avec.

– L'approche est nouvelle.

– Ils ont été très polis.

– Ça a dû leur coûter.

– Ça !

– Et qu'avez-vous dit ?

– Je leur ai dit non.

Il fit la vaisselle et pensa à elle. Pleine de surprises, cette Hope Beneke. Idéaliste, naïve, loyale, fantasque, droite, honnête, pas belle mais sexy, en dépit de tout, oui, sexy. Quel effet cela lui ferait-il de tenir ses jolies fesses dans ses mains et de la pénétrer ? Comment était-elle au lit ? Naïve ? Ou aurait-elle la même force impérieuse qui l'avait amenée à lui parler de sa bagarre avec le docteur ? La même sensibilité profonde qui faisait rougir la marque qu'elle avait à la joue quand elle était en colère ?

Il sentit l'érection lui venir.

De la lumière dehors lui fit lever les yeux.

A cette heure ? Une portière de voiture claqua. Il s'essuya les mains, gagna la porte, l'ouvrit et le vent lui amena Kara-An, pull-over noir moulant, mamelons durcis par le froid, pantalon noir, chaussures à talons hauts. Elle claqua la porte derrière elle, bouche rouge et ouverte.

– Je viens aux nouvelles, dit-elle en lui tendant une bouteille de champagne.

– Ce n'est pas pour ça que vous êtes venue.

Elle le regarda avec un petit sourire en coin.

– Tu sais comme je suis, dit-elle.

– Oui.

Ils étaient à un pas l'un de l'autre.

– Prends-moi, dit-elle, l'œil noir.

Il regarda ses seins, et ne bougea pas.

– Prends-moi. Si tu peux.

34

Je trouvai son nom parmi des centaines d'autres.

Je prospectai, cherchai des semaines entières dans tous les dossiers de criminels condamnés à des peines de prison pour agression sexuelle entre 1976 et 1978. Et trouvai enfin son nom dans les listes comparatives qui décoraient mon mur.

Victor Reinhardt Simmel.

Grain d'or dans le minerai gris des informations, il ne ressortait pas tout de suite – de fait, il était quasiment invisible. J'avais dressé la liste de toutes les personnes interrogées – c'était dans l'enquête menée après l'assassinat de la serveuse de Carletonville qu'apparaissait son nom. Le compte rendu d'interrogatoire était succinct, tout un groupe de clients réguliers du restaurant où elle travaillait ayant été interrogé. Simmel venait de temps en temps et elle l'avait servi plusieurs fois. Il avait nié la connaître et exprimé sa sympathie. Rien ne le faisait vraiment sortir du lot.

Jusqu'au jour où j'avais retrouvé sa trace au registre des condamnations pénales : le 14 juillet 1976, un certain Victor Reinhardt Simmel avait été condamné à trois ans de prison par la cour de Randfontein pour exhibitionnisme – la victime était une bibliothécaire de vingt-six ans – et possession d'objets à caractère pornographique. Je remontai la piste de l'enquête et des

291

dossiers judiciaires. Il n'avait pas prémédité son crime : c'était le crépuscule, elle était rentrée chez elle à pied, avait mis la clé dans la serrure et ouvrait la porte de son domicile lorsqu'il était passé en voiture et l'avait vue. Il s'était arrêté devant son portail, était descendu de son véhicule, lui avait demandé très gentiment son chemin, puis l'avait soudain prise par le bras et forcée à entrer. Elle avait hurlé, il lui avait flanqué un coup de poing dans la figure et avait menacé de la tuer.

La voisine d'en face, qui était en train de désobéir aux restrictions d'arrosage décrétées pendant la grande sécheresse de 76, avait vu ce qui se passait et appelé à la rescousse deux mineurs qui logeaient chez elle. Ceux-ci s'étaient précipités chez la bibliothécaire. Victor Reinhardt Simmel était en train de lui déchirer son corsage et lui serrait le cou avec son avant-bras. Elle avait déjà le nez cassé et dégoulinant de sang. Les deux mineurs avaient tiré Victor dehors, puis ils l'avaient maîtrisé et ligoté pendant que la voisine appelait la police.

Dans sa voiture on avait trouvé de la littérature pornographique – des revues hollandaises avec photos on ne peut plus crues de séances de bondage.

Il n'est pas impossible que les policiers soient aussi tombés sur du Scotch crêpé, mais sans savoir que cet objet avait un rapport avec le crime.

Victor Reinhardt Simmel.

Ce n'était pas un mineur, mais un technicien de Deutsche Machine, une société qui fabriquait et entretenait d'énormes pompes à eau pour l'industrie minière.

Il y avait une photo de lui dans le dossier. Petit et trapu, couvert d'innombrables cicatrices d'acné.

Le lien entre Simmel et les crimes de l'Assassin au Scotch crêpé était ténu, extrêmement ténu même – il se réduisait à un détail dans l'un des meurtres –, mais je n'avais pas besoin de plus.

Je m'emparai de sa photo et me rendis en voiture à Virginia, où je cherchai une Maria Masibuko qui devait avoir maintenant trente-huit ans, des marques de couteau à la poitrine et le visage de son agresseur gravé dans la mémoire. Ce n'est pas à Virginia que je la trouvai. On m'informa qu'elle était partie à Welkom. D'après une autre rumeur, elle aurait habité à Bloemfontein. Au bout de quinze jours de pistage, je la retrouvai dans une maternité de Botshabelo où, infirmière chef aux mains délicates, elle ne laissait voir sa douleur et sa haine que dans certains mouvements de ses épaules.

Elle regarda les photos, très vite, et ses lèvres se tordirent.

– C'est lui, dit-elle.

Et elle s'écarta pour retenir la bile noire qui lui montait à la gorge.

2e jour

Mardi 11 juillet

35

Debout dans l'embrasure de la porte avec la lumière qui tombait sur le lit à travers les vapeurs de la douche, il regarda la forme endormie de Kara-An, ses cheveux noirs étalés sur l'oreiller, la pâleur de son épaule et du haut de ses bras, la courbe de son sein, sa bouche superbe à moitié ouverte et sans rouge à lèvres, le bord de ses dents blanches, et entendit le petit bruit régulier d'un profond sommeil dans sa gorge. Que de beauté, même maintenant, que de beauté dans ce corps d'ange, dans ce visage de déesse, mais que de matière grise endommagée dans ce cerveau ! Dieu, que la nuit avait été folle ! On aurait dit une bête, une lionne enfermée dans sa tête, un animal qui déchirait, sifflait et mordait, qui jurait et haletait... jusqu'où se haïssait-elle donc ?

Il se tenait nu dans l'embrasure de la porte, et ressentait une douleur plus forte que celle causée par tous les bleus et éraflures qu'elle lui avait laissés sur le corps. Il fallait qu'il s'habille pour aller au travail, mais le contraste entre la forme apaisée étendue sur son lit et le démon qu'il avait découvert pendant la nuit l'empêchait de partir.

Il en avait appris des choses sur lui-même pendant cette nuit !

Ce n'était que tout au bord de l'abîme qu'il s'était arrêté.

« Fais-moi mal », lui avait-elle lancé, et de le supplier, de le couvrir de reproches et de le frapper à la figure. Encore et encore, les dents serrées, « Fais-moi mal », mais il n'y arrivait pas. Dans les moments de pure frénésie il avait bien cherché mais n'avait jamais trouvé la force de frapper.

Il ne voulait pas lui faire mal, il voulait la réconforter. Malgré tout ce qu'il avait d'agressivité en lui, malgré toute la haine, tous les reproches et toute la douleur.

Il avait essayé de puiser dans sa propre colère, mais il y avait là quelque chose… d'autre. Il avait envie de la consoler, de lui offrir sa sympathie. Il avait pitié d'elle, très grande pitié. Ce n'était pas du désir qu'il éprouvait, c'était un immense chagrin.

Pour finir, il s'était jeté en elle et avait conduit l'affaire à l'orgasme, en la tenant fort et en suant tandis qu'elle l'agonisait d'injures – il était impuissant et peureux, il l'avait trahie –, jusqu'au moment où, vidé et fatigué, il était resté étendu sur elle, jusqu'au moment où entre eux le silence était devenu aussi noir et froid que la nuit dehors. Alors il l'avait lâchée et s'était allongé à côté d'elle, avait regardé fixement le plafond jusqu'à ce qu'il sente ses mains douces sur sa poitrine, jusqu'à ce qu'elle rapproche son corps du sien et s'endorme. Enfin il n'avait plus pensé à rien, les portes de son esprit hermétiquement closes.

Hope gagna le bâtiment de l'aéroport dans le froid sec et glacial d'un petit matin de Bloemfontein, émerveillée de voir l'herbe délavée par la lumière pâle du soleil. Elle scruta les voyageurs dans le hall des arrivées et sut tout de suite que la grande femme mince aux cheveux gris et au visage plein de rides était la mère de Rupert de Jager. Elle s'approcha d'elle, lui tendit la main et sentit des bras osseux qui l'emprisonnaient.

– Je suis vraiment heureuse que vous soyez venue, dit Carolina.

– C'est nous qui sommes très heureux d'avoir réussi à vous retrouver.

La femme la lâcha.

– Ne vous inquiétez pas, je ne vais pas me mettre à pleurer.

– Vous pouvez pleurer tout votre saoul, madame de Jager.

– Appelez-moi Carolina. Il y a longtemps que j'ai fini de pleurer.

– Y a-t-il un endroit où nous pourrions attendre en prenant un café ?

– Allons en ville, nous avons tout le temps. Je vous montrerai les Quais.

– Il y a des quais à Bloemfontein ?

– Absolument. C'est très beau.

Elles sortirent de l'aéroport et retrouvèrent le froid du dehors. Carolina de Jager regarda encore une fois Hope Beneke.

– Vous êtes si petite ! s'écria-t-elle. Pour une avocate… Je pensais que vous seriez gigantesque.

Il rembobina la bande du répondeur, écouta les messages que lui avaient laissés les solitaires et les désaxés et retrouva son étonnement devant la misère qui habitait certains. D'où venait celle de Kara-An ? Elle pouvait peut-être montrer des gens du doigt, mais sa misère à lui venait du tranchant de ses actes, des blessures qu'il infligeait à tel ou tel.

Se concentrer. Il classa ses notes et lut les articles des journaux, restes de nouvelles astucieusement réchauffés, comme cette citation du divisionnaire Bart de Wit : « La brigade des Vols et Homicides n'a jamais lâché l'enquête et nous sommes heureux d'avoir pu partager ce que nous savions avec l'équipe des enquêteurs privés. Les Vols et Homicides resteront donc dans la course et suivront de près les derniers développements de l'enquête. »

Ha!

Le téléphone ne sonnait plus que rarement et rien d'utile n'en sortait. Il allait attendre le retour de Hope et de Carolina de Jager avec son paquet. Ce serait ça la grande étape suivante.

Marie à la porte.

– Monsieur ? Il y a un policier qui veut vous voir.

– Faites-le entrer.

Le capitaine Mat Joubert.

– Salut, van Heerden.

– Mat.

– Tu crois donc toujours que le mal est dans les détails, dit Joubert en s'asseyant et regardant les notes de van Heerden. (Pour un homme de sa taille, la voix était bien douce.) Comment vas-tu, van Heerden ?

– Ce n'est pas pour me demander ça que tu es venu.

– Non.

– Bart de Wit a changé d'avis ?

– Non. Il ne sait pas que je suis ici. Je suis venu te mettre en garde. Le grand patron a appelé ce matin. Le Renseignement militaire prend l'affaire en main. Décision prise aux plus hauts échelons ministériels. Nougat leur prépare le dossier.

– Et n'en peut plus de colère.

Joubert fit rouler ses grosses épaules.

– Tu es le prochain sur la liste, van Heerden. Ils vont te tomber dessus avec une injonction du tribunal. Loi sur la Sécurité intérieure.

Van Heerden ne réagit pas.

– Tu veux rouvrir quelque chose qui les rend très nerveux, reprit Mat Joubert.

– Il n'y a plus moyen d'arrêter tout ça.

– Bien sûr que si. Et tu le sais.

– Mat, c'est une affaire qui remonte à 76. La guerre du Bush[1]. C'est pour la commission Vérité et Réconciliation, ce truc-là. L'ANC adorerait.

– Combien d'espions as-tu jamais vus comparaître devant la commission, hein ? Je ne te parle pas des bouchers, du menu fretin du genre Basson et autres tueurs de Vlakplaas, van Heerden. C'est des chefs que je te cause, moi. Des groupuscules obscurs qui agissent à l'intérieur des services du Renseignement militaire, des types dont on ne fait qu'entendre parler. Il n'y avait rien sur et contre eux. Et rien en provenance de la Namibie non plus. Tu crois que c'était une coïncidence ?

Il n'avait jamais vu la chose sous cet angle.

– Je n'ai pas beaucoup suivi les séances de la commission, dit-il. Je… mon attention était ailleurs.

– Dans le rapport final de la commission, il est mentionné que des masses d'archives ont été détruites en 93. Et ce ne sont pas les rumeurs qui manquent. Sais-tu combien de documents ont brûlé dans les hauts-fourneaux d'Iscor ? Dans les quarante-quatre tonnes. Et le Renseignement militaire a détruit des centaines de dossiers à Simon's Town en 94. Et l'ANC était au courant. Rien n'a pu les arrêter et rien ne va les arrêter maintenant. Et pour de bonnes raisons.

– Lesquelles ?

Joubert respira un grand coup.

– Je ne sais pas. Mais à ta place, je ferais des photocopies de tout. Parce qu'ils vont tout te confisquer. Et ils vont débarquer dans pas longtemps. Même qu'il n'est pas question qu'ils me trouvent ici.

– Pourquoi tu fais tout ça, Mat ? Pourquoi es-tu venu me mettre en garde ?

---

1. Guerre que l'Afrique du Sud livra aux Swapo de Namibie, puis plus tard aux Cubains venus en Angola *(NdT)*.

– Parce que tu nous as rendu un fier service, van Heerden. A nous tous.

Ce ne fut qu'après lui avoir dit au revoir à la réception et s'être rassis à son bureau qu'il comprit : il fallait absolument qu'il contacte Hope. Carolina de Jager ne devait surtout pas arriver au cabinet avec son paquet. Il appela l'avocate sur son portable. « Le numéro que vous demandez n'est pas disponible. Veuillez laisser un message après le bip. »

Putain !

– « Hope, ne ramenez pas Mme de Jager au cabinet. Allez… J'appelle ma mère. Conduisez-la chez elle. Je vous expliquerai plus tard. »

Il consulta sa montre. Étaient-elles déjà montées à bord de l'avion qui devait les ramener ? Il y avait des chances que oui. Hope écouterait-elle ses messages avant de passer au cabinet ?

Il tendit de nouveau la main vers le téléphone. Il devait avertir sa mère. Il composa son numéro.

– Allô ? dit sa mère

La porte s'ouvrit.

– Salut, petit con ! lança Blanc en lui montrant un papier. On a une lettre d'amour pour toi.

Marian Olivier, l'autre avocate du cabinet Beneke, Olivier et Associées était une jeune femme sans beauté, avec un nez très busqué, une petite bouche et une voix aussi mélodieuse que celle d'une personnalité de la radio.

– Le document est en règle, dit-elle.

– Ça fait plaisir de travailler avec des pros, dit Noir.

– Avec des gens qui comprennent les mots qui en jettent, précisa Blanc.

– Veuillez donc traduire pour le Fiston ici présent, et en termes faciles à comprendre. Il n'a plus le droit de faire joujou avec tous ces trucs dangereux.

302

– Il est tenu de rentrer chez lui.

– Sinon, c'est la taule.

– C'est exact, dit Marian Olivier.

– « Exact », répéta Blanc. Comme ce mot est joli… officiel !

– Il est aussi « exact » que nous devons procéder à la fouille de vos bureaux, reprit Noir.

– Ce que nous aimerions faire tout de suite.

– Nous avons donc amené de l'aide avec nous.

– Soit quatorze bonshommes.

– Avec des tas de mains qui les démangent.

– Ils attendent dehors.

– Par correction.

– Politesse.

– Et après, nous avons envie d'aller voir Fiston chez lui.

– Pour nous assurer qu'il n'a pas planqué des joujoux dangereux pour un gamin de son âge.

– Et malheureusement aussi, nous allons devoir fouiller le petit domicile de Mlle Beneke.

– Mais nous nous excusons du désagrément par avance.

– Des fois, notre boulot, c'est l'enfer.

– Voilà qui est exact.

– Tout est réglementaire, répéta Marian Olivier.

– « Réglementaire », répéta Noir. En voilà un autre mot qui fait plaisir à entendre !

– Exact ! dit Blanc, et ils pouffèrent comme deux ados. Moi, je reste ici. Le major Mzimkhulu accompagnera Fiston plus tard.

– Allons ouvrir son armoire à jouets. Dès que Fiston nous aura tout dit de ses activités…

– Comme un gentil garçon.

Elles coururent sous la pluie jusqu'à la BMW de Hope, dans le parking de l'aéroport international du

Cap. Et quand elles eurent mis les bagages dans le coffre et refermé les portes, Carolina de Jager dit :

– Oh, comme ça fait du bien de revoir la pluie.

– Un peu de soleil ne nous ferait pas de mal. Il n'a pas cessé de pleuvoir depuis une semaine.

– Les fermiers devraient s'en féliciter.

– Ça n'est que trop vrai, dit Hope en tirant à elle son sac à main pour payer le parking.

Elle vit son portable. Mieux valait le mettre en fonctionnement.

A 16 h 52, le mardi 11 juillet, le major Steve Mzimkhulu de l'unité des opérations spéciales du Renseignement militaire trouva la mort sur la N7, un kilomètre au nord de la bretelle de Bosmansdam.

Ils avaient quitté la ville en silence comme si le numéro de Mzimkhulu ne marchait plus trop lorsque Blanc n'était pas avec lui. Et les derniers mots de l'officier avaient été nettement plus sérieux : « Je dois reconnaître que tu t'es assez bien démerdé, Fiston », avait-il lancé lorsqu'ils avaient pris la sortie de la N1.

Van Heerden n'avait rien dit. Plus tard, en y repensant, il avait compris qu'on les suivait. Et qu'ils ne s'étaient rendu compte de rien. Il songeait à ce que lui avait dit Joubert : « Parce que tu nous as rendu un fier service, van Heerden. A nous tous. » Hope et Carolina de Jager… Il réfléchissait aux conséquences des derniers événements sur son plan lorsque, après la sortie de Bosmansdam, à 130 ou 140 kilomètres/heure, le camion qui roulait sur la file de droite s'était jeté sur eux. Il ne devait se rappeler que sa couleur – un blanc sale – et sa taille : il était énorme et équipé d'une protection contre les gros animaux. Il les avait doublés et… plus rien. L'aile gauche de la Corolla éperonnée, il se battait avec son volant et tous deux faisaient plusieurs tonneaux, bruit assourdissant du métal et du verre qui se brise, la voiture sur le toit et lui coincé par sa ceinture de sécurité, la pluie qui lui tombe sur la figure, le sang de Mzimkhulu partout sur le pare-brise et brusquement, là, une arme sur sa tempe.

– T'es encore vivant ?

Il avait voulu tourner la tête, mais le canon de l'arme l'en empêchait.

– Est-ce que tu m'entends ?

Il avait acquiescé d'un hochement de tête.

– T'as une mère, sale flic. Tu m'entends ? T'as une mère. Je te la passe à la lampe à souder, moi, tu m'entends ?

– Bushy, avait-il dit d'une voix très lointaine.

– Tu ne sais pas qui je suis, sale con de flic. Tu me fous la paix ou je la brûle. Même qu'on aurait dû le brûler lui aussi, ce putain de testament, et il y a long-temps ! Donc, tu me fous la paix ou je te descends.

Et il n'avait plus senti le canon de l'arme sur son visage, avait entendu des pas et tenté de regarder, avait vu des cheveux longs et blonds, et entendu le camion qui s'éloignait, d'autres voitures qui s'arrêtaient, la pluie sur la Corolla, sur sa figure, les clics clics du métal qui refroidit, l'odeur de sang, d'essence et de terre mouillée, il avait frissonné, puis tremblé de tout son corps – état de choc. Il avait voulu détacher sa ceinture de sécurité, mais avait été incapable de savoir où étaient ses mains.

Il était à la MediClinique de Milnerton, dans un ser-vice de six lits, et l'employée des services administra-tifs voulait savoir qui allait payer parce qu'il n'avait pas de mutuelle et voulait rentrer chez lui alors que le médecin s'y opposait, il devait rester « en observation » jusqu'à ce que la piqûre contre le choc ait fait son effet, « peut-être demain matin » et soudain c'était Blanc qui s'était présenté. Il se présenta comme le colonel Brits, attaché au ministère de la Défense, et insista pour qu'on transfère van Heerden dans une chambre privée, l'État paierait si c'était nécessaire et on me poste deux gardes devant la porte, mais l'employée voulait un mot écrit parce qu'il fallait toujours se battre pour que l'État règle ses dettes, mais bon : on l'avait transféré dans une chambre privée, où le docteur avait dit à Brits qu'il fallait le laisser tranquille, qu'il n'était pas prêt à parler et qu'il s'endormirait après la piqûre, mais Brits lui avait répliqué que c'était très urgent et alors ils s'étaient retrouvés seuls tous les deux, lui et Bester « Blanc » Brits, l'homme se tenait debout à côté de son lit et lui disait que Steven était mort d'une blessure à la tête et il répondit qu'il le savait déjà parce que les ambulanciers appelés sur les lieux le lui avaient dit, et Brits voulut savoir comment c'était arrivé.

Sa voix très loin, sa langue lente et maladroite, son cerveau embrumé.

– Je ne sais pas. Il y avait… un camion, on a été touchés, je…

– Un camion ? Quel camion, bordel ? !

Et dans le coton dans lequel il évoluait, il avait remarqué qu'on ne l'appelait plus « Fiston » et que le ton avait complètement changé. A cause de l'agression.

– C'est arrivé si vite que j'ai rien vu, dit-il encore plus lentement. On aurait dit un Ford F100, un vieux pick-up, bien plus gros qu'un 4 × 4. Conduite à gauche…

Et alors il s'était demandé pourquoi il avait dit ça parce que…

– Et après ?

Énorme impatience.

– Nous a doublés, nous est rentré dedans, a cogné l'avant de la voiture. Après, on a fait des tonneaux.

– Putain de Steven. Et dire que Monsieur refusait de porter une ceinture de sécurité. Et après ?

Ne dis rien, ne dis rien.

– Allons, van Heerden, et après ?

– Ambulance…

– D'après des témoins, un homme ou une femme avec de longs cheveux blonds s'est éloigné de votre voiture en courant, est monté dans un gros camion couleur crème et a filé quand ils se sont approchés.

Ne dis rien. Il avait envie de tout lâcher, il voulait protéger sa mère, il n'arrivait plus à garder les yeux ouverts, il entendait des voix, Brits qui l'appelait, puis d'autres, la voix de sa mère, Hope, Nougat O'Grady, il se forçait à faire attention, il avait les yeux ouverts mais ne voyait rien.

Au milieu de la nuit il se réveilla, l'entendit respirer et regarda. Sa mère là, à côté de son lit dans le noir, clair de lune de l'autre côté de la fenêtre.

– M'man.

Sa voix quasiment inaudible.

– Mon enfant, répondit-elle en chuchotant.

– M'man, il faut que tu restes ici

Elle lui prit la main.

– Je resterai.

Pour sa sécurité, c'était ça qu'il voulait dire. Pas pour lui.

La main de sa mère dans ses cheveux, la main de sa mère qui lui caresse la tête.

– Dors. Je suis là.

Son épaule et son cou lui faisaient mal, mais pas de manière excessive ; c'était plutôt douloureux comme une élongation musculaire. Il avait envie de savoir où se trouvaient Hope et Carolina de Jager, mais il resta allongé. Il avait huit ou neuf ans quand il avait attrapé une forte fièvre, peut-être une méningite, on n'avait jamais vraiment su de quoi il s'agissait, sa mère était restée cinq jours assise à son chevet à lui tenir la main, à lui caresser la tête, à lui parler entre les séances de compresses et de médicaments et les rêves que donne la fièvre, il pensa que rien n'avait changé, c'était toujours eux deux tout seuls, mais tout avait changé et après il s'était rendormi.

36

Je traîne un peu les pieds dans cette histoire et m'attarde sur l'assassinat de Baby Marnewick, mais aussi… en termes professionnels ce fut mon passage à l'âge adulte, mon zénith, mon quart d'heure de gloire.

Mais c'est surtout le dernier chapitre du roman de Zatopek van Heerden l'Innocent, le Juste et le Bon. Après, je vais devoir m'attaquer au prologue de ma damnation et là, j'hésite tellement cette idée me répugne – car elle ne me fait plus peur, plus maintenant.

Et donc, concluons – et pas sur le dénouement plein de suspense d'un thriller de troisième zone. La vérité fut bien plus morne.

La piste de Victor Reinhardt Simmel aboutit à une impasse en 1980 et j'en découvris pour finir la raison à l'Intercontinental Mining Support (ou IMS en abrégé). Cette société avait remplacé la Deutsche Machine en 1987, mais n'avait gardé aucune archive du personnel. Ce fut un ex-collègue de Simmel travaillant au siège de Germiston qui me fournit le renseignement : l'Assassin au Scotch crêpé avait émigré en Australie au début de 1981.

D'après lui, c'était à cause de la situation politique ici.

J'avais demandé à l'ex-collègue de me dire le souvenir qu'il avait gardé de lui.

– Je ne me rappelle pas grand-chose. Il parlait beaucoup, mais c'était un menteur.

Je savais très bien que ce n'était pas la situation politique qui avait fait fuir Simmel. Il commençait à avoir chaud aux fesses. Les flics avaient dû s'approcher un peu trop près lors des enquêtes ouvertes après ses deux ou trois derniers meurtres. Je me rendis donc en Australie, avec la permission de mon professeur et tous frais payés par l'université d'Afrique du Sud. Non-événement s'il en est, chute dans le trivial après le sublime, le divisionnaire Charley Edwards du bureau des Enquêtes criminelles de Sydney et moi-même allâmes arrêter Victor Reinhardt Simmel à Alice Springs, dans des Territoires du Nord aussi desséchés que poussiéreux. Nous frappâmes à la porte de sa maison, demandâmes au petit laideron aux épaules de costaud de nous suivre et le petit laideron aux épaules de costaud nous suivit sans faire de difficultés.

Dans une salle d'interrogatoire insupportablement chaude, Simmel commença par tout nier en bloc. Mais après des jours et des jours de mensonges et d'évitement et en ayant recours au mécanisme de distanciation très prisé par les trois quarts des tueurs en série, il finit par reconnaître que « l'autre » Victor Reinhardt Simmel, le « vilain », avait fait des choses horribles – et par remonter avec nous une piste de ses assassinats qui allait d'Afrique du Sud en Australie en passant par Hong Kong.

Je voulais savoir ce qu'il avait fait à Baby Marnewick, mais le « vilain Victor » s'en souvenait à peine. Je dus lui montrer les photos du dossier jaunissant, la lui décrire et lui rappeler comment il l'avait suivie à partir du centre commercial, comment il l'avait espionnée pendant deux jours entiers, comment enfin il l'avait humiliée et assassinée.

C'était une forme d'absolution que je cherchais – et

finis par trouver – dans sa folie. Je dus creuser profond parce qu'en surface il n'avait rien d'un monstre, il n'était que le résultat assez laid, détraqué et autosatisfait d'une rencontre de hasard entre un père inconnu et une pute qui n'avait pas voulu le garder. Moyennant quoi il avait eu droit à une vie entière de moqueries sur ses antécédents, sa taille, son acné et son statut social.

Trente-sept femmes. Trente-sept victimes qui avaient dû payer le prix de sa rage, la dette sociale d'une communauté qui trouve plus facile de rejeter que d'accepter et préfère se désintéresser des choses.

Vous, moi, tous autant que nous sommes avons joué un rôle dans ces trente-sept assassinats. Parce que c'est par omission que nous faisons le mal.

Mon absolution avait un prix.

Mais me valut une récompense. Je devins un héros en Australie. « Le fin limier universitaire coince le tueur en série », telle fut la une du *Sydney Morning Herald*. Après quoi j'eus droit à un déluge d'articles dans la presse, d'interviews à la radio et de passages à la télé. Et lorsque je rentrai en Afrique du Sud, je devins la coqueluche des journaux pendant deux longues semaines. (Mais comme on oublie vite ! Huit ans plus tard, lors de l'affaire Wilna van As, pas un seul journaliste ne fit le lien – sauf à la fin.)

Je goûtai beaucoup le moindre de ces moments d'attention, je ne le nierai pas. Brusquement j'étais Quelqu'un, j'avais réussi, j'étais Bon. Bon.

Plus ceci au cas où tout cela ne vous rappellerait toujours rien : Victor Reinhardt Simmel se suicida avant qu'on ait pu l'extrader. Dans une cellule de Sydney il se massacra les poignets à l'aide d'un couteau de table bien aiguisé. Rien à voir avec les belles entailles décrites dans les romans ou montrées au cinéma, non : les démoniaques coups de couteau de la réalité.

Et ma vie continua. Puis changea. Le dernier grand

tournant, celui qui précéda ma chute, se produisit quinze jours après que j'eus remis ma thèse de doctorat. J'étais au Cap, où je dirigeais un séminaire sur le profilage des tueurs en série. J'avais pour public les inspecteurs de la brigade des Vols et Homicides, dans le bien triste quartier général de la police de Bellville South. A la fin, le patron de la brigade, le colonel Willie Theal, était venu me voir et m'avait dit :

— Venez donc travailler pour moi. Vous serez chez vous.

1er jour

Mercredi 12 juillet

37

Réveillé dès cinq heures du matin alors que sa mère dormait encore dans le fauteuil à côté de son lit, il resta immobile, songea qu'il n'avait rien vu venir et tenta de revivre ce qui s'était passé sur la N7 : le camion à côté de lui, énième véhicule qui le dépasse, il roule vite mais le camion fonce encore plus et là, brusquement, le type donne un coup de volant et le camion se jette sur lui et l'accroche à la hauteur du pare-chocs et de la roue avant droite. Le choc a dû causer de graves dégâts car il perd aussitôt le contrôle de la voiture, et Dieu de Dieu, que le tonneau arrive vite ! Complètement désorienté, Steve Mzimkhulu n'a pas dit un mot. Plus un bruit hormis celui du verre qui se brise et du métal qui racle le goudron, un tonneau, deux tonneaux, trois tonneaux et la Corolla se retrouve sur le toit, et lui suspendu à l'intérieur par sa ceinture de sécurité. Puis des bruits de pas, puis la voix de Bushy Schlebusch qui lui lance :

T'as une mère, sale flic. Tu m'entends ? T'as une mère.

Comment le savait-il ?

Même qu'on aurait dû le brûler lui aussi, ce putain de testament, et il y a longtemps !

On... Et donc, le testament n'avait pas disparu. Il se trouvait quelque part mais personne n'en avait soufflé mot. Ni dans le premier article du *Burger* ni dans ceux qui avaient suivi. Et les Américains et le Renseignement militaire n'en savaient rien non plus.

Seuls Wilna van As, Hope, la brigade des Vols et Homicides et lui en connaissaient l'existence.

Wilna van As.

Nougat O'Grady s'était montré soupçonneux à son endroit.

T'as une mère, sale flic. Tu m'entends ? T'as une mère.

Il y avait de la haine dans cette voix, de la haine pure et intense.

T'as une mère, sale flic. Tu m'entends ? T'as une mère.

Comment allait-il pouvoir la protéger ? Comment allait-il pouvoir faire son boulot et la mettre à l'abri de Schlebusch ?

Schlebusch qui l'avait donc suivi dans son camion. Depuis le cabinet ? Et depuis combien de temps le suivait-il ? Comment avait-il fait pour savoir à quoi il ressemblait et le genre de voiture qu'il conduisait ?

Bah, ça ne devait pas être si difficile quand on voulait.

Protéger sa mère. Il le fallait. Il fallait qu'il retrouve Schlebusch avant que celui-ci ne le fasse. Il allait devoir passer outre l'interdiction prononcée par le Renseignement militaire.

Même qu'on aurait dû le brûler lui aussi, ce putain de testament, et il y a longtemps !

D'où Schlebusch connaissait-il l'existence du testament ? Parce que celui-ci se trouvait avec les papiers d'identité de Rupert de Jager/Johannes Jacobus Smit et la marchandise volée, et qu'il en avait tiré certaines conclusions ?

Parce que Wilna van As lui avait parlé ?

Et si ce testament avait disparu, pourquoi continuer les recherches ?

Une arme sur la tempe… Pourquoi Schlebusch n'avait-il pas tiré ?

Avait-il vu s'arrêter d'autres véhicules ? Ou alors… le but de la manœuvre n'aurait pas été de l'éliminer, seulement de lui faire peur ?

T'as une mère, sale flic. Tu m'entends ? T'as une mère.

Sa première responsabilité était de la protéger.

Il la regarda assise sur le fauteuil à côté du lit.

D'abord la protéger.

Et après se débarrasser des types du Renseignement militaire. Ce ne serait sans doute pas très difficile.

Et après retrouver Schlebusch.

Le blond à cheveux longs qui s'était enfui, celui qui était remonté dans le camion, sauf que… il y avait quelque chose…

La conduite à gauche.

Peut-être avait-il menti pour le testament. Peut-être celui-ci se trouvait-il toujours dans un autre endroit. Et s'il n'existait plus…

Il y avait les dollars.

On…

Chaos.

Ils étaient tous là : Bester Brits et un nouveau, le général de brigade Walter Redelinghuys (cheveux gris acier coupés en brosse, mâchoire carrée), O'Grady et Joubert, Hope Beneke, sa mère et le médecin. Il était sorti de la salle de bains avec les habits que sa mère lui avait apportés et ils étaient tous là.

– C'est un homicide, monsieur, donc c'est pour nous.

– Rien à voir avec vous. C'est un type de chez nous qui est mort.

On délimitait les territoires après le meurtre. Lors qu'il entra, tout le monde se tut un instant. Il regarda

Hope en espérant qu'elle lui donnerait une indication sur l'endroit où se trouvait Carolina de Jager. Elle lui fit un petit signe de tête – elle savait ce qu'il voulait. Soulagement.

– On veut ta déposition, van Heerden, lança O'Grady.

– Je vous interdis de leur parler ! s'écria Bester Brits. Puis il se tourna vers Joubert et ajouta

– Vous avez reçu vos ordres de tout en haut, pourquoi venez-vous foutre la merde ?

Mat Joubert se tenait dans l'embrasure de la porte, qu'il occupait entièrement de sa masse.

– Les ordres ont changé ce matin, répondit-il calmement. Demandez à votre chef.

– Son patron, c'est moi, dit Mâchoire carrée. Walter Redelinghuys. (Il tendit la main à van Heerden.) Général de brigade

– Van Heerden.

– Je sais. Comment vous sentez-vous ce matin ?

– C'est ce que j'aimerais bien savoir, dit le médecin, un jeune moustachu éberlué avec petite barbiche et grandes lunettes à monture en écaille de tortue, différent de celui de la veille. Il va falloir que vous attendiez tous dehors que j'aie fini mon examen.

– Tout va bien, lui renvoya van Heerden.

– Alors moi, si tout va bien, je veux une déposition, dit le gros inspecteur Tony O'Grady.

– Il n'en est pas question ! s'écria Bester Brits.

– Vous allez arrêter, oui ? lança Joan van Heerden d'un ton qui imposa le silence à tout le monde. On dirait des gosses. Vous devriez avoir honte. Quelqu'un est mort hier après-midi et vous vous disputez comme une bande de gamins. Vous n'avez donc aucun respect ?

Il vit le petit sourire de Hope Beneke.

– Dites-moi, reprit Joan van Heerden, il avait une femme et des enfants, ce monsieur ?

– Oui, madame, répondit Walter Redelinghuys, trois enfants.

– Qui est auprès d'eux ? Qui s'en occupe ? Qui les console ? Je ne sais pas ce que vous faites dans tout ça, mais c'est là que vous devriez être.

– Vous avez raison, madame van Heerden, lui répondit Redelinghuys conciliant. Mais nous avons aussi un assassin qui se balade dans la nature et la sécurité du territoire étant compromise…

– La sécurité du territoire ? En voilà un concept absurde ! Qu'est-ce que ça signifie, général…

– De brigade, précisa Bester Brits.

– Taisez-vous, s'écria Joan van Heerden. Vous et vos grands mots !

– C'était Schlebusch, dit van Heerden, et tout le monde le regarda.

– Docteur, vous allez devoir nous excuser, dit Bester Brits en prenant le jeune homme par le bras et en le reconduisant jusqu'à la porte.

Le médecin fit les gros yeux derrière les verres de ses lunettes, mais ne résista pas et la porte se referma.

– Qui est ce Schlebusch ? demanda Mat Joubert.

– Aucune importance, dit Brits. Information confidentielle.

– A vous de choisir, dit van Heerden en sentant sa colère lui revenir. Ou bien vous restez ici à aboyer comme des roquets et moi, je rentre chez moi, ou bien vous la fermez et vous m'écoutez. Une seule interruption et je m'en vais. Même chose si on me parle de sécurité du territoire. (Il montra Brits du doigt.) Soyons clairs : vous avez quelque chose que vous tenez à cacher, je ne veux pas savoir de quoi il retourne. Ce qui est arrivé en 76 ne m'intéresse pas et vous pouvez garder vos petits secrets. Mais j'ai un boulot à faire et je vais le faire parce que les atouts, je les ai tous dans ma manche. Donc, on oublie l'injonction du tribunal parce qu'il n'y a plus moyen d'arrêter ce bazar. Comment comptez-vous empêcher Carolina de Jager de causer si elle décide d'aller voir les journaux du dimanche et commence à demander pourquoi, il y a plus de vingt ans de ça, elle a été avisée de la mort de son fils et s'est vu attribuer une médaille alors qu'il n'était pas mort ? Qu'est-ce que vous allez faire si Hope Beneke exige un référé aujourd'hui même pour mettre fin à votre petit gag et invite tous les journaux du Cap à venir écouter les débats au palais de justice ? Vous voyez les unes que ça risque de nous donner ?

Mal à l'aise et passablement agité, Bester Brits mourait d'envie de parler.

– Pas un mot, Brits, ou je m'en vais, répéta-t-il.

Puis il leva les yeux sur eux. Tous baissèrent la tête.

– Nous savons que Johannes Jacobus Smit et Rupert de Jager ne faisaient qu'un, reprit-il. Nous savons qu'avec Bushy et un autre il a fait des trucs pour vous en 76 et je ne peux que deviner le genre de merde que ça peut être. Je ne sais pas ce que viennent faire les Américains là-dedans, mais ils sont dans le coup. Nous savons que vous avez payé Jager en dollars et que vous lui avez fourni une nouvelle identité. Nous savons aussi que Schlebusch a assassiné de Jager. J'ai dans l'idée qu'il en avait après son fric. Mais ça pourrait aussi être que vous lui avez demandé de l'éliminer parce qu'il avait envie de chanter. Je ne sais pas de quoi il retourne et ça ne m'intéresse plus. Tout ce qui compte pour moi, c'est que nous avons un but en commun. Nous cherchons tous Schlebusch. Vous, j'imagine, pour le protéger, le faire taire… ou l'empêcher de tuer quelqu'un d'autre. Les Vols et Homicides, eux, ont envie de le boucler. Ce conflit d'intérêts, c'est votre problème à vous. Ce que nous voulons tous, c'est le testament.

– Ou la preuve de son existence et ce qu'il stipule, précisa Hope Beneke.

— Voilà, dit van Heerden. Et soyons honnêtes : vous n'avez aucune idée de l'endroit où se planque Schlebusch.

— Et vous ? demanda Redelinghuys.

— Non. Mais je le trouverai.

— Comment ?

— Je sais où chercher. Et vous allez me foutre la paix jusqu'à ce que je l'aie retrouvé. Après, libre à vous de vous expédier vos juridictions et autres ordres supérieurs à la tête.

— Vous savez que dalle, van Heerden. Sur 76, je veux dire. Que dalle.

— J'en sais assez, Brits. Les détails importent peu. J'en sais assez. Hier après-midi, Schlebusch nous a fait quitter la route et là, quand j'étais coincé dans la voiture, il m'a collé une arme sur la tempe et m'a dit de laisser tomber, ce qui fait que maintenant, je me pose deux questions, Brits. Pourquoi ne m'a-t-il pas abattu ? Il aurait très bien pu. Et pourquoi veut-il que j'arrête mon enquête ? Eh bien, je vais vous le dire, moi. Il ne m'a pas flingué parce qu'il ne voulait pas faire monter la pression. Il ignorait que Mzimkhulu était mort et n'avait aucune envie qu'il y ait escalade de l'enquête officielle à cause d'un autre assassinat. Pourquoi ? Pour la même raison qui le pousse à me demander de laisser tomber. Parce qu'il sait que je ne suis plus loin du but. Dieu sait comment, avec toute cette publicité, j'ai touché quelque chose qui lui a fait croire que j'étais à deux doigts d'y arriver. Et il ne peut pas se sauver parce que s'il le pouvait il y a longtemps qu'il l'aurait fait. Quelque chose l'oblige à rester et tout ça l'inquiète beaucoup. Il a des dollars et mène la belle vie et il risque de tout perdre si ce truc-là monte aux extrêmes. Sauf que moi, je vais le trouver, ce mec. Je vous le dis et vous le répète pour la dernière fois : je vais le trouver.

Il vit le sourire de Mat Joubert.

– J'oubliais… hier après-midi, quand j'avais le canon de son arme sur la tempe, il a parlé du testament et je ne peux que me poser certaines questions sur la façon dont il a appris son existence. Parce qu'il n'y a que nous, et les Vols et Homicides, qui savons que c'est ça qui a déclenché mon enquête. Et aucun d'entre nous n'a parlé.

On laisse Wilna van As en dehors.

– Oh mais si ! s'écria Nougat O'Grady en montrant Bester Brits d'un gros doigt boudiné. Eux aussi étaient au courant. Ils n'arrêtent pas de me parler depuis lundi matin. Ce qu'on peut être potes, tout d'un coup ! On est tous dans le même bain jusqu'au moment où on va nous enlever l'affaire… bande de fumiers !

– Bref, je me demande bien qui de vous, messieurs, a mis Schlebusch au courant : la police ou le Renseignement militaire ?

Le soleil était aveuglant et le ciel bleu et sans nuages. Ça sentait le chaud sur la terre mouillée, l'herbe brusquement était d'un vert profond et le vent glacé.

– Il est tombé de la neige dans les montagnes, dit-elle.

Van Heerden rentrait avec sa mère par la N7, à Visserhok le fleuve était large et scintillant, sa mère lui dit que Carolina de Jager était en sûreté chez elle avec Hope et qu'elles devaient l'attendre. Puis elle lui demanda s'il allait bien, non, sérieusement, il lui répondit que oui, il n'avait que des égratignures.

– Hier soir, j'ai rencontré Kara-An Rousseau, reprit-elle.

– Ah.

– Elle est venue à l'hôpital.

– Ah.

– Des choses que j'ignorerais ?

– Non.

Elle garda longtemps le silence, jusqu'au moment où ils franchirent le portail.

– Hope est merveilleuse, dit-elle.

Elle s'arrêta devant chez lui.

– Tiens, enchaîna-t-elle en ouvrant son sac à main, voilà tes clés. Elles me les ont apportées.

– M'man…

– Oui, mon fils?

– Il faut que je te dise..

– Oui, mon fils?

– Hier après-midi… Schlebusch… Il m'a menacé, M'man. Il m'a dit qu'il… qu'il te ferait du mal si je ne laissais pas tomber mon enquête.

Il la regarda pour voir si elle avait peur, mais elle resta impassible.

– Je vais chercher de l'aide dès aujourd'hui, enchaîna-t-il. Ce qu'il y a de mieux. Je te le promets.

– Mais tu ne vas pas laisser tomber, si?

– Je… les meilleurs, M'man…

Elle le fit taire d'un geste.

– C'est peut-être le moment de te dire quelque chose, Zet. Je suis allée voir Hope. Vendredi dernier. Après que tu avais renoncé. Et je lui ai parlé. Pour qu'elle te donne une deuxième chance. Et je ne vais pas m'excuser parce que je suis ta mère et que c'est pour toi que je l'ai fait. Je l'ai fait parce qu'à mon avis la seule chose qui pouvait te guérir, c'était de te remettre à travailler comme autrefois. Et je le pense toujours. Je ne veux pas que tu laisses tomber, Zet. Tout ce que je veux, c'est que tu fasses attention. Si tu veux prendre quelqu'un pour me protéger, pas de problème. Mais toi, hein? Qui va veiller sur toi?

– Tu es allée voir Hope?

– Je t'ai posé une question, Zet. Qui va veiller sur toi?

– Je… Personne. Je…

– Tu feras attention ?

Il ouvrit la portière de la voiture.

– Je n'arrive pas à croire que tu sois allée voir Hope.
Elle mit en prise.

– Bah, c'est du passé, tout ça. Et je n'ai pas l'intention de m'excuser.

Il descendit de voiture, faillit refermer la portière,
puis se rappela brusquement quelque chose.

– M'man…

– Oui, Zet ?

– Merci. Pour hier soir, je veux dire…

Elle lui sourit et redémarra. Il claqua la portière, elle
regagna la grosse maison.

Il resta immobile dans la lumière du soleil, ses clés à
la main. Il vit les marguerites, soudain elles avaient
fleuri, océan de blanc et d'orange qui s'étendait de sa
porte jusqu'au portail. Il vit le ciel bleu et la ligne brisée des pics des Hottentots-Holland à l'est.

Sa mère était allée voir Hope. Pas étonnant qu'elles
aient bavardé aussi gentiment l'avant-veille.

Il hocha la tête, ouvrit la porte et écarta les rideaux :
des pans de lumière blanche illuminèrent l'intérieur de
sa maison comme des projecteurs.

Il chercha dans ses CD, trouva celui qu'il voulait,
monta le son au maximum et s'assit dans un carré de
lumière chaude. D'abord les fondations creusées par
l'orchestre, puis le prologue, puis la voix de la soprano,
douce, céleste ô combien, dans l'*Agnus Dei* des *Litaniæ de venerabilis altaris sacramento* de Mozart. Là
il resta, au cœur même de la musique qui le submergeait, dont il laissa chaque note entrer en lui jusqu'à ce
qu'enfin la voix de la chanteuse libère l'émotion qu'il
contenait en lui. Il ne lui fallut que cinq minutes pour
sentir toute la gratitude qu'il éprouvait d'être encore en
vie.

Puis il prit une douche, longue et brûlante, profondément satisfaisante.

— Il était officier de reconnaissance, dit Carolina de Jager. Il en était immensément fier et son père aussi, et quand on nous a appris sa mort son père en a été brisé. Je pense toujours que c'est ça qui a déclenché son cancer. Quand il est mort en 81, j'ai quitté la ferme pour aller m'installer en ville, d'ailleurs je ne sais toujours pas ce que je vais faire de la terre maintenant qu'il n'y a plus personne pour en hériter.

Elle s'était assise dans un rayon de soleil qui tombait d'une fenêtre, chez sa mère, un grand bloc-notes noir et une boîte en carton sur les genoux, et c'était à Joan van Heerden qu'elle parlait – pas à lui, mais il croyait comprendre. L'air d'attendre quelque chose, Wilna van As se tenait en face d'elle, à côté de Hope, une boîte de mouchoirs en papier à portée de main. Quatre femmes et lui.

— Il faisait ses études au Grey College de Bloemfontein. Il n'était pas excessivement génial et revenait souvent à la ferme. Il était fort parce que son père et lui travaillaient la terre. C'était un bon garçon, il ne fumait pas et ne buvait pas non plus. C'était un athlète, voilà. Il faisait du cross country, il venait d'être classé deuxième du Free State quand il a reçu sa feuille de route pour le 1er bataillon d'infanterie. Alors il a dit à son père qu'il allait essayer d'entrer dans le corps des officiers de reconnaissance. Ils n'avaient aucune idée du souci que je me faisais, du nombre de nuits que je passais à trembler. Qu'est-ce que son père a pu être fier de lui quand il a réussi à l'examen ! Il n'arrêtait pas de dire que la sélection était impitoyable et il fallait qu'on l'écoute, le dimanche il en parlait à tout le monde à l'église : « Mon fils est officier de reconnaissance, il disait. Il est en Angola, vous savez à quel point la sélection est sévère ; oui, il est en Angola, je ne devrais pas en parler mais qu'est-ce qu'ils leur mettent, aux Cubains !

– En Angola ?

– Ce qu'il faisait, c'était de nous écrire des lettres, mais il ne les envoyait jamais à cause de la censure – ils barraient tout avec de gros traits noirs, qu'est-ce que ça pouvait frustrer son père ! Il attendait la permission de la semaine ou des quinze jours et alors il s'asseyait dans la véranda avec son père et il les lui lisait, ou alors ils allaient s'asseoir sur la corniche. Son père avait un carnet où il prenait des notes en relisant les lettres après que Rupert fut reparti. Il y collait aussi tout ce qu'il pouvait trouver dans le *Volksblad* et *Paratus* sur l'entraînement en Angola et en Afrique du Sud-Ouest[1]. Et un jour de 76 ils sont arrivés, ils étaient deux, des officiers, dans une grande voiture noire, y en avait un avec un faux pansement au cou, et ils nous ont dit que Rupert était mort et nous ont tendu un petit coffret en bois avec sa médaille, oui, il s'était conduit avec bravoure mais ils n'avaient pas le droit de nous dire dans quelles circonstances il était mort parce qu'il en allait de la sûreté nationale, mais il avait été très très courageux, lui et ses camarades, et le pays leur serait toujours reconnaissant et les honorerait à jamais.

« Son père a pris la médaille et s'en est allé sans dire un mot. Il y avait un coin dans une colline, une espèce de corniche où ils s'asseyaient toujours pour regarder les bâtiments du corps de ferme et parler de la vie et du travail jusqu'au coucher du soleil. C'est là que je l'ai trouvé avec le petit coffret sur les genoux et la mort dans les yeux. Son regard n'a plus jamais été le même. Après, le cancer est arrivé, oh… à peine quelques mois après.

1. Ancien nom de la Namibie *(NdT)*.

C'était sa mère, il le vit, qui pleurait sans faire de bruit – ce n'était ni Carolina de Jager ni Wilna van As –, sa mère qui se tenait toute droite dans son fauteuil, elle serrait fort les accoudoirs, une larme coulait lentement sur sa joue en y laissant une marque luisante. Carolina de Jager remua sur son siège, fit effort pour retrouver le présent et regarda Wilna van As.

– Et maintenant, dit-elle, j'aimerais que vous me parliez du Rupert que vous avez connu, Wilna. C'est le moment de tout me dire.

– Carolina, dit-il doucement en s'adressant à elle comme elle lui avait demandé de le faire, il va falloir que j'examine ces lettres.

– Et les photos aussi, dit-elle.

– Parce qu'il y a des photos ? demanda Hope.

– Oh oui ! Il les avait prises pour son père. Au QG du Natal. Et après en Angola et en Afrique du Sud-Ouest. Son père les adorait.

Il demanda à sa mère et à Hope de le suivre dans la cuisine. Ils laissèrent les deux autres femmes et s'assirent à la table.

– Hope, dit-il, Schlebusch a menacé ma mère et ça m'inquiète parce que je ne pourrai pas être tout le temps ici.

– Qu'est-ce qu'il a dit ?

– Qu'il lui ferait du mal si je ne laissais pas tomber mes recherches. Je vais demander de l'aide et j'aurai des gens qui resteront ici jusqu'à ce que cette affaire soit terminée.

– Mais que veux-tu qu'il fasse à une vieille femme ? demanda sa mère.

– M'man, répondit-il, on en a déjà parlé et je ne vais pas recommencer à discuter.

– Bien, bien.

– Il ne sait pas où on en est de nos recherches. Tu devrais donc être en sécurité pendant un ou deux jours. Mais après…

– Où vas-tu trouver de l'aide ?

– Je verrai. Mais… je voudrais prendre le pick-up. Je peux ?

– Oui, Zet.

– Hope, le répondeur est-il toujours branché dans votre bureau ?

– Je ne sais pas.

– Vous pourriez aller vérifier, s'il vous plaît ? Et j'aimerais que vous prépariez une demande de référé, au cas où.

Elle acquiesça d'un hochement de tête.

– Et après, vous revenez. Il va falloir analyser toutes ces lettres.

Elle acquiesça de nouveau.

Il se leva.

– Je reviendrai dès que je pourrai.

– Fais attention, Zet.

– Oui, M'man.

Hope l'accompagna jusqu'au garage où le vieux Nissan 1400 jaune passé était garé à côté d'une Honda Ballade, « la bonne voiture ». Avec ses treize ans d'âge, le pick-up était rouillé par endroits.

– Où allez-vous ? lui demanda-t-elle.

– Il y a quelqu'un… Je… je cherche aussi une arme à feu.

Il monta dans le Nissan et fit démarrer le moteur.

– Zatopek, dit Hope Beneke, trouvez-m'en une aussi, pendant que vous y êtes.

38

– Il y en a une autre, non ? m'avait demandé Wendy Brice avec insistance, la bouche raide et tout le corps prêt à me dire la femme trahie.

Et quand j'y repense, honnêtement je ne peux pas lui en vouloir. Parce que… pourquoi un homme sensé, sur le point d'obtenir son doctorat et de commencer une belle carrière universitaire pourrait-il vouloir échanger tout ça contre un poste à la brigade des Vols et Homicides du Cap ? Pourquoi renoncer au statut de maître assistant en fac pour rejoindre les rangs d'une force de police complètement décriée ?

Je tentai de le lui expliquer pendant les horribles chaleurs d'un après-midi de décembre à Pretoria, en faisant les cent pas dans le petit living de notre appartement. Je lui dis comment je m'étais retrouvé à traquer l'Assassin au Scotch crêpé, comment alors j'avais découvert le chasseur qui était en moi. Je lui avais répété comment avait fleuri ma véritable vocation et comment le désir m'était venu de passer de la théorie à la pratique, jusqu'au moment où j'avais soudain compris qu'elle ne voulait rien entendre et qu'elle n'avait absolument aucune envie de devenir Mme Traînesavate, la femme du flic. Son rêve, l'image qu'elle avait d'elle-même ne le permettant pas, je devais choisir entre elle et le travail que le colonel Willie Theal me faisait miroiter comme un défi.

Je fis mon choix. Avec la certitude que c'était le bon. Je gagnai la chambre et sortis une valise de l'armoire. Elle entendit le bruit que je faisais et sut tout de suite de quoi il retournait. Elle alla s'asseoir dans le living et pleura pendant que j'emballais son avenir avec mes habits. Pauvre Wendy qui avait investi tant d'énergie et tant de mots dans son rêve !

Que je vous dise un secret : plusieurs mois après la mort de Nagel, je me posai de grosses questions sur tous ces choix – et sur les conséquences qu'ils avaient eues sur nos vies à tous les deux. Je me demandai ce que nous aurions pu être et compris tout le mal que je lui avais fait. Je pris ma Corolla et me rendis à Pretoria pour aller la voir et lui donner le plaisir de savoir que les plateaux de la balance étaient maintenant en équilibre et que j'avais été bien puni de la manière dont je m'étais conduit avec elle. « Elle ne travaille plus ici », m'informa-t-on au département d'anglais, et l'on me donna une adresse à Waterkloof. Je m'y rendis, m'arrêtai devant une maison et restai assis à regarder – et tard en fin d'après-midi je vis rentrer le mari à la Mercedes et deux bambins, un garçon et une fille, qui se précipitaient vers lui en criant « Papa ! Papa ! », puis ce fut au tour de Wendy, elle portait un tablier, elle avait un grand sourire et tous elle les enlaça et toute la petite famille disparut à l'intérieur de la grande maison avec des seringas dans le jardin et sans nul doute une piscine, un patio et un barbecue en brique derrière, et je restai là, assis dans ma Corolla, brisé, sans emploi et foutu dans ma tête, et n'eus même pas le courage de m'apitoyer sur mon sort.

— N'empêche qu'il y a des dollars à la clé, dit-il à Orlando Arendse dans son fort de Mitchell's Plain.

— Combien ?

— J'en sais rien encore, Orlando. Un million, au minimum, mais je crois qu'il y en a plus, et il sut qu'il avait peut-être tort mais qu'il fallait insister. Si j'y arrive, c'est toi qui feras la transaction, Orlando.

— Résumons-nous, van Heerden. Tu vas voler des dollars et tu vas me les apporter. Et tu voudrais que je te croie ? Toi, un des grands Incorruptibles du temps jadis ?

— Je ne vais pas les voler, Orlando. Je vais les reprendre à la veuve du défunt.

— C'est pas une veuve, van Heerden. Ils étaient pas mariés.

— T'es drôlement au courant, toi !

Haussement d'épaules.

— Je lis les journaux, tu sais ?

— Le fric lui appartient.

— Et à toi aussi ?

— Allons, tu me connais.

— C'est vrai.

— Elle ne peut rien en faire, de ces dollars. Il faudra les changer contre des rands.

Orlando Arendse tapota avec un stylo à plume de prix les lunettes de vue qu'il avait autour du cou.

– Bon, mais et toi, van Heerden, qu'est-ce que tu y gagnes ?

– On me paie.

– Au tarif privé ? Des clopinettes, ça ! Et ce n'est que justice. Non, non, je veux savoir ce qui va te revenir vraiment.

Van Heerden préféra ignorer.

– Je veux des soldats, Orlando. Ils ont menacé ma mère. Je veux quelqu'un qui pourra la protéger.

– Ta mère ?

– Oui.

– Il a menacé ta mère ?

– Oui. Il m'a dit qu'il la passerait à la lampe à souder. Et qu'il la tuerait.

– C'est pas possible. C'est un trésor national, cette femme.

– Qu'est-ce que tu sais de ma mère, hein ?

Orlando sourit, comme le père plein de patience qui parle à son vilain gamin.

– Tu me prends vraiment pour un nul, van Heerden. Pour toi, je ne suis qu'un petit truand : aucune classe, mais assez bon pour te rendre service de temps en temps. Que je te dise un truc, juste pour qu'on soit au clair : il y a deux tableaux de ta mère dans ma maison. Réglés comptant, j'ai plaisir à le préciser, lors d'une exposition à Constantia. Et chaque fois que je les regarde, je suis ému, van Heerden, parce que ça me montre qu'il y a autre chose dans la vie. Je ne connais pas ta mère, mais je connais son âme et elle est belle. (Puis comme si tout cela le mettait mal à l'aise, il ajouta :) Combien de soldats, déjà ?

– De combien j'ai besoin, à ton avis ?

Orlando réfléchit.

– Tu veux qu'elle soit protégée chez elle ?

– Oui.

– Deux devraient suffire.

Il acquiesça d'un signe de tête.

– Oui, ça ira.

– Pour ta mère, faut ce qu'il y a de mieux, reprit Orlando. Mais c'est pas donné.

– Je peux pas te payer. C'est pour ça que je t'offre les dollars.

– Alors comme ça, tu joues avec les grands maintenant ?

– Je n'ai plus la police derrière moi, Orlando.

– Ça, c'est vrai.

– Alors, tu m'aides ou tu m'aides pas ?

Orlando ferma les yeux, continua de tapoter ses verres de lunettes avec son stylo, puis rouvrit les yeux :

– Oui, je vais t'aider, van Heerden.

– Je veux aussi des armes. Du costaud.

Orlando le regarda sans y croire.

– Toi ? !

– Oui, moi.

– Ah, mon Dieu ! Vaudrait mieux que je t'ajoute un instructeur de tir !

Ses soldats qui se marrent, bruyamment et pour se moquer de lui.

Il s'assit à la table de la cuisine chez sa mère. Les femmes avaient pris place dans la salle de séjour, mais Hope n'était pas encore revenue. Il lut les lettres par ordre chronologique et découvrit l'histoire peu sensationnelle d'un jeune Afrikaner qui allait servir son pays parce qu'il débordait de patriotisme. Rupert de Jager, incorporé au 1er bataillon d'infanterie stationné à Bloemfontein. Reconnaissant d'être dans une ville qu'il connaît, pas très loin de chez lui, et surpris par le mélange de populations qu'il trouve à l'armée, les petits malins de la ville, les jeunes paysans, les étudiants, tous ensemble maintenant, tous égaux, tous chair à canon. Il prend plaisir à ses performances physiques et croit à ses chances d'intégrer le corps des officiers de Reconnaissance.

Sélection à Dukuduku, tests physiques jusqu'aux limites de ses forces, euphorie du succès, naïveté de ses lettres, conversations avec le papa que, c'est clair, il idéalisait à l'époque, tout cela au milieu de longs et parfois très ennuyeux comptes rendus de ses activités, plus descriptions de l'armement et idées pour l'exploitation de la ferme, curiosité d'un jeune homme élevé à la campagne et qui découvre origines et natures des gens, et noms de ses frères opprimés.

« *Hoftetter est un plaisantin, Papa. Il est originaire de Makwassie…*

« *… Et alors ils nous ont donné la permission de dormir… On était très fatigués, mais c'est là que Speckle a sorti sa guitare. De son vrai nom, il s'appelle Michael Venter. Il est tout petit, Papa, et il a une tache de vin au cou. C'est pour ça qu'ils l'appellent "Speckle[1]". Il est d'Humansdorp. Son père est tôlier. Il a écrit une chanson sur sa ville. Elle est très triste.*

« *… Olivier dit que personne n'est capable d'écrire son nom comme il faut. Ils mettent tous un "s", mais ça s'écrit "Charle" parce que c'est le prénom d'un roi du Moyen Age. Il est complètement fou et n'arrête pas de parler, mais je crois qu'il y arrivera · il est fort comme un bœuf.* »

Van Heerden prenait des notes en lisant, sa colonne de noms ne cessant de s'allonger – il savait que tous ne feraient pas l'affaire, certains n'étant mentionnés qu'une fois, d'autres n'apparaissant qu'ici et là dans ses descriptions. Il les mit dans une autre colonne.

De Jager qui passe de base militaire en base militaire, cours de plongée à Langebaan, de parachutage à Bloem-

1. Soit « la tacheture » en anglais *(NdT)*.

334

fontein, de maniement des explosifs au 1 Reconnaissance Command de Durban, neuf mois de classes, souf-
frances et apprentissage, puis l'intégration : officier de
reconnaissance en Afrique du Sud-Ouest.

« ... *Tous les hommes d'ici ont été redéployés. Il ne
reste que Speckle et moi de l'ancien groupe. Notre sergent s'appelle Bushy Schlebusch et on dit que le bush l'a
rendu complètement cinglé parce qu'il est allé deux fois
en Angola. Il a des yeux de fou, Papa, mais je crois que
c'est un bon soldat : il jure mieux que tout le monde...* »

Van Heerden regarda la date. Début 76. Il lut plus
vite. Il savait qu'il touchait au but : de Jager, Venter,
Schlebusch et cinq autres – ravitaillement de l'Unita en
Angola. Il les mit tous dans une autre colonne, chercha
à en savoir plus sur Schlebusch mais ne trouva pas
grand-chose et resta sur sa faim : les lettres de De Jager
étaient parfois très vagues et tortueuses, une description
de paysage suivant une analyse politique, des considé-
rations tactiques sur la guerre dans le bush ou de la propagande pure et simple sur l'efficacité du corps des
officiers de reconnaissance. Il mentionnait parfois le
32e bataillon, mais la tâche principale du détachement
était de maintenir ouvertes les voies de ravitaillement
entre Rundu et un endroit x, situé en Angola. « *Je n'ai
pas le droit d'en dire beaucoup là-dessus, Papa. Je t'en
parlerai à mon retour.* » Des escarmouches étaient,
elles aussi, évoquées de temps en temps.

« *Hier soir le sergent Bushy a presque tué Rodney
Verster à l'entraînement parce qu'il n'avait pas mis le
cran de sécurité sur son arme...*

« *Le père de Gerry de Beer a un élevage de chèvres
angoras près de Somerset East. D'après lui, on ne
connaît rien à la sécheresse, mais leurs prix sont bien
plus stables sur le marché.* »

« *Clinton Manley sait à peine parler afrikaans. Il est
catholique, Papa, mais il est comme nous et c'est un*

335

bon gars. Il est maigre, il ne renonce jamais et il tire bien mieux que nous même si c'est qu'un citadin de Rodebosch. »

Pour finir, il se retrouva avec une liste de huit noms :

Sergent Bushy Schlebusch : Durban ? Natal ! Surfer.

Rodney « Red » Verster : Randburg. Fils d'un dentiste.

Gerry de Beer : Somerset East. Père éleveur de chèvres angoras.

Clinton Manley : Rondebosch. Écoles de rugby de la province de l'Ouest.

Michael « Speckle » Venter, Humansdorp. Père propriétaire d'une tôlerie.

Cobus Janse van Rensburg. Pretoria ? ? ? ? ? ? ? ?

James/Jamie « Pora » Vergottini. Père propriétaire d'un fish and chips à Bellville.

Rupert de Jager.

Il ne lui restait plus que trois lettres à lire lorsque Hope arriva.

– Vous avez trouvé quelque chose ? lui demanda-t-elle.

– Je ne sais pas, dit-il sans pouvoir cacher sa frustration.

– Ça ne va pas ?

– Il n'écrivait pas bien. Il ne savait pas que nous aurions besoin de ses lettres un jour.

– Mon associée finit de préparer la demande de référé. C'est quasiment fait.

– Merci.

– Et le Renseignement militaire a confisqué le répondeur. Marie dit que le téléphone sonne encore de temps en temps mais elle ne décroche pas.

Il acquiesça. Puis il lui expliqua l'arrière-plan des lettres, lui dit l'idée qu'il avait et lui parla de ses notes avant de lui passer le paquet de photos.

– On cherche les types de la liste, dit-il.

Elle prit les photos – en couleurs, des couleurs fanées, presque pastel – et vit qu'on avait porté des inscriptions au dos de certaines, surtout des dates, et que les écritures étaient différentes. De Jager père et de Jager fils ? Elle commença par lire les inscriptions, puis elle retourna les clichés. *Des gamins*, songea-t-elle. Bien trop jeunes pour être soldats. Exubérance excessive devant l'objectif. Parfois les visages étaient fatigués. Parfois aussi on ne voyait que de petites silhouettes perdues dans le bush, la savane ou du quasi-désert.

– Vous voulez du café ?

– Oui, s'il vous plaît.

Elle s'approcha de la bouilloire, hésita, puis longea le couloir. Carolina de Jager, Wilna van As et Joan van Heerden se trouvaient dans la salle de séjour. Elles parlaient doucement et lui sourirent lorsqu'elle passa la tête à la porte. En attendant que l'eau chauffe elle pensa aux femmes qui restaient toujours sur le carreau, les veuves, les mères et les amantes.

Elle rapporta deux tasses à la table, s'assit et regarda van Heerden qui lisait ses lettres, le front un peu plissé par la concentration. Ils étaient tous les deux et travaillaient ensemble, comme une équipe. Elle reprit le tas de photos.

Porra, Clinton et de Beer – écrit au dos d'un cliché. Elle le retourna et les regarda. Debout, les bras de l'un autour des épaules de l'autre, en grand uniforme, large sourire. Ce qu'ils pouvaient avoir l'air… innocent ! Elle mit le cliché de côté.

Quatre photos plus tard, *Speckle jouant de la guitare*. Le cliché avait été pris de nuit avec un flash et l'éclairage était mauvais.

Cobus et moi en train de porter de l'eau. Elle reconnut Johannes Jacobus Smit/Rupert de Jager. Un jeune costaud et lui se coltinaient un grand fût, à l'évidence très lourd, qu'ils traînaient dans du sable blanc.

Le sergent Schlebusch – nom écrit au dos d'une photo. Elle la retourna. L'homme était blond, sans chemise, et ne portait que son pantalon et ses godillots de soldat. Torse luisant, sans poils et musclé, grande carabine dans une main. Il menaçait le photographe de l'index, bouche grande ouverte au moment du déclic de l'appareil photo, lèvre supérieure retroussée en signe de dérision. Il y avait quelque chose de... elle frissonna.

– Zatopek, dit-elle en lui tendant le cliché.

Il reposa sa lettre, prit le cliché et le regarda.

– Schlebusch, dit-elle.

Il retourna la photo un moment, lut l'inscription au dos, retourna encore la photo et la regarda fixement. Et longtemps, comme s'il voulait prendre la mesure du bonhomme.

Enfin il se tourna vers Hope.

– Il va falloir faire très attention, dit-il.

– Je sais, répondit-elle. Je sais.

Le Noir était d'une taille terrifiante. Grand, large d'épaules et là, sur sa joue, une cicatrice qui courait en zigzag jusque dans son cou. A côté de lui se tenait un mulâtre, petit et d'une maigreur qui faisait mal à voir. Traits finement ciselés, tels ceux d'un mannequin.

– C'est Orlando qui nous envoie. Moi, c'est P'tit Mpayipheli. Lui, c'est Billy September. Les armes sont dans la voiture, dit le Noir en montrant une Mercedes-Benz ML320 garée devant la porte.

– Entrez, dit van Heerden.

Ils gagnèrent la salle de séjour.

– Que Dieu nous sauve ! s'écria Carolina de Jager en voyant Mpayipheli.

– « Et nous protège ! » ajouta le grand costaud en

souriant de toutes ses dents parfaites. Pourquoi on n'écrit plus des hymnes comme ça ?

– Vous connaissez l'ancien recueil ?

– Mon père était missionnaire, madame.

– Ah.

Van Heerden fit les présentations.

– Vous allez devoir partager la chambre d'amis, dit Joan van Heerden. Mais je ne sais pas si le lit va être assez grand pour vous.

– J'ai apporté ce qu'il faut, merci, lui répliqua P'tit Mpayipheli d'une voix de violoncelle. Et pour dormir, nous nous relaierons. Tout ce que je veux savoir, c'est si vous avez canal M-Net.

– M-Net ? répéta van Heerden d'un air ahuri.

– P'tit est un drôle de Xhosa, dit Billy September. Il préfère le rugby au foot. Et samedi, y a le match entre les Sharks[1] et la province de l'Ouest.

Joan van Heerden éclata de rire.

– M-Net, j'ai ça ! Il n'est pas question que je rate mes feuilletons télé !

– Nous sommes morts et montés au ciel ! dit September. Je suis un grand fan de *Beaux et Audacieux*.

– Vous voulez regarder les armes tout de suite ?

Van Heerden ayant acquiescé d'un signe de tête, ils rejoignirent la voiture. September ouvrit le coffre.

– C'est vous l'expert en armes ? demanda Hope au petit.

– Non, c'est P'tit.

– Et vous, votre spécialité, c'est… ?

– Le combat à mains nues.

– Vous plaisantez.

– Oh non ! s'écria P'tit en soulevant une couverture dans le coffre. Je n'ai pas apporté tout l'assortiment. D'après Orlando, tout ça, c'est du flanc vu que personne de chez vous ne sait tirer.

---

1. Soit « les requins » en anglais *(NdT)*.

– Moi, si, dit Hope.

– Vous plaisantez, dit September en parfait écho à Van Heerden.

Il y avait un véritable arsenal sous la couverture.

– Vaudrait mieux que vous preniez le SW99, dit-il en sortant un pistolet. Effort conjoint des firmes Smith et Wesson et Walther. Neuf millimètres, dix pélos dans le chargeur, un dans la culasse. Vous pouvez le prendre, il n'est pas chargé.

– C'est trop gros pour moi, dit-elle.

– Y a un endroit où on peut tirer ?

Van Heerden acquiesça d'un signe de tête.

– Après les arbres. On ne peut pas être plus loin des écuries.

– Vous verrez, c'est facile à manier, reprit P'tit Mpayipheli. Carcasse en polymère. Et si vous n'arrivez pas à le manier (il sortit un autre pistolet), voici un colt Pony Pocketlight calibre . 38. Belle puissance de feu.

Puis il se tourna vers van Heerden et reprit :

– Ça, c'est un Heckler et Koch MP-5. Tire à came fermée en mode automatique ou semi. C'est l'arme de base du Hostage Rescue Team[1] du FBI et des unités du SWAT[2] et c'est de ça qu'on a besoin quand on travaille de près et qu'on tire comme un pied. C'est vrai que vous ne savez pas tirer ?

– Si, je sais tirer.

– Mais je touche rien ! lança September en pouffant.

– Vaudrait mieux être bon à mains nues quand on a une grande gueule comme ça, lui asséna van Heerden.

– Tu veux voir ? Et de première main, si j'ose ainsi m'exprimer ?

– Zatopek, dit Hope Beneke.

1. Équipe chargée de la libération des otages *(NdT)*.
2. Ou Special Weapons and Tactics, équivalent US de l'Anti-gang ou du GIGN français *(NdT)*.

– Allez, van Heerden, tu vas pas te dégonfler. Allez, viens !

– Billy, dit Mpayipheli.

Van Heerden jaugea le petit homme.

– Tu ne me fais pas peur, dit-il.

– Allez, cogne-moi, le privé, montre-moi ce que t'as dans l'buffet !

Ton moqueur et plein de défi.

Agacé, van Heerden le frappa… et perdit l'équilibre, se sentit partir en avant et se retrouva étendu par terre dans l'allée gravillonnée, le genou de Billy September sur la poitrine et ses doigts pointus lui appuyant très légèrement sur la gorge.

– AJK, Association japonaise de karaté, quatrième dan, dit September. Faut pas me faire chier.

Puis il éclata de rire et lui tendit la main pour l'aider à se relever.

40

Nagel.

Le capitaine Willem Nagel, police d'Afrique du Sud, Vols et Homicides.

Le premier bruit que j'entendis émaner de sa personne fut un pet, long, invraisemblablement long, interminable, et plat. Je longeais le couloir qui conduisait à son bureau. Il n'avait pas tout à fait fini lorsque j'entrai. Il leva la tête, continua de péter et ne me tendit la main que lorsqu'il eut fini.

Nagel était toujours et sans honte aucune plein de flatuosités, mais c'était sans doute là le moindre de ses défauts.

Sans vergogne, il était aussi sexiste, raciste, coureur de jupons éternellement en quête d'un nouveau « cul », vantard, menteur et m'as-tu-vu.

D'une maigreur pénible à voir, il avait la pomme d'Adam qui n'arrêtait pas de monter et descendre, une voix profonde et un amour immodéré pour cette voix et tout ce qu'elle proférait. Il s'habillait comme un cochon et vivait de la même manière, mangeant tellement au Kentucky Fried Chicken parce que sa « putain de gonzesse savait pas faire la cuisine, bordel ! » que son bureau puait le vieux pet et le poulet du Colonel – même chose pour la Ford Sierra que nous partagions pour la patrouille, tous ces remugles devenant vite mon ordinaire.

Nagel fut mon mentor dans l'organisation que dirigeait le colonel Willie Theal et j'en vins à l'aimer comme un frère.

Il écoutait Abba et Cora Marie (« Cette nana arrive à me faire chialer, van Heerden ») et me disait : « Putain, van Heerden, tes merdes de musique classique me rendent fou. » Il ne lisait que les « Conseils aux esseulées » publiés dans un magazine féminin qu'il avait trouvé dans la salle d'attente d'un cabinet de médecin. Il passait ses soirées dans ses bars préférés « avec les mecs », mecs qu'il abreuvait d'histoires à dormir debout sur le nombre, la variété et le type d'aventures extra-conjugales qu'il avait eues et ne manquerait pas d'avoir dans un avenir proche. Ce n'était que tout à la fin de la soirée que, ivre mort mais toujours debout, il s'en allait retrouver « les chaînes » de sa vie conjugale.

Willem Nagel. Merveilleux, excentrique, politiquement incorrect. Mais la tête d'un enquêteur de légende et un nombre d'arrestations record.

J'aimerais ne jamais l'avoir rencontré.

41

Mavis Petersen, la réceptionniste de la brigade des Vols et Homicides, l'informa que Mat Joubert était absent.

– Il est en congé pour convenance personnelle parce qu'il se marie samedi, lui dit-elle sur le ton de la confidence. Il épouse Mme Margaret Wallace, une Anglaise. Ce qu'on peut être contents pour lui ! On n'est pas faits pour être seuls.

– Alors, va falloir que je voie Nougat.

– Ça, c'est pas lui qu'aura jamais une femme ! s'écriat-elle en riant. L'inspecteur est au tribunal. Il est de témoignage. (Elle feuilleta le registre posé devant elle.) Tribunal B.

– Merci, Mavis.

– Et quand va-t-il se marier, notre capitaine ? reprit-elle.

Il se contenta de hocher la tête en s'éloignant.

– Au revoir, Mavis ! lança-t-il.

« On n'est pas faits pour être seuls », l'entendit-il répéter tandis qu'il sortait.

D'abord sa mère et maintenant Mavis !

Sa mère qui avait tout manigancé pour que Hope et lui se retrouvent chez lui ce soir-là.

Il gagna la ville par la N7 – circulation dense, même si ce n'était pas encore l'heure de pointe. Il se demanda jusqu'à quand les routes de Cap feraient encore l'affaire, jeta un coup d'œil dans le rétroviseur pour voir si un camion blanc ne le suivait pas, comprit qu'il n'allait pas être facile de savoir si on le prenait en filature, passa la main sous la couverture posée sur le siège passager et y sentit le Heckler et Koch.

Il n'avait pas trop mal tiré. P'tit Mpayipheli lui avait même dit dans son anglais presque sans accent : « Ça ira. » Il y avait effectivement assez de trous dans la cible en papier, mais Hope lui avait volé la vedette. Son SW99 tenu à deux mains, les pieds bien écartés et ses protège-oreilles par-dessus ses cheveux courts, elle avait logé, et à dix mètres, ses dix balles dans la cible – tir certes un peu dispersé mais rien hors du rond et tout cela avec une régularité monotone –, puis elle lui avait adressé un petit sourire, comme si elle voulait s'excuser.

– Et où avez-vous donc appris à tirer ? lui avait demandé Billy September de sa voix mélodieuse.

– Oh, j'ai suivi un cours l'année dernière. Les femmes devraient pouvoir se défendre comme il faut.

– Amen, avait conclu Billy September.

Mpayipheli lui avait repris son 9 mm, l'avait rechargé, avait installé une autre cible et avait tiré, mais à quinze mètres cette fois.

– Il a envie de faire le mariole.

Le pistolet se perdait dans sa main énorme. Dix coups – un seul trou dans la cible. Il s'était tourné vers eux, avait ôté ses protège-oreilles et leur avait lancé :

– Orlando m'a dit de vous montrer que vous aviez ce qu'il y a de mieux dans la catégorie.

Ils étaient retournés à la maison et c'était là que sa mère lui avait joué le coup du : « Bon, mais où va-t-on coucher tout le monde ? »

– Qui doit veiller sur Wilna et Hope ? avait-elle voulu savoir.

– Schlebusch ne menace que toi, M'man.

– Et qui crois-tu qui sera sur sa liste s'il n'arrive à rien ici, hein ? lui avait-elle renvoyé en regardant les deux jeunes femmes. Non, non, Hope et Wilna, vous allez coucher ici. Jusqu'à ce que cette affaire soit réglée.

– Ma maison est sûre, lui avait fait remarquer Hope, mais sans conviction.

– Vous dites des bêtises ! Vous y êtes toute seule.

– Elle tire sacrément bien, avait ajouté P'tit.

– Je ne veux pas en entendre parler. Il y a assez de place ici pour Carolina, Wilna et vous deux. Hope, elle, peut aller dormir chez Zet. Il y a toute la place qu'il faut.

Il avait ouvert la bouche pour lui objecter quelque chose – les idées que sa mère semblait avoir derrière la tête ne lui inspiraient pas confiance, mais elle ne lui en avait pas laissé le temps.

– On a un fou qui bat la campagne, on ne peut absolument pas prendre de risques, avait-elle renchéri de son ton d'organisatrice efficace, catégorique et que rien n'arrête.

– Faut que j'y aille, avait-il dit. Il y a du boulot à faire.

Depuis cinq ans les seules femmes qui peuplaient sa vie étaient des divorcées dépassées par les événements, des partenaires qui s'effondraient au lit, des filles qu'il ramassait dans les pubs de Tableview pour se détendre une nuit – quand il n'avait pas trop bu et trouvait assez d'énergie et de courage pour aller jusqu'au bout du rituel. Sa moyenne ? Une fois par an ? Deux fois quand son corps hurlait et que ses hormones décidaient de passer en pilotage automatique. Et maintenant, voilà qu'il avait une nana différente tous les soirs ?

Excellent matériel pour une sitcom. Lui, Hope et Kara-An. Les Trois Stooges.

Et ça n'avait rien à voir avec Hope. C'était seulement… que sa maison était son sanctuaire.

Il chercha une place de stationnement devant le tribunal. Il n'y en avait aucune. Il dut se garer sur la place de la Parade[1] et revenir à pied en traversant le quartier des fringues. Ça faisait longtemps qu'il n'y était pas passé, il en avait oublié le côté fatras, les couleurs et les odeurs, les trottoirs encombrés.

Hope dans sa maison. Mal au ventre. Ça n'allait pas marcher.

O'Grady se tenait à l'extérieur de la salle d'audience, dans le couloir, et parlait avec d'autres inspecteurs : cercle fermé, fraternité interdite. Van Heerden ne faisait plus partie de la bande – il attendit que Nougat le voie.

– Qu'est-ce que tu veux ?

On n'avait toujours pas pardonné.

– Échanger des renseignements, dit-il en réprimant la réaction que lui inspirait le ton de son ex-collègue.

Les petits yeux d'O'Grady rétrécirent – on restait soupçonneux.

– T'as quoi ?

Van Heerden sortit l'enveloppe de la poche de sa veste.

– La photo du type.

– Schlebusch ?

O'Grady prit le cliché avec précaution, par le bord, et le regarda.

– Sale gueule.

– Ouais.

Et soudain il comprit.

– Tu vas remettre ça avec les journaux.

1. Nom d'une place du Cap où les soldats venaient défiler aux XVIIe et XVIIIe siècles *(NdT)*.

– Oui, et je voulais t'avertir.

O'Grady hocha la tête.

– T'aurais dû faire ça dimanche. (Il regarda encore une fois la photo.) Ça date de 76 ?

– Oui.

– Y a quelque chose que tu pourrais faire, van Heerden, quelque chose qui marcherait vraiment bien. Et les journaux adoreraient.

– Quoi ?

Nougat sortit son portable des grands pans de sa veste.

– Attends que je passe un coup de fil, dit-il. Et ce qui me plaît le plus, c'est que ça devrait rendre les mecs du Renseignement militaire complètement enragés.

Il composa un numéro et se colla son portable à l'oreille.

– Mat Joubert a essayé de te joindre. Il avait des trucs, je sais pas quoi, mais y avait personne à ton numéro vert. (Quelqu'un décrocha à l'autre bout du fil.) Oui, bonjour… est-ce que je pourrais parler à Russell Marshall, s'il vous plaît ?

Il n'eut pas de mal à trouver – dans Roeland Street, un complexe de bureaux à deux étages en face des Archives d'État de Drury Lane. Il reconnut le logo que lui avait décrit O'Grady : un cerveau avec une mèche de pétard plantée dedans. Il demanda Russell Marshall à la réception, quelques secondes plus tard il eut droit à l'apparition : grand, maigre et pieds nus, le jeune homme avait dans les dix-huit-dix-neuf ans, des cheveux qui lui tombaient jusqu'aux épaules, quelques poils au menton et plus de boucles d'oreilles au centimètre carré qu'une bande de douairières.

– C'est vous le détective privé ?

– Oui. Van Heerden, répondit-il en lui tendant la main.

– Russell. Où est la photo ?

Ton enthousiaste.

Van Heerden prit l'enveloppe, en sortit le cliché et le lui passa.

– Hmmm…

– Vous pouvez faire quelque chose ?

– On peut tout faire. Allons-y.

Il le suivit jusqu'à une grande salle où une quinzaine d'individus travaillaient à des ordinateurs. Tous étaient jeunes, tous étaient… différents.

– C'est notre studio.

– Qu'est-ce que vous y faites ?

– Oh, du nouveau média, de l'Internet, du Web. Des CD-ROM. Vous voyez.

Il ne voyait pas.

– Non, dit-il.

– Vous n'êtes pas sur le Net ?

– Je n'ai même pas M-Net. Ma mère oui, mais pas moi.

Marshall sourit.

– Ah, dit-il, un dinosaure. On n'en a pas beaucoup ici. (Il posa la photo sur une surface en verre.) On va commencer par scanner le cliché. Asseyez-vous, poussez tout ça par terre que vous puissiez voir l'écran.

Marshall s'assit devant un clavier d'ordinateur et reprit :

– Ça, c'est l'Apple G4 Power Mac avec le nouveau moteur Velocity, dit-il plein d'admiration, et il regarda Van Heerden en espérant une réaction.

Rien ne vint.

– Vous n'avez pas d'ordinateur ?

– Non.

Marshall secoua ses cheveux sur ses épaules, de désespoir.

– Vous y connaissez-vous en voitures ?

– Un peu.

– Bon, alors, si les ordinateurs roulaient, cet engin serait un mélange de Ferrari et de Rolls.

– Ah.

– Et les avions, vous connaissez ?

– Un peu aussi.

– Eh bien, si les ordinateurs étaient des chasseurs à réaction, ce serait un mélange de F16 et de Bombardier furtif.

– Je crois comprendre.

– Y a rien de mieux.

Van Heerden acquiesça d'un hochement de tête.

– Génial, man, dernier cri, la mère de tous les…

– Je comprends parfaitement.

Le cliché apparut sur l'écran de la Rolls/Ferrari/ B1/F16/G4.

– Bien. Ajuster les niveaux, mettre Adobe Photoshop en route avec tous les plug-in jamais conçus par l'esprit hum…

– La mère de tous les…, dit van Heerden.

– Dernier cri, renchérit Marshall en souriant. Vous apprenez vite. La photo est un peu vieille, va falloir rééquilibrer les couleurs, là, comme ça. Nougat m'a dit que vous vouliez le vieillir un peu ?

– Disons qu'on lui donne dans les quarante-quarante-cinq ans. Et avec des cheveux longs. Très longs, et blonds. Jusqu'aux épaules.

– Plus gras ? Plus maigre ?

– A peu près pareil. Non, pas plus gras, plus… plus gros.

– Plus plein.

– Voilà, plus plein. Plus solide.

– Bien, bien. On commence par l'âge. Là, le pourtour des yeux… (Il déplaça une souris avec une dextérité incroyable, choisit l'aire d'application sur l'écran et cliqua ici et là.) On va lui donner quelques rides, faut juste avoir le bon mélange de couleurs, il est très pâle..

(Petites rides comme des rayons de soleil au bord des yeux.) Ici aussi, autour de la bouche. (Autres mouvements avec souris et curseur.) Et le visage, un peu plus joufflu au-dessus du menton, ça pourrait nous prendre du temps, faut que la couleur de peau et les ombres soient comme il faut. Non, là, ça va pas, essayons... ah, c'est mieux, juste encore un... là, qu'est-ce que vous en dites ? Qu'est-ce que vous en pensez, non, attendez, on zoome un petit coup, non, trop loin, à quoi ressemble-t-il maintenant ?

Bushy Schlebusch plus vieux, plus solide, pas tout à fait ça encore, plus une impression générale. Van Heerden cherchait un visage qui aurait collé avec la voix. *T'as une mère, sale flic. Tu m'entends ? T'as une mère.*

– Je crois que le visage est un peu trop empâté, dit-il.

– Bon, bon. Essayons ça.

– Salut ! entendit-il dans son dos.

Il se retourna. Petite, mince, cheveux bruns. Quantité de boucles d'oreilles.

– On est occupés, Charmaine, dit Marshall.

Elle l'ignora.

– Charmaine, dit-elle.

– Van Heerden.

– Votre veste. Elle est... super rétro, vous savez ? Vous voudriez pas la vendre ?

Il regarda sa veste.

– Rétro ? répéta-t-il.

– Oh, ouiiiii !

Avec du feeling.

– Charmaine !

– Non, parce que si jamais vous vouliez la vendre..

Elle pivota sur les talons et gagna un bureau à contrecœur.

– Et comme ça ?

Le visage de Schlebusch occupait tout l'écran, la

351

lèvre supérieure ourlée en rictus de dérision, les yeux, plus vieux, oui, mais…

– C'est mieux, dit-il.

– Qui c'est, ce gus ?

– Un tueur.

– Cool ! dit Marshall. Bon, on passe aux cheveux. Ça risque de prendre un peu plus longtemps.

– Putain ! dit le rédac-chef de nuit du *Die Burger* en regardant les clichés. Vous auriez dû nous le dire plus tôt. La première est pleine. Et la trois aussi.

– On peut pas déplacer le truc sur Chris Barnard ? demanda le chroniqueur judiciaire.

– Seigneur, non ! Sa dernière conquête ? C'est le scoop et c'est annoncé partout sur les affiches.

– Et la pub pour Price Line ?

– Le patron me tuera si j'y touche.

– Bon, mais si on avait une amorce pour Price Line en une et qu'on passait la photo en page intérieure ?

Le rédacteur se gratta la barbe.

– Ben… (Il regarda van Heerden.) Ça pourrait pas attendre vendredi ?

– Je… (Il ne pouvait pas perdre une journée de plus.) Et si je vous parlais du testament, hein ? C'est peut-être le moment…

– Le testament ? Quel testament ? s'écrièrent-ils en chœur.

Il n'en sortit qu'après neuf heures. Il faisait froid lorsqu'il quitta le bâtiment de la NasPers, mais il n'y avait ni vent ni nuages, et tout était calme en ce mardi soir. Il hésita avant de mettre le camion en route – il n'avait pas très envie de rentrer chez lui pour faire ce qu'il avait à faire.

Mais il allait falloir. Il mit le contact, traversa la ville en direction de la montagne – aucun feu n'était synchronisé à cette heure et toutes les avenues l'invitaient à fuir –, enfin il s'arrêta devant la grande maison et y vit de la lumière. Il descendit du pick-up, le verrouilla, remonta l'allée à pied, puis grimpa les marches et entendit du rock. Elle aurait des invités ? Il appuya sur le bouton de la sonnette, mais n'entendit pas cette dernière. Il attendit.

Et vit enfin une ombre derrière le judas avant que la porte s'ouvre. Jeune, pantalon moulant, chemise blanche déboutonnée jusqu'au nombril, sueur sur le torse qu'on avait pâle. Et les pupilles du monsieur étaient trop petites.

– Saluuut !

Trop fort.

– Je cherche Kara-An, dit-il.

– Entrez donc.

Pantalon moulant se retourna en dansant et laissa la porte ouverte. Van Heerden la referma, le suivit – la musique était de plus en plus forte – et les trouva tous dans la salle de séjour. Lignes de cocaïne sur le plateau en verre de la table basse. Kara-An en train de danser, seulement vêtue d'un T-shirt. Deux jeunes femmes, Pantalon moulant, plus deux autres types, tous en train de danser. Il resta sur le seuil de la pièce, une femme passa devant lui en dansant, pantalon de cuir, jolie. Un type, obèse, se moqua de lui jusqu'au moment où Kara-An le vit. Elle n'arrêta pas de danser.

– Servez-vous, dit-elle en lui montrant la table basse.

Il resta immobile un instant, indécis, puis il se retourna, regagna la porte d'entrée, redescendit les marches, réintégra le van de sa mère, remit le contact et se retourna encore une fois pour regarder la grande véranda de l'autre côté de la rue. Kara-An se tenait dans l'encadrement de la porte, en ombre chinoise, la main levée en signe d'au revoir. Il s'éloigna.

Il aurait voulu lui dire qu'ils n'étaient pas pareils.

Peut-être même lui demander d'où venait sa douleur.

Il se contenta de hocher la tête.

Il entendit le *Concerto pour violon n° 1* avant même d'ouvrir la porte de devant.

Hope s'était installée dans son fauteuil, une tasse de café à la main. Elle avait enfilé sa robe de chambre et ses pantoufles et fait son lit sur le canapé. La lumière de la cuisine illuminait doucement son visage.

– Bonjour, dit-elle. Je m'excuse, mais j'ai fait comme chez moi.

– Pas de problème. Mais c'est moi qui dors sur le canapé.

– Vous êtes bien trop grand. De plus, c'est moi l'intruse.

– Mais non !

– Bien sûr que si. Votre maison, votre intimité, votre routine...

Il posa le Heckler et Koch sur le plan de travail de la cuisine, alluma la bouilloire et vit les fleurs. Elle en avait cueilli un énorme bouquet dans le jardin de sa mère et les avait mises dans un vase sur le comptoir.

– Non, non, pas de problème, je vous dis.

– Je pense toujours que ce n'était pas nécessaire, mais votre mère...

– Ma mère en fait parfois un peu trop.

En préparant le café il lui raconta sa séance chez le photographe, comment celui-ci avait vieilli la photo, comment il avait ensuite dû se battre avec le rédacteur en chef du *Die Burger*... jusqu'au moment où l'histoire du testament avait emporté l'adhésion.

– Quelqu'un va finir par reconnaître Schlebusch, dit-il. On va le coincer.

– S'il ne nous trouve pas avant.

– On est prêts.

Ils burent leur café.

– Hope, reprit-il, si je vous disais que votre robe de chambre est « super rétro », ça voudrait dire quoi ?

Elle s'était allongée sur le canapé, elle avait chaud et se sentait bien sous les couvertures. Elle écouta les bruits que faisait van Heerden dans la salle de bains et sans le vouloir l'imagina sous la douche. Elle était tendue, son corps était voleur dans la nuit, picotements qui la prenaient.

Elle sourit. Tout était encore en ordre de marche.

Elle resta à l'écouter jusqu'à ce que toutes les lumières soient éteintes.

42

C'était une chose de feuilleter des dossiers vieux de vingt ans et d'y contempler avec horreur les photos en noir et blanc de meurtres oubliés. C'en était une tout autre d'arriver le premier sur les lieux d'un crime et d'y découvrir la mort avec tous ses sens – couleurs et odeurs de sang et d'excrétions corporelles, et celle, répugnante et douce, de la chair qui commence à se décomposer.

L'impact visuel de l'assassinat : l'ouverture béante et rouge de la gorge qu'on a tranchée, l'amas de tripes multicolores que la carabine a dévastées, le trou énorme et rose de la plaie de sortie faite par une balle de 7,62 mm tirée par un AK47 ; les yeux vitreux et le regard fixe, les membres de la victime dans des positions impossibles, les fragments de tissu sur les murs, les flaques de sang brun-rouge qui colle et coagule, la pâleur d'un cadavre en décomposition dans de l'herbe verte ou des feuilles mortes à l'automne, le contraste avec tous ceux qui s'invitent au festin, noirs insectes se détachant sur le livide arrière-plan.

Pendant les premiers mois que je passai aux Vols et Homicides, je pensai souvent aux conséquences psychologiques du travail.

Mes tâches quotidiennes me perturbaient. Elles me donnaient des cauchemars, m'empêchaient de dormir ou me réveillaient en pleine nuit. A cause d'elles je buvais, jurais et me meurtrissais à essayer gauchement de trouver le moyen de m'en accommoder et de m'y habituer.

J'étais constamment en état de stress post-traumatique, d'attaque qui ne cesse pas, tout me rappelant que nous ne sommes que poussière, quantités infinitésimales, rien.

Et les scènes de meurtres n'étaient qu'un élément du problème.

Nous travaillions aussi avec la lie de la terre, jour après jour, nuit après nuit. Voyous, loques humaines, cinglés, êtres cupides et cruels, faibles et têtes brûlées, c'était au Mal incarné que nous étions exposés sans arrêt.

Nous travaillions de longues, très longues heures et devions résister constamment aux critiques des médias, du public et des politiciens à une époque de grands bouleversements et dans des zones où les heurts incendiaires entre populations blanches du monde occidental et noires d'un tiers-monde privé de tout étaient attisés par les instincts les plus bas. Nous manquions de personnel, nous travaillions trop et nous étions sous-payés.

Je pensais beaucoup – et m'en étonne encore – aux normes imposées aux forces de police et aux accusations de corruption, d'incompétence, d'apathie, de lenteur et de résultats irréguliers dont ces dernières étaient victimes partout dans la société.

Mais plus que tout m'inquiétaient les mécanismes que je mettais en place pour me protéger. Surtout lorsque je découvris en moi une agressivité que je ne me connaissais pas. Je recherchais le pouvoir anesthésiant et curatif de l'alcool – je vivais déjà en retrait de la société et n'avais plus que des pensées superficielles et limitées – et trouvais refuge dans les bras de la Fraternité policière.

Je changeai, devins différent et justifiai tout cela par le juste combat, la lutte de tous les instants que je menais contre le Mal. C'était ma passion, celle que tous nous partagions et qui s'était muée en raison d'être.

Autour de moi je voyais aussi comment les autres s'en sortaient, mais aussi comment, complètement lessivés, certains de nos collègues restaient sur le carreau.

Mais je m'en tirais assez bien pour affronter mon destin.

Avec Willem Nagel.

Jour J

Jeudi 13 juillet

43

Réveillé en sursaut par un rêve chaotique, il regarda le réveil radio posé sur sa table de chevet et vit s'y afficher un très peu sympathique 3 h 11 du matin.

C'était de Schlebusch qu'il avait rêvé.

Des rêves de fuite, d'affrontements et de terreur. Il resta allongé dans le noir et comprit que l'accident et les instants qu'il avait vécus sur la route avec le blond aux cheveux longs et aux menaces de mort s'étaient fichés tels que dans son inconscient. C'était la première fois qu'il se retrouvait tout à la fois chasseur et proie. Et sans protection ni renforts de police, officiellement au moins.

Les trois dernières lettres de Rupert de Jager n'avaient apporté aucun éclaircissement, aucune perspective nouvelle, elles n'avaient fait que confirmer l'impression sinistre que Bushy Schlebusch s'était embarqué dans la voie du crime crapuleux quelque vingt ans plus tôt. Déficit émotionnel, fascination pour la violence et personnalité colérique, tous les signes de la psychopathologie y étaient. Van Heerden était prêt à parier, mais n'avait pas l'argent pour le faire, que Rupert de Jager/Johannes Jacobus Smit n'avait pas été sa première victime.

La lampe à souder. Les menaces. Les mots cassants lorsqu'il était coincé dans la carcasse de la Corolla.

Tu vis encore ? lui avait-il demandé avec le mépris le plus complet, la seule raison à cette question étant le désir qu'il avait de ne pas gaspiller sa salive.

T'as une mère, sale flic. Tu m'entends ? T'as une mère. Je la passe à la lampe à souder, moi, tu m'entends ? Tu ne sais pas qui je suis, sale con de flic. Tu me fous la paix ou je la brûle.

Ce n'était pas lui qu'il menaçait, c'était sa mère. Cette pathologie-là, il connaissait : la femme en victime sans défense qu'on doit manipuler, objet de prédilection du tueur en série. Et l'amour du feu. Mais Schlebusch était différent, et ce n'était manifestement pas un complexe d'infériorité qui le faisait agir. Pour lui, tuer ne tenait pas du mécanisme de soulagement, de l'apaisement des passions en jeu. Pour lui, tuer n'était qu'un pis-aller, que l'ultime recours lorsque les autres moyens de convaincre ne donnaient rien.

La réaction aux articles publiés dans la presse. Cela donnait à réfléchir. Le calcul. Il avait suivi van Heerden, il s'était renseigné sur son compte, relevant ses itinéraires habituels, trouvant des choses sur sa famille et attendant le bon moment avant d'attaquer avec une efficacité aussi froide que sans pitié. Aucune panique, on ne se cache pas plus qu'on ne s'enfuit en courant. La frappe est d'une précision clinique et calculée pour garder le contrôle des opérations.

Que faisait-on quand on chassait ce genre d'animal ? Que faisait-on quand la proie ne fuyait ni ne se cachait ? Que faisait-on quand le traqué se mettait à traquer le traqueur ?

On se dégotait un karatéka et un énorme tireur d'élite noir, on se bringuebalait avec un pistolet-mitrailleur et on partageait sa maison avec une femme qui, parfois, posait des questions qu'on ne voulait pas entendre parce qu'on avait peur de lui répondre. Il était prêt à être mauvais, à accepter sa méchanceté et à vivre avec, mais personne ne devait le savoir. Être complètement rejeté, il n'en avait aucune envie.

Et après, il y avait eu la nuit passée avec Kara-An et, foutu problème, la découverte qu'il n'était pas aussi vilain qu'il aurait aimé le croire.

C'était le défi qu'elle lui lançait, il le savait, son invitation implicite. Il avait tout de suite compris qu'elle cherchait quelqu'un avec qui partager son monde, quelqu'un qui avaliserait le dégoût qu'elle avait d'elle-même et accepterait de s'enfoncer dans la vase avec elle. Et certes, il avait bien voulu se risquer à entamer la descente, mais à un moment donné il avait renâclé, s'était aperçu qu'il n'en avait pas la force et depuis, qu'est-ce qu'il pouvait se sentir... bien, nom de Dieu, bien ! Tout ça était si nouveau !

Et la veille au soir les fleurs de Hope l'avaient ému. Ça l'avait agacé – pas question d'éprouver le plus léger frémissement d'émotion, de gratitude encore moins. Non, c'était autre chose. C'était la nature même de l'offrande, le contraste. Kara-An était entrée chez lui en coup de vent et ce vent était de décadence, Hope, elle, avait apporté des fleurs comme s'il était digne de recevoir ce genre de cadeaux.

Alors qu'il s'était rendu parfaitement ridicule la veille. La première fois dans la chambre d'hôpital, où il lui avait lâché sa théorie sur les événements de 76 avec une si belle assurance. La deuxième quand il avait lu les lettres et qu'elles avaient foutu sa théorie en l'air. Pas plus que Schlebusch, de Jager et compagnie n'avaient travaillé pour le Renseignement militaire. Ils n'avaient rien eu de l'escadron chargé des exécutions qu'il s'était imaginé et n'avaient jamais appartenu qu'à un énième détachement de Reconnaissance chargé d'escorter du ravitaillement en Angola.

Pas question de dollars dans tout ça. Aucun signe d'une quelconque intervention américaine.

Et donc, que s'était-il passé en 76, bordel de merde ? Dans quoi avait trempé ce noble petit groupe, laissant derrière lui mort, énigmes et dollars, pour que les autorités veuillent à ce point le cacher ?

Schlebusch, c'était lui, la clé du problème. Lui la pièce qui refusait de s'insérer dans le puzzle d'une bande de soldats de dix-huit ans se retrouvant ensemble au gré du hasard et des circonstances.

Merde. La frustration des pièces et morceaux qui ne s'assemblent pas. Il voulait savoir, tirer d'un coup la grande couverture derrière laquelle se cachait la vérité. Savoir, savoir ! Sa mère et lui étaient traqués par une bête féroce et il désespérait d'avoir jamais une longueur d'avance. L'accident avait ouvert son esprit à une peur dont il était incapable de se débarrasser et cela l'étonnait. Lui qui avait passé ces cinq dernières années à chercher un endroit où mourir ou côtoyer la mort afin d'oublier ses souvenirs !

Être maintenant terrifié par la faux de la mort ! Car c'était bien le visage de la mort qu'il avait vu sous les longs cheveux blonds de Schlebusch.

Et après, il avait fallu qu'il se rende ridicule en allant flanquer une baffe à Billy September qui l'avait aussitôt fauché au niveau des jambes et projeté par terre, Hope, P'tit et September le regardant sans rire, c'est vrai, mais qu'est-ce qu'on en avait eu envie ! Enfin, il se sourit à lui-même : le numéro avait dû être assez amusant. Puis il se rassit dans son lit, plus moyen de rester allongé sans bouger – et pas moyen non plus de mettre de la musique et de se faire du café parce que Hope dormait dans la salle de séjour alors qu'il ne voulait absolument pas se retrouver seul avec ses pensées.

Parce que tu nous as rendu un fier service, van Heerden. A nous tous.

Les petites ironies de Mat Joubert.

Pourquoi ne pouvait-il avoir l'intégrité morale ni

éprouver la vraie douleur du gros inspecteur ? Joubert qui avait perdu sa première femme, énième victime tombée dans l'exercice de ses fonctions de policier. Joubert qui n'avait pas cessé de mener le bon combat, qui, un pan après l'autre, avait remis sa vie d'aplomb et qui maintenant allait se remarier alors que lui, van Heerden, restait assis sur son cul. Quelles avaient été ses chances de s'en sortir ?

La dette dont Joubert lui avait parlé se fondait sur une idée fausse qu'on ne pourrait peut-être jamais corriger. Personne ne devait savoir à quel point il était mauvais.

Joubert qui avait un message pour lui. Quel message ?

Se débrouiller pour attraper le futur marié à un moment de la journée. Qui promettait d'être belle Schlebusch. La colère que les photos à paraître dans *Die Burger* allait déclencher en lui ! Deux soldats suffiraient-ils à protéger les femmes contre un psychopathe armé d'un fusil d'assaut américain et mû par une colère aussi froide que résolue ?

Il se leva d'un mouvement coulé, enfila son jean, sa chemise, son pull-over et ses chaussures de gym et regarda les chiffres qui s'affichaient à son réveil : 3 h 57. Il ouvrit la porte très doucement et lentement, s'immobilisa, écouta la respiration profonde et paisible de Hope Beneke, un pas après l'autre s'avança vers elle, de plus en plus près de la femme qui lui avait apporté des fleurs et qui l'avait fait fantasmer juste avant que Kara-An débarque avec son champagne. Hope avait le visage presque enfoui sous la couverture et dormait sur le côté. Il vit des mouvements rapides sous ses paupières et se demanda ce dont elle pouvait bien rêver. D'arrêts de la cour et d'enquêteurs privés atteints de folie ? Il regarda la forme de son nez, de sa bouche et de ses joues. Il y avait quelque chose de triste dans ses traits – était-ce parce que leur somme, leur architecture, ce que pour finir ils dessinaient ne formaient qu'une beauté incomplète et forçaient l'imagination à tout reconstruire et réarranger pour la rendre irrésistible ? Il y avait là quelque chose d'enfantin, quelque chose que rien n'avait touché. Était-ce cela qui suscitait en lui d'aussi étranges sentiments ? Était-ce cela qui avait réveillé son agressivité pendant la semaine écoulée, parce qu'il ne voulait pas qu'on lui rappelle l'innocence qu'il avait perdue à jamais ?

Il ferma les yeux. Sortir.

Il gagna la porte sans faire de bruit. D'abord allumer la lumière de dehors afin d'avertir P'tit Mpayipheli et Billy September qu'il arrivait. Il appuya sur le bouton, ouvrit la porte très très doucement, la referma derrière lui – clic de la serrure complètement étouffé –, s'immobilisa – la nuit était calme et froide, mais pas autant que celles, glaciales et verglacées, de Stilfontein. En espérant que les gardes du corps l'avaient vu, il se dirigea vers la grande maison et leva le nez vers les étoiles. Un satellite clignota vers le nord.

– On vient inspecter la garde ? lui demanda P'tit Mpayipheli de sa voix profonde.

Il ne l'avait pas vu. Revêtu de son manteau foncé, l'homme s'était installé dans un coin du jardin de sa mère, sur le banc sous le cyprès.

– Pas moyen de dormir.

– Seulement vous ou vous deux ?

Ton humoristique.

– Seulement moi, répondit-il et dans sa voix il y eut tellement de déception que P'tit ne put s'empêcher de rire.

– Asseyez-vous, dit-il en s'écartant pour lui faire de la place.

– Merci.

Ils s'assirent l'un à côté de l'autre et regardèrent le ciel nocturne.

– Frisquet, non ?

– J'ai eu plus froid que ça.

Silence gêné.

– Vous êtes baptisé, P'tit ?

Mpayipheli partit à rire.

– J'ai le nom d'un arrière des Springboks, « P'tit Naude », dit-il, si vous voulez savoir… En fait, je m'appelle Tobela Mpayipheli, ce qui est assez drôle.

– Ah bon ?

– Tobela signifie « respectueux, bien élevé ». Et Mpayipheli « celui qui n'arrête pas de se battre ». Mon père… je crois qu'il voulait faire dans l'agaçant.

– Je connais le fardeau des noms.

– Le problème avec les Blancs, c'est que vos noms n'ont pas de sens.

– Hope Beneke n'en serait pas d'accord

– *Touché*[1]

– « P'tit Naude » ?

– C'est une longue histoire

– La nuit promet de l'être aussi

Petit rire doux de nouveau

– Vous jouez au rugby ?

– J'en ai fait à l'école. Et un peu après. Mais je n'ai jamais eu ce qu'il faut pour.

– La vie vous emmène parfois dans de drôles de chemins, van Heerden. J'ai déjà envisagé d'écrire l'histoire de ma vie, vous savez ? Surtout à l'époque où tous ceux qui s'étaient engagés dans la Lutte écrivaient leur autobiographie pour être sûrs de ne pas rater le train des promotions à venir. Cela dit, j'ai bien peur qu'un seul chapitre en soit intéressant. Celui du rugby.

P'tit Mpayipheli se tut et s'installa plus confortablement.

– Il fait plus froid quand on ne peut pas bouger, reprit-il. Sauf que garder quelque chose ou quelqu'un veut dire rester complètement immobile.

---

1. En français dans le texte *(NdT)*.

Il remonta le col de son manteau, posa son arme sur ses genoux et respira un grand coup.

– Mon père était un homme de paix. Chaque fois que la main de l'apartheid le giflait, il tendait l'autre joue et disait aimer encore plus l'homme blanc parce que c'était ça que lui disait la Bible. Mais son fils, Tobela, était un homme de haine. Un homme violent et qui se battait sans arrêt. Pas brusquement, non, systématiquement, chaque fois qu'il voyait son père endurer une humiliation de plus. C'est que, voyez-vous, je l'aimais beaucoup, mon père. C'était un homme digne, d'une dignité incroyable, intouchable, d'une…

Un oiseau de nuit appela quelque part, dans le lointain un camion ronronna dans une montée de la N7.

– Je me suis enfui quand j'avais seize ans, je voulais entrer dans la Lutte. Je ne voulais plus rester à la maison. J'avais assez de haine en moi pour appliquer la règle du « un fermier une balle » et tout s'ouvrait devant moi. J'ai marché jusqu'à Gabarone et Nairobi et pour finir, lorsque j'ai eu vingt ans et que je me suis senti grand et fort, l'ANC m'a expédié en Union soviétique, dans un coin perdu qui s'appelait Saraktash, c'est au sud de la Russie, à une centaine de kilomètres de la frontière du Kazakstan, dans une base pleine de poussière où leurs troupes se préparaient pour la guerre en Afghanistan. C'est là que certains des combattants d'Umkhonto we Sizwe étaient entraînés, ne me demandez pas pourquoi, je ne pense pas que la lutte à mener au trou du cul du continent noir revêtait une importance capitale aux yeux de l'armée soviétique.

« J'étais un chieur. Dès le premier jour, j'ai commencé à poser des questions sur le contenu et la méthode de notre entraînement. Je n'avais aucune envie d'apprendre des trucs sur Lénine, Marx et Staline. Ce que je voulais, c'était tuer. Les plans de bataille et les combats de tanks ne m'intéressaient pas. Ce que je voulais, c'était apprendre à tirer et à trancher des cous. Je ne voulais pas apprendre le russe, je n'aimais pas les airs supérieurs des soldats russes et plus mes camarades me disaient qu'il fallait être patient parce que le chemin de la guerre traversait beaucoup de paysages, plus je me rebellais. Jusqu'au jour où je me suis engueulé avec un sergent de l'Armée rouge au bar des sous-officiers. C'était un Ouzbek avec des épaules de bœuf et un cou en tronc d'arbre. Je ne comprenais rien à ce qu'il disait, mais sa haine était celle de l'homme blanc et je n'ai pas pu résister.

« Nous avons eu l'autorisation de nous battre. Pour finir, tous les soldats de la base se sont retrouvés sur les lieux. Nous avons commencé par bousiller tout le mess ou pas loin, puis nous sommes passés dehors. Coups de poing, de pied, de coude et de genou, sans oublier les doigts dans les yeux, j'avais vingt ans, j'étais costaud et certains disaient que c'était le combat de Mohamad Ali contre Liston. Ç'a été terrible. Il m'a cogné jusqu'à ce que je ne puisse plus bouger la tête, il m'a cassé six côtes et je saignais à des endroits où je ne savais même pas qu'il m'avait cogné.

« En dernière analyse, ce ne fut pas la taille des chiens qui fit la différence, mais ce qu'ils avaient de bagarre en eux. Ma haine était plus forte que la sienne. Et j'avais les poumons propres alors qu'il fumait et que, d'après ce qu'on m'avait dit, il y avait plus de cinquante pour cent de crottin d'âne dans les cigarettes russes. La manière dont je l'ai expédié au tapis n'a rien eu de spectaculaire. Pendant plus de quarante minutes nous nous étions démolis consciencieusement, à un moment donné il s'est affaissé sur un genou en crachant du sang et a été incapable de retrouver son souffle. Il a hoché la tête et le petit groupe de Sud-Africains a poussé des hourras tandis que les Russes se détournaient de colère et laissaient tomber l'homme qui avait fait honte à la superpuissance mondiale. Tout en serait resté là si l'Ouzbek n'avait pas eu une crise cardiaque dans la nuit et n'était mort dans son lit. On l'y a retrouvé le lendemain matin et tout le monde est venu me chercher à l'hôpital avec la police militaire et que je vous dise : quelle chance peut avoir un Xhosa d'être jugé comme il faut dans un pays qui ne l'aime pas ? Surtout quand en plus ledit Xhosa ne montre aucun remords pour ce qu'il a fait… ou si peu ?

« La cellule était petite et très chaude – même en cette fin d'automne russe le soleil faisait craquer la tôle ondulée –, et les nuits si froides que mon souffle faisait des cristaux sur le métal, et la bouffe était immangeable. Bref, ils m'ont gardé là cinq semaines, tout seul dans cette cellule qui tenait de la serre et moi, dans ma tête, je me promenais dans les collines du Transkei, je parlais avec mon père et je faisais l'amour à des filles grassouillettes avec des seins énormes, jusqu'au jour où, mes côtes enfin guéries, j'ai commencé à faire des pompes et des abdos jusqu'à m'en faire littéralement ruisseler de sueur sur le plancher.

« Mais pendant que j'attendais qu'il se passe quelque chose, d'autres forces s'étaient mises en œuvre pour me libérer. La vie est parfois bizarre. L'officier qui commandait le camp était un fan de rugby. Je n'ai compris que plus tard que s'il n'était pas vraiment haï dans l'armée soviétique, ce sport n'avait pas la popularité du football, mais qu'il y avait assez d'hommes qui le pratiquaient à Saraktash pour former une équipe. Celle de l'année précédente était arrivée deuxième du championnat de l'Armée rouge et la saison allait recommencer quand le commandant s'est brusquement mis dans le crâne qu'étant originaires du pays des Springboks, nous autres Sud-Africains étions ce qu'il fallait pour remettre ses bonshommes en forme avant le match qui devait les opposer aux champions de l'année d'avant.

« Vous voyez ça d'ici. Sur les quelque cent vingt soldats que nous étions, il n'y avait que deux Noirs qui s'y connaissaient un peu en rugby, le reste étant constitué de Xhosas, de Zoulous, de Tswanas, de Sothos et de Vendas pour qui le rugby était le sport de l'oppresseur. Sans compter que ce qu'on en connaissait se réduisait à pas grand-chose, mais notre chef Umkhonto était Moses Morape et pour lui, quand on avait un type en taule et qu'il y avait un moyen de l'en faire sortir, fallait y aller. Après que le commandant russe nous eut lancé son défi, les copains se sont réunis et Rudewaan Moosa, un des Malais du Cap, un musulman convaincu qui haïssait les Russes qu'il trouvait cent fois trop athées, a dit avoir été demi de mêlée inscrit à la Fédération de rugby sud-africaine et être prêt à les entraîner si c'était l'occasion de remettre les Blancs à leur place.

« C'est Morape qui est allé négocier. Il a commencé par parler de foot en tant qu'autre possibilité parce que nous savions que là nous pourrions leur foutre la pâtée, mais le commandant n'a rien voulu entendre. Morape a alors accepté de jouer au rugby mais à la condition que Mpayipheli soit libéré. En plus, l'équipe sud-africaine devait recevoir le même équipement que les Russes.

« "Mais Mpayipheli est un assassin !", s'est écrié le commandant. Morape lui a répondu que c'était faux dans la mesure où le combat n'avait pas été truqué. Le commandant a beaucoup hoché la tête en lui disant que justice devait être faite. Morape lui a donc refusé son match d'échauffement et pendant quinze jours ils se sont renvoyé la balle jusqu'à ce que le commandant finisse par capituler, mais à deux conditions. Il fallait qu'on gagne et Mpayipheli devait absolument jouer, sans quoi ses troupes refuseraient le marché. Morape a accepté.

« Moi, je ne voulais rien savoir. J'ai dit à Morape que je préférais réintégrer ma cellule, mais les chefs m'ont expliqué le choix que j'avais : ou bien je jouais, ou bien ils me renvoyaient en Zambie où je pourrais passer le reste de mes jours à pousser du papier dans un magasin de fournitures jusqu'à la fin de la Lutte – à condition, bien sûr, que la justice militaire soviétique veuille bien laisser tomber. Ils en avaient marre de moi, je devais choisir. Deux jours plus tard, nous attaquions notre première séance d'entraînement.

« Deux équipes furent formées, par tailles et talents potentiels. Le chaos complet. On aurait dit des gamins de maternelle qui se disputent un ballon et courent partout en hurlant. Les Russes qui nous regardaient des lignes de touche riaient si fort qu'on n'entendait même pas ce que nous criait Moosa. Bref, on était tellement cons que la défaite était prévue d'avance. Il allait nous falloir bien plus de trois semaines pour être au point. Foutus, qu'on était.

« Sauf que Moosa était malin. Et patient. La nuit qui suivit cette première séance, il réfléchit beaucoup. Et décida de changer de tactique. On ferait passer la ligne de front dans la salle de classe, où il nous inculquerait, quatre longs jours durant, la théorie du rugby au tableau noir, avec étude des règles, inexplicables, compliquées et infinies de ce sport, puis analyse des positions et mémorisation de toutes les stratégies et, au cinquième jour, à six heures du matin, retour sur le terrain, avant l'arrivée des Russes.

« Et il nous a mis au boulot : les arrières d'un côté, les avants de l'autre et que je te plaque, que je cavale, que je m'arrête, que je fonce, tout y est passé, et douloureusement au début.

« C'était mieux, mais ça restait lamentable : à croire que les gars étaient incapables de rien piger à ce jeu de Blancs. Vous auriez dû entendre ce qu'ils disaient ! Y avait que les Boers pour être assez cons pour échanger un ballon rond et deux cages de but contre cette idiotie.

Nous, on voulait feinter et dégager, pas du tout ramasser la balle et faire des passes. On aurait dit que c'était notre nature tout entière qui s'opposait à ce jeu bizarre. Sans compter les histoires de hors-jeu ! Mais Moosa n'a pas perdu la tête et Morape nous a redonné courage et le samedi suivant, une semaine avant le match, nous nous sommes levés avant le soleil pour aller nous entraîner en ville en cachette – deux équipes noires l'une contre l'autre sur un bout de terrain près de la rivière pour choisir les meilleurs d'entre nous.

« Dire que ç'aurait été joli, non. Pour la première fois ce jour-là, Moosa a perdu son sang-froid, levé les bras au ciel et déclaré que la tâche était au-dessus de ses forces. Il n'était tout simplement pas possible qu'une bande de crétins noirs passe de l'adoration du foot à la maîtrise du rugby. Il a quitté le terrain, furibond, est allé s'asseoir sous un grand arbre, la tête dans les mains, pendant qu'on restait plantés là, à ruisseler dans le froid en sachant qu'il avait raison. Et ce n'était pas qu'on n'ait pas essayé. C'était tout simplement… le handicap. Et nos cœurs. Quand on sait qu'on va être battu, il n'est pas facile d'y mettre tout son cœur.

« Morape est allé s'asseoir à côté de Moosa et ils ont discuté plus d'une heure. Et quand ils sont revenus, on était assis en tas et Morape s'est mis à nous parler.

« C'était un Tswana. Un type avec un visage d'aigle. Ni grand ni petit, et pas très astucieux non plus, mais quelque chose en lui faisait qu'on l'écoutait. Et ce matin-là, au trou du cul du monde, on l'a écouté. Il nous a parlé doucement. Pour nous dire que ce n'était pas pour garder Mpayipheli hors de taule qu'on allait jouer ce match, ce qui m'a valu quelques regards torves. De fait, ce match, c'était pour la Lutte qu'on allait le jouer. Il nous était tombé dessus dans un pays qui ne voulait pas de nous et à cause de gens qui ne nous croyaient pas assez bons pour jouer. Bref, c'était la même chose qu'au pays. Et donc, même si on n'avait pas le choix du terrain et de la stratégie pour gagner, on pouvait y arriver. Fallait-il donc que nous regardions notre pays en nous disant, non, les Blancs ont bien plus d'armes, de fric et de technologie pour tenir le haut du pavé et donc, on se rend ? Parce que si on se rendait ici, dans la Très Sainte Russie, on pouvait abandonner la Lutte tout de suite parce qu'on aurait perdu avant même de commencer. Tout était une question de caractère. De désir de se battre. Il fallait oser, se concentrer, voilà : se concentrer et croire, et ne pas démordre qu'on peut tout faire quand on croit en soi et en la cause.

« Le sport, nous a-t-il encore dit, c'est la guerre du pauvre. Ça met en jeu les mêmes principes. C'est "nous contre eux". C'est se rassembler pour affronter un ennemi supérieur. Être solidaire. User de tactique et de stratégie et ressentir les mêmes émotions profondes. Et exactement comme la guerre, pour finir, le sport nous apprend des choses sur nous-mêmes. Il nous apprend à nous tester, à évaluer nos capacités, notre caractère individuel et collectif...

« Ça ne lui ferait rien que nous perdions. Ça arrivait dans la guerre, dans le sport et dans la vie. Mais si nous perdions faute d'avoir donné le meilleur, alors non, nous n'étions pas des gens avec qui il avait envie de partir faire la guerre. Et là, il s'est levé, s'est éloigné de notre carré d'herbe verte et nous a laissés à réfléchir.

« Ce lundi-là, Morape a épinglé les noms des sélectionnés au tableau d'affichage et il y avait le mien, j'étais avant, mes genoux se sont mis à trembler. Et je n'étais plus "Toleba". Moosa m'avait transformé en "P'tit Mpayipheli".

« Pendant le reste de la semaine, nous nous sommes entraînés tous les jours. Avec Morape sur la touche pour nous rappeler ce qu'il nous avait dit, et Moosa, notre entraîneur qui n'arrêtait pas de nous faire travailler. Jusqu'au jour, c'était un jeudi, où nos maillots sont arrivés. Le commandant de la base les avait fait faire à Moscou, ils étaient verts et dorés, avec un Springbok[1] sur le devant, et Morape nous a dit : "Maintenant, vous jouez pour votre pays", et alors, tout a pris une dimension pour laquelle nous n'étions pas préparés. Nous allions nous plaindre que c'était des maillots de l'oppresseur quand il nous a demandé : "Et c'est quoi, les couleurs de l'ANC ?"

« Ce samedi-là, les abords du terrain de foot de Saraktash étaient tellement pleins de soldats soviétiques que c'en était incroyable. Personne n'avait pris sa permission hebdomadaire, tout ce qui existait comme soldat avait été rameuté pour soutenir les copains et quand l'équipe russe est sortie du tunnel des vestiaires, ils avaient tous des maillots rouges avec une faucille et un marteau jaune en travers, ç'a été le délire dans la foule, même qu'au début du match notre petit groupe de supporters avait tellement la trouille que c'est à peine s'ils ouvraient la bouche.

« Ça n'a pas dû être le plus beau match de rugby qu'on ait jamais vu, surtout la première mi-temps. Mais, à notre grande surprise, les Russes n'étaient pas de grands maîtres dans ce sport. Ils avaient plus d'expérience que nous, mais ils ne formaient pas une machine bien huilée. A la fin de la première mi-temps, ils nous battaient 18 à 6, mais, après avoir marqué deux drops, Moosa nous a dit : "Allez, les gars ! Ces Rouges, on peut les battre, je le sens, pas vous ?" Peut-être que nous ne nous sentions plus intimidés. Peut-être que nous avions cru devoir affronter un ennemi tellement supérieur qu'il nous ferait rentrer sous terre et que, ne voyant rien de tel se produire, nous avons reconnu qu'il

1. Ou, littéralement, « bouc sauteur », antilope d'Afrique australe *(NdT)*.

avait raison. Toujours est-il que, oui, ces types, on pouvait les battre...

« "Ils sont lents, nous avait dit Moosa. Passez la balle à Zuma, je veux pas savoir comment, mais vous la lui passez." Napoleon Zuma était notre ailier gauche. Il était zoulou, à peine âgé de dix-neuf ans et pas bien grand, mais il avait des cuisses dont on ne faisait pas le tour avec les deux mains et ça ! il courait comme le vent !

« Il nous avait fallu un quart d'heure pour arriver à le faire démarrer la première fois et il avait marqué un essai. Et là, c'est comme s'il s'était produit un miracle, comme si tout d'un coup, ces quinze Sud-Africains des *townships* et des petits villages du Bantoustan comprenaient les subtilités de ce jeu étrange et merveilleux. Alors, nous avons joué. Et mieux nous jouions, plus ça se taisait du côté de l'Armée rouge tandis que notre petit groupe de supporters hurlait de plus en plus fort dans les gradins ! Napoleon Zuma a marqué encore deux essais et brusquement les deux équipes se sont retrouvées à égalité avec dix minutes qui restaient à jouer et nous, nous voulions gagner et nous savions que nous allions y arriver, ah, si vous aviez vu les copains ! Dommage que vous ne les ayez pas vus jouer ! C'était merveilleux, si beau que c'en était indescriptible !

Et alors P'tit Mpayipheli se tut et regarda les étoiles au loin, tout là-bas dans ce ciel d'hiver au Cap, et frissonna dans son grand manteau noir.

– C'est Orion ? demanda-t-il enfin en pointant un doigt vers l'est.

– Oui.

Ils restèrent assis à regarder l'étoile du matin, mais lorsque le silence s'éternisa, van Heerden ne put s'empêcher de demander :

– Et... vous avez gagné ?

Le Noir sourit tout grand dans la nuit.

– Le plus beau était que l'arbitre avait compris que ça

376

lui vaudrait de partir pour l'Afghanistan, mais ses coups de sifflet n'ont rien pu empêcher, malgré tous ses efforts. Sur le terrain de rugby ce jour-là, l'Afrique du Sud a remporté son seul et unique test-match contre le Péril rouge par 36 à 18.

44

Je louai un deux pièces à Brackenfell, négligeai le jardin et un samedi sur deux empruntai la tondeuse à gazon de mes voisins de la classe moyenne, les van Tonders. Mais je n'étais pas souvent chez moi.

Je m'établis ma petite routine bien à moi. Tous les matins, et pratiquement toutes les nuits, je travaillais avec le même enthousiasme aveugle que mes collègues. Parfois, lorsque la charge de travail le permettait, j'assistais au concert symphonique du jeudi soir à City Hall – le plus souvent seul. Le samedi soir, il y avait souvent un barbecue chez quelqu'un, rassemblement de policiers réservé aux élus et obéissant à des lois non écrites sur ce qu'il fallait apporter comme viandes et alcools – l'ivresse était excusée tant qu'elle ne dérangeait pas les femmes et les enfants.

Le dimanche, je faisais la cuisine.

C'est à cette époque que je me lançai dans un voyage culinaire couvrant tous les continents – thaï, chinoise, vietnamienne, japonaise, espagnole, française, italienne, grecque et moyen-orientale, toutes les cuisines du monde y passèrent. Je concevais le plat pendant la semaine, achetais les derniers ingrédients le samedi et, un verre de vin rouge à la main et un opéra sur la chaîne, passais le dimanche à la cuisine à m'occuper d'une femme qui devenait alors mon seul public – en général très impressionné.

Autant le reconnaître tout de suite – plus ingrats étaient les dossiers qui s'accumulaient sur mon bureau, plus grand était mon besoin de trouver l'amour de ma vie, d'enfin découvrir celle qui, mythique âme sœur, m'accueillerait et m'enlacerait dans un lit bien chaud, là, au cœur de la nuit. Quelqu'un qui, le samedi soir, apporterait, parmi celles d'autres femmes, notre contribution au barbecue, quelqu'un que je pourrais appeler « ma femme » avec la même possessivité aimante et jalouse que celle dont Breyten Breytenbach parle dans son poème du même nom. Il y avait en moi une solitude, un vide, une incomplétude qui grandissait mois après mois. A croire que la nature même de mon travail creusait tellement ce manque que je cherchais cette femme avec une détermination de plus en plus forte – Le Cap est une Mecque pour le célibataire des classes moyennes, la proportion hommes-femmes y étant plus qu'intéressante du point de vue statistique et le réseau de ceux et celles qui jouent à trouvez-moi-une-fille-pour-un-flic un des meilleurs du monde.

C'est pour cette raison que j'avais souvent une femme à côté de moi aux barbecues du samedi soir. Et que je la retrouvais dans mon lit le dimanche matin. Et en faisais une aide admirative dans la cuisine, où je lui montrais ma supériorité culinaire sur tous mes collègues en nous préparant un véritable festin du septième jour. Et après le repas, un rien assoupis et pleins de nourriture, sur le canapé ou sur le lit nous tentions de rassasier l'autre faim qui nous tenait.

Parce que le lundi matin, c'était retour au boulot, on retrouve le cœur noir d'un monde où règne un autre type d'instincts.

Avec Nagel.

Nos relations étaient bizarres. Elles me rappelaient parfois les vieux couples qui passent leur vie à se disputer – en surface, le conflit est incessant, mais en dessous le respect est profond et l'amour tel qu'il supporterait n'importe quoi.

Nos relations s'étaient forgées dans l'incandescence du travail de policier, violences, sang, meurtres. Deux ans durant nous nous étions tenus côte à côte sous le feu des tueurs, avions enquêté sur toutes les horreurs que l'homme est capable d'infliger à son prochain et avions traqué les coupables avec la plus totale abnégation.

Nagel était un type mal éduqué et sans aucun respect pour ce qu'on apprend dans les livres. A ses yeux, on ne pouvait dominer son travail de flic en se servant de bouquins ou de notes de cours. Nagel ne supportait pas les grands airs, et encore moins les papillonnages auxquels se livrent les hommes et les femmes en société – les petits mensonges cousus de fil blanc, politesses de surface et autres manœuvres pour accéder aux postes qui en jettent ne l'intéressaient pas.

« Putain, mec » et un hochement de tête, telle était le plus souvent sa réaction à tout ce qu'il pensait relever de la phrase creuse et il ne s'en privait généralement pas. Plus toutes sortes de variations sur l'expression « bordel de…. ». C'est lui qui m'apprit à jurer – pas de manière délibérée, mais l'entendre manier l'insulte et le juron avec une telle adresse fut une véritable révélation, et la contagion celle du virus qui tue.

Nagel était le seul inspecteur des Vols et Homicides que le côté ingrat de notre travail laissait indifférent.

Il acceptait les crimes de notre espèce comme une donnée de base et pour lui son rôle était juste de se débrouiller pour que justice soit faite, ce qui signifiait traquer et coincer l'assassin, le violeur et le voleur sans se poser de questions, sans se ronger, sans jamais se tourmenter sur ce que ces crimes, parfois horribles, disaient de lui en tant que membre de la même espèce.

Et ce n'était pas simplement comme une croûte dure

sous laquelle se fût trouvé un cœur tendre. Nagel était un être unidimensionnel et à cause de cela même le meilleur professionnel du maintien de l'ordre que j'aie jamais connu.

Toujours à nous disputer. Sur la nature et le mobile du meurtre, sur le psychisme de l'assassin, sur les traces imperceptibles laissées sur la scène de crime (celles qui donnent la direction à prendre), sur le cours et les priorités de cette enquête. Il était tout à fait conscient du caractère impressionnant de ma carrière universitaire, mais ne se laissait pas intimider. Peut-être le colonel Willie Theal savait-il que ce serait le seul mentor que ma réussite n'inquiéterait en aucune manière. Nagel était parfaitement sûr de ses opinions et de ses méthodes.

Dans la recherche de la solution il voyait parfois juste grâce à ses instincts et intuitions étonnants – mais parfois aussi c'étaient mes pages d'annotations, de remarques précises et ma façon d'étudier sans relâche les moindres détails de l'affaire, et aussi ma méthodologie en matière de psychologie qui nous fournissaient la preuve concluante. Et j'entendais Nagel s'écrier : « Encore un coup de bol à la con, bordel de merde ! »

Il ne nous fallut que quelques mois pour devenir l'équipe dont on parlait partout – l'équipe numéro un, celle qu'on appelait quand toutes les autres avaient merdé. Mais le chef incontesté, celui qui parlait, c'était Nagel. Encore une fois, je n'étais que l'assistant, que le disciple, que le Tonto à son grand cow-boy solitaire, que le Sancho Pança à son Don Quichotte. Et cela me convenait parce que c'était grâce à lui qu'on m'acceptait à la brigade. Son opinion sur mes études, constamment répétée à la cantonade, avait eu vite fait de ramener mon doctorat au niveau du bout de papier sans importance aux yeux de ses collègues, ses taquineries incessantes sur les notes que je prenais ayant un caractère certes excentrique mais acceptable.

Je fus respecté par mes collègues comme je l'avais été à l'Académie.

Et quelle puissance peut avoir la drogue du retour élogieux à l'envoyeur ! C'était plus que suffisant pour que j'accepte et apprécie mon nouveau style de vie et la personne que j'étais devenue.

Je ne peux pas dire que consciemment j'aurais été heureux, mais malheureux je ne l'étais pas, et dans ce genre d'existence ce n'est pas rien.

Mais j'avais toujours le « grand » désir, même si mon statut de célibataire déclenchait l'envie chez mes collègues, celui de rencontrer la Seule et Unique et d'en tomber amoureux, totalement et irrévocablement.

Je languissais. Et désirais.

Et il faut faire très attention à ce qu'on désire.

45

Juste après six heures du matin, il conduisit Hope à son bureau en voiture, sans cesser de regarder derrière lui, mais il ne pouvait voir que les phares de véhicules impossibles à identifier dans l'obscurité.

– Que croyez-vous qu'il va faire quand il lira l'article du *Burger* ? lui demanda-t-elle.

– Qui ça ? Schlebusch ?

– Oui.

Il réfléchit un instant.

– Ce n'était pas très malin de se montrer sur la N7 comme il l'a fait. Il n'est pas patient. Il agit, ce n'est pas un penseur. Il aurait mieux fait de rester dans l'ombre et d'adopter un profil bas. De s'en aller… de quitter le pays même, jusqu'à ce que tout soit fini. Pourquoi ne l'a-t-il pas fait ? Parce qu'il n'a pas pu dominer son désir de rendre les coups ? Parce qu'on l'a entraîné à résoudre tous ses problèmes par la violence ?

– Ah, dit-elle, on aurait affaire à un Zatopek van Heerden version pauvre ?

Il y avait de la taquinerie dans sa voix, mais l'espace d'un instant la comparaison le désarçonna.

– S'il est désespérément con, il tirera. S'il veut en réchapper, il négociera.

– Réintégrerez-vous jamais la police, Zatopek ?

– Je ne sais pas.

Elle réfléchit.

– Et la fac ?

– Je ne sais pas non plus.

Elle garda le silence, puis, alors qu'ils dépassaient Ratanga Junction sur la N1, il ajouta :

– Un jour, il faudra peut-être que je me trouve un autre boulot. Il n'est pas impossible que je ne puisse jamais réintégrer ni la fac ni la police.

Il se détourna et regarda encore une fois derrière lui.

Arrivé devant l'immeuble, il garda la main sur son Heckler & Koch, par-dessous son coupe-vent, jusqu'à ce qu'elle ait fini d'ouvrir les portes. Puis, pendant qu'elle allait faire du café, il gagna la petite pièce du téléphone, ouvrit son carnet de notes devant lui et s'assit.

Les feuilles de notes et les flingues. Il avait toujours préféré les premières.

Hope arriva avec deux tasses.

– On va recommencer à se taper des tonnes d'appels sans intérêt ? demanda-t-elle.

– Il y en a toujours.

– Pourquoi les gens font-ils des choses pareilles, à votre avis ?

– Il y a beaucoup de casse dans le monde, Hope. Les gens se font des trucs et...

Assise en face de lui, le visage doux, elle le regardait.

– Et à nous-mêmes ? Que sommes-nous capables de nous faire ?

Le téléphone sonna – premier appel de la matinée.

– Allô.

– C'est la ligne pour Schlebusch ?

– C'est exact.

– Je veux rester anonyme.

– Certainement.

– Je crois que c'est mon voisin.

– Ah bon ?

– Il habite dans une petite ferme. Ici, à Hout Bay.

– Savez-vous le genre de voiture qu'il conduit ?

– Un grand camion blanc. Je crois que c'est un vieux Chevrolet.

– C'est ça, dit-il, son cœur commençant à battre fort.

Il se pencha en avant, son crayon en suspens au-dessus de la feuille. Hope avait compris rien qu'à entendre sa voix. Tendue, elle reposa son café.

– Vous pourriez me dire où se trouve cette petite ferme ? reprit-il.

– Vous connaissez l'élevage Huggies ?

– Non.

– C'est un petit zoo pour les enfants. Vous voyez… un truc où les bambins de la ville peuvent venir caresser un mouton, traire une vache ou faire du poney.

– Bon.

– Et ce Schlebusch vit à côté. C'est plutôt abandonné comme fermette, emplacement quarante-sept, sur la route de Constantia Neck. Le tournant se trouve juste après la crèche.

– Et vous êtes sûr pour le camion ?

– Oh, oui. Il est juste devant chez moi en ce moment même.

– Quoi ? Maintenant ?

– Oui, je le vois.

– Vous êtes sûr de tenir à l'anonymat ?

Il entendit un clic et la communication fut coupée. Il resta un instant avec l'écouteur dans la main, puis, l'adrénaline montant, il lança :

– Hope, j'aimerais vous emprunter votre voiture et votre portable.

Il se leva et prit son pistolet-mitrailleur.

– Une petite ferme, dit-elle.

– A Hout Bay. (Il consulta sa montre.) On pourrait le cueillir dans son lit. A moins que ce soit un lève-tôt.

– Vous ne pouvez pas y aller seul.

– C'est pour ça que je veux le portable. Je veux pouvoir appeler P'tit Mpayipheli. Dès que je saurai qu'il ne s'agit pas d'une fausse alerte.

– Allons, dit-elle, et elle le précéda dans le couloir qui conduisait à son bureau, où elle trouva ses clés et son portable dans son sac à main.

– Il faudra que vous répondiez aux appels pendant que je serai parti, dit-il.

– Je…

A contrecœur.

– Ça pourrait être un bobard. Résultat, il faut qu'il y ait quelqu'un ici.

Elle acquiesça d'un signe de tête.

– Faites attention, dit-elle.

La circulation pour aller en ville était déjà d'une lenteur agaçante, mais il roulait dans l'autre direction et faisait beaucoup travailler les vitesses, l'embrayage et l'accélérateur de la BMW en se demandant si Hope utilisait jamais sa voiture à pleine capacité. De Waal Drive, il faisait noir, putain d'hiver, puis l'université et le Jardin botanique, à droite vers Constantia Neck, et on descend sur Hout Bay. Il se rappelait vaguement où se trouvait la crèche, la longea et prit l'embranchement. Il était légèrement angoissé et respira fort avant de trouver le panneau en planches du « zoo Huggies » avec ses dessins d'enfants et ses représentations d'animaux de la ferme version dessin animé. Il s'aperçut qu'il commençait à faire jour – la matinée s'annonçait nuageuse – et s'arrêta. Il avait toujours le Heckler & Koch sous sa veste et le portable dans sa poche. Il regarda l'indication « 47 » portée en toutes lettres sur le panneau… Là, le début du sentier gravillonné, beaucoup d'arbres, peu de lumière. Il descendit le chemin, y entendit crisser ses semelles, fit passer la bretelle du pistolet-mitrailleur sur son épaule, déverrouilla la sûreté, respiration courte,

cœur qui bat, putain, quel trouillard il faisait ! Hope qui
lui demande : *Et à nous-mêmes ? Que sommes-nous
capables de nous faire ?* Drôle de moment pour réfléchir à ça. Il aperçut une lumière tout en bas, vit la maison et le camion, brusquement tandis qu'il tournait le
coin au petit trot, la forme du véhicule, juste ça, dans
l'aurore grise. Il s'accroupit derrière un arbre, respira
profondément – tout était calme, il n'y avait qu'une
lumière au-dessus de la porte d'entrée. Et le vacarme
des oiseaux dans les premières lueurs du jour. Il plissa
les paupières, c'était le camion, oui, c'était bien le sien,
sortit son portable de sa poche, composa le numéro et
attendit.

– Joan van Heerden.

– M'man ? Il faut que je parle à P'tit Mpayipheli.

Tension dans son murmure.

– Qu'est-ce qu'il y a, Zet ?

Inquiétude.

– M'man ? Va me le chercher, s'il te plaît.

– Il dort. J'appelle Billy.

Elle était déjà partie, il jura : il n'avait pas envie de
parler à September. C'était du tireur d'élite qu'il avait
besoin.

– Yo ?

– Billy ? Allez réveiller P'tit et dites-lui de venir à
Hout Bay. On tient Schlebusch. Il dort, mais je ne sais
pas pour combien de temps encore. Trouvez vite un
stylo que je vous dise l'itinéraire.

Un instant de silence, puis la voix de September :

– Prêt.

Il s'agenouilla derrière l'arbre. Il était plus calme :
Schlebusch devait faire la grasse matinée. Comment
traquer une proie qui vous traque ? On rampe jusqu'à
l'endroit où elle dort, andouille. Il regretta de ne pas

avoir de jumelles – combien de temps fallait-il pour venir de Morning Star à Hout Bay ? Quarante minutes en roulant comme un dingue, sauf que la N1 et la N5 étaient un vrai cauchemar à cette heure de la journée, donc… disons une heure. Il regarda sa montre : 7 h 42. P'tit arriverait vers huit heures, huit heures et quart au plus tard. Il faisait jour de plus en plus vite, le blanc crème du camion était maintenant clairement visible mais… où était donc la maison du voisin ? Celle de Schlebusch se trouvait au fond de la vallée, qu'est-ce qui ne collait pas avec le camion, avec le souvenir qu'il en avait ? Mais son problème, c'était qu'il ne pouvait pas se contenter de tirer, il lui fallait sa proie vivante. Huit heures et quart… Ce serait trop tard, Schlebusch ne dormirait jamais aussi tard, pourquoi tout était-il aussi calme là en bas ? Des lumières auraient dû commencer à s'allumer, l'heure du café pour un homme traqué… Non, Schlebusch aurait dû être debout depuis un bon moment.

Il entendit un bruit de moteur derrière lui, comme un grondement sourd, mais la route disparaissait derrière une butte. Une camionnette de la ferme, sans doute. Mais des bruits de pas, des exclamations, il regarda autour de lui. Quelque chose ne collait pas, ça faisait trop de pieds, ça déboulait du haut de la colline, des soldats, casques d'acier, sacs à dos, carabines R5 tenues à bout de bas. Ils l'avaient vu, ils se jetèrent à plat ventre et lui crièrent : « Jetez vos armes. » Voix calmes, tranquilles, pleines d'autorité. Il se leva lentement, son Heckler & Koch devant lui. Puis il le posa par terre. Mais d'où sortaient-ils, nom de Dieu ? Deux d'entre eux qui bondissent, leurs armes braquées sur lui. Gilets pare-balles, Force de réaction rapide, on lui arracha son pistolet-mitrailleur. « A terre ! Tout de suite ! » Il obéit lentement, le cœur battant, visage contre terre. Il entendit approcher les autres, godillots innombrables, sentit des mains l'effleurer, lui prendre son téléphone.

– Il a rien sur lui. (Il sentit l'odeur de terre mouillée par la rosée, entendit d'autres pas.) Juste son portable.

– Debout, van Heerden.

Bester Brits.

La fureur l'envahit lorsqu'il reconnut sa voix et comprit, mais trop tard. Il bondit.

– Espèce de connard ! hurla-t-il en attrapant l'officier du Renseignement militaire à la gorge.

Les soldats le tirèrent en arrière et l'obligèrent à se mettre à genoux.

– T'as collé un micro sur mon portable, enfoiré !

Brits éclata de rire.

– Ce que tu peux te croire malin, van Heerden !

– Ce type est à moi, Brits.

– Vous deux, vous restez avec lui. S'il ne se tient pas comme il faut, vous lui pétez les genoux. (Il approcha un émetteur-récepteur de sa bouche.) Alpha, vous êtes prêt ?

– Alpha prêt.

– Bravo prêt ?

– Bravo prêt.

– On y va.

– J'espère que t'as des blindés en renfort, Brits. Et l'aviation.

– S'il continue à vous emmerder avec ses baratins, vous lui collez une balle dans la rotule.

Puis ils disparurent le long du sentier gravillonné. Bruits des fusils d'assaut qu'on arme. Van Heerden leva la tête vers les deux soldats qui l'observaient – visage tendu, air concentré. Il attendit que Schlebusch commence à tirer de l'intérieur de la maison. Il était furieux, il aurait dû y penser mais qu'aurait-il pu faire ? Ça n'aurait servi à rien de changer le numéro, putain, mais quel crétin de première classe il faisait ! Pourquoi tout était-il si calme dans la maison ? Schlebusch dormait-il encore ? Les minutes passaient, il se rassit, les soldats gardant leurs armes braquées sur lui.

– Depuis quand êtes-vous en alerte ?

Ils ignorèrent sa question.

– Je pourrais ravoir mon portable ?

Pas de réponse.

Il se releva, regarda vers le bas du chemin, avança de quelques pas pour mieux voir.

– On ne bouge plus.

Il ne bougea plus. Il voyait bien le camion, et le jardin. Des soldats qui s'agenouillent devant la porte de devant, près du camion, tous prêts... La porte ouverte ? Pourquoi ne tiraient-ils pas ? Pourquoi Schlebusch ne tirait pas ? Quelqu'un qui sort, un soldat qui remonte le chemin, petit trot tranquille, on n'est pas pressé, il y a quelque chose qui cloche, le soldat qui arrive.

– Van Heerden ?

– Oui ?

– Le colonel veut que vous descendiez le voir.

Il se mit en route avec ce seul et unique soldat pour escorte.

– Vous avez laissé filer Schlebusch, dit-il.

Silence. Crissements du gravier sur le chemin en terre, les godillots du soldat qui font beaucoup de bruit, ses chaussures à lui nettement moins. La fermette devant lui, abandonnée, peinture blanche qui s'écaille sur une dépendance, herbe haute, plantes grimpantes sauvages qui montent à l'assaut d'un mur de pierre, vergers envahis de mauvaises herbes. Il jeta un coup d'œil au camion en passant, quelque chose ne cadrait pas, mais... quoi ? Le soldat gagna la véranda et lui fit signe d'entrer.

– Première porte à droite, dit-il.

Il entra. Bester Brits debout devant lui, les bras croisés. Bushy Schlebusch étendu sur le tapis, le visage (ou ce qu'il en restait) collé au sol, la flaque de sang qui l'entourait d'un brun rougeâtre sur le parquet. L'œil et le nez avaient disparu dans la blessure de sortie, grand trou à l'arrière de la tête, mains liées dans le dos.

Van Heerden regarda, sidéré, rétablit l'enchaînement des faits, une balle dans la nuque, exécution, et comprit alors ce qui ne collait pas avec le camion de la N7. Schlebusch en était sorti par le côté gauche. Van Heerden en avait déduit que le véhicule avait le volant à gauche, comme le Ford d'importation de Kemp – sauf que ce n'était pas Schlebusch qui conduisait : il y avait un autre type, voire plus. Il jura, là encore il aurait dû y penser, comment donc un voisin pouvait-il rester anonyme, c'était…

– Tu l'as tué, van Heerden.

– Quoi ?

– La photo dans le journal de ce matin. Ils ne pouvaient pas se payer le luxe de le laisser vivre.

Il bafouilla, mille idées se bousculant dans sa tête, plus rien n'avait de sens. Schlebusch était le numéro un, le chef, c'était comme ça qu'il avait vu les choses. Et Schlebusch était devenu sa proie. Il essaya de digérer la nouvelle.

– « Ils », répéta-t-il. Qui ça « ils » ?

– Tu crois que je serais ici si je le savais ?

Il avança d'un pas, passa un doigt dans la flaque de sang, épais, collant, pas sec. Bon Dieu, mais… ç'avait dû se produire quelques heures plus tôt et alors… dans sa tête il vit ce qui s'était passé : ils avaient dû attendre l'arrivée du journal, quelque part, pour voir la une, tous les matins depuis la première édition, et dressé des plans. Ils avaient dû abattre Schlebusch ce matin, juste avant d'appeler, la voix au téléphone, calme, parfaitement innocente. Ils savaient qu'il viendrait et… La peur le submergea, véritable paralysie, puis… Sa mère, sa mère, sa mère ! Il hurla : « Merde, merde ! » et courut, se rua dehors, retrouva les soldats qui avaient son portable, s'insulta de n'avoir rien compris.

– Van Heerden ! cria Bester dans son dos.

– Ma mère, Bester ! lui cria-t-il en réentendant l'appel qu'il avait reçu, le ton assuré, calme de la voix.

Parce que ce n'était pas la voix pleine de haine du psychopathe, non. C'était celle, et autrement pire, du stratège.

Autrement, autrement pire.

En les voyant arriver, Billy September attrapa l'AK47 et comprit qu'il devait d'abord protéger les femmes de la maison : Carolina de Jager dans la salle de bains, Wilna van As dans la cuisine et Joan van Heerden quelque part dehors, du côté des écuries. Quatre hommes. L'arme à la main, ils avançaient entre les arbres et les buissons sans se cacher, sûrs d'eux, sans vergogne, certains que Joan van Heerden était seule.

– Ils arrivent ! Retournez dans la chambre et couchez-vous par terre ! cria-t-il à l'adresse de Wilna van As tout en tambourinant sur la porte de la salle de bains.

Wilna van As qui roule des yeux blancs, il pointe le doigt sur elle et ajoute :

– Là, regardez. Alors restez dans la chambre, s'il vous plaît.

Puis il courut à la cuisine, jeta un coup d'œil vers les écuries, n'y vit pas Joan van Heerden, courut à la salle de séjour et regarda par la grande fenêtre. La porte de la salle de bains qui s'ouvre et Carolina de Jager qui sort en robe de chambre rose.

– Qu'est-ce qu'il y a ?

– Ils sont ici, madame. Quatre, et armés. Allez dans la chambre, verrouillez la porte et couchez-vous par terre.

– Non, dit-elle. Passez-moi un flingue.

Il remonta le chemin en pente, Bester Brits s'essouf-flant derrière lui.

– Van Heerden ! Van Heerden !

Il continua de courir. P'tit Mpayipheli était parti, il ne restait plus que September et les femmes et « ils » le savaient. Il arriva près des soldats.

– Le portable, dit-il en l'arrachant à celui qui le tenait, et il continua de courir en entendant le soldat, puis Bester derrière lui.

– Laissez-le ! Laissez-le filer !

Il appuya sur les touches et porta l'appareil à son oreille sans cesser de courir. Et comprit qu'il avait besoin de son arme, se retourna, essaya de la reprendre au soldat, qui se détourna violemment. Le téléphone qui sonne à l'autre bout, encore et encore.

Il essaya de nouveau de reprendre son arme, « Mais putain ! Donnez-moi ça, quoi ! », ils l'entourèrent d'un air menaçant tandis que tout aussi à bout de souffle que lui, Bester s'écriait :

– Donnez-la-lui.

Il la prit, chez sa mère ça continuait de sonner et son-ner. Mais bon Dieu, qu'ils décrochent, quoi ! Il vit la BMW entre les transports de troupes, ces enfoirés avaient coincé P'tit Mpayipheli.

Trois soldats avec un grand Noir, P'tit, la Mercedes-Benz ML 320. P'tit le vit arriver.

– Il faut se dépêcher, lui cria van Heerden. Schle-busch est mort. Ce matin.

Mpayipheli se contenta de hocher la tête, il était trop loin pour comprendre ce qu'il lui disait, mais il recon-nut son ton plein d'urgence. Il courut à la voiture tandis que le téléphone continuait de sonner et sonner.

Surprise d'entendre sonner le téléphone, elle sursauta. Elle était allée chercher ses dossiers pour pouvoir travailler près de l'appareil. Le téléphone était resté silencieux, elle s'était mise à penser aux réponses de van Heerden à ses questions, brusquement le téléphone s'était manifesté.

– Allô ?

– C'est toujours Hope Beneke ?

Elle reconnut la voix.

– Oui.

– D'où sortez-vous cette photo de Bushy ?

– Nous… pourquoi voulez-vous le savoir ?

– Vous avez des photos de nous tous ?

– Oui.

– Vous allez les publier ?

– S'il le faut, oui.

– S'il le faut pour faire quoi ?

– Pour avoir le testament.

– Mais je n'ai rien à voir avec ça, moi !

– Vous n'avez donc rien à craindre.

– Ce n'est pas aussi simple.

Billy September entendit la sonnerie du téléphone, se rua dans la chambre où il avait dormi, tira son sac de gym de dessous le lit, en sortit son Remington 870 par la crosse, engagea une cartouche dans la culasse et tendit l'arme à Carolina de Jager.

– Il y a quatre cartouches dans le chargeur et une dans la culasse. Attendez qu'il soit tout près.

Elle s'empara de l'arme, ce n'était visiblement pas la première fois qu'elle le faisait. Il regarda par la fenêtre, le téléphone n'arrêtait pas de sonner – mais qui donc pouvait appeler à une heure pareille ? Les quatre hommes armés n'étaient plus qu'à vingt mètres, il allait devoir tirer tout de suite, mais où était passée Joan van Heerden, bordel de merde ? Il courut jusqu'à la porte de derrière, regarda du côté des écuries, ne vit rien… Non, minute, elle y était, chaussée de bottes en caoutchouc vertes elle rapportait un seau d'eau vers la maison, mais il ne pouvait pas crier, ils étaient trop près. Il regagna vite la fenêtre de la salle de séjour – le téléphone sonnait toujours –, cala l'AK47 au-dessus du déclencheur d'alarme de la fenêtre, visa le type au béret, plus bas, au ventre, tira trois coups, vit le bonhomme s'effondrer et les autres s'éparpiller dans tous les sens. Soudain, on n'était plus aussi calme, soudain même on devenait frénétique. Tout à la fois tendu et excité, il rit tandis que la fenêtre explosait en mille morceaux. Gros trous dans le plâtre, Wilna van As qui hurle dans la chambre. Il s'aplatit par terre, du sang goutta, des éclats de verre l'avaient coupé. Il vit Carolina de Jager derrière le canapé. Petit sourire aux lèvres et Remington devant elle. Elle tendit la main vers le téléphone. Il passa le canon de l'AK47 par l'ouverture de la fenêtre, appuya plusieurs fois sur la détente, rampa jusqu'à la porte de devant – dehors, on tirait à l'automatique. Il savait qu'il avait descendu un des bonshommes, putain, Billy September, en plus d'être un maître en combat à mains nues, regarde un peu comme tu tires les Blancs comme des lapins.

Bester Brits s'écrasa sur la portière de la Mercedes et tambourina sur la vitre relevée.

– Van Heerden ! Attendez, attendez !

Van Heerden baissa la vitre, son portable toujours à l'oreille. A l'autre bout, ça continuait de sonner. P'tit Mpayipheli lança le moteur.

– Qu'est-ce qu'il y a ?

– Où allez-vous ?

– Chez ma mère. Ils vont attaquer la maison.

– Comment le savez-vous ?

– Je le sais, Bester. C'était… un piège.

– J'ai un hélico, van Heerden.

– Où ça ?

– En l'air. Derrière Karbonkelberg, dit-il en agitant la main vers l'ouest.

– Carolina ? hurla-t-il dans son portable.

Il entendit les coups de feu et sut qu'il ne s'était pas trompé.

– Ils sont quatre, lui cria-t-elle, quatre !

Puis plus rien. Il jeta le portable dans le pare-brise de la Mercedes à toute volée, grogna quelque chose d'incompréhensible, bondit hors de la voiture et attrapa Bester par les revers de sa veste.

– Et il y a des soldats dans l'hélico ? Vite !

– Oui, répondit Bester doucement, calmement, et il ôta les mains de van Heerden de sa veste. Et il y a une radio dans l'Unimog.

Hope Beneke tenta de se rappeler les noms sur la liste de van Heerden – celui du type qu'elle avait au bout du fil en faisait partie – et écrivit : « Red. Manley. Pora. » C'était tout ce dont elle se souvenait.

– Vous avez les nouveaux noms ? demanda-t-il.

– Monsieur, lui répondit-elle, je ne suis pas habilitée à divulguer ce que je sais à n'importe qui par téléphone.

– Je vous en prie, madame, je comprends. Je veux juste… Je n'ai rien à voir avec ce testament. Comment pourrais-je vous le prouver ?

– En venant nous voir, monsieur.

– Ils me tueront.

– Qui ça ?

– Schlebusch.

– Vous avez dit « ils » au pluriel.

– Vous savez de qui il s'agit. Vous le savez.

– Nous pourrions nous rencontrer quelque part.

– La ligne est sécurisée ?

– Évidemment.

– Vous me promettez de ne pas publier les photos avant que nous ayons parlé ?

Elle eut une idée :

– Aujourd'hui seulement, monsieur. Demain, le *Die Burger* passera la photo de tous les types de 1976.

– Non, dit-il d'un ton apeuré. Je vous en supplie. Je vous rappelle dans une heure. Je vous donnerai un rendez-vous.

Brusquement, la communication fut coupée. Elle sourit. Voilà qui allait mieux. Beaucoup mieux. Elle appuya sur le bouton du combiné. Il fallait que van Heerden soit au courant.

Ils. Il avait dit « ils ».

Son estomac se serra.

– Le correspondant que vous appelez n'est pas disponible pour le…

Sur son uniforme le pilote portait le badge du 22ᵉ escadron, barré de l'inscription *Ut mare liberum sit*. Il pointa le nez de l'appareil dans la direction de Robben Island.

– Onze-douze minutes, dit-il.

– C'est trop long ! grinça la voix de Bester dans la radio.

– C'est un vieil Oryx, mon colonel. Vitesse maximum : 300. Je ne peux pas faire mieux.

– Over and out.

Le pilote appuya sur le bouton de l'interphone.

– Intervention dans dix minutes, dit-il, et il entendit qu'on s'activait à l'arrière.

Quatorze hommes, tous du Groupe d'intervention antiterroriste, à boucler des ceintures et armer leurs flingues. *Ça va chier,* songea-t-il, *enfin.* Nettement plus excitant que d'aller secourir des chalutiers échoués sur des rochers.

46

Elle s'appelait Nonnie et lorsqu'elle ouvrit la porte l'attente de toute une vie prit fin – c'était Elle, je le savais.

Comment décrire cet instant?

Je l'ai joué et rejoué dans ma tête toutes ces dernières années, premier instant, instant magique, prise de conscience renversante, savoir euphorique et immédiat, la regarder une fois avait suffi. Mes yeux l'avaient bue avec toute la soif de mes trente-quatre ans, douce, douce femme et son rire. Elle était là, debout dans son maillot de bain une pièce – avant, elle était allongée près de la petite piscine en plastique bon marché et lorsqu'elle avait ouvert la porte, ses yeux et sa jolie bouche (avec une dent de devant un peu de travers) avaient ri, sa voix plus douce que du Mozart. « Vous devez être van Heerden », avait-elle dit et je l'avais regardée dans les yeux, ses grands yeux verts au regard brillant et profond. Que de vie en eux! Que d'humour et de sympathie! Que de joies et de chagrins d'amour! Je l'avais regardée, ses formes, elle était grande, vraiment féminine, fertile, je vous demande pardon mais on aurait dit que c'était la nature qui criait dans tout son corps, dans ses lèvres divines, dans ses seins à prendre à pleines mains, dans la courbe de son petit ventre, ses jambes solides et ses petits pieds. C'était une sirène, séductrice irrésistible avec ses cheveux bruns coupés court, son cou, ses épaules, ses yeux, sa bouche, je voulais la boire, la goûter, l'avaler, étancher mon incroyable soif.

– Venez par ici. Après, on ira boire quelque chose près du bassin.

Elle m'avait précédé dans le passage, je la dévorais des yeux, nous avions longé les rayonnages, mes yeux la mangeaient tandis que la culpabilité filait dans ma tête comme une bête nocturne, nous nous étions retrouvés dans le jardin de derrière, où elle avait posé son livre. Un recueil de poésie. Betta Wandrag : *Morning Star*[1].

J'avais su. Elle aussi, dès le premier instant.

Mais comprendre, non.

Pourquoi ?

Pourquoi fallait-il qu'elle, la Seule et Unique, s'appelle Nonnie Nagel ?

Et soit l'épouse de mon ami et collègue ?

1. L'Étoile du matin *(NdT)*.

47

Il y avait une fenêtre étroite et haute près de la porte de devant, ce fut au moment où il se redressait pour écarter une lame du store vénitien avec le canon de son AK47 qu'ils tirèrent sur Billy September. Il sentit le projectile lui traverser la clavicule, la violence du coup le plaquant en arrière sur le mur de l'entrée, débris de verre partout dans la figure, bras paralysé. Encore une fois il tendit la main en avant et regarda par terre, le sang lui giclait de la poitrine et du ventre. Il grogna, son corps, ils étaient en train de le lui démolir, là et là et là, il y avait des impacts de balles dans les murs, le bruit était assourdissant, là, son sang partout sur le sol. Il allait mourir, soudain il le comprit, c'était ici qu'il allait mourir, en appuyant sa main sur la blessure qu'il avait au cou. Tout ce sang, nom de Dieu, il regarda le soleil qui brillait par les trous dans la porte, puis un type l'ouvrit à toute volée, se tint devant lui, blanc, grand, avec une barbe de deux jours et un petit sourire, juste un instant, puis il s'éloigna, gagna la salle de séjour. Billy September entendit le tonnerre du Remington, un seul coup. Il se retourna, lentement, bras mort, corps qui s'en allait, douleur au ventre, lentement, et vit Barbe de Deux Jours étendu par terre dans la salle de séjour, sur le dos, la moitié de la gueule emportée. Billy Septem-

400

ber sourit, les *Boervrou*[1], valait mieux pas déconner avec, puis ce fut le silence, mortel, il y en avait encore deux dehors et il fallait absolument qu'il arrête de pisser le sang.

L'Oryx volait bas, à 200 mètres au-dessus du sol, le long de la côte vers Bloubergstrand, gros moteurs qui grondent, à fond, tout l'appareil qui vibre.

– Cinq minutes avant l'assaut, lança le pilote à l'interphone, et il regarda le compteur de vitesse : 309 kilomètres/heure. Pas mal, pour une vieille rosse, ajouta-t-il avant de se rappeler qu'il n'avait pas coupé le micro.

Il sourit, gêné.

– Je ne sais pas, dit van Heerden.

P'tit Mpayipheli conduisait comme un possédé, presque à en perdre le contrôle du véhicule au rond-point de Constantia Neck. Volant, vitesses et pédale d'embrayage, il se battait avec tout.

– Je ne sais pas, répéta van Heerden. Nom de Dieu, qu'est-ce que j'ai été con ! Ils me manipulent depuis le début.

Il ramassa son portable, mais il n'y avait plus rien à l'écran. Il réappuya sur la touche « on », l'écran s'alluma, l'appareil marchait encore. « Entrez votre code secret. » Il jura et jeta de nouveau l'appareil.

– Tiens, dit P'tit en sortant un portable de sa poche.

Puis il prit à gauche, vers le Jardin botanique, évita une femme entre deux âges qui faisait du jogging, et jura en xhosa.

Van Heerden prit le portable, y composa le numéro de sa mère, occupé, essaya encore, même signal exaspé-

1. Ou femmes boers (*NdT*).

rant. Il fit le numéro auquel Hope Beneke l'attendait – occupé –, celui de sa mère – occupé –, peur, fureur et frustration, laissa tout tomber pour retrouver son calme, respira un grand coup – il ne pouvait rien y faire. Il se renversa sur son siège et ferma les yeux. Réfléchit.

Joan van Heerden vit deux hommes armés tourner le coin de sa maison et gagner la porte de derrière. On ne tirait plus après ce vacarme terrifiant. Le cœur au bord des lèvres, elle recula dans le coin de l'écurie afin de ne plus être dans leur champ de vision et chercha une arme. Elle vit une bêche appuyée contre le mur, la prit à deux mains et risqua un œil au coin du bâtiment. Ils étaient arrivés à la porte de derrière. Elle reposa la bêche, ôta ses bottes, reprit la bêche, regarda encore une fois – ils avaient disparu dans la cuisine. Elle courut de buisson en buisson, d'un pas léger sur le sol sablonneux.

Wilna van As remarqua le silence et leva la tête. Elle était toujours allongée par terre à côté du lit, ses mains et tout son corps tremblaient, que se passait-il ? Était-ce fini ? Elle se redressa lentement, comme si elle n'avait plus de force dans les jambes, et entendit un grognement. C'était Billy September, on avait besoin d'elle. Elle ouvrit la porte de la salle de bains, devant elle le couloir était vide.

– Billy ! lança-t-elle doucement.

Pas de réponse. Elle longea le couloir, doucement.

– Billy !

Un peu plus fort, le bout du couloir, une main qui s'abat sur sa bouche, quelqu'un qui la tire violemment en arrière.

– Billy est mort, connasse.

L'homme suait, elle sentit son odeur et fut paralysée de terreur.

Hope Beneke décrocha avant même que la première sonnerie soit arrivée à son terme.

– Allô.

– Allô, Hope.

Intime, à l'aise.

– Bonjour.

– Tu ne me connais pas, mais moi si.

– Qui êtes-vous?

– Tu n'as pas beaucoup avancé dans le *Londres* de Rutherford, Hope Beneke. Seulement seize pages depuis trois jours.

– Qui êtes-vous?

– Et la nuit dernière avec Zatopek van Heerden, c'était comment, hein, dis-moi?

– Je refuse de parler.

– Mais non, Hope, cette conversation, tu vas l'avoir parce que j'ai un message très important à te communiquer.

– Quel message?

– J'y viens. (Calme complet.) Mais d'abord, je veux partager quelque chose d'autre avec toi. Ça concerne Kara-An Rousseau. Kara-An Rousseau qui t'a gardé la place bien au chaud chez lui lundi soir.

Plus de mots dans sa tête.

– Je pensais bien que ça te laisserait sans voix, mais je me suis dit qu'il était quand même temps que tu saches. Cela dit, la vraie raison pour laquelle je t'appelle, c'est Joan. A l'heure qu'il est, elle doit beaucoup souffrir.

Carolina de Jager était allongée derrière le canapé, le Remington par terre devant elle. Elle entendit la voix, leva la tête et les vit avec Wilna van As.

– T'es pas Joan van Heerden, lui lança le plus sombre de peau en la regardant, son arme braquée sur elle.

– Où est-elle ? demanda celui en tenue de camouflage, et il repoussa si violemment Wilna van As que celle-ci tomba à genoux sur le tapis de la salle de séjour.

– Je ne sais pas, répondit Carolina de Jager en levant lentement le Remington derrière le canapé.

– Tu mens, lui renvoya le Noir en s'approchant.

Grand fracas dehors, de plus en plus fort... un avion ? Les deux hommes se regardèrent.

– Joan van Heerden, c'est moi ! lança celle-ci en frappant M. Camouflage avec sa bêche, tandis que dehors le bruit ne cessait de grandir et que l'autre homme pivotait sur lui-même pour l'abattre.

Carolina tira sans viser, coup de tonnerre. L'homme s'écroula, brusquement le bruit était reconnaissable, c'était celui d'un hélicoptère, assourdissant, juste au-dessus de la maison.

L'hélicoptère n'était pas là lorsque van Heerden et Mpayipheli arrivèrent au portail en Mercedes – des soldats devant la maison, un sac à cadavre marron de l'armée dans le jardin. Il vit les dégâts, les fenêtres brisées, la porte de devant qui ne tenait plus que par un gond, les impacts de balles sur le mur. Il courut, entra – « M'man ! » Deux autres sacs à cadavre par terre, le froid le gagna, « M'man ! » Les dégâts étaient sérieux, grande flaque rouge dans l'entrée, éclaboussures de sang partout sur les murs.

Elle sortit de la cuisine, les yeux rouges et gonflés, il l'enlaça, elle lui dit : « Ils ont abattu Billy September » et pleura.

Il la serra fort contre lui, écrasé par le soulagement.

– Je suis navré, M'man.

– Ce n'est pas de ta faute.

Il n'en était pas si sûr, mais laissa dire.

– Allez, viens. Ils ont besoin de nous, reprit sa mère.

Les deux autres femmes se trouvaient dans la cuisine, Wilna van As à la table, Carolina de Jager devant le plan de travail, où elle s'affairait avec des tasses, du sucre, du lait et du thé. Toutes avaient les traits pâles et tirés.

– Qui… ? demanda-t-il en montrant la salle de séjour.

– Eux, répondit sa mère. Billy a été emmené à l'hôpital en hélicoptère, mais…

Elle hocha la tête.

– Il est toujours vivant ?

– Il l'était quand ils l'ont mis dans l'hélicoptère.

Il compta les sacs à cadavre.

– Ils étaient quatre ?

– Votre mère en a assommé un avec une bêche. Lui aussi est dans l'hélico, répondit Carolina de Jager d'un ton égal et sans lâcher des yeux ce qu'elle faisait.

– Carolina en a tué deux, dit Joan van Heerden.

– Seigneur !

– Il était de notre côté, dit Carolina.

– Amen, conclut P'tit Mpayipheli, et Carolina se mit à pleurer, pour la première fois.

Dans le calme avant la tempête, avant que Hope Beneke n'arrive avec la voiture de son associée, que Bester et ses troupes ne débarquent, que les forces de police ne se pointent avec Mat Joubert à leur tête, que les médias ne commencent à franchir le portail, une escouade après l'autre, que les vitriers n'entament les réparations, avant Orlando Arendse et sa suite, avant Kara-An, il s'approcha d'un des deux sacs à cadavre posés dehors et en tira la fermeture Éclair.

– Qu'est-ce que vous faites ? demanda l'officier radio, un sergent d'après ses barrettes.

– Identification.

– Le colonel a dit de toucher à rien.

– Qu'il aille se faire mettre !

L'occupant du sac ne lui disait rien. Aucune ressemblance avec les photos que Rupert de Jager avait prises vingt ans plus tôt. Il fit vite glisser sa main sur la veste dans l'espoir d'y trouver un portefeuille.

– Ça suffit ! dit le radio.

Van Heerden se releva, s'approcha du deuxième sac à cadavre et en ouvrit la fermeture Éclair sous les yeux du sergent. Il essaya de lui tourner le dos – le visage blanc dans le sac ne lui rappelait personne, il fouilla dans les poches de la veste, rien non plus. Il se releva et s'approcha du sac qui se trouvait dans la salle de séjour – il ne voulait pas que le sergent le voie –, se pencha sur le corps, ouvrit le sac à toute allure, sentit un renflement dans les vêtements, y glissa la main. Un portefeuille. Il le sortit. Et entendit des pas, regarda le visage mais ne le reconnut pas, referma le sac et se releva, le dos à la porte. Il se retourna, le sergent le regardait, soupçonneux.

– Je ne les connais pas, dit-il.

– Samson, Moroka... venez me prendre celui-ci et mettez-le avec les autres.

Van Heerden se rendit à la cuisine et glissa le portefeuille dans sa poche.

Puis il emprunta le portable de Mpayipheli, appela les Vols et Homicides et demanda O'Grady – il voulait qu'ils viennent. Après quoi il téléphona à tous les journaux l'un après l'autre, passa aux radios et conclut par la télé. Il ne faisait pas confiance à Bester Brits, il n'avait aucune envie de voir des militaires se mêler de ses affaires et voulait que tout se fasse au vu et au su de tout le monde.

Ce fut Hope qui arriva la première, la peur dans les yeux. Elle voulait savoir ce qui s'était passé, sur sa joue la marque était rouge vif. Elle le prit à part et lui parla du deuxième appel téléphonique, mais sans tout lui dire.

– Il nous observait, dit-elle, tout ce qu'on faisait. Ils sont entrés chez moi, ils savent le titre du livre que j'ai commencé et à quelle vitesse je le lis.

Il se contenta de hocher la tête.

– Il avait un message pour nous. Votre mère... l'attaque... il m'a dit vous avoir averti. Schlebusch vous avait averti.

– Schlebusch est mort.

– Mort ?

– Ils l'ont abattu. Ce matin. D'après Bester, c'est parce que j'ai fait passer la photo dans le journal et que Schlebusch était devenu un risque majeur. Je pense qu'il ne nous dit pas tout.

– Il dit avoir trouvé le testament dans le coffre.

– Qui ça ?

– Le type qui a appelé ce matin. Il était prêt à nous le donner, mais comme nous sommes allés voir les journaux... Bref, il l'a brûlé hier. D'après lui, il n'en reste rien et on peut tout laisser tomber dès maintenant.

– Il ment.

– Vous croyez que ce testament existe encore ?

– C'est un moyen de faire pression sur nous, Hope. Il serait idiot de le détruire.

– Mais pourquoi dit-il ça ?

– Je ne sais pas. (Il la regarda. Scruta la façon dont elle contrôlait ses émotions.)

Elle est forte, songea-t-il.

Plus forte que lui.

– Alors, Hope, on laisse tomber ?

– Je veux le coincer, van Heerden. Je le veux de toutes mes forces, mais j'ai peur. Billy... votre mère...

– Nous n'avons pas besoin de testament. Ces dollars appartiennent à Wilna van As.

– Il y a aussi eu un autre appel… un des types de 76. Il avait peur qu'on divulgue sa photo. Il veut nous rencontrer. Il doit rappeler. J'ai dit à Marie…

– Bester et ses copains nous ont mis sur table d'écoute.

– Comment ça ?

Il rit sans humour.

– Comme ils ont voulu.

– Ils ont tout entendu ? Ce matin ?

– Ils sont arrivés à Hout Bay quelques minutes après moi.

– Qu'est-ce qu'on fait maintenant ?

– S'il rappelle, dites-lui… Putain, c'est pas facile… ils doivent aussi écouter votre portable. (Il réfléchit.) Le portable de P'tit Mpayipheli. S'il rappelle, dites-lui que la ligne n'est pas sécurisée et qu'il faut nous appeler sur le portable de Mpayipheli. J'aurai le numéro dans une minute.

– Et s'il a déjà rappelé ? Et parlé à Marie ?

– Qu'est-ce qu'elle doit lui dire ?

– Qu'il y a un problème, que je ne suis pas libre et qu'il doit rappeler à deux heures de l'après-midi.

– Il rappellera. Il a la trouille.

Elle acquiesça d'un signe de tête. Puis elle lui dit qu'elle y retournait, que le type rappellerait peut-être. Il alla lui chercher son portable et le numéro de P'tit Mpayipheli et la raccompagna jusqu'à la BMW blanche de son associée. C'est alors que Bester Brits arriva avec son détachement. Van Heerden sentit la rage monter en lui, mais parvint à la contenir.

Puis ils entendirent les sirènes et virent les lumières bleues des gyrophares.

La police, songea-t-il. *La cavalerie. Trop tard.* Mais il en fut heureux. Il allait pouvoir contrecarrer Brits. Et de toutes les façons possibles. Les médias n'avaient plus qu'à se pointer.

Au début, il n'y eut que cinq jeunots des Vols et Homicides, mais un quart d'heure plus tard O'Grady, le commissaire Leon Petersen et Mat Joubert débarquaient dans une Opel Astra blanche.

— Tu vas me bousiller mon mariage, van Heerden, dit ce dernier.

— Un jour, tu me remercieras.

Joubert évalua les dégâts et siffla entre ses dents.

— Qu'est-ce qui est arrivé ? demanda-t-il.

— Quatre d'entre eux sont venus attaquer la maison ce matin.

— « Eux » ? demanda Petersen.

— Je n'ai compté que trois sacs à cadavre, fit remarquer O'Grady.

— Qui y avait-il dans la maison ? s'enquit Joubert.

— Ma mère, deux invitées et un... un type pour la sécurité. État critique, MédiClinique de Milnerton. Un des assaillants serait toujours en vie. Les types de l'armée l'y ont emmené lui aussi.

— Et les femmes ?

— Saines et sauves. Mais très choquées.

— Un seul type de la sécurité aurait eu raison de quatre assaillants armés ?

— Il en a abattu un. La femme d'un fermier du Free State en a descendu deux avec un Remington et ma mère a cogné le dernier avec une bêche.

Tout le monde le regarda en se demandant s'il plaisantait.

— Non, je ne rigole pas, dit-il.

— Putain ! s'exclama O'Grady.

— C'est à peu près ce que tout le monde pense en effet, dit van Heerden.

— Que viennent foutre Brits et l'armée là-dedans ?

— C'est une longue histoire. Si on allait causer là-bas,

répondit-il en leur montrant sa propre maison qui, elle, n'avait pas souffert.

Ils s'y rendirent.

— Tu m'as cherché hier ? demanda van Heerden. Pour un message ?

Joubert dut réfléchir un moment.

— Ah, oui, dit-il enfin. Je crois savoir comment ils ont compris pour le testament. J'ai posé des questions à droite et à gauche et quelqu'un a appelé les Vols et Homicides pour dire qu'il était de la brigade de Brixton, dans le Gauteng. Il a donné tous les gages qu'il fallait, puis il a demandé si on ne pourrait pas leur filer un coup de main et a posé des tas de questions. C'est Snyman qui a pris l'appel et Snyman est jeune. Il a avalé tous les bobards du gus et donné les renseignements qu'on lui demandait.

— Et l'appel ne venait pas de Brixton.

— Non.

Ils étaient arrivés à la maison, mais Mat Joubert s'arrêta.

— Attends, dit-il, et il rejoignit Bester Brits, ce dernier seul avec ses hommes, petite clique en tenue de camouflage.

— Brits, reprit-il. J'ai pas besoin de vous ici. C'est une scène de crime et vos bonshommes sont en train de me bousiller tous les indices.

Van Heerden resta en retrait, parfaitement satisfait.

— Mon cul, oui ! C'est de mon ressort, Joubert.

Joubert éclata de rire.

— De votre ressort ? Vous n'en avez pas !

Puis il se tourna vers Petersen et ajouta :

— Leon ? Appelle les policiers en tenue de Table View. Et tant qu'à faire, appelle aussi ceux de Philadelphia, de Melkbos et de Milnerton. Tu leur dis qu'on a besoin d'eux pour une opération de maintien de l'ordre. Travail à balles réelles.

Petersen fit demi-tour et gagna l'Opel Astra. Van Heerden observa Brits. Très mal à l'aise, le monsieur. Il ne pouvait pas se permettre de perdre la face devant ses troupes.

– A moins que vous ne soyez décidé à causer, Brits, cria Joubert. Des choses à nous dire ?

Brits s'arracha à sa clique, s'approcha d'eux, trop près de Joubert.

– T'oseras pas, roussin.

– « Roussin » ?

– Putain, si c'est pas vieux jeu.

– Pourquoi pas « bourre » pendant qu'on y est ? suggéra van Heerden.

– Va chier, connard, lui renvoya Brits.

Mat Joubert lui rit à la figure.

– Les renforts arrivent, Mat, lança Petersen de l'Astra. En rangs serrés.

Joubert et Brits étaient pratiquement tête contre tête, tels deux éléphants mâles au combat, Joubert un peu plus bas sur pattes, mais légèrement plus large d'épaules.

– Allez, Brits, venez donc nous raconter des choses, dit van Heerden.

Il eut envie d'ajouter un « s'il vous plaît » ironique, mais s'arrêta. C'était de renseignements qu'il avait besoin. Et sérieusement.

– Question couilles, on est meilleurs que vous, Brits. Faudrait s'y faire.

– J'ai rien à vous dire.

– Dites donc, Brits, il faudra que j'en publie encore combien, de ces photos ?

– Je ferai taire les journaux !

Ils rirent comme un seul homme – van Heerden, Joubert, O'Grady et Petersen.

– Regardez-moi ça, Brits, reprit van Heerden en montrant quelque chose par-dessus son épaule.

Le camion d'e-TV venait d'arriver au portail.

411

– Et ces types-là ont une faim de loup, précisa O'Grady.

– La dernière bataille de Custer, plaisanta Petersen.

– Little Big Horn.

Les deux inspecteurs se mirent à glousser tandis que van Heerden se rappelait la manière dont Brits et Steven Mzimkhulu s'étaient payé sa tête. Un prêté pour un rendu.

Brits se décida enfin.

– Dix minutes, dit-il. C'est tout ce que je vous accorde.

– Heureusement que vous n'êtes pas notre avocat ! Ça nous aurait coûté une fortune !

– Brits, dit van Heerden, nous avons huit membres de l'équipe de reconnaissance n° 1 qui assuraient le ravitaillement entre l'Afrique du Sud-Ouest et l'Angola. (Il ferma les yeux en essayant de se rappeler leurs noms – il avait laissé son carnet de notes chez Hope.) Schlebusch, Verster, de Beer, Manley, Venter, Janse van Rensburg, Vergottini et Rupert de Jager. (Il rouvrit les yeux. Blanc comme un linge, Brits faisait de son mieux pour cacher ses émotions, mais son visage le trahissait.) Et un jour, deux officiers viennent à la ferme des De Jager pour leur dire que leur fils est mort pour la patrie, sauf que vingt ans plus tard voilà que le fils ressuscite sous le nom de Johannes Jacobus Smit, avec faux papiers d'identité et un coffre-fort bourré de dollars américains qui remontent à la décennie précédente. Et qu'il est abattu d'une balle de M16 et que moi, je suis à peu près certain que c'est un coup de Schlebusch, le sous-officier qui commandait son détachement en 76.

Van Heerden leva la tête. Brits évita son regard.

– Et vous, vous faites tout ce qui est en votre pouvoir pour manipuler l'enquête et l'arrêter. Vous savez donc

412

ce qui s'est passé en 76 et c'est ce que vous voulez cacher à tout prix. C'est donc quelque chose de très vilain, genre opération de guerre chimique ou autre.

Brits eut un petit rire méprisant.

– Vous pouvez rire, Brits, mais tôt ou tard, votre secret finira par être découvert. Aujourd'hui, Schlebusch vient de trouver la mort suite à la publication de sa photo dans le journal. Mais moi, les autres photos, je les ai, Brits, toutes, et je vais les filer à la presse et à la télévision et regarder les dégâts. Et bien sûr je dirai tous les efforts que vous avez déployés pour casser l'enquête. Il sera intéressant de voir comment vous vous en sortirez.

Ils avaient pris place dans la salle de séjour de la maison de van Heerden. Petersen, O'Grady, Mat Joubert, Brits – et P'tit Mpayipheli qu'il s'était contenté de présenter comme « un collègue » –, tous les fauteuils et canapés étaient occupés.

Brits se leva lentement, le visage aussi crispé que s'il était pris de douleurs sévères. Il se mit à faire les cent pas dans la pièce sous les yeux de tous. Enfin il se tourna vers van Heerden.

– Je ne peux pas, dit-il.

Il recommença à marcher, tout le monde se taisant, conscient du problème qu'il avait à résoudre.

– Je ne peux pas, répéta-t-il. Ça fait vingt-trois ans que je vis avec ce truc-là et je ne peux toujours pas en parler. C'est bien plus important que… (Il engloba toute la pièce d'un geste) … que tout ça.

Il se remit à marcher, réfléchit à nouveau, s'assit, fit de grands gestes avec ses mains, chercha ses mots, souffla fort dans son nez, puis s'affaissa dans son fauteuil.

– Non, je ne peux pas.

Le silence s'installa – il n'y avait plus rien à dire. Brits pencha la tête en arrière, comme si le poids du passé était trop lourd, puis sa voix se fit entendre :

413

– Tous ces morts ! dit-il.

Et il murmura :

– Manley.

Souffla fort. Inspira.

– Verster.

Souffler. Inspirer.

– De Beer.

Encore une fois il souffla, comme s'il entendait un coup de feu après chaque nom qu'il prononçait.

– Van Rensburg.

Van Heerden sentit son cœur s'emballer, battre la chamade dans sa poitrine. Il avait trop peur pour respirer, trop peur de ne pas entendre, mais l'officier avait cessé de parler. Il attendit les deux derniers noms, mais rien ne vint.

En chuchotant lui aussi, il lança :

– Et Venter et Vergottini ?

Brits ferma les yeux comme s'il n'en pouvait plus de fatigue.

– Je ne sais pas, van Heerden, je ne sais pas.

– Comment sont-ils morts ?

Presque inaudible, mais le moment était passé. Bester Brits se redressa.

– Ça n'a pas d'importance, dit-il. Ça n'en a aucune pour vous, van Heerden, parce que ça n'a rien à voir avec vous. Vous pouvez me croire sur parole. Ils sont morts.

– Qui a abattu Schlebusch, Brits ?

– Je ne sais pas.

– Vergottini ? Venter ?

– J'en sais rien du tout, bordel ! Je n'en sais rien. Vous êtes sourd ?

– Ça ne doit pas être facile de vivre avec un truc pareil pendant vingt-trois ans, dit doucement Mat Joubert.

Van Heerden comprit qu'il voulait remettre Brits en mode souvenirs.

– Ça ne l'est pas, non.

– Et de prier le ciel que ça ne se reproduise pas, ajouta Joubert.

Brits se prit la tête dans les mains.

– Oui.

– Allez, Brits, c'est le moment de se lâcher. Débarrassez-vous de ce fardeau.

Brits resta longtemps dans sa posture, ses grandes mains passant lentement sur ses yeux, son front et son nez, les frottant comme s'il cherchait à se réconforter. Enfin il se leva avec difficulté et tout son corps trembla.

– Vous savez à quel point j'en ai envie ? demanda-t-il. Combien de fois j'ai été à deux doigts de le faire ? A quel point j'ai failli céder il y a une minute ?

Il gagna la porte de devant, l'ouvrit et jeta un coup d'œil dehors. Puis il se retourna vers les hommes qui n'avaient pas bougé, hocha la tête comme s'il se disait « Non » à lui-même et sortit. Tous écoutèrent le bruit de ses pas sur les pavés, puis ce fut le silence, et rien d'autre.

48

La perception. Et la réalité.

Les « chaînes » de la vie conjugale telles que les percevait Nagel : un énorme croiseur avec bigoudis dans les cheveux et sourcils froncés en permanence, une espèce de boulet qui n'arrête pas de gémir et de se plaindre, une accro de la télé, la caricature même de l'épouse de banlieue telle qu'on la représente dans les bandes dessinées.

La réalité : la créature de rêve, le miracle de beauté souriante et douce qui me précédait dans une maison remplie de livres et d'une propreté qui faisait mal à voir, cette femme qui me conduisait vers un jardin enchanté qu'elle avait façonné de ses mains.

Pourquoi Nagel me l'avait-il cachée ? Pourquoi, au fil de tous ces mois, avait-il créé cette fausse impression ? Pour que nous… moi ? ayons quelque sympathie pour ses aventures extra-conjugales et ses beuveries avec les copains ?

Il m'avait appelé de De Aar, où il était allé enquêter sur une histoire de viols en série, pour dire qu'il avait laissé son pistolet de service chez lui. « Telle que je connais ma connasse de femme, elle est capable de faire partir le coup et de blesser quelqu'un. D'où comparution devant le conseil de discipline et autres conneries, alors dis… tu pourrais pas aller me chercher ce truc de merde et le garder jusqu'à ce que je rentre ? »

J'avais commencé par appeler chez lui et la voix que j'avais entendue ne m'avait préparé à rien. Il y avait certes de la politesse dans le ton, mais la technologie ne m'ayant transmis ni sa musique ni sa beauté, je ne m'attendais pas à ça.

Ce jour-là, nous parlâmes sans pouvoir nous arrêter. Nous nous installâmes près de la piscine, puis, plus tard, nous rentrâmes dans la maison, où je préparai à dîner dans la cuisine. Puis nous avions continué de parler, je ne me souviens plus de quoi, ça n'avait aucune importance, ce qui en avait, c'était ce qui se disait entre les mots et les phrases, la soif que nous avions l'un de l'autre. Nous avions mangé et parlé, nous nous étions regardés et avions ri, je n'arrivais pas à y croire, j'avais passé ma vie à la chercher et là, elle était, avec moi.

Ce soir-là, je ne l'avais pas touchée.

Mais dès le lendemain je retournais chez elle après avoir appelé Nagel et appris qu'il n'avançait guère dans son enquête et qu'est-ce que j'étais content : ce coup de fil était mon premier acte de traîtrise, ma première trahison de mon ami et collègue.

– Allô, Nagel. Comment va ?

– T'as récupéré le pistolet ?

Et j'en avais été glacé parce que j'avais tout oublié de cette histoire et que l'arme traînait toujours quelque part dans sa maison.

– Oui.

J'avais compris que c'était l'excuse rêvée pour retourner la voir et m'étais arrêté de parler, avais appris qu'il en aurait encore pour quelques jours, il y avait plusieurs suspects « mais je te le dis, les flics de la cambrousse, c'est des nuls », et avais repris la voiture pour aller voir Nonnie Nagel.

Peu à peu l'histoire de leur mariage, la vraie, pas les contes imaginaires dont Nagel abreuvait tous ceux qui voulaient bien l'écouter, m'avait été révélée au fil de nos conversations.

Il l'avait séduite tel un tourbillon. Amant qui savait parler, il lui avait promis la lune et fait miroiter un avenir de rêve ; il commençait à monter dans la hiérarchie policière, elle avait succombé à son charme, son humour et son assurance. Elle, le professeur de collège qui, ayant signalé un cambriolage dans son appartement de Bellville, avait eu droit à Nagel, à l'inspecteur Willem Nagel, l'homme qui avait fait mettre le coupable derrière les barreaux en quelques jours et avait ensuite usé de sa très grande ingéniosité pour emprisonner la belle à son tour.

Tout s'était bien passé pendant les deux premières années. Ils travaillaient l'un et l'autre, ils sortaient, ils allaient à des barbecues, et parfois au cinéma, jusqu'au jour où, ne réussissant pas à la mettre enceinte, il l'avait envoyée consulter un médecin, encore, et encore. Et chaque fois le résultat était le même – elle était normale, rien ne clochait chez elle –, et chaque fois il jurait et criait que ce n'était pas possible. Insensiblement il s'était désintéressé d'elle, et en plus avait été promu sergent aux Vols et Homicides : ses talents étaient reconnus et ses espoirs de promotion réalisés. Il s'était mis à travailler de plus en plus longtemps, puis, ses heures de travail devenant interminables, le monstre de la jalousie qui avait fini par pointer son nez.

D'après elle, il avait fini par comprendre que c'était lui qui ne pouvait pas avoir d'enfants. Il n'était pas impossible qu'il se soit fait faire des tests à son insu et qu'il ait alors découvert qu'il était stérile ou n'avait pas assez de spermatozoïdes, tout cela, elle ne pouvait que le deviner, mais quelque chose avait suscité sa jalousie. Au début, ce n'avait été que des sous-entendus et des insinuations, mais plus tard elle avait eu droit à des accusations sans fard, comme s'il craignait que quelqu'un d'autre la mette enceinte. Imaginer qu'il y ait autre chose, elle en était incapable, non, il n'y avait pas d'autres raisons à sa conduite, jusqu'au soir où il était venu la chercher à un concert donné à son école, l'avait traînée jusqu'à la voiture et lui avait annoncé qu'elle ne serait plus désormais qu'une femme au foyer et qu'elle allait renoncer à son travail parce qu'il n'avait pas envie de rentrer à la maison et ne rien trouver à manger, le boulot, le stress, les heures interminables, c'était à la maison qu'il avait besoin d'elle. Ce soir-là, elle avait beaucoup pleuré, et avait continué toute la nuit durant, mais n'avait eu droit qu'à ceci :

– Tu peux pleurer tout ce que tu veux, ça ne servira à rien. Ta place est à la maison.

Et il s'était mis à lui téléphoner. A toute heure du jour et de la nuit, et si jamais elle n'était pas à la maison, il y avait de la bagarre. Non, il ne l'avait jamais frappée, se contentant de l'agonir d'injures.

Le matin, entre huit et dix, elle avait la paix. Il ne l'appelait jamais avant dix heures, c'était devenu le moment où elle allait à la bibliothèque, et, quand il lui donnait de l'argent, celui où elle se rendait dans des librairies, celles de Voortrekker Street où on vend des livres d'occasion, son circuit « Bourse aux livres » comme elle le disait. Elle s'était mise à faire la cuisine avec dégoût, à jardiner avec enthousiasme et à écrire des histoires – ses manuscrits s'empilaient dans sa penderie. Je lui avais demandé pourquoi elle ne les envoyait pas à un éditeur, elle avait hoché la tête et m'avait répondu que ce n'étaient que des trucs imaginaires, pas de la littérature, je lui avais demandé si elle voyait une différence entre les deux, elle avait ri.

Le deuxième soir, nous avions succombé à nos pulsions, le deuxième soir je... nous avions consommé la trahison, pas du tout comme des amants dévorés par la culpabilité, mais comme des prisonniers enfin libérés, avec joie, humour et une insoutenable légèreté de l'être.

Ce deuxième soir, et tous ceux qui avaient suivi jusqu'au retour de Nagel.

49

– Tu sais que j'ai beaucoup de respect pour toi, van Heerden, dit Mat Joubert.

Il ne répondit pas. Il savait ce que serait la suite.

– Pour moi, tu es un des nôtres. Et l'un des meilleurs.

Il s'était assis au bord d'un fauteuil de la salle de séjour et parlait avec sérieux.

– Mais ce matin, reprit-il, la situation a changé. Maintenant, il y a des civils dans les lignes de tir.

Van Heerden acquiesça d'un signe de tête.

– Il va falloir que nous prenions le contrôle des opérations, van Heerden.

Il se contenta de hocher de nouveau la tête. Le concept de « contrôle » était très relatif.

– Nous ne voulons pas t'exclure, mais c'est l'affaire de Nougat. Et tu devras travailler avec lui. Lui dire tout ce que tu sais.

– C'est déjà fait.

– Tu es sûr ? lui demanda O'Grady d'un ton soupçonneux.

– Oui.

Sauf pour l'appel qui allait arriver à deux heures et le portefeuille qu'il avait dans sa poche.

– Cette femme… cette Carolina de Jager… c'est la mère ?

– Oui.

– J'aimerais bien lui parler.

– Je t'emmène.

– Et je vais avoir besoin de ces photos.

– Oui.

O'Grady lui décocha un petit regard comme s'il évaluait sa sincérité.

– Je suis désolé, van Heerden, reprit Joubert comme s'il sentait sa déception.

– Non, non, je comprends.

– Bon, comment on joue les médias?

Van Heerden réfléchit un instant. Quelques minutes plus tôt, il avait eu envie de se servir de la presse et de la télé pour casser Brits, d'utiliser l'agressivité naturelle des médias comme une arme qui l'aiderait à savoir tout ce qui avait été fait pour étouffer l'affaire. Mais maintenant qu'il avait vu le dilemme dans lequel était plongé son adversaire, il n'était plus si décidé.

– On raconte que tout le monde coopère. Y compris l'armée. Et que l'enquête étant arrivée à un point sensible, on est obligés de tenir secrets certains renseignements. Cela dit, la résolution est imminente. On aiguise leur appétit.

Joubert se fendit d'un petit sourire.

– Tu devrais revenir chez nous, van Heerden, dit-il en se levant. Bon, allons nourrir le monstre.

Ils sortirent et s'arrêtèrent un instant. Les inspecteurs des Vols et Homicides se dirigeaient vers le front des médias, toute la presse s'agitant brusquement. C'est alors que, derrière tout le monde, van Heerden aperçut une autre file de voitures envahir l'allée. Devant, dans une Mercedes-Benz blanche, se trouvait Orlando Arendse.

– Je voulais vous avertir, dit P'tit Mpayipheli. Le patron a téléphoné pour dire qu'il arrivait.

La scène avait quelque chose d'irréel. En donnant ses ordres aux ouvriers, van Heerden regarda la petite propriété. Devant la maison de sa mère se tenaient les « soldats » d'Orlando Arendse, leurs armes cachées sous leurs habits, mal à l'aise et gênés par la présence de l'escadron de policiers qui s'était déployé près de chez lui – sans parler des as de l'armée et du Groupe d'intervention antiterroriste urbaine qui se tenaient de l'autre côté. Le quatrième groupe, celui formé par les fantassins des médias, avait beaucoup fondu – seuls étaient restés les chroniqueurs judiciaires qui connaissaient le rôle de Joan van Heerden dans le domaine de l'art.

En face, dans sa maison à lui, Nougat O'Grady interrogeait Carolina de Jager. Derrière lui, dans la salle de séjour de la maison de sa mère, un des grands patrons du crime organisé de la province du Cap discutait avec Joan van Heerden des mérites de l'art post-moderne en Afrique du Sud tandis que dans une autre pièce un médecin soignait une Wilna van As en état de choc.

Il hocha la tête.

Sacrée affaire.

Il avait besoin de silence maintenant, d'un petit moment pour réfléchir. Il avait envie de relire les lettres, de les passer encore une fois au peigne fin pour apprendre des choses sur Venter et Vergottini – de fait, il avait envie que tout le monde s'en aille. Mais il allait devoir attendre.

Orlando était revenu de l'hôpital et avait déclaré que Billy avait été placé en soins intensifs : ça s'annonçait plutôt mal.

P'tit Mpayipheli avait hoché la tête et trouvé que c'était « exactement comme la guerre des Boers » : alors qu'ils n'y étaient pour rien, les gens de couleur se retrouvaient coincés au milieu. Et mouraient.

– Billy n'est pas du genre à lâcher la rampe. Il s'en sortira, avait affirmé Orlando.

Van Heerden avait appelé Hope avant Joubert, tandis que les autres policiers réquisitionnaient sa salle de séjour. Il avait informé l'avocate que les flics avaient officiellement pris l'affaire en main. Mais ils ne savaient rien du coup de téléphone de quatorze heures. Il fallait absolument qu'elle le prenne et qu'elle le contacte sur le portable de P'tit Mpayipheli.

– Bon, avait-elle répondu.

Ils conspiraient.

Puis il avait ajouté que le type qui l'avait appelée était peut-être Venter ou Vergottini.

Les autres étaient morts.

Soit six sur huit.

Elle avait gardé le silence un instant. Puis elle lui avait promis de l'appeler.

Que s'était-il passé deux décennies plus tôt pour que la Mort se manifeste avec une telle insistance maintenant ?

A peine arrivé, le général de brigade Walter Redelinghuys se précipita sur Bester Brits. Les deux hommes parlèrent longuement, puis ils vinrent vers lui. Il venait à leur rencontre lorsqu'il entendit quelqu'un derrière lui – Orlando Arendse.

– Moi aussi, j'ai des billes dans cette histoire, dit ce dernier. C'est pas la peine de me regarder comme ça.

Van Heerden se retourna et haussa les épaules.

Joubert, O'Grady et Petersen sortirent de chez lui, virent le petit groupe qui s'était formé et s'approchèrent à leur tour. Les inspecteurs écarquillèrent grand les yeux en découvrant le grand patron de la Mafia.

– Orlando, lança Mat Joubert sans aucune chaleur.

– Le Taureau, lui renvoya Orlando en usant du surnom qu'on donnait à Joubert dans les Cape Flats.

– Qu'est-ce que vous foutez ici ?

– Le type à l'hosto est un de mes hommes.

– Qui êtes-vous ? voulut savoir Walter Redelinghuys.

– Le pire de vos cauchemars.

Mat Joubert fronça les sourcils.

– Qu'est-ce que tu fabriques, van Heerden ?

– Je fabrique ce que j'ai à fabriquer.

– Moi, je veux savoir comment nous allons coopérer, reprit Walter Redelinghuys.

– Pas question de travailler avec ce type-là, dit Mat Joubert en montrant Arendse d'un hochement de tête.

– Tant mieux, tant mieux. J'ai une réputation à sauvegarder, moi.

– Orlando et ses hommes ont beaucoup contribué au progrès de l'enquête, fit remarquer van Heerden, mal à l'aise.

– Tu es des nôtres, van Heerden. Si tu avais eu besoin de renforts, nous t'aurions couvert.

– Sans poser de questions ?

Tous s'étaient figés.

– Général, nous venons juste de reprendre l'affaire avec l'aide de van Heerden.

– Des bêtises, oui ! lança Redelinghuys.

Joubert l'ignora.

– Je vais laisser dix flics en tenue, dit-il à l'adresse de van Heerden. Y a pas besoin d'Orlando.

Sauf que si. A cause des dollars. Mais ça, van Heerden ne pouvait pas le dire.

– Je veux garder P'tit Mpayipheli.

– C'est aussi un type d'Orlando ?

Il acquiesça d'un signe de tête.

– Je veux que Bester soit dans le coup, dit Walter Redelinghuys.

– Non, répondit van Heerden.

– Et pourquoi ?

– Parce qu'il rôde partout dans cette histoire comme un voleur en pleine nuit. Parce qu'il a essayé de me virer de l'enquête, parce qu'il ment comme un arracheur de dents, parce qu'il garde des renseignements pour lui, parce qu'il met des vies en danger. Il n'a rien apporté à l'enquête et m'a foutu sur écoute. Pas question d'inclure Bester. On vous a tenu les médias à l'écart, mais faire plus que ça, non. Qu'il aille rôder où il veut, mais pour l'instant, il ne fait que nous causer des ennuis.

– J'ai apporté ma pierre.

– En parlant du cadavre de Hout Bay à la brigade des Vols et Homicides, c'est ça ?

– Un cadavre, Brits ? Quel cadavre ?

– Celui de Schlebusch.

– Putain ! s'écria Joubert en se retournant. Bon, Tony, Leon, on y va.

– Y a plus rien pour vous, lança Brits.

– Vous avez foutu en l'air une scène de crime ?

– J'ai résolu un problème militaire.

L'espace d'un instant, van Heerden crut que Mat Joubert allait frapper l'officier, mais non. Joubert se contenta de pousser un grand soupir.

– Je me marie samedi, dit-il, et dimanche je pars aux Seychelles pour mon voyage de noces. Ça me laisse deux jours pour trouver tous les moyens de vous faire sortir du tableau, Brits…

– Objection, lança le général de brigade.

– Tu parles comme ça va changer la situation ! s'écria Orlando Arendse. Vous ne connaissez pas le Taureau.

Redelinghuys ouvrit la bouche, mais se retrouva coiffé sur le poteau par la voix suraiguë et troublée d'une femme.

– C'est vous ! lança cette dernière, puis sa voix se brisa.

Elle passa devant tout le monde, se dirigea vers Brits et le frappa à l'épaule.

– C'est vous ! répéta-t-elle. C'est vous qui m'avez pris mon fils ! Qu'est-ce que vous lui avez fait ? Qu'est-ce que vous avez fait à Rupert ?

Elle le frappa à la poitrine, Brits se contentant de rester immobile et ne faisant rien pour l'arrêter. Elle continua à le frapper en pleurant, jusqu'à ce que van Heerden la rejoigne.

– Doucement, dit-il à voix basse

– C'est lui.

– Je sais.

– C'est lui qui est venu m'annoncer sa mort.

Il ôta ses mains de la poitrine de Brits et la serra contre lui.

– Je sais, répéta-t-il.

– Vingt ans. Je n'oublierai jamais son visage.

Il la serra plus fort.

– C'est lui qui m'a pris Rupert.

Elle pleurait sans plus se dominer, toute la douleur d'une vie passant dans ses sanglots. Il ne pouvait rien faire de plus et entendit Bester s'éloigner sans mot dire.

Il n'y avait rien à dire qui pût la consoler.

Peu avant une heure, van Heerden verrouilla la porte derrière lui, disposa quelques papiers et un stylo sur la table devant lui et sortit le portefeuille de sa poche.

Cuir usé, fermoir à bouton. Deux cent cinquante rands et de la petite monnaie. Cartes bancaires. Mastercard Absa au nom de W. A. Potgieter. Cartes de retrait Absa au même nom. Reçus. Tous de la semaine écoulée. Taverne Van Hunks, Mowbray, 65,85 rands. Le Chili Mexicain, Observatory, 102,66 rands. Location de vidéos Hollywood, Main Road, Observatory. Supermarché Pick'n Pay, Mowbray, 142,55 rands d'épicerie, reçu de carte bancaire pour l'agence « Filles à emporter », 12e Avenue, Observatory, 600 rands.

Point final.

Il regarda le petit tas d'un air déçu. Tout ça ne l'aidait guère. Ça demanderait du travail. Il alla chercher son annuaire, chercha le numéro de la banque Absa, service des cartes de crédit.

– Allô ? Ici le magasin Le monde de l'art, studio et encadrements, à Table View. J'ai un client devant moi, souffla-t-il à voix basse, et j'aimerais être sûr.

– Oui, monsieur.

– Il veut m'acheter un tableau qui vaut presque mille rands. Voici son numéro de carte : 5417 9113 8919 1030, au nom de W. A. Potgieter. Date d'expiration fin juin 2000.

– Un instant, s'il vous plaît.

Il attendit.

– Aucune déclaration de perte pour cette carte, monsieur.

– Et l'adresse officielle ? Je veux être doublement sûr.

– C'est… euh… 177 Wildebeest Drive[1], Bryanston. monsieur.

– A Johannesburg ?

– Oui, monsieur.

– Merci beaucoup, chuchota-t-il avant de raccrocher.

Ça non plus, ça ne l'aidait guère.

Que faisait donc ce type si loin de chez lui ? Pourquoi traînait-il dans les quartiers sud du Cap ?

Il se renversa en arrière dans son fauteuil et tenta de trouver un sens aux événements de la journée et d'intégrer ce nouveau renseignement dans ce qu'il savait déjà.

Tous ces morts. Et maintenant il ne restait plus que Venter et Vergottini.

Bester Brits en messager de la mort. Donc, impliqué dans l'affaire depuis le début. Mais pas assez pour tout savoir. En particulier l'identité du protagoniste principal.

1. Ou « allée du gnou » *(NdT)*.

L'un d'eux allait téléphoner à quatorze heures ; il voulait parler, il n'avait rien à voir avec cette affaire... l'un d'eux.

Et l'autre lui avait envoyé quatre types pour tuer sa mère.

Quel genre d'homme... Qu'est-ce qui pouvait bien être assez important et vilain pour qu'on ait besoin de lui envoyer quatre nervis ? L'argent ? L'énorme tas de dollars américains ? Ou bien était-ce parce qu'on tenait absolument à ce que le mal qui avait été commis vingt-trois ans plus tôt ne soit jamais connu ?

Schlebusch. Pourquoi tuer son ancien patron quand celui-ci est de votre côté ?

Et si Schlebusch n'était pas le grand méchant derrière tout ça, qui était-ce ?

Reprendre la chronologie.

D'après Brits, c'était parce que sa photo était passée dans le journal que Schlebusch s'était fait descendre. Sauf que le timing ne collait pas. Entre le moment où, vers cinq-six heures, le *Die Burger* était arrivé dans les kiosques et celui où ils avaient reçu l'appel, personne n'aurait eu le temps de commettre un crime, mettre en place une stratégie propre à l'attirer à Hout Bay et envoyer des soldats à Morning Star.

Ce n'était pas comme ça que les choses s'étaient passées.

Merde, il ne savait pas comment tout ça s'emboîtait, mais il avait quand même un bout de fil sur lequel tirer pour voir comment la bobine allait se dévider : le contenu du portefeuille.

Il consulta sa montre : 13 h 12. Il avait encore le temps d'aller à Observatory en voiture avant le coup de fil de quatorze heures. Il lui faudrait appeler P'tit Mpayipheli. Il remit les documents dans le portefeuille, referma ce dernier et le glissa de nouveau dans sa poche. Puis il gagna la porte. Son Heckler & Koch était appuyé au mur. Il le regarda. Trop gros. Trop encombrant. Trop visible.

Il marqua un temps d'arrêt.

L'heure avait-elle sonné ?

Non.

Qu'est-ce que Joubert avait dit à Bester Brits ? *Débarrassez-vous de ce fardeau ?*

Un instant de doute, puis le pincement d'estomac qu'il éprouvait chaque fois qu'il pensait à son Z88. Il gagna sa chambre, ouvrit la porte du placard, écarta les pull-overs qui masquaient le petit coffre-fort, fit la combinaison et l'ouvrit. En sortit son vieux pistolet de service et son chargeur, glissa celui-ci dans celui-là – ne pas penser, surtout ne pas penser –, puis l'arme dans sa ceinture, au creux de ses reins, descendit son sweater par-dessus, regagna la porte de devant, s'empara du Heckler & Koch – il fallait le rendre à P'tit Mpayipheli – et ouvrit.

– Bonjour, Zatopek, lui lança Kara-An Rousseau, la main toujours en l'air, prête à frapper à sa porte.

Puis elle jeta un coup d'œil au pistolet-mitrailleur et ajouta :

– Dis, tu m'aimes toujours ?

50

Nous nous tenions près du cadavre de la première victime du Bourreau au ruban rouge lorsque Nagel m'avait lancé :

– Le premier qui fait le con avec ma femme, je le descends. Comme un chien.

Sans que je l'aie provoqué en rien. Il s'était penché au-dessus de la prostituée entre deux âges pour examiner le ruban rouge avec lequel on l'avait étranglée, et brusquement il s'était redressé et m'avait regardé droit dans les yeux, sa pomme d'Adam montant et descendant à chaque mot qu'il prononçait. Puis il s'était détourné pour reprendre son examen de la scène de crime.

Mon cœur avait raté un battement, les paumes de mes mains s'étaient couvertes de sueur, terrifié, je m'étais demandé comment il avait fait pour savoir, ce n'était pas possible, avec toutes les précautions incroyables que nous prenions... La deuxième fois, je n'avais même pas garé ma Toyota près de chez lui. Je l'avais laissée à deux rues de là, dans le parking d'un café, et avais fait le reste à pied, le dos courbé, comme un suspect, un criminel.

Moi qui, malgré mes petits péchés d'égoïsme et d'autosatisfaction, avais pris consciemment la décision de tout faire pour être intègre et vivre honnêtement et sans jamais perdre le contrôle de moi-même. Moi qui, à chaque nouvelle scène de crime, étais plus que jamais décidé à me ranger du côté du bien, à combattre et apprivoiser le mal, le monstre qui habitait les autres.

Et dans les années qui avaient suivi, j'avais tourné et retourné ce moment dans ma mémoire comme une pièce à conviction et l'avais examiné sous tous les angles dans l'espoir de trouver un sens caché à ce que Nagel venait de dire.

La façon dont je me comportais avec lui avait-elle changé lorsqu'il était revenu de De Aar ? Alors que je pensais avoir tout dissimulé comme il fallait ? Alors que nous continuions de plaisanter et de nous disputer comme avant ? L'espèce de petit vertige de culpabilité qui me tenait constamment se voyait-il donc dans mes yeux lorsque je croisais son regard ?

Ou alors… aurait-ce été à cause d'un changement subtil dans la conduite de Nonnie ? L'avait-il trouvée dans la cuisine en train de chanter doucement pour elle-même ? Avait-elle dit ou omis de dire quelque chose ?

Était-ce sa célèbre intuition ? L'espèce de septième sens dont, malgré son manque de profondeur, il semblait doté ?

Jung n'avait-il pas déclaré qu'il n'y a jamais de coïncidences ? Nagel m'avait-il envoyé voir Nonnie de propos délibéré le premier soir ? De manière inconsciemment consciente ? J'avais été jusqu'à l'envisager, mais les échappatoires psychologiques inhérentes à cette idée avaient donné naissance à un tel labyrinthe de spéculations que je m'étais vite retrouvé piégé.

A ma très grande honte, je dois reconnaître que ses paroles et sa façon de me défier ne faisaient qu'ajouter à l'excitation de nos relations secrètes. C'était là un facteur qui nous unissait encore plus dans le mensonge et renforçait notre amour. Pendant ces instants volés, chez elle, dans le lit de Nagel, lorsque nous restions étendus dans les bras l'un de l'autre, tels des conspirateurs nous nous interrogions sur les doutes qu'il pouvait avoir, passions en revue nos comportements respectifs afin de voir si par moments nous ne nous trahissions pas et chaque fois nous arrivions à la même conclusion : il n'avait aucune raison de soupçonner quoi que ce soit.

Combien le temps que nous pouvions passer ensemble nous était compté ! A fendre le cœur. Parfois nous avions droit à une heure ou deux quand les lenteurs du système judiciaire le retenaient au tribunal où il devait témoigner ou lorsqu'il s'installait confortablement sur un tabouret de bar pour « boire sérieusement », ou encore, jours et nuits délicieux mais trop rares, lorsqu'il devait quitter Le Cap pour aller agiter le long bras de la loi dans les campagnes.

Pendant ces quelques mois, Nonnie Nagel fut ma vie tout entière. Le matin, dès que j'ouvrais les yeux, c'était elle que je désirais, elle à qui je pensais jusqu'au soir lorsque je m'endormais. L'amour que j'avais pour elle englobait et dominait tout, était virus, fièvre et refuge.

L'amour que j'avais pour elle était droit, juste et bon. Nagel l'avait rejetée, je l'avais découverte, enlacée et chérie, faite mienne. L'amour que j'avais pour elle était pur, beau et doux. Donc il était droit, même si jour après jour il induisait la tromperie. Tout cela je le rationalisais heure après heure et tous les jours de la semaine et disais à Nonnie qu'il avait eu le choix et pris ses décisions en connaissance de cause. Ensemble nous élevions nos relations au rang de croisade de l'amour et de la justice.

Pourquoi ne le quittait-elle pas ?

Lorsque je le lui demandai un jour, elle se contenta de me fixer de ses beaux yeux au regard doux et d'un geste me fit comprendre son impuissance infinie – j'en tirai mes conclusions. Comme beaucoup de femmes maltraitées, je la soupçonnai d'être la victime d'une relation destructrice dans laquelle un seul éloge suffit à induire une soumission résistant aux critiques incessantes. Je la soupçonnai de se croire incapable de relever la tête et de vivre sa vie sans lui.

Je ne lui reposai plus jamais la question et compris que j'allais devoir prendre le commandement des opérations.

Mais peut-être était-ce la nature même de nos relations qui ne nous laissait que peu de temps pour discuter de l'avenir, peut-être était-ce parce que nous voulions être sûrs de nous, peut-être ne voulions-nous pas diluer aussi vite l'excitation de l'interdit. Toujours est-il que jamais nous ne parlâmes de la façon dont il allait falloir qu'elle le quitte.

Et un après-midi (il était encore de tribunal), après que la sueur de nos ébats eut séché sur nos corps, je prononçai les mots qui allaient tout changer.

Ce que j'aurais dû lui dire? « Nonnie, je t'aime. Épouse-moi. »

Ce que je lui dis avait certes le même sens, mais était aussi le résultat de ma culpabilité, de mes peurs et de mon obsession.

– Bien, lui lançai-je sans trop réfléchir ni mesurer la portée de ce que je disais, comment on se débarrasse de Nagel?

51

Bart de Wit et Mat Joubert l'avaient mis sur la sellette : « Van Heerden a fait avancer cette affaire avec rien du tout – aucune analyse de labo, aucune équipe d'inspecteurs, aucune escouade de flics en tenue, rien. Maintenant, O'Grady, c'est à toi de te bouger le cul parce que l'armée et les médias se paient notre tête, sans compter le commissaire de district qui nous gueule dessus au téléphone et le ministre de la Justice de la Province qui nous a appelés hier pour nous dire de nous magner, on peut pas continuer comme ça, mec. C'est toi le patron, tu nous dis ce dont tu as besoin. Tu fais bouger les choses, quoi ! »

Et maintenant il se tenait devant une matrone impressionnante de la MediClinic de Milnerton. Visage charnu qui vire au rouge foncé, corps informe qui tremble de rage et bouche qui fait tout ce qu'elle peut pour rembarrer les mots qu'on ne doit pas utiliser devant une femme.

– Comment ça ? Il est parti ?

– Oui, monsieur, il est parti. Ce sont des militaires qui l'ont emmené, contre l'avis de tout le corps médical.

Elle avait une voix calme et apaisante. Elle vit combien il était rouge et tremblait de la poitrine et se demanda s'il allait lui faire une crise cardiaque dans son bureau.

– Pfffff…, reprit-il, et il réussit à se dominer au prix d'un effort surhumain.

– Il y a à peine dix minutes. Et même pas en ambulance !

– Ont-ils dit où ils l'emmenaient ?

– En prison. Quand j'ai voulu m'y opposer, ils m'ont dit qu'ils avaient tout ce qu'il fallait pour le soigner.

Les jurons se pressaient sur sa langue, mais il les retint.

– Dans quel état était-il ?

– Stable, mais nous allions lui faire passer des examens. Un coup comme ça à la tête peut abîmer sérieusement le cerveau.

– Il était conscient ?

– Je dirais plutôt qu'il délirait.

– Cohérent ?

– Je ne sais pas.

– Qui l'a emmené ?

– Un certain colonel Brits.

La rage impuissante et la frustration le submergèrent.

– Quel fumier ! marmonna-t-il, et il fut aussitôt incapable de contenir les obscénités plus longtemps. Quel bâtard d'enculé de mes couilles ! hurla-il avant de se dégonfler comme un gros ballon.

– On se sent mieux ? lui demanda-t-elle, mais il ne l'entendit pas.

Déjà il descendait le couloir, son portable à la main. Il parlerait à la petite avocate, mais il allait d'abord passer un coup de fil à Joubert. Lequel devrait alors téléphoner à Bart de Wit. Qui devrait appeler le divisionnaire qui, lui, téléphonerait à qui il voudrait. Quoi qu'il en soit, Bester Brits se les ferait raboter avant le coucher du soleil.

Tony O'Grady se trompait.

Le type qui s'était fait fendre le crâne à coups de bêche était assis sur un fauteuil en bois de l'armée, dans un préfabriqué construit dans un coin perdu de Port Jackson, tout au bout de la base aérienne de Ysterplaat. Il n'était ni enchaîné ni même seulement attaché. Bester Brits, qui se tenait devant lui, dominant parfaitement la situation, il n'y avait pas besoin de le ligoter.

A l'extérieur du bâtiment se trouvaient quatre soldats armés de R5. De toute façon, Tête de Bêche n'était pas au mieux de sa forme. Il avait la tête qui pendait en arrière, ses yeux tressautaient toutes les deux ou trois secondes et il respirait vite, par saccades.

– Ça fait mal ? lui demanda Bester Brits en lui flanquant une baffe en plein sur la marque violacée qu'il avait sur le crâne.

Le son qui sortit des lèvres gonflées du prisonnier ressembla vaguement à un « oui ».

– Comment tu t'appelles ?

Pas de réponse. Brits leva de nouveau la main en l'air, puis suspendit son geste, menaçant.

Un bruit se fit entendre.

– Quoi ?

– Ghaarie.

– Gary.

Le prisonnier hocha sa tête, qui roula.

– Qui t'a envoyé attaquer cette femme chez elle ?

Nouveau bruit.

– Quoi ?

– S'il vous plaît.

Mains qui se lèvent pour protéger sa blessure.

Brits les écarta, et le gifla encore un coup.

– S'il vous plaît ? Quoi s'il vous plaît ?

– Ma tête.

– Je le sais bien que c'est ta tête, pauv' con. Même que je vais continuer à la cogner jusqu'à ce que tu causes, t'as compris ? Plus vite tu parleras, plus vite..

437

Nouveau bruit.

– Quoi ?

– Oh-ri-un.

– Orion ?

– Oui.

Brits le frappa encore une fois avec toute la frustration amassée pendant plus de vingt ans, toute la haine et la rancœur qu'il avait en lui s'ouvrant comme une vieille blessure qui pue.

– Je le sais bien que c'était l'opération Orion, espèce d'enfoiré ! s'écria-t-il – et les mots qu'il prononçait faisaient resurgir des souvenirs en lui.

Gary marmonna :

– Non, non, non.

– Comment ça, « non, non, non » ?

– Orion sss…

Le mot se perdit dans la salive qui coulait du coin de sa bouche.

– Quoi ?

Pas de réponse. Gary avait les yeux fermés et la tête qui penchait.

– Fais pas semblant d'être inconscient, Gary.

Toujours pas de réponse.

– Je ne peux pas te parler maintenant, dit-il à Kara-An.

– J'ai appris la nouvelle par la radio. La fusillade…

– Il faut que j'y aille, répondit-il debout sur le seuil de sa maison, son pistolet-mitrailleur à la main.

– Pourquoi es-tu passé chez moi hier soir ?

– Je voulais te dire quelque chose.

– Dis-le-moi maintenant.

– Non. Il faut que j'y aille.

– Tu veux savoir pourquoi je suis comme ça.

Il passa devant elle.

– Le moment est mal choisi, dit-il en se dirigeant vers la maison de sa mère.

Il fallait absolument qu'il retrouve P'tit Mpayipheli.

– Parce que tu as peur d'être comme ça toi aussi, reprit-elle.

Ce n'était pas une question.

Il s'arrêta et se retourna.

– Non, dit-il.

Elle se moqua de lui.

– Allons, Zatopek ! C'est en toi aussi. Et tu le sais.

Il regarda sa beauté, son sourire, ses dents parfaites Puis il s'éloigna d'elle à nouveau, de plus en plus vite pour ne plus entendre ses rires.

A 2 h 4, Nougat O' Grady entra dans le bureau de Hope Beneke.

– Nous avons pris l'affaire en main, dit-il. Toute l'affaire.

– Je sais, répondit-elle en se demandant comment elle allait faire pour se débarrasser de lui dans les deux ou trois minutes qui suivaient.

– J'ai l'impression que van Heerden ne nous a pas tout dit, reprit-il en se demandant, lui, pourquoi cette femme portait toujours des habits qui cachaient ses atouts.

Il devait y avoir de très jolies choses sous ces vêtements. Il s'assit dans un fauteuil en face d'elle.

– Beaucoup de gens sont morts, mademoiselle Beneke, dit-il, et à moins que vous nous communiquiez tout ce que vous savez, la tuerie va continuer. Vous êtes sûre de vouloir avoir ça sur la conscience ?

– Non.

– Alors, je vous prierai de…

Le téléphone sonna. Elle sursauta.

– On attendrait un petit coup de fil ? demanda-t-il en

sentant d'instinct qu'il y avait anguille sous roche. Allez-y, je vous en prie. Nous formons une équipe maintenant, enfin… pour ainsi dire.

Le patron de l'agence Filles à emporter, dans la 12e Avenue d'Observatory, avait des airs de star du cinéma à la retraite – nez long et élégant, mâchoire carrée, cheveux noirs parsemés de gris, moustache broussailleuse à la Tom Selleck –, mais lorsqu'il ouvrit la bouche pour parler, ce fut pour montrer une rangée de dents complètement pourries. Elles étaient jaunes et tordues, et il en manquait la moitié.

– C'est confidentiel, dit-il à Zatopek van Heerden et P'tit Mpayipheli en zézayant un peu.

– Dire où est passée une prostituée n'a rien de confidentiel, lui renvoya van Heerden.

– Ze veux voir votre badze.

– Je suis détective privé, je n'en ai pas, dit-il lentement et patiemment, mais il ne savait pas jusqu'où il pourrait supporter son attitude.

– Et mon badze à moi, tu veux pas le voir ? lui lança P'tit d'un ton très nettement impatient et en ouvrant sa veste pour lui montrer son Rossi 462 dans son holster d'épaule.

– Les flingues ne me font pas peur, dit la star de cinéma.

Le Xhosa sortit son Magnum .357 et tira une balle dans le « o » de « emporter », le vacarme du coup de feu se répercutant dans toute la pièce. Derrière une porte plusieurs femmes poussèrent des cris.

– La prochaine, c'est pour ton genou, précisa P'tit.

La porte s'ouvrit.

– Qu'est-ce qui se passe, Vincent ? demanda une femme aux cheveux verts et aux grands yeux.

– Rien de bien inquiétant.

On était calme et pas intimidé pour deux sous.

– L'adresse, Vincent, insista van Heerden.

Vincent les regarda avec des yeux qui avaient tout vu. Puis il considéra le Rossi braqué sur son genou, hocha lentement la tête d'avant et d'arrière comme s'il ne comprenait pas, tira lentement un grand registre vers lui, prit la facturette que van Heerden avait laissée sur le comptoir et se mit en devoir de feuilleter très paresseusement le volume.

P'tit remit son arme sous sa veste. Ils attendirent. Vincent s'humecta un doigt et continua de tourner ses pages.

– Là, dit-il, f'est là.

– Ce téléphone a été mis sur table d'écoute par le Renseignement militaire, dit Hope Beneke à son correspondant. Je vais devoir vous demander de m'appeler sur un portable. Mon collègue attend votre appel.

Un instant de silence, puis ceci :

– Non. Allez au Coffee King de l'hôtel Protea, près de votre bureau. Je vous rappelle dans cinq minutes.

– Mmmmmmèèè…, dit-elle sans aller jusqu'au bout de son juron. Il va falloir que j'y aille.

Elle se leva vite derrière son bureau.

– Je vous accompagne, dit Nougat. On va où ?

Ils longèrent le couloir, franchirent la porte, descendirent l'escalier et sortirent du bâtiment, Hope Beneke en pleine forme ouvrant la marche tandis qu'O' Grady la suivait à quelques pas en soufflant comme un phoque.

– Attendez-moi, cria-t-il. On va croire que j'essaie de vous agresser.

Mais elle continua de courir, poussa violemment la porte du Coffee King et s'arrêta devant le comptoir.

– J'attends un coup de fil, dit-elle à la Taïwanaise assise de l'autre côté.

O'Grady entra à son tour en soufflant fort.

– Ce n'est pas une cabine publique, dit la Taïwanaise.

– Police, lança O'Grady.

– Montrez-moi votre carte.

– Putain, c'est pas possible ! Tout le monde regarde la télé ou quoi ? s'écria-t-il en essayant toujours de reprendre son souffle et mettant la main dans sa poche.

Le téléphone sonna.

– Cet homme doit être hospitalisé d'urgence, dit le capitaine avec l'insigne des services de santé de l'armée cousu sur son uniforme.

– Pas forcément, lui répliqua Bester Brits.

– Il est en train de mourir.

– Il va falloir qu'il parle avant de clamser.

Le capitaine regarda l'officier du Renseignement d'un air incrédule.

– Je… et moi qui pensais que la commission « Vérité et Réconciliation » avait réglé le cas des types dans votre genre !

– Je n'ai pas toujours été comme ça.

– Colonel, si je n'arrive pas à faire passer ce type en soins intensifs pour le stabiliser, il ne parlera plus jamais. Nous avons une demi-heure pour le sauver, peut-être même moins.

– Bon, bon, emportez-le, dit Bester Brits avant de s'en aller.

Il se dirigea vers une Port Jackson et s'adossa au coffre. Nom de Dieu, qu'est-ce qu'il aurait aimé fumer encore !

Oh-ri-un.

Orion.

« Non, non, non », avait dit Gary. Ce n'était pas opération Orion ?

C'était quoi, alors ?

– Oh-ri-un sss…

Le Rossi bien en main, P'tit Mpayipheli se tenait debout près de la porte lorsque van Heerden y frappa. Ils étaient au sixième étage d'un immeuble d'appartements d'Observatory avec vue sur la mer et l'hôpital Groote Schuur.

– Oui ?

Voix d'homme de l'autre côté de la porte.

– Un colis pour M. Potgieter ! lança van Heerden en imitant le ton las d'un coursier.

Silence.

– Éloignez-vous de la porte, lui souffla P'tit.

Van Heerden s'écarta, glissa la main dans sa veste, sentit la crosse du Z88 et frappa de nouveau.

– Y a quelqu'un ?

Les projectiles transpercèrent la porte une nanoseconde avant qu'ils entendent les détonations de l'arme automatique, la porte bon marché explosant en une pluie de particules de bois. Les deux hommes se jetèrent à genoux. Van Heerden sortit son Z88, mit sa main au-dessus de ses yeux pour les protéger, puis ce fut le silence.

– Merde, grommela P'tit.

Ils attendirent.

– Vous auriez dû garder le Heckler & Koch.

– Peut-être.

– Et ça, c'est quoi ? demanda P'tit en lui montrant le Z88 d'un signe de tête.

– C'est une longue histoire.

– On a tout le temps, lui renvoya P'tit en souriant.

– Il n'y a pas d'autre porte ? L'issue de secours est devant, près des ascenseurs.

– Il ne peut sortir que par ici, répondit P'tit en pointant le canon du Rossi sur les restes de la porte.

– Et ils ont de l'artillerie lourde là-dedans.

– Peut-être, mais vous, vous avez votre Z88.

Un rien sarcastique.

– Des trucs qu'on vous aurait appris en Russie pour ce genre de situation ?

– Absolument. Je sors mon missile antitanks de mon sac à dos et je les réduis en poussière.

– Sauf qu'il nous les faut vivants.

– Bon, d'accord, on oublie le missile. Mais dites… vous n'êtes pas un ancien de la police ? Vous devriez savoir ce qu'il faut faire, non ?

– Les fusillades n'ont jamais été mon fort.

– C'est ce que j'ai entendu dire.

Une voix à l'intérieur.

– Qu'est-ce que vous voulez ?

– Il n'a plus de munitions, dit van Heerden.

– On l'espère ou c'est un fait ?

– On parie ?

– D'accord, un des tableaux de votre mère accrochés chez vous.

– Qu'est-ce que j'ai si je gagne ?

– Le Heckler & Koch.

– On oublie.

La voix à l'intérieur :

– Qu'est-ce que vous cherchez ?

– Je sais que vous êtes aussi absolument nul avec les femmes, reprit P'tit. Un tableau de votre mère contre une formule garantie pour mettre l'avocate dans votre lit.

– Je vois que les Russes ne laissaient rien au hasard.

– Vous entrez les mains en l'air ou on vous fait sauter la gueule ! lança la voix à l'intérieur.

Dans la rue quelque part, les premières sirènes se firent entendre.

– « On » ? Il bluffe, dit P'tit.

– On parie ?

– Non.

– Y a aussi autre chose que je dois vous avouer, reprit van Heerden.

Mpayipheli soupira.

– Allez-y.

– J'ai été longtemps policier, mais je n'ai jamais eu l'occasion de jouer à « je-défonce-la-porte-d'un-coup-de-tatane-et-je-me-rue-à-l'intérieur ». Et le faire pour la première fois me terrifie bien plus que vous pourrez jamais l'imaginer.

La voix à l'intérieur :

– On compte jusqu'à dix.

– J'avais pas vraiment besoin de ça, dit P'tit. Un p'tit Blanc qu'a la trouille.

– On y va ?

– Oui. Après vous…

– Trouillard de Xhosa ! lança Zatopek van Heerden avant de se relever et de se précipiter épaule en avant à travers ce qui restait de la porte.

52

Il avait commencé à se servir d'un ruban rouge parce qu'il y en avait un dans les cheveux de la prostituée qu'il avait ramassée à Sea Point, emmenée à Signal Hill dans son Volkswagen Kombi et étranglée après s'être fait faire un pompier. Il avait ensuite laissé son cadavre, bras et jambes en croix, au beau milieu de la chaussée – c'était sa « signature », le geste par lequel il signifiait au monde entier qu'elle ne représentait rien à ses yeux et qu'il la méprisait, elle et toutes les filles de son espèce. Et lorsque les médias s'étaient précipités sur cette histoire de ruban, il en avait acheté un rouleau au Hymie Sachs de Goodwood et avait ou étranglé les seize victimes suivantes ou décoré leurs cadavres avec. A sa treizième victime, il avait rompu avec le rituel de la strangulation par ruban et commencé à se servir de ses mains, mais le ruban rouge était resté autour du cou des filles qu'il assassinait et laissait jambes et bras en croix sur la chaussée. Tel était le message moqueur qu'il nous adressait, à Nagel et à moi. La marque qui disait sa supériorité. Et le plaisir qu'il prenait à être sous les feux des projecteurs.

Ainsi avait-il envoyé une lettre au *Cape Times* après son troisième assassinat, lorsque la presse avait commencé à lui décerner le titre d'« Assassin au ruban rouge ». « JE NE SUIS PAS UN ASSASSIN. JE SUIS

UN BOURAU », avait-il écrit, fautes d'orthographe comprises, et tout en majuscules. Alors il était devenu « Le Bourreau au ruban rouge », le criminel que je détestai le plus dans toute ma carrière parce qu'en obligeant Nagel à rester au Cap il m'empêchait de voir Nonnie.

La traque dans laquelle nous nous étions lancés pesait énormément sur mes relations avec Nagel. L'intérêt des médias aidant, la pression était même devenue insoutenable sur la fin, lorsqu'il m'avait très clairement averti de ne pas toucher à sa femme.

Dans toutes les affaires sur lesquelles nous avions enquêté jusqu'alors, la concurrence entre nous était toujours restée courtoise, du bon côté de la frontière que trace le respect mutuel. Mais là, on aurait dit que, pour lui, le Bourreau au ruban rouge était ce que méritait Nonnie. Comme les boucs qui doivent prouver leur supériorité à coups de cornes afin de couvrir la femelle, il s'en prenait à moi dans ma spécialité même – le meurtre en série –, et passait son temps à m'interroger et à mettre en doute tous les profils auxquels j'arrivais, tout ce que je pouvais déclarer, penser, prévoir et faire pour coincer l'assassin.

Dès la première victime, j'avais annoncé qu'il frapperait à nouveau : tous les indices y étaient.

– Conneries ! avait-il lancé.

Mais dès la deuxième, c'était lui qui faisait part de « sa » théorie aux médias :

– Nous avons affaire à un tueur en série. Je le sais, sans le moindre doute, depuis son premier meurtre.

Le nombre des victimes ne cessant d'augmenter, l'hystérie des médias de grandir à proportion et la pression de la hiérarchie de se renforcer, l'amitié et le respect professionnel qui nous liaient commencèrent à s'effriter. De critiques et passagères, ses remarques se firent personnelles et blessantes, voire humiliantes. La seule grande différence entre nous, le fait que je n'arrivais toujours pas à m'habituer à la cruauté et à la violence des scènes de crime, qu'elles me choquaient et me troublaient toujours profondément, ne faisait naître en lui aucune sympathie à mon endroit, mais bien plutôt du mépris durant tous ces mois, chaque fois que je vomissais ou que, le teint blême et les mains tremblantes, j'essayais de me retenir. De manière délibérée, il me donnait à voir son approche glaciale et le détachement qu'il avait réussi à se construire au fil des ans. Il ne prenait même plus de gants : « Tu n'as pas ce qu'il faut pour être flic », me lançait-il, et il y mettait tellement de désapprobation que ses propos me transperçaient comme une lame. Seuls ma conscience, ma très coupable conscience, et le savoir caché que Nonnie m'appartenait, à moi et plus à lui, m'empêchaient d'aller à l'affrontement tous azimuts, me permettant même de céder, y compris lorsque je savais pertinemment qu'il se trompait sur la nature des méthodes à employer pour arrêter le Bourreau au ruban rouge.

J'ai toujours pensé que nous aurions pu le coincer plus tôt si nous avions cessé de nous disputer. Les occasions passaient les unes après les autres tandis que Nagel se battait pour garder le commandement des opérations.

Pour finir, ce fut grâce aux analyses des traces de pneus et des fibres retrouvées dans son camping-car que Nagel trouva la solution. « Pas du tout avec tes trucs de psychologie à la con », me lança-t-il le dernier soir, tandis que nous partions l'arrêter.

Et dire que cette soirée avait si bien commencé !

53

– Retrouvez-moi dans dix minutes au café Paradisio de Kloof Street, lui avait dit le type à l'autre bout du fil.

– Comment vous reconnaîtrai-je ? lui avait demandé Hope.

– Je porte une veste en cuir marron.

Et il avait coupé la communication. Elle avait raccroché.

– Merci beaucoup, avait-elle ajouté à l'adresse de la Taïwanaise, et elle s'était ruée dehors.

Nougat O'Grady avait juré doucement et s'était lancé à sa poursuite.

– Vous auriez pas entendu parler de gros lards qui seraient incroyablement agiles sur leurs pattes ? lui demanda-t-il.

– Si.

– Ben, j'en fais pas partie.

« Qui t'a envoyé ? », avait demandé Bester Brits à Gary, et Gary lui avait répondu : « Oh-ri-un. » C'était exactement ce qu'il ne voulait pas entendre parce qu'il avait la tête farcie de passé. Alors, il s'était mis à réfléchir, encore et encore, et maintenant il était devant l'annuaire du téléphone, où son doigt suivait une liste de noms : Orion Motors, Orion Imprimeurs, Orion Telecom Corporation, Orion Solutions, Orion, Laine et Artisanat, tous en gros caractères gras sauf Orion Imprimeurs et Orion Solutions.

Oh-ri-on sss...

Tous ces noms étaient manifestement ceux de sociétés, sauf Orion Solutions.

Oh-ri-un sss...

Rien que le nom de la firme et le numéro : 462 555. Pas d'adresse, pas de numéro de fax, rien. Ils avaient gardé le nom. Étaient-ils donc arrogants et provocateurs à ce point ?

Il composa le numéro.

– Laissez votre nom et votre numéro. Nous vous rappellerons.

Pas vraiment aimable avec le client.

Il composa un autre numéro.

– Sergent Pienaar à l'appareil.

– Pienaar ! Bester Brits.

– Colonel !

– J'ai un numéro de téléphone et je cherche l'adresse. Et j'ai pas envie de passer par les canaux habituels.

– Donnez-moi cinq minutes, colonel.

Bester Brits se renversa dans son fauteuil. Avoir du galon conférait quelques privilèges.

Il s'était trompé sur les munitions . le R4 cracha le feu lorsqu'il se rua dans l'appartement en roulé-boulé. Il continua de rouler, les balles zigzaguant derrière lui, puis il tira une fois, deux fois, trois fois avec le Z88. Désespérément loin de la cible, la peur faisant encore monter l'adrénaline dans ses veines. Bouts de plâtre et de bois qui sautent, poussière, vacarme assourdissant. Le Rossi .357 Magnum de P'tit Mpayipheli ne tonna qu'une fois et tout fut calme. Van Heerden roula encore un coup et s'arrêta derrière le fauteuil bon marché du salon. Cœur qui bat à tout rompre, sang qui tambourine dans son corps, ses mains qui tremblent.

– Je l'avais bien dit qu'il n'y avait pas de « on », lança P'tit.

Van Heerden se leva, ôta la poussière de ses vêtements et vit le bonhomme : le projectile du pistolet de gros calibre lui avait arraché le sommet du crâne. Les sirènes n'étaient plus loin et se faisaient entendre haut et fort.

– On n'a pas le temps, dit-il. Il faut qu'on dégage avant l'arrivée des flics.

Il fit les poches du mort – et songea qu'il en était à son cinquième de la journée. Le sang et les bouts d'os et de cervelle lui donnèrent envie de vomir. Il ne trouva rien et jeta un coup d'œil à l'appartement meublé à la spartiate – emballages de pizzas sur le comptoir en mélaminé de la cuisine, bouteilles de bière vides sur la table basse, tasses à café, vides elles aussi, dans l'évier, deux petites boîtes de munitions par terre, dont une ouverte.

– Je choisirai mon tableau plus tard, merci, reprit P'tit en gagnant la chambre, tandis que van Heerden ouvrait les tiroirs et les placards de la cuisine.

Rien.

– Venez voir ça ! cria P'tit dans la chambre.

Van Heerden découvrit : des fusils d'assaut R1 et R5 appuyés contre le mur dans un coin de la pièce, des habits jetés sur le lit, des émetteurs-récepteurs par terre. P'tit s'était arrêté devant un placard et regardait une feuille de papier A4 collée à la porte – une sortie d'imprimante matricielle.

Feuille de service :

00.00-06.00 : Degenaar et Steenkamp
06.00-12.00 : Schlebusch et Player
12.00-18.00 : Weber et Potgieter
18.00-00.00 : Goldman et Nixon

Sirènes devant l'immeuble. Il savait comment s'y prendraient les flics : ils monteraient par l'escalier de secours, deux d'entre eux surveillant l'ascenseur au rez-de-chaussée. Il ignorait combien il y avait de policiers en tenue, mais il n'avait envie de parler à aucun – ce n'était pas le moment d'être pris dans la machine policière. Il arracha la feuille de la porte du placard.

– Vite, dit-il, faut y aller.

Et il démarra. P'tit en fit autant après avoir jeté un dernier coup d'œil au cadavre et aux dégâts. Ils franchirent la porte. Il appuya sur le bouton d'appel de l'ascenseur, la portière s'ouvrit aussitôt. Ils entrèrent dans la cabine, elle se mit en route, il retint son souffle : il ne fallait surtout pas que la cabine s'arrête au rez-de-chaussée.

– Votre pistolet, lui dit P'tit tout doucement.

– Quoi ?

– Vous pouvez le ranger maintenant.

Il sourit d'un air gêné et regarda les signaux lumineux au- dessus de la porte : RdC, le signal qui s'allume, et s'éteint, parking. Son regard tomba sur une note manuscrite collée à une paroi de la cabine ·

Appartement deux pièces à louer dans cet immeuble. Demander Marla, Agence immobilière du Southern Estate
283 Main Road

La porte de la cabine s'ouvrit, il prit la feuille et ils sortirent. Il consulta sa montre : 14 h 17. Pourquoi le contact de Hope n'avait-il pas téléphoné ? Pourquoi celle-ci ne l'appelait-elle pas ?

Le sergent Pienaar le rappela deux minutes après les cinq qu'il lui avait demandées.

– Le numéro est celui d'Orion Solutions. Adresse .
78 Solan Street, à Gardens.

– Solan ?

– C'est pas moi qui choisis, chef. Je fais juste que vous la donner.

– Très bien, Pienaar. T'es un chef.

– Merci, colonel.

Bester Brits reposa son stylo et se passa lentement les mains sur la figure – lentement, méthodiquement, calmement, doucement, pour se réconforter. *Je suis fatigué*, pensa-t-il. *Après toutes ces années de recherches…*

Encore une impasse ?

Il irait voir.

Seul.

Il sortit du bureau. Dehors, le temps avait fraîchi brusquement : noroît qui taquine ses habits, pluie fine, le front froid arrivait. A peine s'il le sentait.

Ils ne pouvaient pas faire preuve d'une telle arrogance.

Orion Solutions.

La haine embrassait tout.

Comme d'habitude il n'y avait pas de place dans Kloof Street. Elle gara sa BMW dans une ruelle voisine. Elle avait envie d'appeler le portable de Zatopek van Heerden, mais se ravisa : il valait mieux commencer par vérifier si l'homme était bien là. Elle sortit son parapluie de derrière le siège et le tendit à O'Grady.

– Soyez donc un gentleman, lui dit-elle.

– On ne court plus ?

Il prit le parapluie et descendit de voiture.

– Non, dit-elle, on ne court plus.

Ils gagnèrent le Café Paradisio, tous les deux sous le parapluie – la pluie tombait en rafales.

– Il ne s'attend pas à ce qu'il y ait quelqu'un avec moi, lui fit-elle remarquer.

– C'est pas de pot pour lui. Cette enquête est à moi.

– Il pourrait partir en courant dès qu'il vous verra.

– Dans ce cas, ce sera à vous de le rattraper. Dans notre équipe, le sprinter, c'est vous.

Ils montèrent l'escalier, personne assis aux tables en bois dehors, de la lumière brillait à l'intérieur. Il lui ouvrit la porte et secoua le parapluie. Elle jeta un coup d'œil dans la salle, vit l'homme assis seul à une table – cigarette à la main, veste en cuir marron, la trentaine finissante, lunettes cerclées d'or, cheveux bruns, moustache noire. Il leva la tête, la vit et se leva à moitié en éteignant nerveusement sa cigarette tandis qu'elle se dirigeait vers lui.

– Hope Beneke, dit-elle en lui tendant la main.

– Miller, dit-il en la lui serrant.

Elle sentit la sueur sur sa paume et vit l'alliance à son doigt.

– Asseyez-vous, dit-il.

– Je vous présente l'inspecteur O'Grady de la brigade des Vols et Homicides, reprit-elle.

Il regarda Nougat, l'air perdu.

– Mais… qu'est-ce qu'il fait là celui-là ? demanda-t-il.

– C'est moi qui m'occupe de cette affaire maintenant, répondit O'Grady. De fait, je m'en occupe depuis le début.

Ils s'assirent à une table. Un serveur s'approcha avec les menus.

– Nous ne voulons rien, lui dit Miller. Nous ne restons pas.

– Moi, j'en veux bien un, dit O'Grady et il en prit un. Apportez-moi donc un Coca light pour commencer. Un grand.

– Vous vous appelez vraiment Miller ? demanda Hope lorsque le serveur fut parti.

– Non.

– Vous êtes Venter ou Vergottini ?

– Je vous en prie. J'ai une femme et des enfants.

– Tiens, ils ont un buffet méditerranéen, lança O'Grady derrière son menu.

– Vous allez publier ma photo à moi aussi ?

– Pas si vous coopérez avec nous.

L'homme en fut visiblement soulagé.

– Je vous dirai tout ce que je peux, mais vous me laisserez tranquille après ?

La question tenait de la supplique.

– Cela dépendra de votre innocence, monsieur.

– Personne n'est innocent dans cette affaire.

– Si vous nous en parliez plutôt…

Il les regarda, jeta un coup d'œil à la porte, puis à l'autre bout de la salle – ses yeux n'arrêtaient pas de bouger. Hope Beneke vit la sueur perler à son front, petites gouttes d'argent qui brillaient dans la lumière du restaurant.

– Ne nous emballons pas, lança Nougat O'Grady en se relevant. Je veux aller voir ce qu'il y a au buffet avant que vous commenciez à tout déballer.

Destinée à Miller, la balle du tireur d'élite brisa la vitre, s'enfonça dans le dos du policier entre les quatrième et cinquième côtes, lui enleva un bout du poumon droit, traversa le ventricule droit, ressortit par le sternum et alla se ficher dans une poutre en bois au-dessus du bar. Aucune détonation ne se fit entendre, seul le fracas de la vitre qui tombait en morceaux précédant la chute d'O'Grady qui écrasa la table sous son poids considérable. Hope fut blessée au genou par la table et se retrouva avec O'Grady couché à moitié sur elle. Elle regarda son visage, puis là, ses yeux qui se figeaient.

– Mon Dieu ! dit-elle doucement en continuant de le regarder d'un air perdu.

Déjà Miller battait en retraite ; elle contempla la

fenêtre et entendit des pneus qui hurlaient dehors. Elle se leva à moitié, vit un camion blanc descendre Kloof Street à toute allure et sentit ses jambes se mettre à trembler. Elle attrapa son sac à main, il fallait absolument qu'elle arrête Miller. Hypnotisé, le personnel du restaurant l'observait, presque à en loucher, Miller avait disparu. Elle lui courut après, enfonça sa main dans son sac pour y prendre son SW99, trébucha, ses jambes tremblaient fort, et continua de courir.

— Nous voulons savoir qui loue le 612 Rhodes House, dit van Heerden à Maria Nzululuwazi de l'agence du Southern Estate.

— Vous êtes de la police, dit-elle d'un air entendu.

— C'est une affaire d'assassinat, lui précisa P'tit Mpayipheli.

— Hou là là! s'écria-t-elle en le regardant des pieds à la tête et frissonnant un grand coup. J'aimerais pas que vous me couriez après.

— Si vous voulez, je me contente de vous arrêter.

— Pour quel motif?

— Dépassement de beauté autorisée.

— Rhodes House? répéta van Heerden.

— 612? précisa P'tit.

— C'est qu'on sait causer aux dames, lui renvoya Maria en tapant son crayon sur le clavier de son ordinateur. Le 612 n'est pas à louer.

— Nous voulons savoir qui le loue en ce moment.

— Ce n'est pas loué. Ç'a été acheté.

— Qui est le propriétaire?

Elle tapa de nouveau sur son clavier et regarda son écran.

— Orion Solutions, dit-elle.

— Vous avez une adresse?

— Mais oui, mais oui, répondit-elle en regardant P'tit.

– On pourrait l'avoir aujourd'hui ? demanda van Heerden.

– Il est vraiment bon avec les dames, ce mec, dit P'tit.

– J'ai remarqué. Solan Street, à Gardens. 78. Vous voulez aussi le numéro de téléphone ?

– Mais oui, mais oui.

Miller descendit la rue en courant. Hope l'apercevait au loin, entre les rafales de pluie. « Miller ! Miller ! » criait-elle, hystérique, tandis qu'il continuait de filer.

– Je vais publier la photo ! lui lança-t-elle enfin, de désespoir et de colère.

Les yeux vitreux d'O'Grady. Elle vit Miller qui s'arrêtait et regardait autour de lui avant de l'attendre. Elle avait les cheveux trempés et gardait la main serrée sur son arme dans son sac à main. Elle l'en sortit en arrivant devant lui.

– Et maintenant, on ne va nulle part, vous m'entendez ? cria-t-elle.

– Ils vont nous tuer.

– Mais qui ça, bordel de merde ? hurla-t-elle, folle de colère.

– Orion, dit-il. Les types d'Orion Solutions.

– Et d'abord, qui êtes-vous ?

– Jamie Vergottini.

Ils se rendirent à Gardens, au 78 Solan Street, avec la Mercedes. Le portable de P'tit qui sonne, « Mpayipheli », puis : « C'est pour vous », et il passa l'appareil à van Heerden.

– Allô ?

– Je tiens Vergottini, lui dit-elle.

– Où êtes-vous ?

– Sous la pluie dans Kloof Street, au coin de la rue. Café Paradisio. Et je sais qui est derrière tout ça.

– Venter.

– Orion Solutions.

– Ça, je sais

– Vous savez ?

– On a remonté la piste.

– O'Grady est mort, van Heerden.

– Nougat ?

– Ils l'ont abattu. Dans le restaurant. Je… nous… c'est une longue histoire.

– Qui l'a abattu ?

– Ça venait de dehors, je n'ai pas vu. Vergottini affirme que c'était lui qu'on visait. O'Grady s'était levé pour aller chercher à manger et…

– Putain !

– Qu'est-ce que je fais maintenant ?

– Vous nous attendez, on est dans De Waal Drive. On arrive dans cinq minutes. Redonnez-moi le nom de la rue.

Quand il eut fini de parler avec Hope, il se tourna vers P'tit Mpayipheli et lui dit :

– O'Grady est mort.

– Le gros flic ?

– Oui.

– Alors là, ça va chier.

– C'était un type bien.

Pluie sur la vitre, vent qui souffle du port, la Mercedes qui zigzague dans les virages de la côte.

– Et un bon flic, ajouta van Heerden.

– Je vous ai vu à l'appartement, quand vous faisiez les poches du mort. Vous êtes un tendre.

– Ça commence à faire beaucoup.

– Pourquoi êtes-vous devenu flic ?

Il hocha la tête.

– Vous êtes un mec bien, van Heerden.

Van Heerden garda le silence. Il allait devoir appeler Mat Joubert. Mais d'abord, les dollars.

Ça commençait à faire vraiment beaucoup.

Cet après-midi-là, Nonnie Nagel avait appelé juste après cinq heures.

– Il va à une réunion sur l'affaire du ruban rouge et m'a dit qu'il ne rentrerait pas avant minuit. Viens me chercher. A huit heures. On sortira.

Nous ne sortions jamais. Nous étions ou bien chez Nagel ou bien chez moi parce que nous avions trop peur que quelqu'un nous voie. Notre amour ne se déployait qu'entre des murs clandestins et privés, mais cela faisait maintenant plus de trois semaines que nous ne nous étions pas vus et il y avait de l'excitation dans sa voix, de l'enjouement, et même de la témérité. J'avais envie de dire non, il ne faut pas jouer à ça, mais le désir était trop fort et qui sait? peut-être allait-elle m'annoncer qu'elle était enfin prête à le quitter.

– On va où? lui demandai-je lorsqu'elle monta dans ma voiture garée à deux rues de chez elle.

– Je vais t'expliquer.

Je voulus lui demander pourquoi, pourquoi ce soir? Pourquoi nous sortions et qu'est-ce qui se passerait à notre retour si jamais il était déjà rentré? Mais je gardai le silence, me contentant de conduire tandis que, sa main posée sur ma cuisse, elle me regardait avec un sourire entendu.

C'était un dancing de Bellville, en retrait de Durban

Road, pas un night-club. Monde fou, musique à fond et lumières tamisées. Il y avait de la fête dans l'air, Nonnie était splendide avec ses sandales blanches et sa robe sans manches toute simple, dès que nous entrâmes elle me prit par le bras, m'entraîna sur la piste et renversa la tête en arrière en riant, fort, avec joie et abandon tandis que les basses des haut-parleurs nous traversaient le corps.

Je n'ai jamais été bon danseur. Ma mère m'avait appris dans la salle de séjour de Stilfontein, mais elle n'avait rien d'une experte. Je me débrouillais tout juste assez bien pour ne pas avoir l'air ridicule.

Ce soir-là, avec elle, la musique me prit. Nous restâmes sur la piste pendant la première heure et dansâmes sur toutes les musiques : pop des années 70, pop des années 60, pop des années 80, rock afrikaans. Nous n'arrêtions plus, la sueur ruisselait sur nos corps. Ma chemise, sa robe, tous nos vêtements nous collaient à la peau, elle avait les yeux qui brillaient, son rire, sa joie irradiaient au vu de tous et de toutes.

Puis elle voulut une bière et nous nous frayâmes un chemin à travers la foule pour rejoindre le bar. Nous y avalâmes nos bières glacées, cherchâmes une table où nous asseoir, bûmes notre deuxième bière plus lentement, en regardant les autres danser. Un petit maigre en pantalon noir, chemise blanche et gilet noir l'invita, elle me regarda d'un air interrogateur, j'acquiesçai d'un hochement de tête, elle se leva et s'en alla danser avec lui. Je me sentais léger, je la regardai danser, j'étais ivre d'amour et de tendresse, je la regardai glisser sur la piste avec lui et me rappelai le poème de van Wyk Louw, *L'Heure de la noire soif*. Dans ma tête j'entendis à nouveau Betta Wandrag réciter ces vers d'une beauté triste :

> A onze heures ton corps
> Fut faim et soif en moi...

Enfin elle vint me chercher et nous dansâmes encore, et à dix heures elle regarda sa montre et me lança « Viens » et m'entraîna jusqu'à ma voiture.

Nous revînmes chez moi, jetâmes nos vêtements par terre dès que nous eûmes franchi la porte et nous ruâmes vers mon lit tant était grande notre hâte, la fièvre qui nous avait pris, nous toucher, nous aimer, Betta Wandrag avait raison, oui, aimer la seule et unique, c'était tout autre chose, divinement :

> A une heure tes cheveux
> Prirent ma main dans de sombres rets,
> Ton corps une eau noire et qui dort,
> Ton souffle un infime sanglot.

Un peu après onze heures, alors que comme toujours nous chuchotions dans les bras l'un de l'autre afin que notre amour soit encore un secret, alors que nous riions de ceci et de cela au hasard de la conversation, il tambourina soudain à la porte, boum boum boum ! son gros poing sur la porte, nous nous figeâmes, pétrifiés. Enfin je me levai et enfilai mon caleçon. « N'ouvre pas », m'avait-elle soufflé d'un ton pressant, désespéré, suppliant. Je sortis de la chambre. « S'il te plaît », l'entendis-je encore me lancer tandis que je longeais le couloir plongé dans le noir. Boum boum boum à la porte de devant. J'ouvris, Nagel était devant moi, le feu dans les yeux.

– Habille-toi, dit-il. On sait où est le Bourreau.

L'un en face de l'autre, sur le seuil de ma maison, elle était chez moi et nous savions qu'il savait, la haine fut entre nous, profonde, noire, jusqu'à ce qu'il se détourne.

– Je t'attends à la voiture.

55

Speckle Venter, songea-t-il, le seul qui reste… *Et alors ils nous ont donné la permission de dormir… On était très fatigués, mais c'est là que Speckle a sorti sa guitare. De son vrai nom, il s'appelle Michael Venter. Il est tout petit, Papa, et il a une tache de vin au cou. C'est pour ça qu'ils l'appellent « Speckle ». Il est d'Humansdorp. Son père est tôlier. Il a écrit une chanson sur sa ville. Elle est très triste*

Un guitareux de la campagne derrière tout ça ?

Il composa un numéro sur son portable.

— Vols et Homicides, Mavis Petersen à l'appareil.

— Mavis ? Zatopek. Tony O'Grady vient de se faire descendre au Café Paradisio, dans Kloof Street. Appelez Joubert. Et dites-le aussi à de Wit.

— Seigneur !

— Mavis…

— J'ai entendu, capitaine. Je lui dirai.

— Merci, Mavis.

Il coupa la communication. Ç'allait être l'enfer, mais avant que ça se produise…

— Il va falloir se procurer un plan du Cap, dit-il à P'tit Mpayipheli.

— Il y en a un dans la boîte à gants.

Il l'ouvrit, sortit le plan, chercha Solan Street dans l'index, trouva les coordonnées et regarda le plan.

— C'est un peu au sud d'ici, dit-il.

— Mais… on ne passe pas chercher l'avocate ?

— Si, et James Vergottini.

Enfin tout allait être révélé, boîte de Pandore et panier de crabes inclus.

Enfin ils avaient un témoin vivant.

Mpayipheli fit hurler les pneus de la Mercedes ML 320 au coin de Kloof Street et de la rue mentionnée par Hope. Une ambulance stationnait devant le Café Paradisio, une Opel blanche avec gyrophare de la police. Ils aperçurent la BMW de l'avocate un peu plus haut dans la rue, s'en approchèrent et s'arrêtèrent à côté.

Personne dans les environs.

— Merde ! lâcha van Heerden.

— Vous devriez vous mettre à écrire ! dit P'tit. Vous avez vraiment le sens du dialogue !

Van Heerden ne répondit pas. Il se sentait épuisé. Pas assez de sommeil. Trop d'adrénaline. Trop de problèmes.

Le portable de P'tit Mpayipheli qui sonne à nouveau. Ce dernier écouta. Puis il referma l'appareil, lentement.

— C'était Orlando, dit-il. Billy September est mort.

— Ça fait trop, dit van Heerden. Beaucoup trop.

— Quelqu'un va me payer ça, gronda P'tit. Putain de Dieu, quelqu'un va me le payer !

Ils remontèrent Solan Street. Entrepôts, ateliers de mécanique, tôleries, une usine de vêtements, réparation de scooters.

Le 78 se trouvait au coin de la rue. Bâtiment en mauvais état, gris-bleu, tout de plain-pied, long et bas, aucune enseigne, fenêtres étroites et hautes protégées contre le cambriolage. Ils firent demi-tour et repassèrent devant. La porte d'entrée donnait dans Solan Street. Double porte dans la ruelle, assez grande pour des camions, petite plaque en cuivre à côté de la porte d'entrée – Orion Solutions, à peine lisible.

– Caméras vidéo, dit P'tit en lui en montrant une, mais van Heerden ne voyait rien.

– Où ça ? demanda-t-il.

– Sous l'avancée du toit.

Il chercha, aperçut une caméra de télé en circuit fermé dans l'ombre, à peine visible, puis une autre.

– Ils n'ont pas l'air de rigoler avec la sécurité, dit-il.

– Qu'est-ce qu'ils font ?

– Ils tuent et ils volent.

– Pour gagner leur vie ?

– Je ne sais pas.

– Ils savent qu'on est ici. Les caméras nous ont vus.

– Je sais.

– Vous avez un plan d'attaque ?

– Oui.

– Comme à l'appartement ?

– Oui.

P'tit Mpayipheli hocha la tête, mais garda le silence et gara la Mercedes une rue plus loin.

Van Heerden mit la main dans la poche de sa veste.

– Leurs tours de garde, reprit-il en dépliant la feuille de papier qu'il avait détachée de la porte du placard. Il y a huit noms. Schlebusch est mort et la liste doit inclure les quatre mecs qui sont venus chez ma mère parce que c'est Potgieter qui nous a conduits à l'agence des Filles à emporter, puis à l'appartement. Ce qui nous fait six morts ou hors d'état de nuire. Plus Venter. Vous croyez qu'on peut se faire trois types à tous les deux ?

– Vous voulez qu'on entre par-devant, où ils peuvent nous voir arriver à un kilomètre ? Je vois pas trop l'avantage stratégique, moi.

– P'tit Mpayipheli, si Orlando nous envoie un plein autocar de soldats, ça attirera si vite l'attention que la police débarquera dans les cinq minutes.

– C'est vrai.

– Appelez Orlando et dites-lui de nous donner une demi-heure. Non… une heure.

Mpayipheli acquiesça d'un signe de tête et composa le numéro.

– Orlando nous accorde soixante minutes, dit-il.

Il sortit le Rossi et le rechargea avec des projectiles qu'il avait dans sa poche.

– Si on m'avait dit qu'un jour je partirais au combat avec un ex-flic blanc ! ajouta-t-il, et il ouvrit la portière de la voiture.

Ils descendirent la rue côte à côte, sous une pluie fine, le vent soulevant les pans de leurs vestes. Van Heerden regarda la montagne au-dessus d'eux, avec son sommet tout plat couvert d'un nuage bas et sombre. Le voir entièrement dégagé aurait été mauvais signe.

Il repensa aux semaines qui avaient suivi la mort de Nagel.

Il avait passé son temps à regarder la montagne. Elle était le rappel de sa culpabilité, énorme, inévitable, permanente. De sa culpabilité et du mal qui l'habitait.

Ils s'immobilisèrent devant la porte. La plaque en cuivre avec le nom de la société gravé dessus était sale. Il mit la main sur le loquet, tourna. La porte s'ouvrit. Il jeta un coup d'œil à P'tit Mpayipheli, qui haussa les épaules. Ils entrèrent. Intérieur vaste et sombre, hangar vide, la peinture grise s'écaillait, plancher en ciment grossier, couvert de poussière, crasseux. Dans la pénombre, il aperçut une table posée dans un coin. Un homme y était assis, ombre dans l'ombre, massif, méconnaissable. Ils s'approchèrent, P'tit la main sur la crosse du Rossi dans son holster d'épaule.

La silhouette assise à la table commença à applaudir, lentement, le bruit de ses mains se répercutant fort dans le grand espace vide, au même rythme que leurs pas sur le plancher en ciment. Ils arrivèrent devant la table, l'ombre se fit presque humaine : cou épais, épaules et poitrine qui dessinent des bosses sous la combinaison de camouflage, râblé, puissant. Visage familier, comme celui d'un ami qu'on se rappelle vaguement et brusquement, là, sur son cou, van Heerden vit la tache de vin, grande comme une main. Soudain l'homme cessa d'applaudir et tout fut silencieux, à part le bruit de la pluie tombant doucement sur le toit en tôle ondulée.

– Speckle, dit van Heerden.

Le visage brûlé de soleil, les yeux brillants et le regard intelligent, le grand sourire sincère, contagieux.

– Vous êtes bon, van Heerden, je dois le reconnaître. En quoi... six-sept jours ? vous avez réussi à faire quelque chose que toutes les forces armées de ce pays réunies ont été incapables d'accomplir en vingt-trois ans.

C'était la voix qu'il avait entendue au téléphone. Calme. Raisonnable.

– Et maintenant, c'est fini, dit van Heerden.

Le sourire s'élargit encore, dents blanches qui brillent.

– Oui, oui, pour être bon, vous êtes bon, reprit Speckle. Mais pas si bon que ça quand même.

– Peut-être, mais il n'est pas venu tout seul, fit remarquer P'tit.

– Ta gueule, le cafre. On parle entre chefs maintenant.

Van Heerden sentit Mpayipheli se tendre comme si un couteau invisible s'était planté en lui.

– C'est fini, Speckle, dit-il.

– Plus personne ne m'appelle comme ça.

Son sourire avait disparu.

– Où est le testament, Speckle ?

Venter frappa le dessus de la table en métal du plat des deux mains, coup de tonnerre dans le silence de l'entrepôt.

466

— Basson ! lança-t-il, son exclamation comme une explosion.

Déjà il s'était relevé à demi, mais P'tit avait sorti le Rossi, ses mains noires en agrippaient la crosse, le canon de l'arme luisait, le silence de mort revint dans la salle.

Lentement Venter se rassit.

— On m'appelle Basson, dit-il doucement, les yeux rivés sur van Heerden, comme si Mpayipheli n'existait pas.

Ses murmures remplirent l'espace plein d'échos.

— Où est le testament ? répéta van Heerden.

— Vous n'avez pas eu mon message ?

— Je n'en ai pas cru un mot.

Le sourire revint.

— Le docteur Zatopek van Heerden. Doctorat de psychologie criminelle… si je ne m'abuse.

Van Heerden ne répondit pas.

— Le testament est là-bas derrière, dit Venter en lui indiquant une grande porte déglinguée dans son dos.

Doigts et poignet épais.

— Allons le chercher.

— Non, vous, docteur. Le cafre et moi avons envie le parler domination blanche. A condition qu'il n'ait pas la trouille de lâcher son petit joujou.

Mpayipheli tourna le Rossi plusieurs fois dans ses mains, puis le tendit, crosse en avant, à Van Heerden.

— Vous me le tenez ?

— P'tit !

— Allez, Speckle ! lança le Xhosa dans un grondement, et il enleva sa veste et la jeta de côté.

— P'tit !

— Allez chercher le testament, van Heerden, dit Mpayipheli, les yeux sur Venter.

Puis il attrapa sa chemise par le col et se l'arracha du corps – boutons qui volent, tissu qui se déchire.

– Ouvrez la porte, docteur.

Petit, invraisemblablement large d'épaules, Venter se leva de derrière la table et baissa la fermeture Éclair de sa combinaison militaire : muscles qui roulent, réseau de tatouages qui couvrent tout le torse. Les deux hommes se firent face – le grand Noir athlétique, le Blanc bas sur pattes, vrai monstre de veines bleues et de chairs tendues à craquer.

– Ouvrez cette porte, répéta Venter qui n'avait d'yeux que pour Mpayipheli.

Son ordre tenait de l'aboiement. L'espace d'un instant, van Heerden hésita.

– Allez-y, lui lança Mpayipheli.

Van Heerden fit deux, puis trois pas vers la porte, et l'ouvrit.

Et resta figé sur place.

Hope Beneke, Bester Brits et un autre type, tous à genoux et menottés dans le dos, lui faisaient face. Dans la bouche de chacun s'enfonçait le canon d'une arme tenue par un nervi. Aucun de ces derniers ne le regarda, tous gardant les yeux sur leurs cibles, le doigt sur la détente. Derrière eux un Unimog à l'arrière bâché, et un camion blanc.

– C'est que tout n'est pas fini, docteur, reprit Venter. On en est même loin.

Van Heerden se retourna, vit Mpayipheli et Venter l'un en face de l'autre dans la lumière trouble, tous les deux prêts à bondir, fit volte-face, vit Hope qui tremblait, les lèvres autour d'un canon de M16. Des larmes coulaient sur ses joues, elle tourna les yeux vers lui. Il souleva le Rossi, vit ses mains qui tremblaient, visa le nervi planté devant elle.

– On lui sort ça de la bouche, dit-il.

– C'est pas ce que j'avais en tête, docteur, lança Venter dans son dos. Je pensais que vous viendriez seul, de la même façon que vous avez mené cette enquête. Seul.

Et on aurait négocié : Hope Beneke et le testament pour vous, Bester Brits, Vergottini et les dollars pour moi. Le testament est là… vous le voyez ?

Enroulé et enfoncé dans le corsage de Hope.

– Les dollars sont dans le camion, avec quelques pierres précieuses et mon petit arsenal personnel. Alors nous aurions enfourché nos montures et chevauché héroïquement vers l'Ouest dans le soleil couchant, et tout le monde aurait été heureux et…

Brusquement il éructa :

– Mais il a fallu que vous m'ameniez ce putain de cafre ! Et maintenant tout a changé.

Van Heerden ne se retourna pas et garda les yeux et le Rossi braqués sur le nervi debout devant Hope. Les trois petits durs étaient jeunes et costauds, comme les cadavres devant la maison de sa mère.

– Sortez-moi ce truc de sa bouche, répéta-t-il.

Le cœur battant. C'était lui qui l'avait entraînée là-dedans.

Bruits de pieds derrière lui, les deux hommes avaient commencé à se tourner autour.

– Bien, reprit Venter, et maintenant, vous allez refermer cette porte, docteur. Et si jamais c'est ce Xhosa qui l'ouvre, vous devrez risquer le tout pour le tout. Mais si c'est moi, on pourra reprendre la négociation.

– Non, dit-il.

– Bon, bon, mais d'abord ceci… pour vous montrer que je ne rigole pas : Simon ici présent va nous abattre Bester Brits. Même que c'est assez ironique, tout ça, docteur, parce qu'il y a vingt-trois ans, j'ai moi-même enfoncé le canon d'un Star dans la gueule de ce mec et il en a réchappé ! Non mais, vous vous rendez compte ! J'aurais dû lui faire exploser la cervelle et je n'ai fait que lui péter les dents ! Heureusement que maintenant on a plus de temps.

– Non.

– Et donc, Simon va abattre Bester et si vous ne refermez pas cette porte, Sarge va abattre Vergottini. Et après, ce sera au tour de l'avocate, sauf que là, je ne sais pas trop comment vous allez le prendre parce que j'ai l'impression que vous ne savez pas trop qui choisir... entre elle et Kara-An...

Impuissance, peur, rage, il sentit le Rossi trembler dans ses mains.

– Tue Bester Brits, aboya Speckle, et le coup partit.

Bester Brits fut projeté en arrière et s'effondra. Van Heerden visa son assassin, tira et, le recul faisant sauter l'arme dans ses mains, rata sa cible. Simon braqua son M16 sur lui.

– On m'avait déjà parlé de ton problème avec les armes à feu, lâcha Venter. Allez, pose-moi ce truc et ferme la porte. Sinon, c'est Hope Beneke qui y passe.

Van Heerden se figea, paralysé.

– Sarge ? reprit Speckle. Je compte jusqu'à trois. S'il ne fait pas ce que j'ai dit, tu m'abats la fille.

Van Heerden se pencha lentement en avant, posa le Rossi par terre, se retourna et se mit en devoir de fermer la porte.

– Je vous rejoins dans une minute, dit P'tit Mpayi-pheli.

Venter éclata de rire et, la porte étant refermée, van Heerden se retrouva devant le corps de Bester, Simon et son M16 toujours braqué sur lui. Hope Beneke tremblait de tout son corps, Vergottini avait fermé les yeux, comme s'il priait. Van Heerden se demanda comment sortir son Z88 du creux de ses reins, comment dominer la nausée qui l'envahissait et lui montait dans la gorge, comment il allait maîtriser sa peur. Puis il entendit les bruits de l'autre côté de la porte, les hurlements de sauvages, la chair qui frappe la chair – soudain quelqu'un s'écrasa sur le mur avec un bruit sourd, tout le bâtiment trembla, puis ce fut le silence. Il regarda la forme immobile de Bester Brits étendue sur le dos à ses pieds, un bras déjeté, le sang qui avait suinté à l'arrière de sa tête, la flaque rouge grandissait encore, lentement. Il regarda Simon, son M16 n'avait pas bougé d'un centimètre, c'était l'œil noir de la mort qui l'observait, puis il y eut encore des bruits de l'autre côté de la porte, le combat avait repris de plus belle. Hope Beneke sanglotait par à-coups, ses larmes tombant sur le document coincé dans son cou.

– C'est une femme, dit-il au nervi debout devant elle. (Ni l'homme ni son arme ne bougèrent.) Vous n'avez donc pas de conscience ?

Il passa la main sous sa veste, sentit la crosse de son Z88, referma ses doigts dessus. Il n'avait aucune chance de réussir – il n'aurait même pas le temps de le sortir qu'ils l'auraient déjà abattu comme un chien. Dans la salle d'à côté quelqu'un poussa un beuglement, hurla, de haine et de douleur tout ensemble, coups sourds, bois qui se brise, la table. Comment Mpayipheli pourrait-il jamais triompher de cette brute ?

– S'il vous plaît, laissez-la partir, reprit-il. Je suis prêt à me mettre à genoux et à m'enfourner le canon de votre arme dans la bouche.

Il s'approcha, le Z88 déjà sorti mais toujours dans son dos, sous sa veste.

– On ne bouge plus, dit le type debout devant Hope, celui que Venter avait appelé Sarge[1].

Van Heerden s'arrêta.

– C'est vous qui commandez ? demanda-t-il.

– Vous ne bougez plus, il ne lui arrivera rien. Et ça vaut aussi pour vous.

L'homme ne l'avait même pas regardé, se contentant de fixer le visage de Hope au bout du canon de son arme.

---

1. Soit : « Sergent » en argot militaire *(NdT)*.

– C'est une femme, répéta van Heerden.

Soufflements, grognements, le bruit révoltant des coups sur un corps, quelqu'un qui halète – pas moyen de deviner qui. Il ne savait pas combien de temps il pourrait tenir encore, l'adrénaline exigeait qu'il agisse, ou réagisse, qu'il fasse quelque chose – sans même parler du dégoût que lui inspirait ce qu'il avait sous les yeux, le corps de Brits, Hope, ses mains à lui refermées sur le Z88, il suait, Seigneur, il tirait comme un manche, il ne fallait surtout pas rater son coup cette fois-ci, d'abord le type devant Hope et après... après, il faudrait qu'ils l'abattent.

Tous, les trois soldats, Hope, Vergottini et van Heerden, prirent soudain conscience que plus aucun bruit ne montait de l'entrepôt. Raclements de pieds, coups et hurlements, tout avait cessé.

Van Heerden dévisagea tout le monde dans la pièce. Simon l'observa, Sarge et l'autre n'ayant d'yeux que pour leurs cibles.

La pluie sur le toit.

Silence.

Cran de sécurité dégagé sur le Z88, doucement, y aller tout doucement, surtout pas de bruit, ses doigts trempés de sueur. C'était ici qu'il allait mourir, tout de suite, sauf que ça, il connaissait et n'avait plus peur, que les portes de la mort, il les avait déjà vues. Il plongerait, puis, le pistolet à bout de bras, il tirerait pour éloigner Sarge de Hope, c'était tout ce qu'il pourrait faire, et pas question de tirer à côté. Le silence s'éternisa.

– Qu'est-ce qu'on fait si personne n'ouvre la porte ? demanda-t-il d'une voix rauque.

Il avait la gorge sèche, plus un gramme de salive dans la bouche.

Sarge lui jeta un bref coup d'œil, c'était la première fois qu'il lâchait sa cible des yeux, puis il se concentra sur elle à nouveau. Van Heerden vit une goutte de sueur perler à son front et quelque chose se fit jour en lui : la panique reculait – ce n'étaient quand même que des humains, et des humains qui n'avaient pas prévu ce coup-là, ils attendaient Venter, Basson ou autre.

– Qu'est-ce qu'on fait, hein ? répéta-t-il plus fort et d'un ton plus urgent.

– La ferme, bordel !

La voix de Sarge partit en écho dans le grand espace, mais il avait eu un instant de doute. L'homme s'en rendit compte et répéta, plus calmement – il se dominait.

– Tu la fermes. Basson va venir.

– Avec les flics, mentit van Heerden. Vous avez tué un inspecteur de police cet après-midi.

– Accident. C'était Vergottini qu'on voulait.

– Le juge appréciera.

Il savait qu'il ne devait pas cesser de parler – il avait enfoncé un coin, le doute était là.

– La police vous retrouvera, Sarge, enchaîna-t-il. Nous l'avons bien fait nous-mêmes !

– Ta gueule ! Tu l'ouvres encore une fois, même pour dire un seul mot, et je fais sauter la cervelle à c'te salope !

Sueur sur tous les fronts malgré le froid dehors, et dedans.

Et maintenant quoi ? se demanda-t-il. Qu'est-ce qu'on fait ?

Pluie sur le toit.

Secondes qui s'égrènent. Minutes.

– Simon, dit Sarge. Faut aller voir.

Silence.

– Simon !

– C'est peut-être un piège.

– Mais putain, Simon ! Après cette bagarre ?

– Basson nous a dit d'attendre ici.

– T'as qu'à prendre mon arme.

Indécision. Van Heerden qui les regarde l'un après

473

l'autre, qui attend la seconde d'inattention, il n'en faudrait pas plus. Puis il entendit quelque chose.

Pas dans l'entrepôt. Dehors. Dans la rue.

Sarge leva la tête – lui aussi avait entendu, soudain l'enfer se déchaîna.

La Mercedes traversa le mur, acier contre acier, ciment et briques, déjà il avait sorti le Z88 et debout, les pieds écartés, il vit qu'ils regardaient le mur, tous, et abattit Sarge, celui qui se trouvait devant Hope Beneke, tourna son arme, manqua Simon, putain non, pas maintenant, fit feu à nouveau, le canon du M16 qui s'abaisse vers lui, appuya encore une fois sur la détente et le blessa au cou, tourna le Z88, mais les balles qui le déchirent, qui le brûlent, qui le projettent contre le mur, encore une... Où était passé son pistolet ? Putain, ça faisait mal ! Ce qu'il pouvait être fatigué ! Il regarda sa poitrine, les trous étaient minuscules, pourquoi donc étaient-ils si petits ? Qu'est-ce qu'on pouvait tirer dans cette salle ! Quel vacarme ! Quelqu'un qui hurle, voix suraiguë, paniquée, Hope, c'était Hope, pourquoi faisait-il si noir ?

56

— Je vais te le dire, moi, comment on attrape un tueur en série, van Heerden ! Je vais te le dire, bordel ! C'est pas avec des trucs à la con genre théories, prévisions, profils de personnalité et autres analyses psychologiques !

Il conduisait, petit homme maigre assis derrière le volant, maussade et tendu comme un ressort au début. Lorsque nous arrivâmes sur la N1, après l'hypermarché Pick'n Pay de Brackenwell, il explosa, lâchant tout d'une voix profonde où déjà perçait autre chose, c'était plus dur, rageur, il parlait et postillonnait sur le pare-brise, sa pomme d'Adam montant et descendant à toute allure.

— Je vais te le dire, moi, reprit-il. C'est en faisant du travail de flic qu'on les arrête, van Heerden ! C'est dur et on procède par élimination, van Heerden.

Il tendit le bras et se tourna à demi, la voiture faisant une embardée sur l'autoroute – que faire ? baisser la tête ? –, prit le dossier sur la banquette arrière et le jeta sur mes genoux.

— Tiens, le v'là, ton manuel ! Étudie-le ! J'ai pas de doctorat, moi, van Heerden. Quand j'étais gamin, j'étais trop pauvre pour même y penser ! Tout ce que j'ai, je l'ai eu à force de bosser. J'ai jamais eu le temps de flemmarder en fac et de feuilleter des petits bouquins ; il a fallu que je bosse, moi, petit merdeux ! Rester là sur mon cul à philosopher et rêver à ceci et à cela, non ! Attraper un tueur en série, c'est pas comme ça qu'on fait ! Regarde le dossier, van Heerden, ouvre-le, bordel de merde, et regarde les résultats d'analyse, étudie les listes de fibres de tapis et de modèles de bagnoles, regarde les photos de traces de pneus, neufs et rechapés, là, tu les vois, les immatriculations de tous les Volkswagen Kombis, là, tu vois comme je les ai toutes barrées les unes après les autres pendant que tu…

Et là il se tut un instant, les phalanges toutes blanches sur le volant. Nous roulions à 160 sur la N1, nous faufilant entre les voitures tandis qu'il débitait ses tirades – pour moi il avait décidé qu'on y passerait tous les deux, mais soudain il s'était tu, soudain il hésitait, au bord même de l'accusation il vacillait et j'entrevis toute la douleur dont j'étais responsable.

Willem Nagel savait bien que c'était de sa faute s'il avait perdu Nonnie. Il savait que c'était ce qu'il lui avait fait qui l'avait écartée de lui et l'avait rendue vulnérable. C'était même ça qui l'avait empêché de me faire face, voire de me frapper ou de me tirer dessus : sa propre culpabilité.

Cela dit, il n'avait aucune envie de me laisser Nonnie.

Peut-être me haïssait-il depuis le début. Il n'est pas impossible que ce que j'avais pris pour des taquineries amicales ait été bien plus sérieux à ses yeux. Qui sait si le sentiment d'infériorité qu'il éprouvait à cause de son manque d'éducation et de la jeunesse qu'il avait passée à Parow, sans parler de sa stérilité, qui sait si ce fardeau ne l'avait pas empêché de comprendre que je ne le menaçais en rien ?

Fibres de tapis, traces de pneus et immatriculation, il m'avait caché tous les indices comme un enfant égoïste et jaloux qui ne veut pas partager ses jouets. C'était la première fois que j'en entendais parler, brusquement je compris combien tout cela avait dû être important à ses yeux. A quel point il lui fallait se montrer supérieur.

S'il ne pouvait pas garder Nonnie…

Je ne répondis pas. Et n'ouvris pas le dossier, me contentant de regarder droit devant moi.

Il ne reprit la parole que lorsque nous passâmes devant le stade de Green Point, sur le même ton, comme s'il n'y avait eu aucune interruption dans la conversation.

– Ce soir, on va voir le genre de flic que tu es, lança-t-il. Ce soir, y aura que toi, moi et George Charles Hamlyn, le propriétaire d'un Volkswagen Kombi avec un putain de ruban rouge. Ce soir, on va voir. on va voir…

A Sea Point, il se gara près de l'océan, sortit son Z88, fit tomber le chargeur dans sa main et le renfila dans son arme, dégagea le cran de sûreté et prit la direction de Main Road, tandis que je le suivais et vérifiais moi aussi mon Z88 d'un air penaud. Puis, sans prévenir, il entra dans le vestibule d'un immeuble d'appartements et appuya sur le bouton d'appel de l'ascenseur sans me regarder. La portière s'ouvrit, nous entrâmes dans la cabine et montâmes en silence, une seule pensée me venant à l'esprit : ce n'était pas comme ça qu'on cueillait un suspect. Il sortit à un étage, je ne sais plus lequel mais c'était très haut, on voyait la montagne, Signal Hill et les lumières de Table Mountain, avança, s'arrêta devant une porte et me dit

- Allez, van Heerden, c'est toi qui frappes. Et tu me le coinces ! Tu me montres que t'es un vrai flic !

Alors je frappai fort, mon pistolet dans ma main droite, la gauche sur la porte

Et frappai à nouveau

Pas de réaction.

Nous n'entendîmes pas s'ouvrir et se fermer les portes de l'ascenseur. Nous ne fîmes que sentir un mouvement, et nous retournâmes et le vîmes dans le long couloir. Il écarquilla les yeux, pivota d'un coup, se mit à courir, Nagel sur les talons et moi sur ceux de Nagel, et descendit l'escalier de secours en sautant jusqu'à cinq-six marches à la fois.

A un moment donné je tombai, j'avais perdu l'équilibre et tombai, et me cognai la tête. Le coup partit, un seul, et Nagel éclata de rire sans même se retourner – et, méprisant, continua de rire en dévalant l'escalier de plus en plus vite. Je me relevai, pas le temps de penser à la douleur, descendre, descendre, descendre, enfin le rez-de-chaussée. Déjà le tueur remontait la rue et nous le suivîmes, trois hommes qui couraient à toute allure, question de vie et de mort. L'assassin s'engagea dans une ruelle, Nagel se rua et fit le tour, s'arrêta brusquement et moi aussi je m'arrêtai, presque je lui rentrai dedans, et lorsque je levai la tête, George Charles Hamlyn était devant nous, une arme à la main et nous visait. Nagel appuya sur la détente de son Z88, plus rien, seulement le silence. Il réappuya, jura, nanoseconde qui se mue en éternité. Je visai Hamlyn et vis qu'il visait Nagel, dans ma tête quelqu'un me dit : *Laisse-le tirer, laisse-le le tuer, attends, voilà : attends une toute petite seconde, juste une*. Ma tête, mon Dieu, cela venait de ma tête et alors George Charles Hamlyn fit feu, deux fois, fut rapide comme l'éclair et braqua le canon de son arme sur moi, je tirai et tirai encore, je ne pouvais plus m'arrêter mais il était trop tard, mille et mille fois trop tard, bordel

57

A flotter entre rêve et hallucination comme il le faisait, il se sentit vivant bien avant de reprendre conscience. Son père était là, sa musette à la main, il traversait Stilfontein à pied avec lui, grande conversation, la voix de son père, basse et pleine de sympathie, son sourire : heureux que c'en était indescriptible. Main dans la main avec son père jusqu'au moment où de nouveau il fila aux ténèbres sans s'en apercevoir et en ressortit, de l'autre côté, mais seulement pour retrouver le sang, revivre la mort de Nagel, de Brits, de Steven Mzimkhulu, de P'tit Mpayipheli et de Hope Beneke, choc et horreur, chaque fois il se ruait dans une pluie de projectiles, chaque fois les balles le traversaient, chaque fois il hurlait inutilement, ses cris se perdant dans le brouillard. Et voilà que Wendy était là, Wendy avec ses deux enfants et son mari, « Oh, Zet, tout ce que tu rates », et sa mère, il savait qu'elle était là, elle aussi, près de lui, avec lui. Il entendait sa voix, il l'entendait chanter, c'était comme de se retrouver dans son ventre, et soudain il était réveillé et le soleil brillait, c'était la fin de l'après-midi et sa mère était avec lui. Elle lui tendit la main, il sentit les larmes couler sur ses joues.

– M'man, dit-il, mais c'est à peine s'il entendit sa voix

– Je savais bien que t'étais là quelque part, lui répondit-elle.

Alors il repartit, vers des ténèbres plus épaisses et tranquilles. Sa mère était là, sa mère était là, il revenait, lentement, encore, encore, encore, là, une infirmière penchée sur lui, en train de remplacer un goutte-à-goutte. Il sentait son parfum léger, voyait la rondeur de ses seins sous la blouse blanche et ça y était, enfin il y était, réveillé, sa poitrine lui faisait mal et son corps était lourd.

– Bonjour, lui dit l'infirmière.

Il fit un bruit qui ne marcha pas tout à fait.

– Bienvenue chez les vivants. Votre mère est partie déjeuner. Elle doit revenir d'un instant à l'autre.

Il la regarda, rien de plus, regarda les jolies lignes de sa main, les fins poils blonds sur ses bras souples. Il était vivant, il voyait le soleil par la fenêtre.

– On commençait à s'inquiéter, reprit-elle. Mais maintenant, tout ira bien.

Ira bien.

– Vous souffrez ?

A peine s'il acquiesça de la tête, sa tête était lourde.

– Je vais vous chercher quelque chose, dit-elle, et il ferma les yeux et les rouvrit, et sa mère était là, à nouveau.

– Mon enfant, dit-elle, et il vit des larmes dans ses yeux. Repose-toi, tout va bien, tu n'as rien d'autre à faire que te reposer.

Il dormit, encore.

Wilna van As debout à côté de sa mère.

– Je veux juste vous dire merci. Le docteur ne m'a accordé que quelques minutes et je voulais juste vous dire merci, merci beaucoup.

Il vit bien qu'elle était mal à l'aise, embarrassée. Il

essaya de lui sourire, espéra que sa figure voudrait bien suivre, Wilna van As répéta « Merci, merci », se retourna, fit un pas en avant, se retourna de nouveau, s'approcha du lit et l'embrassa sur la joue avant de s'en aller sans faire de bruit. Dans ses yeux les larmes furent incontrôlables.

— Tiens, je t'ai acheté ça, dit doucement sa mère en lui tendant un lecteur de CD. Je sais que tu en auras besoin.

— Merci, M'man.

Il allait falloir s'arrêter de pleurer – c'était quoi, toutes ces larmes ?

— C'est rien, dit-elle, c'est rien.

Il voulut lever la main pour essuyer ses larmes, mais sa main était coincée quelque part sous les couvertures et les goutte-à-goutte.

— Et les CD, reprit sa mère. (Elle en tenait une poignée.) J'en ai pris quelques-uns dans ton placard, je ne savais pas ce que tu aurais envie d'écouter.

— L'*Agnus Dei*, dit-il.

Elle chercha dans les CD, trouva le bon, le glissa dans l'appareil, lui mit les petits écouteurs et appuya sur le bouton « play ». La musique lui remplit les oreilles, la tête, l'âme. Il regarda sa mère. Il lui dit « Merci » avec les lèvres et vit sa réponse, « ça me fait plaisir », puis elle l'embrassa sur le front, s'assit et regarda par la fenêtre. Il ferma les yeux et but la musique, note par note, chacune et toutes également bénies.

En fin d'après-midi il se réveilla encore.

— Il y a quelqu'un qui veut te voir, lui dit sa mère.

Il acquiesça d'un signe de tête. Elle gagna la porte, parla à quelqu'un dans le couloir, puis revint suivie de P'tit Mpayipheli. Le pansement qu'il avait autour de la tête lui couvrait entièrement une oreille et, robe de chambre et pyjama d'hôpital, il marchait avec une certaine raideur. Van Heerden sentit le soulagement l'envahir en découvrant que son ami était vivant, mais avec son pansement qui ressemblait à un turban mis de travers, P'tit Mpayipheli avait l'air d'un Arabe fou et van Heerden eut envie de rire. Quelque chose chez P'tit, comme s'il se savait absurde et en avait conscience, renforçait l'humour de la situation et van Heerden sentit le rire grandir en lui. Il trembla – pressante et violente, la douleur se rappela à lui –, mais fut incapable de résister plus longtemps et de retenir les bruits qui lui sortaient de la bouche. Debout devant lui, P'tit sourit d'un air penaud, puis se mit à rire à son tour, en se tenant les côtes là où ça faisait mal. Pitoyables et blessés, les deux hommes se regardèrent tandis que, debout à la porte, Joan van Heerden se prenait à rire elle aussi.

– T'as pas trop bonne mine toi non plus, dit P'tit.

Les rires cessèrent.

– J'ai rêvé que tu étais mort, lui répliqua van Heerden.

Le Noir s'assit sur une chaise près du lit, lentement, comme un vieillard.

– J'en ai pas été loin, dit-il.

– Qu'est-ce qui s'est passé hier ?

– Hier ?

– Oui.

– Hier tu as dormi comme les six jours précédents. Et moi, je suis resté couché à pleurer sur mon sort et à gémir auprès des infirmières à propos de la discrimination positive dans cet hôpital, ils sont tellement en retard qu'on n'a droit qu'à des infirmières blanches, toutes plates et sans petit cul qu'on pourrait pincer.

– Six jours ?

– On est jeudi, aujourd'hui, van Heerden. Ça fait une semaine que t'es là.

Stupéfaction.

– Qu'est-ce qui s'est passé ?

– Il s'est passé que Bester Brits est vivant. Incroyable, non ? On parle de miracle. La balle lui a raté le cervelet avant de lui ressortir par la nuque. A peu près la même chose qu'il y a vingt ans de ça. Dis, c'était quoi, les probabilités que ça se reproduise ? Et il va s'en sortir. Mais à peine, à peine... comme toi. C'est clair que vous autres Blancs, vous êtes des chochottes.

– Et Hope ?

Ce fut sa mère qui répondit.

– Elle passe tous les jours, deux ou trois fois. Il y a des chances pour qu'elle revienne un peu plus tard.

– Elle n'est pas...

– Elle a été très choquée et a passé une nuit ici, en observation.

Il digéra la nouvelle.

– Vergottini ?

– En taule, répondit P'tit. Et quand sa fracture du crâne et ses bouts d'os seront réparés ici et là, Speckle Venter se retrouvera lui aussi derrière les barreaux.

Van Heerden le regarda, regarda ses sourcils encore enflés, son pansement de guingois et la grosse bosse qu'il avait sous le bras.

– Et toi ?

– Une oreille presque arrachée, plusieurs côtes cassées, commotion cérébrale.

Van Heerden ne put s'empêcher de le dévisager.

– C'était un costaud, ce mec-là, reprit P'tit. C'était la première fois que je me battais avec un type aussi fort. Un vrai enfer, faut le reconnaître. Sans pitié, la bête, et il avait encore plus de haine que moi. Lui, c'est tuer qu'il veut. Il me faisait peur, ça, je peux te le dire. Il m'avait pris la tête dans un étau et il arrêtait pas de me la fracasser contre le mur. Même que quand j'ai senti sa force et vu ses yeux fous, je me suis dit : « C'est comme ça que je vais mourir. » Mais il était un peu lent : trop de muscles, trop de stéroïdes, pas assez de souffle. Cela dit, putain, c'était un sacré costaud !

Il toucha son turban et regarda autour de lui d'un air coupable.

– Euh… je m'excuse, m'dame, dit-il.

– Non, non, continuez de parler tous les deux, dit-elle en souriant. Je vais aller faire un tour.

Elle referma doucement la porte derrière elle.

Mpayipheli regarda la porte.

– Et après ?

P'tit se retourna et changea quelque chose de place sous sa robe de chambre, sa bouche se tordant de douleur.

– Costaud, le mec, reprit-il. Il me tenait la tête d'une main et de l'autre, il m'a attrapé l'oreille et a commencé à me l'arracher. Putain, van Heerden, faut être quoi comme humain pour vouloir arracher l'oreille d'un autre mec ? Je ruais des quatre fers à cause de la douleur, bordel, qu'est-ce que ça faisait mal ! Et je le frappais à coups de genou et j'y mettais tout ce que j'avais, Dieu sait comment, j'ai réussi à me dégager et j'ai compris que la seule façon que j'avais de pas crever, c'était de rester le plus loin possible de ce type. A un moment donné, on est passés par-dessus la table, alors, j'en ai attrapé un pied et je l'ai cogné à la tête, assez fort pour que le bois se casse, et lui, il s'est mis à saigner comme un cochon, il tremblait de tous ses membres mais il arrêtait pas de me revenir dessus comme s'il en voulait encore et là, je te le dis, j'ai eu la trouille parce que tenir debout après un coup pareil, personne ne pourrait, mais lui, il en voulait encore, il avait une haine pas possible, même que j'étais obligé un coup de le cogner et l'autre de le feinter, je cogne, je feinte, je cogne, je feinte. J'avais jamais été aussi fatigué, van Heerden, mais il me retombait dessus sans arrêt et sa figure, c'était plus que du sang. Je le cognais aussi fort que je pouvais et lui, il crachait ses dents, de la salive rouge et hop, il recommençait…

Il se leva lentement.

— J'aurais besoin d'un peu de ton eau, dit-il en traînant la patte jusqu'au pichet et au verre posés sur la table de nuit.

Il se servit et ajouta des glaçons, l'eau éclaboussant partout.

— Ah, reprit-il. Heureusement que c'est toi qu'ils accuseront d'être un cochon !

Il vida le verre d'un trait, le remplit à nouveau et regagna sa chaise.

— T'en veux ?

Van Heerden acquiesça d'un hochement de tête. P'tit lui tint le verre et l'aida à boire.

— J'espère que t'as le droit, dit-il. Si jamais ça se mettait à couler par un trou quelque part…

Van Heerden avala l'eau glacée. C'était doux, frais, délicieux.

— Il m'a cogné encore deux ou trois fois, des coups qu'on voyait arriver à trois kilomètres mais comme j'étais trop fatigué pour me baisser… Maintenant, je sais ce que ressent un arbre quand on l'abat à la hache, ça te traverse de part en part, c'est là qu'on le sent, dit-il en se touchant le front. Il a quand même fini par dégringoler en avant, comme un aveugle qui sait pas où est le plancher. Je pourrais pas te dire comme j'étais content vu que j'étais liquidé, complètement liquidé. Je me suis effondré, à genoux. Je voulais venir t'aider mais j'avais plus rien qui marchait, c'était comme de nager dans de la mélasse, la tête ne pensait plus, alors je me suis reposé.

Il avala une gorgée d'eau.

— Je ne savais plus quoi faire. Je ne pouvais quand même pas passer la tête à la porte et lancer : « OK, les

485

mecs, vous n'avez plus de boss, c'est nous qui prenons la suite. » A un moment donné, je me suis même dit que c'était peut-être pas la bonne porte... et si c'était l'autre, hein ? celle de dehors, la grande, et je suis allé jusqu'à la voiture, tout doucement. Le plus bizarre, c'était que mon oreille ne me faisait pas trop mal. De fait, c'étaient mes côtes qui gueulaient et j'avais de gros points noirs devant les yeux. Je ne sais pas combien de temps ça m'a pris pour retourner à la Mercedes, mais une fois là, j'ai compris qu'on ne pouvait plus traîner. J'ai sorti un flingue du coffre, je me suis mis au volant et j'ai cherché la porte, mais pas moyen de la trouver parce que tout partait dans tous les sens, bref, la porte, je me la suis fabriquée.

Il avala la dernière gorgée d'eau, se leva pour aller en reprendre et se rassit.

— Et c'est là que t'as flingué tout le monde. Tu ne m'en avais laissé qu'un à zigouiller, même que c'était pas plus mal vu que les premiers coups que j'ai tirés sont passés bien au large.

La porte se rouvrit sur l'infirmière blonde.

— Il faut qu'il se repose, dit-elle

— Et c'est moi qui dois faire toute la conversation, lui renvoya-t-il. Y a jamais rien qui changera dans ce pays.

Fin de l'après-midi. Il était seul dans la chambre. Une grosse enveloppe marron marquée à son nom était posée à côté du lit. Lentement il sortit sa main gauche de dessous les couvertures. Il s'aperçut qu'il avait l'avant-bras tout rouge et enflé, juste au- dessous de l'endroit où l'aiguille du goutte-à-goutte lui entrait dans les chairs. Il ramena doucement sa main droite et frôla les blessures qu'il avait à la poitrine et à l'épaule – sensation de brûlure, aussi forte que du feu, mais il réussit à atteindre l'enveloppe. Il se rallongea, laissa la douleur s'apaiser peu à peu, déchira l'enveloppe avec peine et tomba sur le petit mot suivant :

« Tu me dois une lune de miel. Et un énorme service en échange de ce document. Content que tu te remettes. Détruis ces pages après les avoir lues. S'il te plaît. »
C'était signé Mat Joubert.

Il regarda le document : plusieurs pages de format A4, tapées à la machine et agrafées ensemble en haut à gauche.

TRANSCRIPTION DE L'INTERROGATOIRE DE MICHAEL VENTER, AUSSI CONNU SOUS LE NOM DE GERHARDUS BASSON.
SAMEDI 16 JUILLET, 11 H 45. HÔPITAL DE GROOTE SCHUUR.
ÉTAIENT PRÉSENTS : LES COMMISSAIRES MAT JOUBERT ET LEON PETERSEN.

Il passa à la première page.

Les commissaires Mat Joubert et Leon Petersen – interrogatoire du suspect Michael Venter, aussi connu sous le nom de Gerhardus Basson, enquête sur les meurtres de Rupert de Jager, alias Johannes Jacobus Smit, et de John Arthur Schlebusch, alias Bush Schlebusch, alias Jonathan Archer, et sur la tentative d'assassinat du colonel Bester Brits des Forces de défense de l'Afrique du Sud. Cet interrogatoire est enregistré, ce dont le suspect a été dûment notifié. Autorisation de procéder à cet interrogatoire donnée par le Dr Laetitia Schultz, lequel médecin avait déjà certifié que le suspect n'était pas sous l'influence d'une drogue ou d'un quelconque médicament pouvant affec-

ter ses facultés de compréhension ou altérer son degré de conscience.

Question : Pourriez-vous, s'il vous plaît, nous donner vos nom et prénoms ?

Réponse : Va te faire enculer.

Question : Êtes-vous Michael Venter, lequel Michael Venter est aussi en possession d'un faux livret d'identité sud-africain au nom de Gerhardus Basson ?

Réponse : Va te faire enculer.

Question : Les charges qui pèsent contre vous vous ont déjà été signifiées. Les comprenez-vous ?

Réponse : Va te faire enculer. Je ne dis plus un mot.

Question : Vos droits en tant que suspect vous ont déjà été signifiés. Les comprenez-vous ?

Réponse : Pas de réponse.

Question : Ces minutes établiront que le suspect n'a pas répondu à la question. Vous avez le droit d'être représenté par un avocat pendant cet interrogatoire.

Réponse : Pas de réponse.

Question : Ces minutes établiront que le suspect n'a pas répondu à la question. Sachez que cet interrogatoire est enregistré et que tout ce que vous pourrez nous dire pourra être utilisé contre vous devant un tribunal.

Réponse : Pas de réponse.

Question : Ces minutes établiront que le suspect n'a pas répondu à la question. Monsieur Venter, vous rappelez-vous où vous étiez le soir du 30 septembre de l'année dernière ?

Réponse : Pas de réponse.

Question : Ces minutes établiront que le suspect n'a pas répondu à la question. Vous trouviez-vous chez – ou près de chez – un certain Rupert de Jager, aussi connu sous le nom de Johannes Jacobus Smit, Moreletta Street, Durbanville ?

Réponse : Pas de réponse.

Question : Ces minutes établiront que le suspect n'a pas répondu à la question. Étiez-vous…

Réponse : On perd notre temps, Mat.

Question : Je sais.

Réponse : Ça, pour perdre votre temps, vous le perdez, bande de connasses.

Question : Êtes-vous disposé à répondre à d'autres questions ?

Réponse : Pas de réponse.

Fin des minutes du premier interrogatoire

---

*Les commissaires Mat Joubert et Leon Petersen
– interrogatoire du suspect James Vergottini, aussi
connu sous le nom de Peter Miller, enquête sur les
meurtres de Rupert de Jager, alias Johannes Jacobus
Smit, et de John Arthur Schlebusch, alias Bushy Schlebusch, alias Jonathan Archer, et sur la tentative d'assassinat du colonel Bester Brits des Forces de défense
de l'Afrique du Sud. Cet interrogatoire est enregistré,
ce dont le suspect a été dûment notifié. Ses droits en
tant que suspect lui ont aussi été signifiés.*

Question : Pourriez-vous, s'il vous plaît, nous donner
vos nom et prénoms ?

Réponse : James Vergottini.

Question : Vous êtes également en possession d'un
livret d'identité sud-africain au nom de Peter Miller ?

Réponse : Oui.

Question : Les charges qui pèsent sur vous vous ont
déjà été notifiées. Les comprenez-vous ?

Réponse : Oui, mais je n'ai rien à voir avec...

Question : Nous allons y venir, monsieur Vergottini.
Vos droits en tant que suspect vous ont aussi été signifiés. Les comprenez-vous ?

Réponse : Oui.

Question : Vous avez le droit d'être représenté par un avocat pendant cet interrogatoire, mais vous avez décidé de ne pas vous en prévaloir.

Réponse : C'est exact.

Question : Sachez que cet interrogatoire est enregistré et que tout ce que vous pourrez nous dire pourra être utilisé contre vous devant un tribunal.

Réponse : Bien.

Question : Monsieur Vergottini, où vous trouviez-vous le soir du 30 septembre de l'année dernière ?

Réponse : Chez moi.

Question : Où habitez-vous ?

Réponse : 112 Mimi Coertse Drive, Centurion.

Question : Près de Pretoria ?

Réponse : Oui.

Question : Quelqu'un peut-il le confirmer ?

Réponse : Écoutez… Je pourrais pas vous raconter tout ça depuis le début ?

Question : Monsieur Vergottini, quelqu'un peut-il confirmer que vous étiez chez vous ce soir-là ?

Réponse : Ma femme.

Question : Vous êtes marié ?

Réponse : Oui.

Question : Sous quel nom ?

Réponse : Miller. Je vous en prie… je vous dirai tout ce que je sais. Je n'ai rien à voir avec la mort de Rupert. C'est une longue histoire, mais je jure que c'était Speckle et Bushy.

Question : Venter et Schlebusch ?

Réponse : Oui, mais ça faisait des années que je ne les avais pas vus. Ce n'est que lorsque la photo est passée dans le *Beeld*…

Question : Quand les aviez-vous vus pour la dernière fois ?

Réponse : L'année d'avant.

Question : Mais vous nous avez bien dit que vous étiez avec eux en 76 ?

Réponse : C'est ce que j'essaie de vous dire. C'est tout le truc qu'il faut comprendre. Toute l'histoire.

Question : Dites-nous, monsieur Vergottini.

Réponse : Je ne sais pas ce que vous savez. Où voulez-vous que je commence ?

Question : Faites comme si nous ne savions rien.

Réponse : C'était en 1976. C'est à ce moment-là que tout a commencé…

58

– Nous étions huit dans le détachement et Bushy était notre sergent…

– Donc, vous étiez neuf au total ?

– Non, huit, Bushy compris. Nous avions…

– De quelle année parlez-vous ?

– De l'année 76.

– Vous étiez tous dans la Reconnaissance ?

– Oui. Bushy avait déjà fini une année et rempilé pour deux. Il voulait entrer dans les FP, mais il n'était pas sûr d'y arriver parce qu'ils lui avaient enlevé une barrette en 75 à cause d'une bagarre dans un bar où il avait…

– Les FP ?

– Les Forces permanentes.

– Et vous autres ?

– On n'était que des soldats qui faisaient leur service militaire. Nous étions les premiers appelés à faire deux ans. Clinton Manley n'arrêtait pas de s'en plaindre, il voulait aller en fac, il avait déjà une bourse de rugbyman à l'université de Stellenbosch. On avait…

– Qui étaient les autres membres du détachement ?

– Bushy, Manley, Rupert, Speckle, Red, Gerry de…

– Red ?

– Vester. Il venait de Johannesburg…

– Avait-il un autre nom ?

– Oui… euh… euh… Je me rappelle pas. On l'appe lait Red.

– Continuez.

– Gerry de Beer… j'en ai parlé ? Koos van Rensburg, attendez, laissez-moi compter… Bushy, Speckle, Rupert, Clinton, Red, Koos, Gerry… et moi. Huit, c'est ça.

– Bien.

– On avait une voie de ravitaillement, dans le Nord, entre Mavinga et les bases de l'Unita… et on faisait passer des munitions, de la bouffe, parfois aussi des documents dans un attaché-case. Toutes les six semaines ou à peu près, on rentrait à Katima Mulilo. Il faisait chaud, tout était sec et on marchait ou roulait la nuit. C'était dur, surtout dans le noir, on ne voyait rien et quand la lune brillait tout était gris et brusquement il y avait des coups de feu qui partaient ou alors on voyait arriver des types, on se mettait en embuscade et c'était des L ou des chèvres…

– Des L ?

– Oui, des locaux… quand c'étaient pas des Portugais des mines du Nord qui essayaient toujours de passer, des fois, c'étaient les Swapo[1], il y avait contact et on se demandait si on n'allait pas mourir quand les balles ricochaient par terre ou vous sifflaient au-dessus de la tête quand on était à plat ventre derrière un buisson. Les Swapo nous évitaient, en général, ils descendaient en Afrique du Sud-Ouest et gardaient le profil bas, ce n'était que lorsqu'on se retrouvait pratiquement nez à nez que…

« On avait les nerfs à vif, je ne m'en rendais pas compte à ce moment-là, je ne l'ai compris que plus

1. South West African People's Liberation Movement, nom donné au parti de libération noir pendant la guerre du Bush et maintenant au pouvoir en Namibie *(NdT)*.

tard, après des semaines et des semaines dans le bush. On savait, et à chaque instant, que tout pouvait arriver dans ces ténèbres ; plus tard, y a même eu les mines antipersonnel ; on dormait le jour, mal, et on bouffait pareil ; des fois les trous d'eau étaient à sec et on était tendus du matin au soir et du soir au matin, même si Bushy et Speckle faisaient semblant d'adorer ça. Ils arrêtaient pas de dire qu'ils voulaient tuer encore plus de terroristes et que c'était pour ça qu'ils cherchaient le contact, mais la tension finissait quand même par les avoir eux aussi. Même que c'est ça, la tension, qui a causé toutes ces horreurs avec les Parabats.

– Les... « Parabats » ?

– Nous avions encore quinze jours à tenir avant la permission suivante quand, une nuit que nous rentrions à pied d'un parachutage en Angola, Bushy nous a fait signe de nous jeter à terre. On les a vus avancer dans le lit d'une rivière asséchée, de fait on ne voyait que des ombres et des canons de fusils dans l'obscurité, pas grand-chose de plus... Ils étaient douze, et tous bien séparés comme d'habitude chez les Swapo... et Bushy nous a dit de nous mettre en embuscade. On a pris nos positions, on avait répété l'exercice des dizaines de fois, tout le monde savait ce qu'il avait à faire et où s'allonger. Et qu'il fallait attendre que Bushy tire le premier. Et eux, ils arrivaient droit sur nous, sans même savoir qu'on était là. Bushy a tiré et on a tous tiré après lui et ils sont tous tombés, ils hurlaient et je savais que c'était ça que Bushy attendait depuis le début : la possibilité de flinguer une douzaine de cafres. Je vous demande de m'excuser, mais Bushy et Speckle ne parlaient que de ça ; j'avais jamais rencontré pires racistes que ces deux-là, même si on l'était tous à l'époque. Ils nous avaient appris...

– Continuez, dit Leon Petersen.

– On les a tous fauchés, ils n'avaient aucune chance

de s'en sortir, et quand tout a été calme, on en a entendu un qui appelait en afrikaner, « A l'aide, M'man, à l'aide ! », et alors j'ai entendu Clinton Manley crier « Ah, mon Dieu ! » et on a tous compris qu'il y avait quelque chose qui clochait. Bushy s'est levé et nous a fait signe d'approcher. On s'est mis à ramper et quand on est arrivés au premier, on s'est aperçus qu'il portait une plaque d'immatriculation des Parabats[1] et qu'il venait de Bloemfontein. Personne ne nous avait dit qu'ils seraient là. Il y en avait déjà dix de morts et archimorts, bordel, coupés en petits morceaux qu'ils étaient. Et y en avait un en train de crever, celui qu'avait appelé, et un autre vivant, il était blessé aux deux jambes mais il s'en serait tiré.

– « Il s'en serait tiré » ?

– Oui, mais Speckle l'a abattu. Sauf que ça n'a pas été aussi simple, vous imaginez bien. On était à côté du type et lui, il savait qu'on était dans la Reconnaissance et il n'arrêtait pas de nous demander : « Mais pourquoi vous nous avez tiré dessus ? » Après, il gémissait de douleur et nous, on avait une trouille à chier parce qu'on savait qu'on avait merdé comme c'était pas possible, putain, on avait zigouillé des types de chez nous, vous avez idée de ce que ça peut faire ? On était tous paniqués et je crois que c'est Red qui a été le premier à demander ce qu'on allait faire, sauf que personne ne lui a répondu tellement on était dans la merde. Le type allongé par terre était complètement hystérique et continuait de crier : « Mais pourquoi vous nous avez tiré dessus ? » Et putain, qu'est-ce qu'il pouvait gémir ! même que moi, je n'avais plus qu'une envie : me tirer de là en courant. Partir, voilà. Bushy, lui, ne bougeait pas. Il était blanc comme un linge et ne savait pas quoi

1. Nom donné au 1ᵉʳ bataillon de parachutistes sud-africains *(NdT)*.

faire non plus. Et c'est là que Speckle est arrivé derrière le mec et lui a collé une balle dans la tête. Gerry de Beer a hurlé : « Mais qu'est-ce que tu fous, nom de Dieu ? » et Speckle lui a dit : « Et qu'est-ce que tu veux qu'on fasse d'autre, hein ? » Il était pas calme, le Speckle. Il avait autant la trouille que nous, ça s'entendait, et ça se voyait aussi, nom de Dieu ; c'était affreux, tout ça, mais il n'y avait plus de bruit, silence de mort, et c'est là que Red a dégobillé, même chose pour Clinton Manley, et on est tous restés là, au milieu de dix mecs morts, et on a compris qu'aucun d'entre nous ne parlerait de tout ça, jamais jamais. On le savait tous avant même que je le dise, faut voir que c'était un accident, non, vrai, un drôle d'accident même, comme si on pouvait y faire quoi que ce soit ? et c'est là que j'ai dit qu'on n'en parlerait jamais jamais.

Silence.

— Monsieur Vergottini ?

— Ça va, merci.

— Prenez votre temps, monsieur Vergottini.

— Je préférerais que vous m'appeliez Peter. C'est le prénom auquel je suis habitué.

— Prenez votre temps.

— Non, ça va. On les a enterrés. Le sol était dur et on n'avait pas envie de les enterrer dans le lit de la rivière à cause de la saison des pluies, mais… On a travaillé jusqu'à deux heures de l'après-midi le lendemain en commençant par leur recouvrir la tête. Je pense pas qu'on aurait pu continuer à voir leurs visages et leurs yeux. C'étaient des types de chez nous. Des compatriotes. On a ramassé toutes les douilles, on a effacé toutes les traces de sang, on a mis tout le monde en terre et on a repris la route. Sans dire un mot. Avec Speckle en tête, je ne l'oublierai jamais : tout d'un coup, c'était lui qui ouvrait la marche et Bushy était derrière. Sans qu'un seul mot ait été dit, Speckle était devenu le patron. On a marché pendant deux jours entiers, jour et nuit, sans jamais rien dire, on n'avait tous qu'un truc dans la tête et quand on est arrivés au camp, on est tombés sur le lieutenant Brits qui nous attendait, il voulait nous voir et…

– Bester Brits?

– Oui.

– Poursuivez.

– Il voulait nous voir et on s'est dit que quelqu'un savait déjà quelque chose parce qu'on savait qu'il était du Renseignement. Bref, on avait la trouille et Speckle a dit qu'il parlerait, fallait juste que nous, on la ferme, sauf qu'après ç'a été une autre histoire, une tout autre histoire.

« Tous les jours depuis vingt-trois ans, j'y repense. Sacrée coïncidence… Si Brits avait voulu un autre détachement… Si les Parabats avaient suivi un autre itinéraire… Si on avait réussi à faire la différence entre un R1 et un AK dans le noir… Coïncidences. Les Parabats. Et après, Orion.

– Orion?

– L'opération Orion, l'opération de Brits. Il savait qu'on était fatigués, il nous l'a dit, mais bon, ça ne demanderait qu'une nuit de travail et après, on aurait nos quinze jours de perm tout de suite, on monterait dans un Hercule et hop, on rentrerait chez nous, mais comme on était le seul détachement expérimenté qu'il avait sous la main et que l'opération devait se dérouler la nuit d'après… On n'aurait qu'à s'asseoir dans un Dak… un Dakota, un DC 10, un avion quoi… et veiller à ce que deux paquets soient échangés… et comme en plus il nous accompagnerait… C'était nous qu'il voulait « pour avoir l'esprit tranquille », voilà, c'est comme ça qu'il disait : « pour avoir l'esprit tranquille »… Il nous a fait préparer un repas somptueux au mess des officiers, même qu'après, promis, on ne dormirait pas dans des tentes, il nous avait fait arranger un préfabriqué rien que pour nous et on pourrait y dormir aussi tard qu'on voudrait, il veillerait à ce que personne ne vienne nous déranger. Il fallait qu'on soit frais et dispos le lendemain après-midi, ça ne demanderait qu'une nuit de travail et après, on rentrerait chez nous.

« On a mangé, on s'est douchés et on est allés au bungalow, mais personne n'arrivait à dormir. Red Verster a déclaré qu'il allait falloir en parler à quelqu'un, comme ça, tout d'un coup, comme s'il avait décidé. Mais Speckle a dit non. Clinton, lui aussi, voulait qu'on avoue, mais Rupert ne voyait pas à quoi ça pourrait servir, ils étaient tous morts, non ? c'était pas ça qui allait les ressusciter, sauf que Koos van Rensburg a dit non, parce que personne n'arriverait jamais à vivre avec un truc pareil et alors, tout le monde s'est mis à gueuler après tout le monde, Rupert et moi après Clinton, Gerry, Red et Koos jusqu'à ce que Speckle finisse par taper sur une mallette en fer. On l'a tous regardé et il nous a dit qu'on était tous crevés et en état de choc et que ça ne ferait que foutre encore plus la merde si on continuait à s'engueuler comme ça. Il fallait attendre. Attendre qu'on rentre de l'opération. Après, on voterait. Et on ferait ce que la majorité aurait décidé.

« Bushy Schlebusch restait allongé à regarder le plafond. C'était Speckle qui commandait. On s'est tous couchés et je crois qu'on a fini par dormir un peu au petit matin, et Bester est arrivé à onze heures. Il nous a dit que le petit déjeuner nous attendait et qu'on était des mecs bien, il était aux petits soins, il essayait de faire partie du groupe et nous, on l'ignorait parce que les Parabats et les types du Renseignement, ils sont tous comme ça : ils ont la trouille et restent à la base en faisant semblant d'avoir passé leur vie au contact. Mais lui, il était trop, il arrêtait pas de dire : "Orion, c'est énorme, les mecs ; Orion, c'est vraiment énorme et va falloir être super prêts et un jour, vous pourrez dire à vos enfants que vous avez fait un truc vraiment génial."

« Le soir, il nous a distribué des munitions et des grenades à main et on est partis au terrain d'aviation dans un Bedford. Le Dak nous attendait, on est montés dedans et avant le décollage, Brits a dit qu'il voulait nous briefer. L'opération était top secret, mais ça ne nous empêcherait pas de voir ce qui allait se passer, sauf qu'on n'était pas des cons et il savait qu'il pouvait nous faire confiance. On devait aller chercher des pierres dans une mine de Cuango, des diamants, et après, on franchirait une ou deux frontières en avion, clandestinement, bien sûr, et on les échangerait contre quelque chose que les types de l'Unita voulaient absolument parce qu'ils se battaient contre les Cubains et le reste de l'Angola, sauf que nous, on ne devrait avoir jamais rien vu de tout ça. Tout de suite après, on aurait notre permission de quinze jours avec un petit extra côté paie pour que ces quinze jours soient vraiment agréables. Un vrai publicitaire qui vous fait l'article à la radio. Un clown que c'était, tellement il voulait faire partie du groupe.

« D'habitude, on dormait dans n'importe quel zinc, mais pas moyen cette nuit-là. On était assis dans la carlingue, les mains sur le flingue, et on s'observait tous en se demandant, enfin… c'est ce que je crois, qui serait le premier à craquer et à cracher le morceau. Rupert de Jager, Speckle et moi pensions qu'il fallait garder le silence, Red, Clinton, Gerry et Koos voulaient qu'on parle. Bushy Schlebusch, lui, ne laissait rien voir dans ses yeux. Je ne savais absolument pas ce qu'il pensait. Et je vous dis pas la tension ! Il y en avait tellement entre nous qu'on aurait pu la couper avec un panga[1], mais Brits ne se doutait de rien – il était bien

---

1. Genre de machette africaine *(NdT)*.

trop occupé avec ses cartes, ses papiers et sa petite lampe de poche, et toutes les deux ou trois minutes il vérifiait si on le regardait bien.

« On a fini par atterrir Dieu sait où dans le nord de l'Angola, ils avaient allumé des feux pour délimiter la piste. On est descendus du Dak et on s'est mis sur un genou, le flingue en avant comme Brits nous l'avait demandé, pendant qu'il parlait avec deux types. Alors, ils ont commencé par apporter du carburant pour le Dak dans une citerne montée sur un petit van et un plein camion de types de l'Unita a débarqué. Bester nous a dit de nous détendre – ça faisait partie du plan –, comme si c'était lui le patron de l'escouade. Puis ils nous ont apporté une caisse en bois qu'il fallait quatre types pour porter et ils l'ont chargée dans l'avion. Brits nous a donné l'ordre de remonter à bord. On est remontés à bord et on a décollé. J'ai bien essayé de me repérer, mais dans les airs la nuit, c'est impossible. Pour moi, on filait vers le sud, ou l'est, mais surtout on était là, avec nos yeux rouges et nos Parabats assassinés dans la tête, et à un moment donné Speckle s'est levé pour aller s'asseoir à côté de Bushy. Il lui a parlé pendant très longtemps à l'oreille, puis il est revenu s'asseoir à sa place.

« Au bout de deux heures de vol, on est redescendus et Brits nous a dit d'être sur nos gardes parce que c'était le moment difficile de l'opération. On a fini par atterrir quelque part, sur une piste interminable dans le bush, il n'y avait que de l'herbe et des cailloux. Cette fois, il y avait des feux tout près de la piste et Brits a été le premier à descendre de l'avion. Nous nous sommes déployés en V pour le suivre et deux types sont venus nous rejoindre en Land Rover. Ils sont descendus du véhicule, Brits est allé à leur rencontre et ils se sont mis à bavarder. A un moment donné, Brits a jeté un coup d'œil à l'arrière de la Land Rover, puis il est revenu vers nous et a dit à Bushy de prendre la caisse en bois et de l'apporter à la voiture. Bushy a désigné Speckle et moi, nous sommes remontés dans l'avion et avons descendu la caisse. Qu'est-ce qu'elle pouvait être lourde ! Les deux types sont venus, Brits a ouvert la caisse et on a vu des diamants bruts absolument partout, enveloppés dans des petits sacs en plastique. Même qu'un des deux types a sifflé entre ses dents avant de s'écrier : "Non mais, regardez-moi un peu ça !" avec un fort accent américain. "On fait l'échange ?" a demandé Brits, l'autre Américain a répondu : "Et comment !" et Brits a refermé la caisse et nous a ordonné d'aller la poser à l'arrière de la Land Rover et de charger ce qu'il y avait dans la Land dans l'avion. Speckle et moi avons pris la caisse et nous l'avons portée jusqu'à la Land Rover, accompagnés par Brits et les deux Américains. A l'arrière de la Land, il y avait un tas de cartons avec des noms de marques de boîtes de conserve écrits dessus, tout ça fermé avec du Scotch crêpé, même que je me suis dit que c'était bizarre… des diamants contre des boîtes de conserve ? jusqu'au moment où j'ai soulevé un de ces cartons et où je me suis aperçu que ce n'était pas du tout des boîtes de conserve. Je ne savais pas ce que c'était, Speckle et moi en avons porté chacun un au Dak et quand on a été sûrs que personne ne pouvait nous voir, Speckle en a ouvert un à la baïonnette et a sifflé entre ses dents : le carton était bourré de dollars. Alors Speckle m'a lancé : "Dis, Porra, tu crois que Red et les autres vont la fermer ?" Porra, c'était mon surnom. Vergottini, c'est un nom italien, mais comme mon père avait une boutique de fish and chips à Bellville[1]…

---

1. Les immigrants portugais du Mozambique et d'Angola (appelés *Porra* en argot) se sont rendus célèbres en ouvrant des boutiques de fish and chips *(NdT)*.

« Je lui ai répondu que non. Alors il m'a dit que si je voulais sortir de ce merdier, j'allais devoir garder la tête froide parce qu'il allait se passer des choses et après, on est allés chercher d'autres cartons et je l'ai vu faire un signe à Bushy en douce, comme ça, d'une main, et quand on est arrivés près de la Land Rover, il a buté un Américain et quand l'Américain est tombé il a buté l'autre et…

— Monsieur Vergottini…

— Peter. Ou Miller. Laissez-moi une chance… Et si je pouvais boire quelque chose…

— Bien sûr. Je vais demander qu'on nous apporte du café.

— Ça serait bien.

— Avec du sucre ? Et du lait ?

— Deux sucres, oui, et du lait, s'il vous plaît.

— Un instant.

— Vous voulez vous lever ? Vous étirer un peu ?

— Non, ça ira, merci.

— Le café arrive.

— Merci.

— Vous n'avez pas envie de faire une pause ?

— Non, je veux en finir.

— Nous comprenons.

— Ça m'étonnerait.

— Je n'oublierai jamais la tête qu'a faite Brits. Il n'en croyait pas ses yeux. Et la trouille ! La surprise ! Tout y était ! Pour moi, il n'avait jamais vu de morts, ce devait être la première fois qu'il voyait des types explosés par balle. Il a eu la nausée, comme on l'a tous la première fois. Mais surtout, il était complètement soufflé. Il a regardé Speckle, les deux Américains et Speckle encore un coup, il avait la bouche ouverte et les yeux tout ronds, il essayait d'arrêter quelque chose avec ses mains, mais Speckle s'était déjà tourné vers les autres et a dit : "Bon, et maintenant, je veux savoir qui va parler. Bushy et moi, on sait où on en est. Et je crois savoir pour Porra et Rupert."

« A ce moment-là, Bushy s'est retourné et a pointé son flingue sur Gerry, Clinton, Red et Koos.

« "Mais les autres, va falloir qu'ils pensent clairement", a repris Speckle, et il est allé jusqu'à l'avion, est monté à bord et on a entendu un autre coup de feu. C'était le pilote. Il venait d'abattre le pilote.

« Un jour, faudra qu'on m'explique la psychologie du truc. Je sais qu'on était fatigués. On avait à peine dormi pendant quatre jours et on était au bout du rouleau. Je doute qu'aucun d'entre nous ait été capable de penser quoi que ce soit, on n'était plus que des boules de nerfs. On était hantés par la mort des Parabats… par ce qui s'était passé, mais aussi par ce qui nous attendait. J'étais dans le noir complet : je savais que c'était pas un truc qu'on peut effacer de sa vie comme ça, qu'on peut s'ôter de la tête, mais…

« Et Brits a fini par retrouver sa voix.

« "Qu'est-ce que vous foutez ? Qu'est-ce que vous foutez ?" a-t-il demandé à Speckle quand celui-ci est redescendu du Dak.

« Speckle lui a fourré son Star sous le nez et lui a crié :

« "Où on est, Brits ?"

« Brits tremblait comme une feuille et a essayé d'écarter le pistolet, mais Speckle lui a flanqué un coup de crosse dans la figure et Brits s'est effondré. Speckle l'a cloué par terre avec son pied et lui a redemandé où on était. Pour moi, Bester savait qu'il allait mourir, il l'avait vu dans les yeux de Speckle.

« "Au Botswana."

« Speckle a ôté son pied de sa poitrine, Bester a essayé de se relever et a réussi à se mettre à genoux.

« "Où ça, au Bostwana ?"

« "Dans le nord, un peu à l'ouest de Chobe."

« Speckle lui a collé le canon de son arme dans la bouche, a fait feu, s'est tourné vers moi et m'a demandé :

« "Hé, Porra, t'es avec moi, d'accord ?"

« Qu'est-ce que je pouvais répondre, bordel de merde ! Qu'est-ce que je pouvais…

– Doucement, monsieur… Miller.

– Je vais voir où on en est pour le café.

– Laissez-moi finir, je vous en prie

– Vous n'êtes pas obligé.

– Très bien.

« Qu'est-ce que je pouvais dire ? Y a jamais que deux solutions dans ces cas-là : ou bien on meurt tout de suite ou bien on meurt lentement et je n'étais pas prêt à mourir tout de suite. Maintenant, je me réveille à côté de ma femme et ça y est, j'y suis encore et il faut encore que je choisisse et chaque fois je choisis de mourir tout de suite, sauf que cette nuit-là, que ce matin-là, j'ai fait l'autre choix. "Je suis avec toi, Speckle", lui ai-je répondu et après il a demandé à Rupert et Rupert a tordu la bouche, regardé Brits puis Speckle et a fini par lui répondre : "Moi aussi, je suis avec toi, Speckle." Gerry de Beer a commencé à pleurer comme un bébé et y avait que Red Verster pour être un homme, il a pris son R1, mais Bushy l'a abattu en même temps que Bushy abattait Gerry, Red, Clinton Manley et Koos van Rensburg, comme des chiens qu'il les a abattus. Alors, ç'a été le silence et j'ai vu Rupert de Jager tressauter tellement il était en état de choc et Speckle lui a dit : "Je sais ce que tu ressens, Rupert, mais il est pas question que je foute toute ma vie en l'air pour un accident que c'était de la faute à personne dans une guerre où c'est cafre contre cafre et que moi, j'ai le droit à rien. Non, Rupert, il en est pas question.

505

Tu veux pleurer, tu pleures, mais moi, je veux savoir si t'es avec moi sur ce coup-là."

« Alors Rupert a hoché la tête et a dit : "Je suis avec toi, Speckle."

« Et Speckle nous a fait remettre les dollars et les diamants dans la Land Rover et on est partis. Comme ça, en laissant tout en plan, juste au moment où il commençait à faire jour à l'est.

Question : Comment êtes-vous revenus en Afrique du Sud ?

Réponse : On a trouvé des locaux, on leur a échangé la Land Rover et un sac de diamants contre un camion de dix tonnes et des vêtements civils et on a roulé toutes les nuits sur des petites routes, c'était Speckle qui prenait toutes les décisions, y avait tout ce fric et les pierres, ça a duré quinze jours, on achetait de l'essence et de la bouffe dans des hameaux qu'étaient même pas sur la carte. On a fini par traverser la frontière quelque part au nord d'Ellisras en écrasant la clôture, comme ça, et on a continué jusqu'à Johannesburg, où Speckle avait dit qu'on ferait le partage du butin.

Question : Il a été fait ?

Réponse : Oui.

Question : Combien ?

Réponse : Chacun a eu environ vingt millions de dollars et quelques sacs de diamants.

Question : Vingt millions.

Réponse : A peu près.

Question : Putain !

Question : Et après ?

Réponse : Après, on a parlé. Beaucoup. De la manière dont on allait échanger les dollars et les pierres contre des rands. Personne n'avait d'idée sur la question. Speckle est allé à Hillbrow quelques jours après avoir changé des dollars et c'est là qu'il nous a dit qu'on devait décider : lui et Bushy allaient rester ensemble.. et nous autres ? Je voulais aller à Durban, tout ce que je voulais, c'était partir, Rupert, lui, avait l'intention de se rendre au Cap. Speckle avait pris une boîte postale à Hillbrow. Il avait réglé le loyer pour un an, il nous a donné l'adresse et nous a dit de rester en contact. Je me suis acheté une voiture, j'y ai chargé mes dollars et mes diamants et je suis allé à Durban. Ce sont les diamants qui ont été les plus faciles à écouler, même si au début j'ai eu un peu de mal. Mais bon, on apprend. Un jour, j'ai fait la connaissance d'un type à un mont-de-piété, je lui en ai montré un et il a promis de me prendre tout ce que je pourrais lui apporter. J'ai fait attention. J'avais la trouille, mais il n'est rien arrivé après le premier échange. Et ça valait drôlement le coup. J'ai pris un appartement et j'ai rencontré une fille dans un night-club. Je lui ai raconté que j'étais en vacances...

Question : Avez-vous revu Venter et les autres ?

Réponse : Une fois par an, j'écrivais à l'adresse en donnant mon adresse de boîte postale à Durban et un jour, bien des mois après ma dernière lettre, Speckle m'a écrit pour me dire qu'il fallait qu'on se revoie tous. J'ai pris l'avion pour Johannesburg. Speckle et Bushy s'étaient fait faire de faux papiers, mais Rupert et moi n'en avions pas. Speckle nous a donné des noms et des numéros de téléphone et nous a dit être prêt à nous racheter nos dollars à raison de trente cents le dollar. Je lui ai promis de lui apporter les miens, mais Rupert a préféré se donner le temps de réfléchir. Et nous nous sommes séparés.

« Je lui ai apporté une partie de mon fric, j'ai eu mes rands et je suis rentré chez moi et l'année suivante on s'est retrouvés. Speckle arrêtait pas de nous parler de sa nouvelle affaire. Lui et Bushy traînaient avec des mercenaires, mais ils n'étaient pas vraiment organisés et Speckle voulait lancer une agence pour vendre leurs services, même qu'il avait le nom idéal.

Question : Orion ?

Réponse : Orion Solutions, oui. Il trouvait ça très rigolo.

Question : Et après ?

Réponse : Après la troisième année, je ne suis pas allé au rendez-vous. Je m'étais acheté des faux papiers au marché noir et j'étais devenu très moche. Trop de fric. Trop d'alcool. Et de shit. Et de bagnoles et de femmes. Et toujours et encore mes dix-sept cadavres dans la tête. Jusqu'au matin où je me suis réveillé en pissant le sang et où j'ai compris que je ne voulais plus continuer comme ça. Je ne pouvais rien changer à ce qui s'était passé, mais continuer comme ça, non. J'ai ramassé mes affaires, j'ai vendu l'appart et je suis allé à Pretoria, où j'ai cherché du boulot. J'ai commencé à travailler pour Iscor, aux magasins. Je suis devenu contremaître et j'ai fait la connaissance d'Elaine.

Question : Votre femme.

Réponse : Oui.

Question : Mais vous avez revu Venter ou Schlebusch l'année dernière, n'est-ce pas ?

Réponse : Oui.

Question : Où ça ?

Réponse : Chez moi.

Question : Comment vous avaient-ils retrouvé ?

Réponse : Speckle m'a dit qu'il avait toujours fait son affaire de savoir où nous étions. Il n'avait aucune envie de mettre son avenir en danger.

Question : Que voulait-il ?

Réponse : De l'argent. C'était un costaud, avec tous les muscles qu'il avait… Il m'a dit qu'il faisait du culturisme et que c'était la seule façon qu'il avait d'obtenir le respect sans avoir à tirer.

Question : Il n'avait plus d'argent ?

Réponse : D'après lui, le monde avait changé. Plus personne ne voulait faire la guerre. Y avait plus d'argent pour ça. Il avait tout perdu. Et Rupert et moi, on était à l'aise, c'est comme ça qu'il disait : « à l'aise », on avait des femmes et des enfants et il allait falloir repartager vu qu'on n'avait que nous autres sur qui compter.

Question : Vous lui avez donné de l'argent ?

Réponse : En 1985, j'avais enterré les dollars qui me restaient dans une fermette que j'avais achetée pour que les enfants puissent y avoir leurs chevaux.

Question : Votre femme ne vous a pas demandé d'où venait tout cet argent ?

Réponse : Je lui ai dit que j'avais hérité.

Question : Et vous êtes allé chercher l'argent ?

Réponse : Oui. Mais les billets avaient pourri. Speckle était furieux. Il m'a dit que j'aurais dû les enterrer dans des sacs en plastique. J'ai cru qu'il allait me flinguer. Après, il a voulu que je retire de l'argent à la banque. Je lui ai dit que j'avais presque tout placé et que je n'avais que 100 000 rands de disponibles. Il a exigé que je les tire.

Question : Vous l'avez fait ?

Réponse : Oui.

Question : Et ils sont partis ?

Réponse : Oui. En me menaçant une dernière fois. Je savais qu'ils reviendraient. Mais c'est là que j'ai vu la photo de Rupert dans le journal et que j'ai compris.

Question : Et vous êtes venu au Cap ?

Réponse : Qu'est-ce que je pouvais faire d'autre ? C'était pas comme si cette affaire allait jamais disparaître. Ça, je l'avais su dès que je m'étais trouvé à côté de l'avion. J'avais tout de suite compris que ça ne finirait jamais.

59

Hope Beneke était arrivée dans la soirée.

— Il faut qu'il se repose, lança l'infirmière d'un ton protecteur.

— Ça fait une semaine qu'elle attend, dit Joan van Heerden.

— Ce sera la dernière personne de la journée.

— Promis.

Comme s'il n'avait pas son mot à dire dans l'histoire.

Les deux femmes avaient quitté la chambre lorsque Wilna van As y entra.

— Van Heerden, dit-elle en regardant le goutte-à-goutte, les écrans de contrôle maintenant arrêtés, les pansements et les grands cernes noirs qu'il avait sous les yeux

L'inquiétude assombrit son visage.

Il la regarda et là, il y avait quelque chose d'autre comme un signe, une ombre. Quelque chose avait changé – dans la manière dont elle tenait les épaules, la tête et le cou, dans certains détails de son visage. Comme si elle acceptait.

Il se dit qu'elle avait cessé d'être naïve. Elle avait vu ce qu'était le mal.

— Comment pourrai-je jamais vous remercier, dit-elle.

— Dans le casier, étagère du bas, répondit-il d'une voix qu'il n'avait pas encore complètement recouvrée après tout ce qu'il avait dû respirer d'oxygène.

Il n'avait pas envie qu'elle le remercie parce qu'il ne savait pas comment réagir.

Surprise, elle hésita un instant, puis se pencha en avant pour ouvrir la porte en métal.

– Le document.

Elle le sortit.

– Vous avez le droit de savoir, reprit-il. Vous et P'tit Mpayipheli. Mais après, il faudra le détruire. C'est l'accord que j'ai passé avec Joubert. (Elle jeta un coup d'œil aux premières pages du dossier et acquiesça d'un signe de tête.) Je vous en prie, ne me remerciez pas.

Toutes sortes d'émotions se marquèrent sur le visage de la femme. Elle commença à dire quelque chose, puis se ravisa.

– Et vous… ça va ? demanda-t-il.

Elle s'assit à côté du lit.

– J'ai commencé une thérapie, dit-elle.

– C'est bien.

Elle se détourna, puis reposa les yeux sur lui.

– Il y a des choses dont j'aimerais parler

– Je sais.

– Mais ça peut attendre.

Il garda le silence.

– Kemp vous fait ses amitiés. A l'entendre, on n'avait pas à s'inquiéter. Les mauvaises herbes, ça ne meurt pas.

– Kemp, dit-il. Toujours le premier à montrer sa sympathie.

Elle sourit vaguement.

– Il faut vous reposer, reprit-elle.

– C'est ce que tout le monde me dit.

Le matin où il put enfin quitter l'hôpital, alors qu'il s'habillait et préparait ses affaires, il reçut un paquet – un vieux carton à bouteilles emballé dans du papier brun et fermé par de grosses bandes de ruban adhésif. Il était seul lorsqu'il l'ouvrit. Au-dessus, dans une enveloppe blanche, se trouvait un message écrit avec un soin exagéré sur du papier fin.

Je n'ai obtenu qu'un rand par dollar parce que les billets sont très vieux. J'ai eu plus de succès avec les diamants. C'est la moitié qui te revient.

En bas de la page un simple O.

Orlando.

Dans le carton, à le remplir entièrement et très serré, des centaines de billets de 200 rands.

Il referma le carton.

Le prix du sang.

La maison était propre. Tout y brillait et les rideaux avaient été remplacés : tissu léger, blanc, jaune et vert pâle, pour laisser passer le soleil. Il y avait des fleurs sur la table.

Sa mère.

Il dut se laver au lavabo, une douche aurait abîmé ses pansements. Il s'habilla et gagna lentement le garage, les clés du van dans la main. Il fut obligé de se reposer un instant à la porte. Il avait la tête qui tournait.

Il prit le volant.

A l'hôpital militaire il dut attendre que l'infirmier aille voir Bester Brits dans sa chambre et en ressorte.

– Il dit que vous pouvez venir, mais vous ne pourrez pas rester longtemps. Il est encore très faible. Et il ne peut pas parler. On va être obligé de lui refaire les cordes vocales. Il arrive à communiquer avec un stylo et un bloc-notes, mais ça lui demande beaucoup d'efforts. Donc, d'accord, mais pas longtemps, s'il vous plaît.

Il acquiesça d'un signe de tête. L'infirmier lui tint la porte et il entra.

Bester Brits avait l'air d'un mort. Pâle, maigre, la tête prise dans une minerve, goutte-à-goutte dans le bras.

– Brits, dit-il.

Ses yeux qui le suivent.

– J'ai lu la déposition de Vergottini. Et je crois comprendre, enfin… ce que je peux.

Brits cligna des yeux.

– Je ne sais pas comment vous avez fait pour revenir vivant du Botswana, mais je devine. Quelqu'un est arrivé à temps, quelqu'un…

Il vit l'officier lui montrer un carnet et se mettre à écrire. Il attendit. Brits retourna le carnet pour qu'il puisse lire.

Équipe de la CIA. En hélico. 20 minutes.

– La CIA avait une équipe de secours ?

Brits cligna une fois des yeux.

– Et quand vous êtes revenu à vous, votre carrière était finie, l'argent et les diamants avaient disparu, la CIA était folle de rage et les Boers avaient l'air con.

Clignement d'yeux. En colère.

– Et vous avez commencé à les traquer.

Brits écrivit quelque chose dans son carnet.

Activité à temps partiel.

– Les autorités auraient préféré oublier ?

Clignement. *Oui.*

– Putain ! lâcha-t-il, estomaqué.

Vingt-trois ans de haine et de frustration.

– J'ai vu les coupures de journaux de la dernière quinzaine, reprit-il. Ils ne savent toujours pas ce qui se passe. Ils ne connaissent que des bouts de l'histoire

Brits écrivit encore. *Ils n'en sauront jamais plus. Pressions de la CIA*

Van Heerden hocha la tête.

– C'est pas possible. Et Speckle Venter ? Il va devoir passer devant un tribunal.

Visage qui se tord… une grimace ?

Jamais.

– Ils ne pourront pas le remettre en liberté.

Vous verrez.

Ils se regardèrent. Soudain, van Heerden n'avait plus rien à dire.

– Je voulais juste vous dire que je crois comprendre.

Merci.

Il demanda à sortir.

Direction la ville. Roeland Street. Le service informatique. Il demanda Russell Marshall, le type qui lui avait arrangé la photo de Schlebusch.

– Mais vous êtes un vrai héros ! s'écria celui-ci en le voyant.

– Ne jamais croire les médias. Ce n'est pas cool.

– Vous avez d'autres photos ?

– Non. Je voudrais seulement acheter un ordinateur. Et je ne sais pas par où commencer.

– Avril ? lança Marshall à la réceptionniste. Vous prenez mes appels ? On va au marché.

Il déballa l'ordinateur et l'imprimante, les brancha comme Marshall le lui avait indiqué, attendit que les appareils s'initialisent, trouva l'icône « Word » avec la souris et cliqua dessus.

La feuille blanche en papier virtuel apparut devant lui. Il regarda le clavier. Les lettres y étaient disposées de la même façon que sur sa machine à écrire à l'université d'Afrique du Sud. Il se leva et mit un CD. *Die Heitere Mozart.* Léger. Musique pour rire.

Il écrivit un paragraphe. L'effaça. Réessaya. L'effaça de nouveau. Réessaya, encore et encore.

Et jura. Effaça. Se leva.

Beethoven aiderait-il plus ? Il mit le *Concerto pour*

piano n° 4. Et fit du café, décrocha le téléphone et se rassit.

Par où commençait-on ?

Par le commencement.

Ma mère était peintre. Mon père travaillait à la mine.

60

Willem Nagel mourut à l'hôpital et je rentrai chez moi couvert de sang.

Elle n'y était pas. Je me rendis chez lui en voiture, elle m'ouvrit, vit le sang et la tête que je faisais et comprit. Je lui tendis les mains, elle me repoussa. « Non, Zet, non. Non, Zet. » Il y avait autant de désespoir dans sa voix que dans mon cœur. Autant d'hystérie, autant de douleur.

Elle rentra dans la maison. Elle ne faisait pas que pleurer, les sanglots qui montaient d'elle étaient bien plus déchirants. Je la suivis. Elle ferma une porte, à clé.

– Nonnie…

– Non !

Je restai devant la porte. Je ne sais plus combien de temps. Pour finir, les sanglots cessèrent, bien plus tard.

– Nonnie…

– Non !

Je fis demi-tour et sortis.

Je n'eus jamais l'occasion d'avouer.

Je ne m'étais pas rendu chez elle pour l'enlever. J'y étais allé pour avouer, pour lui dire qu'enfin j'avais pu voir si j'étais un homme et avais alors découvert que j'étais méprisable. Après tant d'années passées à traquer le Mal, je l'avais découvert en moi. Et je n'avais que ce que je méritais après m'être si longtemps cru au-dessus de la mêlée.

Mais je ne saurais nier que je désirais son pardon. Ce n'était pas pour lui dire que je ne la méritais pas que je m'étais rendu chez elle. J'avais sombré nettement plus bas. J'étais allé chez elle pour qu'elle m'absolve.

Après, ce fut un joli mélange d'apitoiement sur mon sort et d'extrapolations sur ma découverte que je me concoctai pour continuer à fonctionner : la pourriture était en chacun d'entre nous.

En dépit des efforts de ma mère.

Elle descendit au Cap, acheta la fermette de Morning Star, la redessina et reconstruisit. Je m'y installai et y jouai vaguement les métayers pendant qu'elle essayait de me détourner de l'abîme avec amour, pitié et compassion.

Voilà qui je suis

61

Il s'arrêta devant le bureau de Kara-An au NasPers Building, son manuscrit à la main. La vue qu'on y avait de Table Bay était à couper le souffle. La jeune femme le regarda avec un petit sourire, comme si elle savait depuis toujours qu'il viendrait.

— Selon les termes de notre accord, dit-il, je devais écrire l'histoire de ma vie.

— Je meurs d'envie de la lire.

— Tu ne comprends pas, lui renvoya-t-il. Je n'ai jamais dit que je te donnerais mon manuscrit.

Son sourire fit place à l'amertume.

— Comment ça ? demanda-t-elle.

— Réfléchis et tu verras.

Il redescendit par l'ascenseur au milieu d'un tas de top-modèles. Elles piaillaient comme des moineaux, leurs doux parfums remplissant la cabine comme une offrande d'encens en Orient. Il sortit de l'immeuble et traversa le Heerengracht pour rejoindre le van garé dans Adderley Street.

Il vit un panneau du *Die Burger* posé contre un réverbère.

UN MERCENAIRE
SE SUICIDE
DANS SA CELLULE

Il hésita un instant à la portière du van, sa clé de contact dans une main, son manuscrit dans l'autre. Puis il se remit à marcher. Le bureau de Hope Beneke était à deux pas.

Il préparait un mélange de fruits de mer pour les crêpes – crevettes, moules, calamars et ail. Arôme qui monte avec la vapeur et *La Flûte enchantée* dans les haut-parleurs lorsqu'elle ouvrit la porte et entra sans frapper. Il se retourna. Elle portait une jupe noire, un chemisier blanc, des bas et des chaussures à hauts talons. Très profession libérale. Ses jambes étaient splendides.

Elle posa le manuscrit sur la table basse.

– Je ne veux pas en parler, dit-il.

– Vous avez peut-être raison, dit-elle. Peut-être y a-t-il en effet toujours un peu de méchanceté qui sommeille en nous jusqu'au moment de vérité. Sauf que quand on était dans l'entrepôt, vous étiez prêt à mourir pour me sauver la vie. Et ça vous dit quoi, ça ?

Il remua le mélange.

– Tu as faim ? lui demanda-t-il.

Jusqu'au dernier
Seuil, 2001
et « Points », n° P1072

GROUPE CPI

Achevé d'imprimer en septembre 2004 par
BUSSIÈRE CAMEDAN IMPRIMERIES
à Saint-Amand-Montrond (Cher)
N° d'édition : 63124/5. - N° d'impression : 043394/1.
Dépôt légal : janvier 2004.
Imprimé en France

Collection Points

SÉRIE POLICIERS

DERNIERS TITRES PARUS

P535. La Huitième Case, *par Herbert Lieberman*
P536. Bloody Waters, *par Carolina Garcia-Aguilera*
P537. Monsieur Tanaka aime les nymphéas
      par David Ramus
P538. Place de Sienne, côté ombre
      par Carlo Fruttero et Franco Lucentini
P539. Énergie du désespoir, *par Eric Ambler*
P540. Épitaphe pour un espion, *par Eric Ambler*
P554. Mercure rouge, *par Reggie Nadelson*
P555. Même les scélérats…, *par Lawrence Block*
P571. Requiem caraïbe, *par Brigitte Aubert*
P572. Mort en terre étrangère, *par Donna Leon*
P573. Complot à Genève, *par Eric Ambler*
P606. Bloody Shame, *par Carolina Garcia-Aguilera*
P617. Les Quatre Fils du Dr March, *par Brigitte Aubert*
P618. Un Vénitien anonyme, *par Donna Leon*
P626. Pavots brûlants, *par Reggie Nadelson*
P627. Dogfish, *par Susan Geason*
P636. La Clinique, *par Jonathan Kellerman*
P639. Un regrettable accident, *par Jean-Paul Nozière*
P640. Nursery Rhyme, *par Joseph Bialot*
P644. La Chambre de Barbe-Bleue, *par Thierry Gandillot*
P645. L'Épervier de Belsunce, *par Robert Deleuse*
P646. Le Cadavre dans la Rolls, *par Michael Connelly*
P647. Transfixions, *par Brigitte Aubert*
P648. La Spinoza Connection, *par Lawrence Block*
P649. Le Cauchemar, *par Alexandra Marinina*
P650. Les Crimes de la rue Jacob, *ouvrage collectif*
P651. Bloody Secrets, *par Carolina Garcia-Aguilera*
P652. La Femme du dimanche
      par Carlo Fruttero et Franco Lucentini
P653. Le Jour de l'enfant tueur, *par Pierre Pelot*
P669. Le Concierge, *par Herbert Lieberman*
P670. Bogart et Moi, *par Jean-Paul Nozière*
P671. Une affaire pas très catholique, *par Roger Martin*
P693. Black Betty, *par Walter Mosley*
P706. Les Allumettes de la sacristie, *par Willy Deweert*
P707. Ô mort, vieux capitaine…, *par Joseph Bialot*
P708. Images de chair, *par Noël Simsolo*
P717. Un chien de sa chienne, *par Roger Martin*

P718. L'Ombre de la louve, *par Pierre Pelot*
P727. La Morsure des ténèbres, *par Brigitte Aubert*
P733. Le Couturier de la Mort, *par Brigitte Aubert*
P742. La Mort pour la mort, *par Alexandra Marinina*
P754. Le Prix, *par Manuel Vázquez Montalbán*
P755. La Sourde, *par Jonathan Kellerman*
P756. Le Sténopé, *par Joseph Bialot*
P757. Carnivore Express, *par Stéphanie Benson*
P768. Au cœur de la mort, *par Laurence Block*
P769. Fatal Tango, *par Jean-Paul Nozière*
P770. Meurtres au seuil de l'an 2000
    par Éric Bouhier, Yves Dauteuille, Maurice Detry,
    Dominique Gacem, Patrice Verry
P771. Le Tour de France n'aura pas lieu, *par Jean-Noël Blanc*
P781. Le Dernier Coyote, *par Michael Connelly*
P782. Prédateurs, *par Noël Simsolo*
P792. Le Guerrier solitaire, *par Henning Mankell*
P793. Ils y passeront tous, *par Lawrence Block*
P794. Ceux de la Vierge obscure, *par Pierre Mezinski*
P803. La Mante des Grands-Carmes
    par Robert Deleuse
P819. London Blues, *par Anthony Frewin*
P820. Sempre caro, *par Marcello Fois*
P821. Palazzo maudit, *par Stéphanie Benson*
P834. Billy Straight, *par Jonathan Kellerman*
P835. Créance de sang, *par Michael Connelly*
P849. Pudding mortel, *par Margarety Yorke*
P850. Hemoglobine Blues, *par Philippe Thirault*
P851. Exterminateurs, *par Noël Simsolo*
P859. Péchés mortels, *par Donna Leon*
P860. Le Quintette de Buenos Aires
    par Manuel Vázquez Montalbán
P861. Y'en a marre des blondes, *par Lauren Anderson*
P862. Descentes d'organes, *par Brigitte Aubert*
P875. La Mort des neiges, *par Brigitte Aubert*
P876. La lune était noire, *par Michael Connelly*
P877. La Cinquième Femme, *par Henning Mankell*
P882. Trois Petites Mortes, *par Jean-Paul Nozière*
P883. Le Numéro 10, *par Joseph Bialot*
P888. Le Bogart de la cambriole, *par Lawrence Block*
P892. L'Œil d'Eve, *par Karin Fossum*
P898. Meurtres dans l'audiovisuel, *par Yan Bernabot*
    Guy Buffet, Frédéric Karar, Dominique Mitton
    et Marie-Pierre Nivat-Henocque
P899. Terminus pour les pitbulls, *par Jean-Noël Blanc*
P909. L'Amour du métier, *par Lawrence Block*
P910. Biblio-quête, *par Stéphanie Benson*

P911. Quai des désespoirs, *par Roger Martin*
P926. Sang du ciel, *par Marcello Fois*
P927. Meurtres en neige, *par Margaret Yorke*
P928. Heureux les imbéciles, *par Philippe Thirault*
P949. 1280 Âmes, *par Jean-Bernard Pouy*
P950. Les Péchés des pères, *par Lawrence Block*
P964. Vieilles dames en péril, *par Margaret Yorke*
P965. Jeu de main, jeu de vilain, *par Michelle Spring*
P963. L'Indispensable petite robe noire, *par Lauren Henderson*
P971. Les Morts de la St Jean, *par Henning Mankell*
P972. Ne zappez pas, c'est l'heure du crime, *par Nancy Star*
P976. Éloge de la phobie, *par Brigitte Aubert*
P989. L'Envol des anges, *par Michael Connelly*
P990. Noblesse oblige, *par Donna Leon*
P1001. Suave comme l'éternité, *par George P. Pelecanos*
P1003. Le Monstre, *par Jonathan Kellerman*
P1004. À la trappe !, *par Andrew Klavan*
P1005. Urgence, *par Sarah Paretsky*
P1016. La Liste noire, *par Alexandra Marinina*
P1017. La Longue Nuit du sans-sommeil, *par Lawrence Block*
P1029. Speedway, *par Philippe Thirault*
P1030. Les Os de Jupiter, *par Faye Kellerman*
P1039. Nucléaire chaos, *par Stéphanie Benson*
P1040. Bienheureux ceux qui ont soif…, *par Anne Holt*
P1048 Les Lettres mauves, *par Lawrence Block*
P1042. L'Oiseau des ténèbres, *par Michael Connelly*
P1060. Mort d'une héroïne rouge, *par Qiu Xiaolong*
P1061. Angle mort, *par Sara Paretsky*
P1070. Trompe la mort, *par Lawrence Block*
P1071. V'là aut'chose, *par Nancy Star*
P1072. Jusqu'au dernier, *par Deon Meyer*
P1081. La Muraille invisible, *par Henning Mankell*
P1087. L'Homme de ma vie, *par Manuel Vázquez Montalbán*
P1088. Wonderland Avenue, *par Michael Connelly*
P1089. L'Affaire Paola, *par Donna Leon*
P1090. Nous n'irons plus au bal, *par Michelle Spring*
P1100. Dr la Mort, *par Jonathan Kellerman*
P1101. Tatouage à la fraise, *par Lauren Henderson*
P1102. La Frontière, *par Patrick Bard*
P1105. Blanc comme neige, *par George P. Pelecanos*
P1110. Funérarium, *par Brigitte Aubert*
P1111. Requiem pour une ombre, *par Andrew Klavan*
P1122. Meurtriers sans visage, *par Henning Mankell*
P1123. Taxis noir, *par John McLaren*
P1134. Tous des rats, *par Barbara Seranella*
P1135. Des morts à la criée, *par Ed Dee*
P1146. Ne te retourne pas !, *par Karin Fossum*